Zu diesem Buch

Alberto Moravia wurde am 28. November 1907 in Rom geboren. In seiner Jugend fesselte ihn eine schwere Krankheit jahrelang ans Bett, und so wurde er von einem Privatlehrer erzogen. Nach seiner Genesung begann er 1925 zu schreiben. Sein Roman «Die Gleichgültigen» (1929; rororo Nr. 570) wurde von den Faschisten ebenso verboten wie die Novelle «La mascherata» (1941), eine getarnte satirische Darstellung der Diktatur. In seiner Heimat verfemt, ging er als Zeitungskorrespondent nach Griechenland, China, Rußland und Amerika. Sein Knabenroman «Agostino» (1944) erhielt den ersten italienischen Literaturpreis, der nach der Befreiung des Landes verliehen wurde. Moravia, der auch ein bedeutender Publizist ist sowie 1984 als Abgeordneter in das Europäische Parlament in Straßburg gewählt wurde, ist wiederholt für den Nobelpreis vorgeschlagen worden.

Als rororo-Taschenbücher erschienen ferner seine erzählenden Werke «Gefährliches Spiel» (Nr. 331), «Die Römerin» (Nr. 513), «Cesira» (Nr. 637), «Die Mädchen vom Tiber» (Nr. 673), «Römische Erzählungen» (Nr. 705), «La Noia» (Nr. 876), «Inzest» (Nr. 1077), «Ich und Er» (Nr. 1666), «Das Paradies» (Nr. 1850), «Ein anderes Leben» (Nr. 4083) und «Desideria» (Nr. 4757).

Alberto Moravia

1934
oder
Die Melancholie

Roman

Aus dem Italienischen
von Antonio Avella

Rowohlt

Die italienische Originalausgabe erschien bei
Gruppo Editoriale Fabbri-Bompiani, Sonzogno, Etas S. p. A., Milano,
unter dem Titel «1934»

Umschlagentwurf Dieter Ziegenfeuter

Veröffentlicht im Rowohlt Taschenbuch Verlag GmbH,
Reinbek bei Hamburg, Februar 1985
© 1982 Gruppo Editoriale Fabbri-Bompiani,
Sonzogno, Etas S. p. A., Milano
© 1982 Paul List Verlag GmbH & Co. KG, München
Gesamtherstellung Clausen & Bosse, Leck
Printed in Germany
880-ISBN 3 499 15485 4

I

»Kann man in Verzweiflung leben, ohne sich den Tod zu wünschen?« Während der kleine Dampfer rasch auf die Insel Capri zufuhr, spielte ich mit der Vorstellung, eine riesige Fledermaus schwebe – wie auf Dürers Stich »Melancholie« – mit ihren ausgebreiteten Flughäuten über dem Meer und hielte ein Spruchband mit dieser Frage zwischen ihren Krallen. Vielleicht war es die Gewitterstimmung, die mich an diesen Stich des deutschen Malers denken ließ. Wie bei Dürer spannte sich vor dem düsteren Himmel ein blasser Regenbogen über den Horizont. Das rote Felsmassiv von Capri ragte über die glatte dunkle Wasserfläche empor, auf der blendende Lichtreflexe wie auf einer von Messern zerkratzten Bleiplatte aufglitzerten. In diese Landschaft, die auf eine Katastrophe zu warten schien, hätte das Spruchband mit der Frage nach der Verzweiflung ebenso gut hineingepaßt wie das vogelähnliche Nachtgeschöpf, die Fledermaus, mit ihrem unheilverkündenden Flug und den schrillen Lauten. Ich hatte diese quälende Frage, auf die ich keine befriedigende Antwort wußte, stets vor Augen, sogar im Traum verfolgte sie mich.

Eine Zeitlang betrachtete ich die »Dürerlandschaft«, die vor mir lag, dann senkte ich die Augen. Da bemerkte ich direkt vor mir eine Frau, die an der Reling saß. Sie sah mich an und schüttelte leicht, aber entschieden den Kopf, als wollte sie mir sagen: »Nein, mach dir keine Illusionen, es ist nicht möglich, wirklich nicht.« Ich glaubte, nicht recht gesehen zu haben, und blickte noch einmal aufmerksam zu ihr hin. Kein Zweifel war möglich, die Frau schüttelte wirklich verneinend den Kopf und sah mich dabei fest an, als hätte ich meine Frage laut an sie gerichtet.

Ihre Blicke, die mich nicht zufällig streiften, sondern den Wunsch nach Kommunikation erkennen ließen, bestätigten diesen Eindruck. Ihre großen grünen Augen blickten so düster und unglücklich, daß ich gar nicht anders konnte, als ihre verneinende Kopfbewegung so zu deuten, wie ich es getan hatte. Ja, sie war verzweifelt und wollte mich ihren Gemütszustand wissen lassen. Mit dieser Geste schien sie mir sagen zu wollen: »Wir empfinden beide das gleiche. Aber ich denke anders darüber als du.«

All dies kam mir in dem Moment in den Sinn, als ich sah, wie die Frau auf eine Frage antwortete, die ich gar nicht an sie gerichtet hatte. Dann dachte ich mir, der verzweifelte Ausdruck ihrer Augen könnte vielleicht von ihrer Kurzsichtigkeit herrühren. Ihr Kopfschütteln war vielleicht nur ein stummer, sanfter Vorwurf, daß ich sie erst jetzt bemerkte, nachdem die Überfahrt von Neapel nach Capri schon beinahe zu Ende war.

Ich beobachtete sie weiter, aber mit weniger Interesse. Sie wirkte kaum älter als ein Mädchen in den Entwicklungsjahren, aber ein frauenhafter Zug in ihrer Erscheinung fand seine Bestätigung in dem Ehering, der an dem Ringfinger ihrer Rechten steckte. Sie hatte lange, magere Hände. Ihre Schultern waren breit und knochig. Sie hielt sich sehr gerade. Ihre spitzen Brüste stachen beinahe waagrecht vor. Linkisch kreuzte sie ihre dünnen Beine, als schämte sie sich ihres breiten Beckens. Diesem Eindruck von Reife widersprach ihr Gesicht: Über ihrem sehnigen weißen Hals wirkte es kindlich; riesige Augen, eine winzige Nase und sehr volle Lippen. Die dichten, zerzausten roten Haare, die ihr in die Stirn hingen, gaben ihrem Gesicht etwas Katzenhaftes.

Sie sah mich mit einer Beharrlichkeit an, die mich verlegen machte, weil sie offenkundig einem störrischen Willen entsprang. Dann drehte sie sich zu dem Mann hin, der neben ihr saß, und flüsterte ihm etwas ins Ohr. Er starrte mich ebenfalls an und nickte bejahend. In dieser Situation fühlte ich mich durchaus berechtigt, ihn meinerseits aufmerksam zu mustern. Er hätte gut ihr Vater sein können. Wie seine Hand sich zärtlich um ihre Finger schloß, ließ aber erkennen, daß er es nicht war. Er stak in einer Art Kolonialuniform aus kakifarbenem Leinen, die, weil sie ihm zu eng war, überall Falten warf. Der große, schwere Kerl hatte einen kleinen Glatzkopf. Zwischen seinen fleischigen, schlaffen Wangen versanken seine kleine Nase und der schmale Mund fast völlig. Sein fliehendes Kinn wies eine tiefe Kerbe auf. Ein Schmiß durchfurchte die untere Hälfte seiner rechten Wange. Hinter den Brillengläsern wirkten seine verwaschen-blauen Augen unbewegt und starr.

Während die Frau ihrem Begleiter etwas ins Ohr flüsterte, blickte sie zu mir herüber, so daß ich keinen Zweifel hegte: Sie sprach über mich. Dann setzte sie sich wieder zurecht und fixierte mich weiter, aber diesmal ohne verneinend den Kopf zu schütteln. Ich bedauerte, sie nicht gleich bei der Abfahrt von Neapel bemerkt zu haben. So beschloß ich, die verlorene Zeit nachzuholen und mit ihr eine vorerst auf Blicke beschränkte Beziehung anzubahnen, die sich vielleicht, sobald wir auf der Insel waren, weiterentwickeln ließe. Aber was für eine Beziehung? Mir wurde klar, daß sie ihr bereits einen Stempel aufgedrückt hatte, als sie mich immer wieder mit dem Ausdruck der Verzweiflung ansah. Die gleiche Verzweiflung hatte wohl in meinen Augen gestanden, als ich mich meinen Phantastereien überlassen hatte. Die Frage, die mein Gesicht widerspiegelte, »Kann man in Verzweiflung leben, ohne sich dabei den Tod zu wünschen?«, hatte vielleicht in ihr die Hoffnung erweckt, zwischen uns beiden eine Gemeinsamkeit, eine Art Komplizenschaft, herstellen zu können. Jetzt lag es an mir, vorläufig nur mit Blicken, eine tiefere Verbindung zwischen uns zu schaffen.

So begannen unsere Augen eine Art Zwiegespräch, das bis zu dem Moment andauerte, in dem das Schiff in den Hafen von Capri einlief. Ich blickte sie an, und sie erwiderte meinen Blick. Überrascht erkannte ich, daß es sich wirklich so verhält, wie man immer behauptet: Mit den Augen kann man sich nicht nur Zeichen geben, sondern geradezu Gespräche führen. Ich hatte das eigentlich immer gewußt, aber nie ausprobiert. Nun war ich beinahe erstaunt, daß ich ihr ohne Worte mitteilen konnte, ich sei unglücklich und von beklemmender Verzweiflung erfüllt. Sie ähnelte mir auf geheimnisvolle Weise, denn auch sie war unglücklich und verzweifelt. Mir wurde bewußt, daß diese Gemeinsamkeit schon fast der Anfang von Liebe war und daß ich deshalb glühend hoffte, sie in Capri wiederzusehen. Ich bat sie mit den Augen, mich irgendwie wissen zu lassen, wo sie auf der Insel wohnen würde, oder mir wenigstens zu erlauben, mich ihr zu nähern und mit ihr einige Worte zu wechseln und so weiter und so fort.

Bei einem normalen Gespräch hätte ich mich vorsichtig ausgedrückt, nicht immer freiheraus gesprochen und die Reaktion meines Gegenübers abgewartet; aber jetzt wurde ich gewahr, daß ich meine Augen dies alles mit rückhaltloser, unvorsichtiger Leidenschaftlichkeit sagen ließ. Mir kam der Gedanke, daß wir unseren leidenschaftlichen stummen Dialog in der gleichen, ausschließlich aufeinanderbezogenen, hingerissenen Stimmung führten, die zwei Sänger eines Liebesduetts vereint. In lächerlich opernhafter Irrealität glichen wir zwei Personen, die ganz in ihrem ekstatischen Gesang aufgehen, während das Orchester sie begleitet, unterstützt und anfeuert und das begeisterte Publikum den Atem anhält. Gleichzeitig empfand ich aber mit Erleichterung, daß dieser ironische Vergleich nicht paßte. Wir führten kein Opernduett auf, sondern waren zwei Menschen, die bis vor wenigen Minuten die Existenz des anderen noch nicht einmal bemerkt hatten. Wir befanden uns nicht auf einer Opernbühne, sondern im wirklichen Leben, auf dem Deck des Dampfers von Neapel nach Capri.

Ich hätte den stummen Dialog gern unterbrochen und meine Augen anderswohin gewendet. Aber das deutliche Gefühl, daß die Begegnung mit dieser verzweifelten Frau weder zufällig noch bedeutungslos war, hielt mich zurück. Vielleicht hatte ich mein ganzes Leben lang auf sie gewartet und sie gesucht. Jetzt durfte ich mir diese lange erträumte Gelegenheit nicht entgehen lassen. Ja, mein ganzes Leben lang hatte ich mich nach diesen Augen, die so verzweifelt blickten, aber in der Verzweiflung noch einen festen Willen zeigten, gesehnt. Als ich ihren Blick auf mich gerichtet sah, hatte ich das seltsame, verwirrende Gefühl, diesen Moment schon einmal erlebt zu haben, wenn nicht in der Realität, so doch wenigstens in meiner Sehnsucht. So, als wären diese Frau und ich uns schon im Traum begegnet, hätten vereinbart, uns wieder zu treffen, und empfänden jetzt im wirklichen Leben die gleichen Gefühle, die wir bereits intuitiv vorweggenommen hatten.

Während ich noch diesen Gedanken nachhing, sah ich, daß das Schiff bald im Hafen von Capri anlegen würde. Das Gewitter, das noch vor wenigen Minuten loszubrechen drohte, hatte sich verzogen. Das dunkle Gewölk hatte sich am fernen Horizont zu einer einzigen Wolke, die wie eine lange, spindelförmige Zigarre aussah, verdichtet. Die roten, mit Grün überzogenen Felsen von Capri ragten vor einem leuchtend blauen Himmel empor. Ich dachte, ich hätte keine Minute mehr zu verlieren, um ein baldiges Treffen mit ihr auszumachen. Die Schiffssirene ließ schon zwei kurze und ein langes Signal ertönen, um die Einfahrt anzukündigen. Mir gegenüber erhoben sich die Frau und ihr Ehemann von der Bank.

Ich gab meinen Augen einen intensiv fragenden Ausdruck und deutete mit dem Kopf in Richtung Capri, als ob ich sagen wollte: »In welches Hotel in Capri gehst du?« Als ich sie so ansah, fühlte ich, daß ich mich wie ein Verrückter benahm; und wenn schon! Ich mußte sie unbedingt wiedersehen. Sie hatte meinen Blick bemerkt, aber statt ihn zu erwidern, wandte sie sich seltsamerweise zu ihrem Mann und sagte leise etwas zu ihm. Seine Reaktion kam für mich völlig unerwartet. Er beugte sich zu mir nieder – ich war noch sitzengeblieben – und fragte mich auf deutsch: »Sie verstehen deutsch, nicht wahr?«

Voll freudigem Erstaunen antwortete ich schnell: »Natürlich kann ich deutsch. Ich habe an der Universität München über Kleist promoviert.«

»Ausgezeichnet. Also, wenn Sie deutsch verstehen, so sollen Sie wissen, daß wir in die Pension Damecuta in Anacapri gehen.«

Dieses für einen Ehemann ungewöhnliche Verhalten ließ ein unbehagliches Gefühl und so etwas wie Mißtrauen in mir aufkommen. Trotzdem war ich nur allzu bereit, mich der merkwürdigen Situation anzupassen, und antwortete rasch: »Gerade wollte ich fragen, welches Hotel empfehlenswert wäre, denn ich habe noch nichts gebucht. Pension Damecuta, Anacapri, ausgezeichnet! Übrigens, gestatten Sie, daß ich mich vorstelle: Lucio...«

Bevor ich ausreden konnte, unterbrach er mich wütend: »Nein, stellen Sie sich nicht vor, das ist völlig nutzlos! Ich habe Ihnen unsere Adresse nicht gegeben, weil ich Sie wiedersehen möchte, sondern damit dieser impertinente Blickwechsel mit meiner Frau endlich aufhört. Ich ersuche Sie dringend, uns von jetzt an in Ruhe zu lassen! Verstanden?«

Erstaunt und mit tiefstem Unbehagen ließ ich diesen beleidigenden Wortschwall über mich ergehen. Ich warf einen Blick zu der Frau hin, als hoffte ich, sie würde mich verteidigen. Aber ihre Augen wichen mir aus. Sie zuckte leicht mit den Achseln, als wollte sie sagen: »Recht geschieht dir!« In einer verwirrenden Gefühlsmischung aus Scham und Zorn folgte ich ihnen mit den Augen, während sie sich in die Warteschlange der Passagiere einreihten: Sie waren wieder zwei völlig Fremde für mich. Wie hatte ich mir nur einbilden können, mit dieser breitschultrigen, mageren jungen Frau mit dem widerspenstigen roten Haarschopf verbände mich eine mein ganzes vergangenes und zukünftiges Leben bestimmende Liebesbeziehung? Da wandte sie sich zu meiner Überraschung plötzlich halb um und warf mir einen verschwörerischen und bittenden Blick zu. Vielleicht wollte sie mir zu verstehen geben, ich sollte den Wutausbruch ihres Mannes nicht ernst nehmen, oder wollte sie mir sagen, ich solle sie nicht verlassen? Dann wurde die Landungsbrücke heruntergelassen, und die Passagiere begannen von Bord zu gehen. Ich sah ruhig zu, wie die beiden Deutschen in der Menge verschwanden. Ein Glücksgefühl durchströmte mich: Ich hatte ihren bittenden Blick aufgefangen und kannte den Namen ihres Hotels. Was wollte ich für den Augenblick mehr? Ich hatte jetzt nur das Bedürfnis, in Ruhe über das nachzudenken, was mir in den letzten Stunden begegnet war.

Vergeblich versuchte ich später in der Pferdekutsche, die mich nach Anacapri brachte, meine Gedanken zu ordnen. Die Fahrt bergauf ging langsam. Auf der einen Seite der Straße lag das Meer, das jetzt, nachdem das Gewitter sich verzogen hatte, wieder leuchtendblau war, auf der anderen das große Felsenmassiv des Monte Solaro. Statt über die Begegnung mit der Frau auf dem Schiff nachzudenken, wie ich es vorgehabt hatte, begann ich aus unerfindlichen Gründen über den tieferen Sinn, der in dieser Landschaft verborgen lag, nachzugrübeln, was mir ein geradezu lustvolles Gefühl bereitete. Ich war sicher, daß diese Landschaft eine tiefere Bedeutung hatte, und zwar gerade für mich selbst. Ich glaubte endlich zu verstehen: Die Landschaft war von zwei unterschiedlichen, ja sogar gegensätzlichen Elementen gekennzeichnet: Senkrecht ragte der Berg bedrohlich über mir auf, während die waagerechte glatte Meeresfläche friedlich und einladend wirkte. Der interessanteste Aspekt, den ich entdeckte, war, daß die beiden Elemente sozusagen logen: Es war nämlich ganz unwahrscheinlich, daß der Berg auf mich niederstürzte; andererseits war es jedoch durchaus möglich, daß das Meer mich in einem Sturm verschlang. Welche Lehre konnte ich daraus für meine jetzige Situation ziehen? Es konnte bedeuten, dachte ich, und fand immer mehr Geschmack an diesen Gedankenspielereien, daß die Verzweiflung, die der drohende Fels symbolisierte, mich aller Wahrscheinlichkeit nach nie endgültig unter sich begraben würde, die Liebe, die von dem ruhigen Meer repräsentiert wurde, könnte mich jedoch bald in ihren Abgrund ziehen.

Ich notiere diese kindischen Spielereien, um eine Vorstellung von dem plötzlichen Glücksgefühl zu geben, das mich unerklärlicherweise erfüllte. Ja, ich war so glücklich, wie man es mit siebenundzwanzig sein kann; viele Jahre der

Verzweiflung lagen hinter mir, und ich hatte die Hoffnung auf eine große Liebe vor mir, daß es eine große Liebe sein würde, dessen war ich ganz sicher. So vermischte sich die Verzweiflung zum ersten Mal mit der Hoffnung, wie zwei Flüsse ineinanderfließen. Die Hoffnung wurde durch die Verzweiflung noch freudiger und die Verzweiflung durch die Hoffnung noch tiefer. Ich war geradezu »freudetrunken« und gleichzeitig so verzweifelt, wie ich es noch nie gewesen war. Das Problem, das mich schon seit längerer Zeit quälte, nämlich ob man die Verzweiflung sozusagen »stabil« machen, das heißt, sie in den Normalzustand des Lebens überführen könne, um auf diese Weise dem folgerichtigen und sonst unvermeidlichen Ende, dem Selbstmord, zu entgehen, dieses Problem hatte sich plötzlich wieder in sein Gegenteil verkehrt. Ich war wieder bereit zum Selbstmord, wie in meinen schlimmsten Zeiten, aber diesmal seltsamerweise nicht aus Hoffnungslosigkeit, sondern aus einer zu starken Hoffnung heraus, die nichts mit der bitteren Weisheit einer, wie ich es nenne, ›stabilisierten‹ Verzweiflung zu schaffen haben mochte.

Plötzlich unterbrachen Stimmen und Räderknirschen meinen Gedankengang. Eine andere Kutsche war hinter uns aufgetaucht, ihr Pferd trabte schneller als unseres, und setzte zum Überholen an. Nicht der Kutscher, ein schmächtiger junger Krauskopf, der mit vergnügtem Gesicht auf dem Bock saß, trieb das Pferd auf der steilen Straße bis zum äußersten an, sondern eine Frau neben ihm, die sich seine Mütze auf ihre zerzausten roten Haare gestülpt hatte. Es war die junge Deutsche vom Schiff. Gleichzeitig erkannte ich ihren Mann, der sich im Sitz zurücklehnte und wie gewöhnlich halb zornig und halb verständnisvoll dreinsah. Die Frau schüttelte mit ihren mageren Armen heftig die Zügel und trieb das Pferd mit gutturalen Zurufen an. Ihr lachendes Gesicht glühte unter der Schirmmütze vor Erregung. Ihre Kutsche erreichte uns und befand sich einen Moment auf gleicher Höhe mit der unseren. Ich sah, wie die Frau meinen Blick auffing, plötzlich die Mütze vom Kopf riß und sie dem Kutscher wieder aufsetzte. Dann drehte sie sich um, sagte etwas zu ihrem Mann und wies dabei ohne den geringsten Anflug von Verlegenheit mit dem Kopf auf mich. Ihr Gatte zuckte ärgerlich die Schultern, als wollte er sagen, »Was geht das mich an?«. Angetrieben von dem Kutscher, den plötzlich der Ehrgeiz gepackt hatte, setzte ihr Pferd zu einem wilden Galopp an; die Kutsche raste an uns vorbei, bog um die Kurve und verschwand hinter einem Wald von Steineichen.

Mein Kutscher, ein dicker Mann um die fünfzig, wandte sich zu mir um, als die Kutsche der beiden Deutschen verschwunden war, und brummte: »Die kutschieren, als wären sie Tramfahrer! Wissen die denn nicht, daß das Pferd müde wird, wenn es auf einer Steigung galoppieren muß?«

Als ob er mir demonstrieren wollte, wie man ein Pferd richtig behandelt, hielt er an, sprang vom Kutschbock, führte das Pferd am Zügel und schritt neben dem Wagen her. Hin und wieder schnalzte er mit der Peitsche in der Luft. Um ein Gespräch in Gang zu halten, sagte ich: »Ihr Pferd ist vielleicht schon alt. Das Ihres Kollegen schien viel jünger zu sein.«

Gekränkt protestierte er: »Mein Pferd alt? Zwei Jahre ist es, mehr nicht! Aber ich kenne mein Tier und weiß, was ich ihm zumuten kann. Der da hat keine Ahnung von Pferden! Und dann war natürlich auch noch die Frau dabei; in seinem Alter kann man einem Weibsbild ja nichts abschlagen.«

Ich antwortete, um irgendwas zu sagen: »Manche können das aber!«

»Dann haben die aber kein Herz im Leib.« Er stockte einen Moment, dann fuhr er mit einem bekannten Sprichwort fort, dessen Derbheit er ein wenig milderte: »Wißt Ihr nicht, daß ein Haar einer Frau stärker zieht als hundert Paar Ochsen?«

Ich erwiderte nichts. Schweigend brachten wir die ganze Steigung hinter uns; er stapfte neben dem Wagen her, die Zügel in der Hand, und zog von Zeit zu Zeit an einer Zigarre. Ich tat so, als sei ich in die Betrachtung des Panoramas vertieft. Am Ende des steilen Stücks hielt er die Kutsche wieder an, sprang mit unerwarteter Behendigkeit auf und brummelte mir mürrisch zu: »Jetzt werde ich Euch zeigen, ob mein Pferd alt ist oder nicht!« Er ließ die Peitsche kräftig schnalzen, das Pferd zog an und fiel in raschen Trab.

Entweder trieb er es jedoch mit der Peitsche zu stark an, oder das Tier war wirklich noch ganz jung und feurig, denn plötzlich wechselte es vom Trab in den Galopp über und danach stürmte es einfach los. Der Kutscher trieb es zuerst noch mit Peitschenknallen und Zurufen an, dann merkte er, daß er die Gewalt über das Tier zu verlieren drohte, und riß an den Zügeln, um es zurückzuhalten. Zu spät. Das Pferd bäumte sich auf, warf die Beine in die Luft, raste in wütendem Galopp weiter und bog in die enge, baumbestandene Straße nach Anacapri ein. Die Kutsche schwankte hin und her, jeden Moment konnte sie an einen der Bäume am Straßenrand prallen und zerschmettert werden. Der Kutscher schrie etwas, das ich nicht verstand, wahrscheinlich war es Dialekt, und riß mit ganzer Kraft an den Zügeln. Heftig durchgeschüttelt legten wir ein kurzes Wegstück zurück, dann hielten wir genau auf eine Frau zu, die vor uns am rechten Straßenrand ging. Ich hatte noch die Zeit zu registrieren, daß sie eine weiße Bluse und einen grünen Rock trug. Bei jedem Schritt tanzten ihre schulterlangen, braunen Locken. Mir schoß durch den Kopf: »Eine junge Frau, vielleicht ist sie auch schön!« Dann geschah, was ich befürchtet hatte. Die Kutsche fuhr die Frau fast nieder, nur durch einen Sprung zur Seite brachte sie sich im letzten Moment noch in Sicherheit. Dem Kutscher gelang es endlich, das Pferd anzuhalten. Die Frau drehte sich um und ging wütend auf ihn los.

Ihre derbe Heftigkeit bestürzte mich, aber mehr vielleicht noch, daß ihr Gesicht weder schön noch jung war, wie ich es mir wegen ihrer lockigen Haare vorgestellt hatte. Statt dessen blickte ich in das Gesicht einer älteren Frau mit leicht mongolischen Zügen, kleinen, schräggestellten schwarzen Augen, einer breiten stumpfen Nase und einem vorstehen-

den, aber schmallippigen Mund. Es glich dem traurigen Gesicht einer alten Äffin. Zu allem Überfluß war es noch mit einer dicken, viel zu hellen Puderschicht bedeckt. Kräftige Lippenstiftstriche täuschten vollere Lippen vor, das starke Rot sah wie eine frische, noch blutende Wunde aus.
Die Frau stürzte sich auf den Kutscher und schlug mit der Handtasche auf ihn ein; gleichzeitig überhäufte sie ihn mit Beschimpfungen in Capreser Dialekt, aber mit starkem ausländischen Akzent. Der Kutscher wich zurück und versuchte, ihre Handtasche so gut es ging mit dem Arm abzuwehren. Dabei schien er sie aber ganz kühl zu beobachten, wie jemand, dem eine Situation nicht neu ist und der ganz genau weiß, wie er sich zu verhalten hat. Als er sah, daß sich die Frau nicht beruhigen wollte, redete er in begütigendem und leicht ironischem Ton auf sie ein. Er duzte sie und nannte sie »Sonja«. Ich verstand nicht, was er zu ihr sagte, denn er benutzte ebenfalls den Dialekt. Aber die Frau ließ sich dadurch ganz und gar nicht besänftigen, vielmehr ging sie von Schlägen zu Beleidigungen über. Diesmal verstand ich sie: »Hurensohn, Aas, Hahnrei, Mörder!« Sie schimpfte, bis sie heiser wurde; das schien kein vorübergehender Wutanfall zu sein, eher der Ausbruch eines schon lang schwelenden alten Grolls. Auf die gutmütig-spottenden Worte des Kutschers »Hör auf damit, das schadet deiner Schönheit« schrie sie: »Du alter Dreckskerl!« und streckte ihm plötzlich die Zunge heraus. Der Anblick dieser dicken, dunkelroten, feuchtglitzernden Zunge, die fast bis zu ihrer Wurzel aus dem Mund hervorkam, verwirrte und erregte mich auf seltsame Weise. Verwundert dachte ich: »Von außen wirkt sie wie eine alte Äffin, aber inwendig ist sie jung. Das ist die Zunge einer Achtzehnjährigen.« Gleich darauf wandte sie sich zu mir und schrie mich an: »Und wer bist du?« »Ich heiße Lucio...« »Aha, Lucio! Ich habe dich lächeln sehen, du kleiner, schäbiger Stutzer; da hast du's! Trag's nach Hause und rahm es dir ein!« Wieder streckte sie ihre schamlos jugendliche Zunge heraus. So plötzlich wie ihr Wutanfall gekommen war, beruhigte sie sich, drehte uns den Rücken

zu, pufte die Tasche zurecht, hängte sie sich über die Schulter und marschierte auf der Straße weiter, ohne sich umzusehen. Ich blickte ihr kurze Zeit nach, bis sie in einen Seitenweg abbog.

Wir fuhren wieder los, diesmal fast im Schrittempo. Auf meine Frage, wer diese Frau sei, erwiderte der Kutscher, eine Russin, die Sekretärin von Herrn Shapiro. Und Herr Shapiro? Herr Shapiro sei ein Engländer, der hier in Anacapri eine Gemäldegalerie eingerichtet habe. Außer ihrer Eigenschaft als Sekretärin des Herrn Shapiro sei Sonja auch die Direktorin dieses Museums. Und wo wohnte Sonja? In Shapiros Villa, im privaten Teil des Museums, wo auch Shapiro wohnte, wenn er sich in Capri aufhielt. Wieso, lebte er denn nicht immer in Anacapri? Nein, er käme nur im Winter her. In den anderen Jahreszeiten sei er in London oder an der Riviera. Mein Interesse an der Unterhaltung war erloschen, aber der Kutscher war jetzt in Plauderstimmung. Er beugte sich vom Kutschbock zu mir herunter und gab auf meine letzte Frage, wieso diese Russin so gut italienisch spräche, eifrig zur Antwort, Sonja könne schon geradezu als Capresin gelten. Alle auf der Insel würden sie kennen, manche Männer sogar besonders gut, darunter er selbst.

Er spielte auf sein früheres Verhältnis mit Sonja mit großer Selbstsicherheit, ohne jede Spur von Verlegenheit, an. Nach kurzem Schweigen fuhr er fort: »Hier im Ort nennt man sie die Äffin, aber sie findet immer noch jemanden, dem sie gefällt.«

Ich wandte die Augen zur Straße. Der Kutscher setzte sich zurecht, zündete die Zigarre an, die inzwischen ausgegangen war, und knallte mit der Peitsche. Das Pferd zog an und verfiel wieder in seinen zügigen Trott. Wir überquerten den Platz vor der Kirche, fuhren dann noch ein gutes Stück weiter und hielten schließlich an. Der Kutscher sprang vom Bock, lud sich meinen Koffer auf die Schulter und bat mich, ihm zu folgen. Wir kamen auf einen ungepflasterten, asymmetrischen Platz, von dem viele Treppen bergab führten. Er war von weißgekalkten, fast fensterlosen, verschieden hohen

Häusern umgeben, die beinahe arabisch anmuteten. In der Mitte, wo man sonst einen Brunnen oder ein Denkmal erwartet hätte, stand ein knorriger, verwachsener Ölbaum, der den seltsam-unregelmäßigen Eindruck des Platzes verstärkte. Der Kutscher, der mir mit dem Koffer auf der Schulter die Treppen hinunter voranging, steuerte auf das einzige Gebäude zu, das nicht in capresischem Stil erbaut war: eine Villa aus dem 19. Jahrhundert mit pompejanischroter Fassade und drei regelmäßig angeordneten Fensterreihen, wie man sie in Neapel und seiner Umgebung häufig sieht. Das war die Pension Damecuta, von deren Existenz ich durch den zornigen Ehemann der rothaarigen Deutschen erfahren hatte. Der Eingang lag nicht zum Platz hin, sondern in einer kleinen Gasse. Das Gittertor stand offen und gab den Blick auf einen großen, sonnigen, verwilderten Garten frei: eine unerwartete Überraschung zwischen all diesen Häusern. Wir gingen einige Schritte an zwei Reihen blühender Oleanderbüsche vorbei und bogen auf den Vorplatz vor dem Haupteingang ein. Die Front der Pension war vom Dorf abgewendet, man blickte von dort auf die Abhänge des Monte Solaro und ihre Olivenhaine; ganz weit am Horizont, hinter den Feldern, glitzerte das Meer in der Sonne.

Ein altes eisernes Vordach mit Glasscheiben schützte den Eingang der Pension. Auf der Schwelle lag ein alter Hund mit zottigem, weißen Fell, der langsam aufstand und zur Seite wich, als wir herankamen. Wir traten ein, und ich ging an die Rezeption. Ein graugekleideter alter Mann, dessen Bart bis auf seine Weste hinunterhing, blickte mich über den Rand seiner Brille hinweg prüfend an. Ich grüßte und fragte nach einem Zimmer.

Verblüfft starrte er mich an und wollte wissen, ob ich vorbestellt habe. Als ich verneinte, seufzte er und blickte lange in das Fremdenbuch, in dem bereits viele Namen standen. Er strich sich über den Bart, seufzte noch einmal und sagte entschieden: »Tut mir leid, wir haben kein Zimmer frei.«

Bei dem Gedanken, ich könnte nicht im gleichen Hotel wie das deutsche Paar wohnen, überkam mich eine solche Verzweiflung, daß ich mich über mich selbst wundern mußte. Es war ein momentanes Gefühl, das jedoch meine, sagen wir, ständige Verzweiflung grausam verstärkte. Wegen eines banalen Übernachtungsproblems sollte ich also die junge Frau mit den roten Haaren nicht wiedersehen können! Einzig aus dem einfachen Grund, weil sie vorher gebucht hatten und ich nicht, sollte die größte Liebe meines Lebens wie eine Seifenblase zerplatzen? Meine Augen füllten sich mit Tränen und ich stammelte: »Das ist eine Katastrophe für mich, das ist das Ende!« Ich wußte nicht mehr, was ich sagte, spürte aber, daß diese exaltierten und verwirrten Worte die Exaltiertheit und Verwirrung meines augenblicklichen Gemütszustandes widerspiegelten. Der Alte blickte mich erstaunt über seine Brillengläser hinweg an. Deshalb fügte ich nervös hinzu: »Ich bin nämlich Schriftsteller. Ich schreibe an einem Roman und hatte mich geistig schon so auf Ihre Pension eingestellt. Mir schien sie der geeignete Ort, um einen Monat zu bleiben und an meinem Buch zu arbeiten.«

Ich kam mir sehr schlau vor: Im einem Satz hatte ich die Liebe durch die Literatur ersetzt, hatte meinen Beruf genannt und zu erkennen gegeben, ich wolle einen ganzen Monat in der Pension bleiben. Welches dieser drei Argumente den Pensionsinhaber schließlich beeindruckt hat, weiß ich nicht, aber seine Miene und Haltung verwandelten sich mit einem Schlag. Er strich sich wieder über den Bart und sagte: »Wenn Sie einen Monat bleiben wollen, kann ich Ihnen vorläufig ein Zweibettzimmer geben. Und sobald ein Einzelzimmer frei wird, können Sie wechseln.«

Nachdem ich meinen Gefühlen schon einmal freien Lauf gelassen hatte, konnte ich mich nicht mehr zurückhalten. »Ich weiß nicht, wie ich Ihnen danken soll, Signor...?«

»Galamini.«

»Ich weiß nicht, wie ich Ihnen danken soll, Signor Galamini. Sie haben keine Vorstellung, oder vielmehr, Sie wissen zweifellos, wie wichtig es für einen Schriftsteller ist, wo er arbeitet. Ach, was heißt wichtig – entscheidend! Der Ausblick aus einem Fenster, das Licht, Ruhe..., mit einem Wort, davon kann das Gelingen eines Romans abhängen!«

Signor Galamini hörte mein aufgeregtes Gerede mit undurchdringlicher Gelassenheit an. »Wir haben in unserer Pension schon mehr als einen Schriftsteller gehabt«, bemerkte er schließlich. »Seinerzeit, das heißt, zur Zeit meines Vaters, wohnte Ibsen hier. Wir haben sogar sein Bild da, sehen Sie!«

Er zeigte mir eine große ovale Photographie, die auf dem Querbalken des Bogens angebracht war, durch den man von der Halle zur Treppe ging. Ich war überrascht, und weil ich mich freute, daß ich erreicht hatte, was ich wollte, fuhr ich redselig fort: »Ibsen! Ja, den kenne ich sehr gut! Ibsen! Was machte Ibsen denn in Anacapri? Ich meine, was tat er denn so den ganzen Tag über?«

Signor Galamini zuckte die Achseln. »Darüber weiß ich wirklich nichts, mein Vater hat mir nie etwas davon erzählt. Wahrscheinlich machte er, was alle machen: Er ging spazieren.«

»Aber Sie selbst haben ihn nie gesehen?«

»Ich glaube nicht. Damals wohnte ich in Neapel. Mein Vater war hier und führte die Pension.«

»Ach, Signor Galamini, ich fühle, daß ich in Ihrer Pension einen Roman schreiben werde, der eines Ibsen würdig ist!«

Signor Galamini seufzte und nahm das Fremdenbuch wieder zur Hand, als wollte er damit anzeigen, daß der private Teil des Gesprächs beendet sei. »Also ich gebe Ihnen Zimmer Nr. 12«, bemerkte er dann, »ein Doppelzimmer mit zwei Fenstern. Blick auf den Garten und das Meer.«

»Danke, danke, tausend Dank. Sie haben mich dem Leben wiedergegeben, Signor Galamini.«

»Da ist der Schlüssel. Carmelo, begleite den Herrn zum Zimmer 12. Ach, einen Moment, geben Sie mir bitte Ihren Ausweis.«

Er streckte die Hand aus, und ich reichte ihm das Dokument hin. Seine Hand war klein, weiß und mit braunen Altersflecken bedeckt. Meine Dankbarkeit war so groß, daß ich versucht war, sie zu küssen. Signor Galamini mußte meinen Überschwang bemerkt haben, denn er runzelte die Stirn und starrte mich erstaunt an. Hastig griff ich das Gespräch wieder auf. »Übrigens, wissen Sie, ob zwei Deutsche, ein Ehepaar Müller, schon angekommen sind; sie ist sehr jung und hat rote Haare, er ist um die vierzig, dick, groß und massig?«

Das war ein Trick: Indem ich den Allerweltsnamen Müller aus der Luft griff, wollte ich Signor Galamini zwingen, mich zu korrigieren und mir den richtigen Namen des Ehepaars zu verraten. Zu meiner größten Verwunderung bestätigte mir Signor Galamini nach einem Blick in sein Fremdenbuch: »Ja, sie sind da. Etwa vor einer halben Stunde sind sie angekommen. Sie haben Nummer 8.«

»Und sie heißen wirklich Müller?«

Etwas überrascht erwiderte er: »Hier steht Müller. Was anderes ist mir nicht bekannt.«

Ich war überglücklich, daß ich jetzt »ihren« Familiennamen wußte, und daß ich ihn auf Anhieb getroffen hatte, erschien mir als gutes Omen. Natürlich, Müller war in Deutschland so häufig wie Rossi in Italien. Aber die Tatsache, daß der Name so verbreitet war, schmälerte nicht mein Glücksgefühl. Ich kam mir vor wie ein Spieler, der beim ersten Versuch eine riesige Summe gewonnen hatte, aber ich wollte Signor Galamini jetzt nicht auch noch nach dem Vornamen der Frau fragen. Ich griff daher nach dem Federhalter, füllte eilig das Anmeldeformular aus und gab es zurück. Signor Galamini schob es zusammen mit meinem Ausweis in ein Fach der Postablage. Dann folgte ich dem Hausdiener, der meinen Koffer trug, die Treppe hinauf.

II

Als ich in meinem Zimmer angelangt war, legte ich meinen Koffer auf eines der beiden Betten, öffnete ihn und fing an, meine Sachen in die Schubladen der Kommode einzuräumen und in den Kleiderschrank zu hängen.

Das geräumige und ein wenig düstere Zimmer besaß eine gewölbte Decke, die mit Grotesken ausgemalt war; die beiden Fenster, die Signor Galamini so gepriesen hatte, gingen auf den Garten; die Einrichtung bestand aus alten dunklen Möbeln: typisches provinzielles 19. Jahrhundert. Da es ein Zweibettzimmer war, gab es alles doppelt: zwei Betten, zwei Kommoden, zwei Kleiderschränke, zwei Nachtkästchen und zwei Paravents, hinter denen zwei Waschtische mit dazugehörigen Krügen und Waschschüsseln standen. Während ich meine Sachen auspackte, überlegte ich schon, wie ich Frau Müller am besten ansprechen könnte. Von Signor Galamini hatte ich erfahren, daß das Ehepaar Zimmer 8 bewohnte; ich war von ihm ganz zufällig darüber informiert worden (vielleicht war es aber auch kein Zufall gewesen; Signor Galamini dürfte den wahren Grund meines fieberhaften Interesses erraten haben). Nun, ich hatte Zimmer 12, und da es zwei Reihen Türen gab, konnte ich daraus schließen, daß sich die beiden Deutschen auf derselben Etage befanden. Ich hatte einen Blick auf alle Türnummern in diesem Stockwerk geworfen und bemerkt, daß das Badezimmer rechts von meinem Zimmer am Ende des Korridors lag; wenn Frau Müller also ins Bad wollte, mußte sie an meinem Zimmer vorbeigehen. Daraus ergaben sich für mich nun mehrere Möglichkeiten: Nummer eins, ich konnte hinter der Tür aufpassen, bis sie vorbeikam, sie am Arm packen und ins Zimmer ziehen; Nummer zwei, die Tür aufmachen, sie rufen, mich zu erkennen geben und mit ihr eine Verabredung für den folgenden Tag ausmachen; Nummer drei, nichts weiter tun, als sie durch den Spalt der angelehnten Tür beobachten, nichts sagen und ihr die Initiative überlassen. Diese scheinbar so klaren Pläne regten mich sehr auf. Wie im Traum, ohne daß ich mir bewußt war, was ich tat, trug ich meine Sachen vom Koffer zu den Schubladen.

Nachdem ich mit dem Auspacken fertig war, räumte ich meine Manuskripte und Bücher auf den alten Kanzleischreibtisch aus Nußbaumholz, der von Holzwürmern zerfressen und von Tintenflecken übersät war. Zuerst legte ich das deutsche Wörterbuch hin, dann die Mappe mit dem jetzt fast fertigen Manuskript meiner Übersetzung des »Michael Kohlhaas« von Heinrich von Kleist, schließlich eine andere Mappe, die leider sehr dünn war; sie enthielt die ersten zwanzig Seiten des Romans, von dem ich Signor Galamini mit so großem Enthusiasmus erzählt hatte. Die Bücher, ein Dutzend insgesamt, die ich während meines Aufenthalts in Anacapri lesen wollte, stellte ich auf ein kleines Regal neben der Tür.

Ich muß gestehen, als ich die Mappe mit dem Roman auf den Schreibtisch legte, empfand ich ein Schuldgefühl. Ich war noch nicht sehr weit gekommen; dabei handelte es sich nicht um irgendeine Geschichte, deren Niederschrift ich beliebig lang verschieben konnte, sondern um einen ganz besonderen Roman, der mit den gegenwärtigen Problemen meines Lebens verbunden und in meiner damaligen Situation unbedingt notwendig war. Es ist hier vielleicht angebracht, daß ich auf diesen Punkt näher eingehe.

Wie ich schon angedeutet habe, war ich seit einigen Jahren von der Idee besessen, meine Verzweiflung zu »stabilisieren«. Ich litt unter einem Angstzustand: Weder für die nahe noch für die ferne Zukunft schien sich mir irgendeine Hoffnung zu bieten; ich spielte häufig mit dem Gedanken, als Lösung, als logischen, unvermeidlichen Ausweg aus dieser Hoffnungslosigkeit, den Selbstmord zu wählen, der mich von meiner Angst befreien würde. Aber wir Menschen sind, leider oder zum Glück, nicht völlig Mensch; wir sind es nur zu einem winzigen Teil, sagen wir, zu zwei Prozent; zu 98 Prozent sind wir Tiere. Folglich stand dem Selbstmord, der so rational und menschlich gewesen wäre, der tierische und irrationale Teil unseres Wesens im Wege, der zu schwach war, der Verzweiflung zu trotzen, aber doch stark genug, um das zu verhindern, was in den Zeitungsberichten über Verbrechen und Unfälle gewöhnlich als »in Sinnesverwirrung begangene Tat« bezeichnet wird.

Die beiden Verfassungen meiner Seele, die zwei Prozent Mensch und die 98 Prozent Tier, gewannen abwechselnd die Oberhand: Bald erschien mir der Selbstmord als reife Frucht, die ich nur zu pflücken brauchte, bald war mir, als müßte ich mit jedem Mittel nach der Befriedigung meiner Wünsche streben, so zum Beispiel jetzt, nach der Begegnung auf dem Dampfer. Dieses widersprüchliche Pendeln zwischen Verzweiflung und Sehnsucht demütigte mich. Was tat ich denn da? Ich war verzweifelt, sehr verzweifelt, und dennoch verstrickte ich mich gleichzeitig blindlings in Leidenschaften, die für mein Alter typisch waren!

Trotz des Risikos, damit in einem ständigen inneren Widerspruch zu verharren, kam mir schließlich der Gedanke, bewußt und freiwillig die Verzweiflung zu »stabilisieren«. Was verstand ich unter »stabilisieren«? Angenommen, mein Leben wäre ein Staat, so würde ich die Verzweiflung institutionalisieren, das heißt, sie sozusagen öffentlich als Gesetz des Staates anerkennen; dies sollte mir durch einen Prozeß der Bewußtwerdung meiner selbst gelingen, der es mir gestatten würde, ein unerschütterliches Gleichgewicht zwischen Verzweiflung und Sehnsucht herzustellen. Aber, wie könnte ich zu dieser Selbsterkenntnis gelangen? Der Roman, den ich verfassen wollte, sollte mir dabei helfen. Je weiter ich mit dem Schreiben vorankäme, desto weiter würde ich mich auch innerlich von der Idee des Selbstmords entfernen, obwohl ich weiterhin von der Verzweiflung geleitet würde. Ich wollte die Geschichte eines Mannes erzählen, der sich am Ende umbringt; ich wollte also etwas niederschreiben, das in meinem Leben im Keim angelegt war. Durch die literarische Sublimierung würde ich erreichen, daß die nunmehr »stabilisierte«, also unwirksame

Verzweiflung zu dem würde, was ich in unserer Zeit einzig für möglich hielt: zum Normalzustand der Existenz.

Obwohl ich diese Sublimierung als notwendig, ja als unerläßlich empfand, um weiterzuleben, war all das nur ein Schema, eine Art Skelett, das noch mit Fleisch umkleidet, oder, anders ausgedrückt, die Idee für eine Erzählung, die erst ausgearbeitet und mit Handlungselementen, Personen, Szenen usw. angereichert werden mußte.

Da begannen die Schwierigkeiten. Um eine Romangestalt, auf die ich meine Selbstmordobsession projizieren könnte, zustande zu bringen, reichte die allgemeine Begründung, sie sei verzweifelt, nicht aus; ich mußte auch das Motiv für die Verzweiflung finden. Nach vielen Überlegungen konnte ich schließlich dieses Motiv als unüberwindliche Abneigung gegen das faschistische Regime identifizieren, das in jenem Juni 1934 gerade in das zwölfte Jahr seit der Machtübernahme eintrat. Das war für eine Romangestalt sicherlich ein triftiger Grund, verzweifelt zu sein; was mich persönlich betraf, wußte ich sehr wohl, daß ich mich, trotz der gleichen Abneigung gegen das politische Regime, das zu dieser Zeit in Italien herrschte, seinetwegen nie umbringen würde.

Bei reiflicher Überlegung schien mir nämlich, daß der Selbstmord, wenigstens in meinem Fall, eine sozusagen »vorpolitische« Versuchung darstellte, der die Politik höchstens noch eine weitere Rechtfertigung geben könnte. In Wirklichkeit, dachte ich, würde ich mich nicht weniger verzweifelt fühlen, wenn es zum Sturz des Faschismus käme oder sich sogar das ganze Gesellschaftssystem änderte. Meine Romanfigur dagegen brauchte einen präzisen, konkreten und vor allem einzigen Grund, sich umzubringen. Zu unklare, zu abstrakte und vor allem zu viele Gründe würden, so fürchtete ich, der Romanfigur am Ende nicht gestatten, Selbstmord zu begehen. Ich könnte somit meine Verzweiflung nicht stabilisieren, sondern wäre gezwungen, das im Leben direkt auszuführen, was ich im Roman indirekt nicht hatte tun können. Nein, mein Protagonist mußte sich umbringen, damit ich mich nicht selbst umbrächte; er mußte sich außerdem aus einer Verzweiflung, die einen präzisen politischen Grund hatte, umbringen, damit ich in einer Verzweiflung weiterleben konnte, die grundlos war.

Während dieser Überlegungen war ich schließlich mit dem Auspacken fertig geworden. Ich ging zum Fenster und blickte auf den Garten hinunter, der jetzt im Schatten der Abenddämmerung lag. Ich empfand ein Gefühl der Erleichterung, als ich die schwarze Masse und die unregelmäßigen Konturen der Bäume sah, die sich gegen den grünen Abendhimmel abzeichneten, wo bereits ein einziger heller Stern wie ein Diamant auf einer blassen Frauenstirn funkelte. Vor der Eingangstür, die von zwei Kugellampen beleuchtet wurde, lag der alte, weiße, zottige Hund in sich zusammengerollt. In der Ferne, weit hinter den Feldern, war der blauschwarze Streifen des Meeres zu sehen, auf dem später das helle Licht des Vollmondes glitzern würde. Alles war heiter und friedlich, nichts störte die gewohnte Ruhe. Wer weiß, vielleicht würde ich hier wirklich, wie ich schon Signor Galamini gesagt hatte, meinen Roman schreiben können, in dem ich meine Verzweiflung und meine ständige Versuchung, Selbstmord zu begehen, auf die Hauptfigur projizieren wollte; hier würde ich mich durch das Schreiben retten. Und das war letzten Endes wahrscheinlich nichts anderes als ein Spiel; aber wer hat je gesagt, daß das Spiel im Leben weniger zählt als die sogenannten ernsten Dinge?

Verdankten dieser so poetische Himmel, dieser lebhaft funkelnde Stern, diese geheimnisvollen Bäume ihre Schönheit aber nicht gerade der Tatsache, daß sie durch die Augen einer unheilbaren und endgültigen Melancholie bewundert wurden? Gerade die Verzweiflung würde mich also bewegen, das Leben zu lieben, nachdem sie es mir so lange Zeit unerträglich hatte erscheinen lassen.

Trotz meiner literarischen Schwärmerei vergaß ich wohlgemerkt Frau Müller nicht: Im Gegenteil, ich sah in ihr meine große Liebe, die größte meines Lebens, die mir in meinem Kampf gegen die Selbstzerstörung beistehen würde. Das bedeutete, schlichter ausgedrückt, daß ich trotz meines

Romans erst in der Beziehung zu ihr die Bestätigung finden würde, daß es der Mühe wert war, zu leben. Ich konnte mir jedoch nicht verhehlen, daß sich die ausgleichende Rolle, die ich Frau Müller zudachte, mit der melancholischen und schicksalhaften Komplizenschaft nicht recht vereinbaren ließ, die ich, so schien es mir, während des kurzen, stummen Dialogs auf dem Dampfer in ihrem Verhalten gegen mich empfunden hatte. Und wenn schon: Ich verspürte das Bedürfnis, diese geheimnisvolle Frau, von der ich nur wußte, daß sie aus dem Nichts – man hätte sagen können, eigens für mich – erschienen war, in mein Leben einzuschließen.

Plötzlich ertönte ein kupferner Gong, den ein Kellner in den verschiedenen Stockwerken der Pension herumtrug und auf den er in regelmäßigen Abständen schlug; das laute Gedröhne ließ mich, wie man so sagt, in die Wirklichkeit zurückkehren, das heißt, mir wurde die aufregende Tatsache bewußt, daß ich in wenigen Minuten Frau Müller im Speisesaal mit ihrem Mann beim Abendessen wiedersehen würde. Bei diesem Gedanken befiel mich plötzlich ein Schwindelgefühl; mein Herz schlug heftiger; ich glaubte zu ersticken. Eine furchtbare, beklemmende Angst bemächtigte sich meiner, so daß ich rasch vom Fenster wegtrat und mich auf das Bett setzte. Ich sagte mir, daß ich warten müßte, bis der Kellner seinen Rundgang mit dem Gong beendet hatte, und noch weitere fünf, zehn Minuten im Zimmer bleiben müßte, bis alle Pensionsgäste im Erdgeschoß zusammengeströmt waren: Ich wollte nicht als erster den Speisesaal betreten.

Ich beschloß, eine Zigarettenlänge zu warten, zündete mir eine Zigarette an und begann pflichtgemäß zu rauchen, ohne jedoch daran Geschmack zu finden. Aber ich merkte sofort, daß es, wenn man in Eile ist, viele Möglichkeiten gibt, die Brenndauer des Tabaks zu verkürzen: Man kann jedesmal lange an der Zigarette ziehen, häufigere Züge machen, ununterbrochen die Asche abklopfen und so weiter. Deshalb waren die vorgesehenen fünf Minuten noch nicht vergangen, als die Zigarette schon zu einem Stummel herabgebrannt war, den ich im Aschenbecher ausdrückte. Dann legte ich die Hand aufs Knie und wartete noch drei Minuten, die Augen starr auf meine Armbanduhr gerichtet; als sie um waren, sprang ich auf und trat zur Tür. Kaum war ich draußen, kehrte ich um: Ich wollte ein Buch holen und bei Tisch darin lesen, teils um besonders seriös zu wirken, teils um Frau Müller damit irgendwie eine Nachricht zukommen zu lassen; ich wußte nur noch nicht, welche. Unter den Büchern, die ich in das Regal gestellt hatte, befand sich »Also sprach Zarathustra«. Ich zögerte zwischen Nietzsches Buch und der Novelle von Kleist, die ich gerade übersetzte; dann entschied ich mich für Nietzsche: Das Buch war so bekannt, daß auch eine Person, die so ungebildet war wie wahrscheinlich Frau Müller, es nicht übersehen konnte. Außerdem eignete sich Nietzsches Buch mit seinen kurzen Versen besser für eine Liebesbotschaft als Kleists Novelle. Daher nahm ich »Also sprach Zarathustra« und verließ das Zimmer.

Ich stieg langsam eine Stufe nach der anderen die breite und geräumige Treppe der Pension hinunter, eine Hand auf dem Geländer, in der anderen das Buch. Andere Gäste gingen vor mir oder kamen mir nach, fast alle waren Personen eines gewissen Alters, meistens Ehepaare, eindeutig Ausländer und mit höchster Wahrscheinlichkeit überwiegend Deutsche. Zwischen den Leuten vor mir suchte ich nach dem Ehepaar Müller, konnte es aber nirgends entdecken; ich blieb deshalb stehen, bückte mich, tat so, als würde ich einen Schuhriemen binden, und schaute mich dabei um: Sie waren direkt hinter mir; er trug einen blauen Anzug und einen Stehkragen mit umgeklappten Spitzen, der ihm in die Kehle schnitt; sie ein glänzendes grünes Seidenkleid, auf dessen Trägern zwei hübsche Schleifen saßen, die noch stärker hervorhoben, wie mager und knochig die breiten Schultern und wie dünn die nackten Arme waren. Seine Brillengläser spiegelten und ließen seine starren und farblosen Augen nur schwer erkennen. Kaum hatte ich mich niedergebeugt und umgedreht, fing ich ihren Blick auf. Es war unstreitig der gleiche Blick, den sie auf dem Dampfer auf mich geheftet hatte: traurig und verzweifelt, aber gleichzeitig eindringlich, erfüllt von starkem Willen und fast frech. In der Verwirrung band ich den Schuhriemen auf, anstatt ihn zuzuschnüren; dann erhob ich mich eilig und deutete einen Gruß an, den er übersah, während sie ihn mit einem komplizenhaften Zwinkern erwiderte. Sie gingen auf der Treppe an mir vorbei; einen Schuh zugebunden und einen offen folgte ich den beiden, zwei Stufen hinter ihnen.

Während ich, die Hand auf dem Geländer, die Treppe langsam hinunterstieg, starrte ich auf den fast durchscheinend weißen feinen Nacken unter ihrem roten, ungebärdigen Haar und sagte mir, daß er zweifellos die gleiche hellschimmernde Blässe aufwies, welche die Rothaarigen an der Leiste und an den Schenkelbeugen haben: Beim Anblick ihrer Locken, die aus dem fast gelösten Haarknoten quollen, mußte ich an zerzaustes und widerspenstiges Schamhaar denken. Vom Nacken glitt mein Blick über ihre Schultern, die in der Breite und Form männlich, aber in ihrer Magerkeit weiblich waren, das heißt, ohne Muskelspiel und mit glatter, entspannter Haut wie ein schlaffes Segel. Dann schaute ich auf ihre breiten Hüften, bei denen, wie ich schon bemerkt hatte, die Beckenknochen stark hervortraten; da fiel mir erneut auf, wie linkisch sie sich bewegte, mit einer Ungeschicklichkeit, die an Unbeholfenheit grenzte, als ob sie sich an die Wandlung vom kleinen Mädchen, das sie vor kurzem noch gewesen war, zur Frau noch nicht gewöhnt hätte. Sie ging, als ertrüge sie ihre Weiblichkeit nicht, so daß ich plötzlich den Eindruck hatte, ihr Körper sei nicht bekleidet, sondern nur irgendwie schlecht bedeckt; ich durfte folglich ohne große Skrupel aus dem, was ich sah, das schließen, was ich nicht sah; die kleinen, mageren, blassen Gesäßbacken und die langen, weichen Schamhaare, die zwischen den Beinen hingen. Sie mußte meinen aufdringlichen Blick gespürt haben, weil sie mit einer Hand nach hinten tastete und den Gürtel oberhalb der Taille zurechtrückte. Wie ertappt, senkte ich rasch die Augen und heftete den Blick auf ihre Knöchel: Sie waren sehr schlank; ihre Strümpfe bildeten Falten; entweder waren sie zu groß oder sie hatte sie schlecht übergestreift. Vom rechten Knöchel fiel ein ziemlich breites goldenes Kettchen auf den langen, mageren und breiten Fuß hinunter.

Mit solchen Beobachtungen, oder besser gesagt, Gefühlen stieg ich die Treppe wie im Traum hinunter. Und ebenfalls wie im Traum ging ich langsam hinter der Reihe von Gästen her, die allmählich den Speisesaal betraten.

Die zahlreichen Tische schienen zum Teil schon besetzt zu sein; ich blieb in der Mitte des Saals stehen und hielt nach einem Kellner Ausschau, der mir den für mich bestimmten Platz anweisen sollte. Gleich darauf kam einer auf mich zu: ein spindeldürrer Mann mittleren Alters mit einer dichten, krausen, schwarzen Haarmähne, magnetischen blauen Augen und einer großen Adlernase. Er schob mich geschäftig zu einem Tisch nahe der Tür. Die Müllers hatten bereits an einem weit entfernten Tisch Platz genommen, neben dem, wie ich bemerkte, noch ein Tisch frei war. So hielt ich den Kellner auf und sagte ihm, daß ich an dem Tisch in der Ecke neben dem Fenster sitzen wollte. Der Kellner war sehr in Eile; er ging mir voran und nahm das Schild »Reserviert« weg.

Kaum hatte ich mich gesetzt, wurde mir der erste Gang serviert. Ich legte Nietzsches Buch neben den Teller, weil ich, wie gesagt, seriös wirken und außerdem dem Band eine Botschaft für Frau Müller entnehmen wollte. Lustlos aß ich und blätterte in meinem Buch. Ich dachte dabei an einen Satz, einen Vers. Aber es wurde mir sofort klar, daß es nicht einfach sein würde, aus dem Epos des Übermenschen eine Passage zu entnehmen, die dem schlichten, ganz menschlichen Zweck dienen könnte, eine Verbindung zwischen mir und der von mir geliebten Frau herzustellen. Ich überflog Kapitel um Kapitel, wie ein Vogel eine ungastliche Gegend überfliegt und dabei vergebens einen zur Landung geeigneten Platz sucht. Endlich blieb ich an einem Gedicht hängen, das mich schon bei der ersten Lektüre des Werks stark berührt hatte:

»Ich schlief, ich schlief –,
Aus tiefem Schlaf bin ich erwacht: –
Die Welt ist tief.
Und tiefer als der Tag gedacht.
Tief ist ihr Weh –,
Lust – tiefer noch als Herzeleid:
Weh spricht: Vergeh!
Doch alle Lust will Ewigkeit –
– will tiefe, tiefe Ewigkeit.«

Da legte ich den Löffel in den Teller, nahm das Buch wieder auf und las das Gedicht langsam noch einmal durch. Obwohl ich nicht sicher war, ob Frau Müller Nietzsche kannte, und noch weniger, ob sie jene Verse verstehen und schätzen würde, schien es mir, daß der letzte Satz »Doch alle Lust will Ewigkeit – will tiefe, tiefe Ewigkeit«, wenn vielleicht auch nicht zu ihrem Gefühl, von dem ich nichts wußte, so doch wenigstens zu meinem paßte, dessen ich mir wohl bewußt war. Denn was war diese Lust, die Ewigkeit wollte, anderes als die Lust zu lieben und trotzdem in der Verzweiflung zu verharren, die im Grunde das Bewußtsein des endlosen Nichts, also der Ewigkeit, ist. Und so war es gerade die Verzweiflung, das heißt, das Bewußtsein der Ewigkeit, die mich Frau Müller lieben ließ; ohne die Verzweiflung hätte ich wahrscheinlich nicht einmal von ihrer Existenz Notiz genommen.

Ich sah von dem Buch auf und blickte zu meiner Tischnachbarin hin, die mir gegenüber saß, während ihr Mann mir sein Profil zuwandte. Sie saß regungslos, mit gespannter Aufmerksamkeit, da, die Ellbogen auf den Tisch gestützt, die Hände unter dem Kinn verschränkt, und starrte mich an. Da ihr Teller mit dem ersten Gang noch voll war – ihr Mann dagegen hatte sein Essen schon verschlungen –, schloß ich, daß sie mich praktisch seit dem Augenblick ansah, als ich mich hingesetzt hatte. Auf ihrem Gesicht lag noch immer der gleiche, seltsam widerspruchsvolle Ausdruck, in dem Melancholie mit Willenskraft und starkes Gefühl mit Berechnung verschmolzen zu sein schienen.

Merkwürdig, es wirkte, als ob sie ihre Hoffnungslosigkeit gebieterisch auf mich übertragen wollte. Nun sagte ihr Mann leise etwas zu ihr; ich hörte die Worte nicht, nahm aber deren harten, vibrierenden Tonfall wahr; ohne sich zu ihm zu wenden, erwiderte sie mit einem einsilbigen Wort, wahrscheinlich mit einem »Ja« oder einem »Nein«. Ich war überrascht, daß ihr Mann, der die Haltung seiner Frau mir gegenüber bemerkt haben mußte, nicht protestierte und auch nicht versuchte, sie davon abzubringen. Warum ließ Herr Müller sie jetzt gewähren, warum schritt er nicht dagegen ein, er, der sich auf dem Schiff doch so eifersüchtig gezeigt hatte? Und andererseits, warum hatte seine Frau keine Bedenken, mich in einer so aufdringlichen und gebieterischen Weise anzublicken, obwohl ihr Mann dabei war?

Ich möchte hier noch einmal die Blicke Frau Müllers beschreiben und mich dabei auf ein Kunstwerk beziehen, das ich schon am Anfang dieser Lebenserinnerungen erwähnt habe: Es handelt sich um Dürers Stich »Melancholie«. Ich weiß wohl, ein so berühmtes Kunstwerk zum Vergleich heranzuziehen könnte banal wirken; es gibt aber Situationen, in denen der Mut, dem Vorwurf der Banalität zu trotzen, von Ehrlichkeit und Aufrichtigkeit zeugt.

Während also Frau Müller mich mit ihrer sonderbaren, eigenwilligen Beharrlichkeit anblickte, hatten ihre Augen den gleichen düsteren und unglücklichen Ausdruck wie die der Frauengestalt Dürers. Man hätte meinen können, dieser Ausdruck sei durch ähnliche Licht- und Schatteneffekte wie auf dem Stich hervorgerufen. Bekanntlich wird der nachdenkliche und traurige Ausdruck, ein Merkmal der Dominanz der schwarzen Galle, das heißt, eines verzweifelten Gemüts, in Dürers Stich durch Kontraste von Licht und Schatten erreicht, durch die Abstufungen von hellen und dunklen Tönen also. Das Gesicht ist wie von einem grauen, dichten nächtlichen Nebel umhüllt; das blendende Weiß der Augäpfel in den dunklen Augenhöhlen sticht von dem Pechschwarz der Pupillen ab. Aus dem Kontrast zwischen dem Schwarz der Augenhöhlen, dem Pechschwarz der Pupillen und dem Weiß der Augäpfel, das Ganze umgeben vom nächtlichen Grau des Gesichts, entsteht der unglückliche, angstvolle Blick; der Blick eines Menschen, der sich in einer ausweglosen Situation weiß, aus der es kein Entkommen gibt.

Wie ich schon sagte, hatten die großen grünen Augen Frau Müllers den gleichen Ausdruck wie die Figur Dürers: Das war teils auf die spärliche Beleuchtung in jener Ecke des Saales zurückzuführen, teils auf den breiten Schatten, den ihre zerzausten Haare auf die Augen warfen. Es gab jedoch einen Unterschied: Dürers Figur sieht, man könnte meinen fragend, zum Himmel empor; Frau Müller dagegen blickte geradeaus, mit gebieterischem Willen direkt auf mich. Aber sowohl Frau Müller wie die Figur Dürers drückten durch ihre Blicke das gleiche Gefühl aus, das der deutsche Meister »Melancholie« nennt und das ich, radikaler und moderner, Verzweiflung nannte.

Aber was für eine Verzweiflung? Eine Verzweiflung, die, wie ich dachte, den endgültigen Verzicht auf das einschloß, was bis dahin den Grund des Lebens ausgemacht hatte. Einen Verzicht, der sich in Dürers Stich, wie man aus den vielen, um die weibliche Gestalt herum verstreuten wissenschaftlichen Instrumenten entnehmen kann, auf das Wissen bezieht; bei Frau Müller schien es mir hingegen, daß es sich dabei um die Liebe handelte, insbesondere um die Liebe zwischen ihr und mir. Fast als ob sie mir mit jenen Blicken sagen wollte: »Ich liebe dich und ich weiß, daß auch du mich liebst, aber es wird zwischen uns nie etwas anderes geben als Blicke. Eine wahre, erfüllte Liebesbeziehung zwischen uns ist unmöglich.«

Warum habe ich den Ausdruck in den Augen meiner Tischnachbarin auf diese Weise ausgelegt? Vor allem, weil ich sonst den drängenden Willen, der in ihrem Verhalten sichtbar wurde, nicht hätte deuten können. In ihrem Interesse für mich gab es nämlich einen Zug von Pedanterie, mit der sie anscheinend danach strebte, mir ganz fest in den Kopf zu setzen, daß sie mich sicher liebte, aber ich sollte mir gleichzeitig keine Illusionen über diese Liebe machen: mich

nur stumm anzublicken ohne irgendeine Möglichkeit für
einen Dialog zwischen uns, das war alles, was sie mir
anbieten konnte, mehr nicht.

Schließlich mußte ihr Mann unseren stummen Dialog
bemerkt haben, denn er beugte sich zu ihr, während sie mich
unentwegt weiterhin anstarrte, und sprach in leisem, aufgebrachtem Ton auf sie ein. Ich konnte die Worte nicht
verstehen, weil er zu leise und zu schnell sprach; aber der
Tonfall ließ erkennen, daß der Mann ihr lebhafte, wenn
nicht sogar zornige, sicher jedoch deutliche und begründete
Vorhaltungen machte. Es war also klar, daß er das Verhalten
seiner Frau nicht billigte. Aber warum, fragte ich mich,
warum hatte er es so lange geduldet? Auch das Ende dieses
ungleichen Streites, in dem einer der Streitenden redete und
der andere so tat, als ob er nicht zuhörte, kam unerwartet.
Eine Kellnerin trug den zweiten Gang auf; der Mann unterbrach seine Streitrede und bediente sich mit wütender Zerstreutheit sehr reichlich. Seine Frau lehnte jedoch ab; dann
ließ sie sich unvermutet in einer Bewegung plötzlicher Mattigkeit seitlich auf den Tisch fallen und legte den Kopf auf
den Arm, wie jemand, der schlafen möchte und in Ruhe
gelassen werden will. Wem diese bedeutungsvolle Mimik
galt, ihrem Mann oder mir, konnte ich nicht genau erkennen. Diesmal blieb Herr Müller ungerührt; er warf nur einen
Seitenblick auf seine Frau, ohne jedoch etwas zu sagen.
Dann begann er wieder mit stummer, zorniger Gier das
Essen in sich hineinzuschlingen.

Sie schlief aber nicht, denn ab und zu öffnete sie die
Augen, als wolle sie kontrollieren, ob ich auch alles, was sie
tat, aufmerksam beobachtete; sie schien mir zu verstehen zu
geben, daß diese von ihr inszenierte Komödie nicht mir,
sondern ihrem Mann galt. Da fielen mir Nietzsches Verse,
die ich gerade gelesen hatte, ein, und die Übereinstimmung
ihres Inhalts mit dem, was sie sicher unbewußt mit ihrem
Verhalten andeuten wollte, versetzte mich in Erstaunen. Ja,
es paßte vollkommen auf sie, was Nietzsche geschrieben
hatte: »Ich schlief, ich schlief, aus tiefem Schlaf bin ich

erwacht«; und es war ihretwegen, daß ich, ohne eine Ahnung von den Problemen zu haben, unter denen sie litt, das Buch in der Absicht, eine Liebesbotschaft daraus zu entnehmen, zu Tisch mitgenommen hatte.

Wieder griff ich zu dem Buch, schlug es auf und las noch einmal aufmerksam das Gedicht; dann blickte ich wieder auf Frau Müllers roten Wuschelkopf, der hinter Besteck, Tellern und Gläsern auf ihrer Armbeuge lag. Das Gedicht, sagte ich mir, eignete sich wunderbar für die Botschaft, die ich ihr senden wollte. Aber wie konnte ich ihr jetzt das Buch geben oder es so anstellen, daß sie es wenigstens bemerkte? Ich zog meinen Füllfederhalter aus der Tasche, unterstrich die Verse und lehnte das offene Buch an ein Glas, als wollte ich während des Essens darin lesen. Ich wollte, sobald sie den Kopf heben würde, ihre Aufmerksamkeit auf das Buch lenken. Später konnte ich mit ihrer Hilfe sicher eine Möglichkeit finden, es ihr zukommen zu lassen.

Nach einer langen Pause erschienen plötzlich durch die Küchentür drei eifrige Kellnerinnen, die Tabletts mit der Nachspeise trugen. Der Mann sagte etwas zu seiner Frau, wahrscheinlich etwas Albernes, aber Höfliches wie: »Willst du keinen Kuchen? Normalerweise schmeckt er dir doch so gut.« Genau wie jemand, der aus einem langen Schlaf erwacht, hob sie ein wenig ihren Kopf; sie sah wirklich ganz verschlafen und verwirrt aus. Schnell zeigte ich mit dem Finger auf das Buch; daraufhin senkte sie langsam die Augen zum Zeichen, daß sie meine Geste verstanden hatte. Da nahm ich die Feder wieder heraus und schrieb auf den Rand der Seite neben das Gedicht: »Laß mich wissen, wann und wo wir uns treffen können.« Kaum hatte ich das Buch zugeklappt, als sich ihr Mann zu mir umdrehte.

Mit merkwürdiger und verwirrender Höflichkeit fragte er mich auf deutsch: »Verzeihen Sie, können Sie mir wohl sagen, ob sich der Name Nietzsche mit einem »e« oder mit »ie« am Ende schreibt?«

Diese Frage kam so unerwartet, daß ich dummerweise einen Augenblick lang dachte, sie sei ernstgemeint, vielleicht als Vorwand, um ein Gespräch anzuknüpfen, wie es in den Pensionen oft vorkommt. Fast sofort begriff ich aber, daß es eine höhnische Art war, mich in »meine Schranken zu weisen«, ungefähr, wie er es schon an Deck des Dampfers getan hatte, als er mir ihre Adresse in Anacapri gab. Ich blieb einen Moment still, während sie mich anblickte und keineswegs verlegen zu sein schien. Endlich sagte ich entschieden: »Ich schreibe ihn natürlich mit einem »e« am Schluß.«

Er hakte sofort nach: »Es scheint mir, als wollten Sie meiner Frau dieses Buch leihen oder vielleicht sogar schenken, oder etwa nicht?«

»Um die Wahrheit zu sagen, ich war gerade dabei, es zu lesen, aber wenn das Buch Ihre Frau interessiert, gebe ich es ihr sehr gern.«

Plötzlich stand er auf und streckte seine Hand aus »Geben Sie es ruhig mir.« Ich tat, was er verlangte. Er setzte sich wieder und reichte seiner Frau das Buch; dann wandte er sich zu mir und sagte: »So ist's recht. Meine Frau bedankt sich. Du bedankst dich bei dem Herrn, nicht wahr!« Die Frau zuckte nur fast unmerklich die Schultern, ohne etwas zu erwidern. Die Augen gesenkt, blätterte sie das Buch durch, bis sie die Seite mit dem Gedicht fand, die ich eingekniffen hatte; aufmerksam las sie es. Das Ganze geschah unter den Augen ihres Mannes, der jedoch seltsamerweise keinen Versuch machte, meine Liebesbotschaft zu lesen, und es auch nicht verhinderte, daß seine Frau sie las. Frau Müller war mit dem Lesen fertig, verstaute das Buch in einer großen Tasche, die am Stuhl hing, und nahm wieder ihre nachdenkliche Haltung ein, die Augen auf mich gerichtet. Der Mann begann den Kuchen mit demonstrativer Wut hinunterzuschlingen.

Ich nahm auch ein Stück Kuchen von dem Tablett, das mir die Kellnerin hinhielt, und aß es mit der einstudierten Langsamkeit eines Genäschigen. Sie aß nichts, ihr Teller lag leer da. Ihr Mann war mit dem Kuchen fertig, schenkte sich ein halbes Glas Wein ein und leerte es auf einen Zug; dann nahm er die Serviette, rollte sie sorgfältig zusammen und steckte sie in den Serviettenring. Ich war ebenfalls mit dem Essen fertig, trank mein Glas aus und faltete meine Serviette vierfach zusammen. Plötzlich erhob sich das Paar.

Ich blieb sitzen und sah sie an, ohne Verlegenheit und ganz direkt: Ich wollte ihnen zeigen, daß es Herrn Müller nicht gelungen war, mich mit seiner »Lektion« in die Schranken zu weisen. Seine Frau ging an mir vorbei und deutete mit dem Kopf einen Gruß an, blieb dann aber ein paar Schritte weiter stehen, um auf ihn zu warten. Ihr Mann schien ihr zuerst folgen zu wollen, drehte sich jedoch dann zu mir um, schlug die Hacken zusammen, erstarrte in militärischer Habachtstellung und hob den Arm zum Faschistengruß. Aber nicht auf italienische Art, den Arm nach oben ausgestreckt, sondern auf deutsche, den Arm waagrecht. Mir war sofort klar, was für eine Absicht sich hinter dieser Geste verbarg. Nach der spöttischen Frage, wie der Name Nietzsche zu schreiben sei, setzte der Mann seine Angriffstaktik weiter fort, die, wie mir schien, darauf abzielte, sich von der Haltung seiner Frau zu distanzieren und jeden Verdacht irgendeiner Komplizenschaft zwischen ihnen zu zerstreuen. Mir sollte auf diese Weise klar gemacht werden, daß er wie ein richtiger Ehemann handelte: Vielleicht hatte er irgendeinen Grund, das Verhalten seiner Frau zu dulden, aber er billigte es nicht. Diesmal verlagerte sich jedoch die »Lektion« von der kulturellen auf die politische Ebene. Es war eine Art Herausforderung: Er wollte mich auf die Probe stellen und erfahren, ob ich Faschist war. So wie die Lage in Italien und Deutschland damals war, Hitler und Mussolini an der Macht, ihre Gegner verfolgt oder bereits ausgeschaltet, war diese Herausforderung nicht nur einschüchternd, sondern auch gefährlich. Falls ich seinen Gruß nicht erwiderte, galt ich als Antifaschist und folglich...

Aber ich mußte jetzt schnell handeln. Er stand vor mir, die Füße eng nebeneinandergestellt und den Arm ausgestreckt; in einem Augenblick und mit der Schnelligkeit, die den Überlegungen eigen ist, welche in einer Notsituation angestellt werden, erwog ich die Alternativen, die sich für mich aus einer Annahme oder Verweigerung dieser Herausforderung ergeben konnten. Es gab für mich folgende Möglichkeiten: 1) den Faschistengruß zu ignorieren und so zu tun, als ob ich weder ihn noch den Mann gesehen hätte; 2) den Gruß mit einem höflichen Kopfnicken zu erwidern und dabei sitzen zu bleiben; 3) ihn mit einer zweideutigen, halben Verbeugung zu erwidern, aber dabei aufzustehen; 4) aufzustehen und meinerseits ganz regelgerecht das Ritual des Faschistengrußes auszuführen.

Ich wiederhole, all dies habe ich in weniger als einer Sekunde gedacht und war noch unentschlossen, als ich sah, wie sie mir hinter dem Rücken ihres Mannes mit den Augen ein Zeichen gab, ich sollte, jawohl, ich sollte unbedingt den Faschistengruß erwidern. War es ein Befehl oder eine Bitte? Das hätte ich nicht sagen können; zweifellos war es in diesem Augenblick eine Geste des gegenseitigen Einverständnisses auf einer viel höheren Ebene als der des politischen Opportunismus. Was mich aber vor allem dazu bewog, gegen meine innere Überzeugung zu handeln, war der Gedanke, daß sie verlangte, ich solle es »ihr zuliebe« tun. Mit dem Nicken ihres Kopfes schien sie mir sagen zu wollen: »Ja, werde Faschist, nur einen Augenblick lang, mir zuliebe.«

Langsam richtete ich mich auf, langsam hob ich den Arm zum Gruß. Ich tat es auf italienische Weise mit in die Höhe gestrecktem Arm. Gleichzeitig sah ich sie an, in der Hoffnung, irgendeine Anerkennung für diesen Verrat an meinen Überzeugungen von ihr zu erhalten; und zu meiner maßlosen Freude sah ich, wie sie ganz flüchtig mit ihren Lippen einen Kuß formte; dabei deutete sie etwas mit ihren Augen und ihrem Kopf an, wie: »Bis später«. Das dauerte nur einen Augenblick. Dann ging sie rasch durch den Saal hinaus, und ihr Mann folgte ihr.

Ich setzte mich wieder hin; der Kuß, den sie mir hinter dem Rücken ihres Mannes zugeworfen hatte, genügte mir im Moment. Anstatt ihr nachzugehen, wollte ich über diesen Kuß und die folgende Geste nachdenken. Was bedeutete diese Geste? Klar, sie würde sich in Kürze mit mir unter vier Augen treffen. Aber wo? Ich dachte weiter nach und kam zu dem Schluß: Die einzige Möglichkeit für sie, mich zu sehen, ohne daß ihr Mann etwas davon merkte, bestand darin, mit der Ausrede, auf die Toilette zu müssen, ihr Zimmer zu verlassen und dann leise in meines zu schlüpfen. Kurz vorher hatte ich mir schon eine solche Eventualität vorgestellt, aber nur wie etwas, das sich erst in entfernter Zukunft ereignen könnte; aber mein Abenteuer nahm eine rasche Entwicklung; alles würde in eben dieser Nacht, vielleicht sogar sehr bald, geschehen. Beim Gedanken, der Besuch von Frau Müller könnte unmittelbar bevorstehen, hatte ich plötzlich Angst, gerade nicht im Zimmer zu sein, wenn sie käme; so verzichtete ich auf den bereits bestellten Kaffee, stand abrupt auf und stieß in der Eile gegen die Kellnerin, die mir ausgerechnet in diesem Moment die Tasse brachte. Der Kaffee ergoß sich auf mein Hemd. Ich entschuldigte mich bei dem verwirrten Mädchen, das über mein Ungestüm fast erschrocken war, und nahm die Schuld für dieses Mißgeschick auf mich. Dann eilte ich aus dem Saal.

Meine Hoffnung, die ich mir gleich darauf selbst wieder ausgeredet hatte, Frau Müller würde »sofort« zu mir kommen, erwies sich als gar nicht so falsch. In meinem Zimmer angelangt, ging ich rasch zur Kommode und nahm ein sauberes Hemd heraus, um es gegen das beschmutzte auszuwechseln. Ich hatte es kaum übergestreift und stand noch vor dem Spiegel und knöpfte es zu, als es an die Tür klopfte. »Sie ist es«, dachte ich und hatte das verwirrende Gefühl, mich in einem Zauberland zu befinden, in dem alles eintraf, was ich mir wünschte. »Herein«, schrie ich und versuchte gleichzeitig, das Hemd so schnell wie möglich zuzuknöpfen und in die Hose zu stecken. Ich wollte nicht, daß sie mich so schlampig angezogen erblickte. Aber in der Eile steckte ich den ersten Knopf in das zweite Knopfloch und so weiter. Daher verlor ich mit dem Aufknöpfen und Zuknöpfen des Hemdes Zeit. Die Tür öffnete sich jedoch nicht, und es wurde auch nicht mehr geklopft. Da ging ich, das Hemd noch über der Hose, zur Türe und riß sie auf.

Niemand war draußen; aber mir war, als könnte ich noch einen Hauch von ihr spüren. Dann senkte ich die Augen und sah am Boden ein Buch liegen, genauer gesagt, den Nietzsche, den ich, Müllers Forderung folgend, seiner Frau gegeben hatte.

Ich hob es auf, blickte rechts und links den Korridor hinunter und zog mich wieder in mein Zimmer zurück. Wer hatte das Buch zurückgebracht? Sicher sie, ein Kellner hätte gewartet, bis ich die Tür geöffnet hätte. Sie war es gewesen, mit dem rätselhaften Einverständnis, wenn nicht sogar in Begleitung ihres so eifersüchtigen und gleichzeitig in die Sache eingeweihten Mannes. Ich ging zum Schreibtisch, knipste die Lampe an und schlug die Seite des Buches auf, auf der ich die zwei Gedichtverse unterstrichen hatte. Da sah ich, daß die Verse »Doch alle Lust will Ewigkeit/will tiefe, tiefe Ewigkeit« noch einmal unterstrichen worden waren, mit dem Unterschied jedoch, daß ich blaue Tinte, Frau Müller einen roten Farbstift verwendet hatte. Ebenfalls mit rotem Farbstift waren am Ende der Verse drei nachdrückliche Ausrufezeichen hinzugefügt worden. Das Buch in der Hand, ging ich zum Bett und setzte mich auf die Kante.

Sie bekräftigte also nicht nur ihr Einverständnis mit mir, sondern schien mir durch ihre roten Striche unter meinen blauen sagen zu wollen, daß sich dieses Einverständnis sehr bald in ein intimeres Verhältnis verwandeln würde. Ich weiß, daß einige über den Gedanken, der mir dann kam, lächeln werden: Daß sie ihre roten Striche »unter« meine blauen gesetzt hatte, verführte mich dazu, eine Analogie zur künftigen Liebesumarmung herzustellen, in der sich ihr Körper meinem unterwirft. Kein Zweifel mehr, es war nur noch eine Frage von Stunden oder höchstens von ein, zwei Tagen; dann würden sich unsere Körper wie die Linien unter Nietzsches Versen aufeinanderlegen.

Ich zog die Beine hoch, streckte mich auf dem Bett aus, verschränkte die Hände hinter dem Nacken und starrte an die Zimmerdecke. Was verstand dieses junge, unglücklich verheiratete Mädchen unter dem Wort »Ewigkeit«? Bei der Auslegung des Wortes »Lust« schien es mir keine Schwierigkeiten zu geben. Lust konnte nämlich alles sein, was Lust verschaffte, angefangen vom stummen Dialog der Augen bis zur Umarmung, die ich in der doppelten Unterstreichung der Verse Nietzsches angedeutet glaubte. Aber »Ewigkeit«? Für Frau Müller dürfte dieses Wort einen ziemlich vagen und wahrscheinlich banalen Sinn haben, wie die kitschig-sentimentalen Postkarten im Dreifarbendruck, die vor einem Landschaftshintergrund die Versprechung »ewiger« Liebe verkünden. Aber wenn es sich nicht so verhielt, wenn Frau Müller nun gegen alle Wahrscheinlichkeit eine Leserin und Kennerin Nietzsches war, was bedeuteten dann die roten Striche und die drei Ausrufezeichen unter dem Wort »Ewigkeit«?

Diese Fragen wirbelten in meinem Kopf herum, ohne daß ich darauf eine Antwort fand, und wahrscheinlich erwartete ich auch gar keine: Ich war glücklich, und dieses Glück trübte mir den Verstand wie ein Likör, an dessen Stärke man nicht gewöhnt ist. Eine träge, lustvolle Mattigkeit stieg langsam in mir auf; immer flüchtiger dachte ich mehrere Male an die Frage der »Ewigkeit« bei Nietzsche, bis ich schließlich einschlief. Mein Schlaf war tief und fest wie der in Nietzsches Gedicht beschriebene, traumlos und, wie mir schien, kurz; als ich aber aus dem Schlaf auffuhr, zeigte meine Uhr fast Mitternacht; ich hatte drei Stunden geschlafen. Eilig sprang ich vom Bett, steckte das Hemd in die Hose und verließ mein Zimmer.

Die Treppe war menschenleer; niemand war auf den Treppenabsätzen, niemand in der noch beleuchteten Halle. Signor Galamini stand hinter der Rezeption und las eine Zeitung. Fast unbewußt trat ich heran und fragte ihn: »Haben Sie zufällig die Müllers gesehen?« Ich war auf eine ausweichende Antwort gefaßt, aber er hob die Augen von der Zeitung, betrachtete mich einen Augenblick lang und sagte dann zu meiner Überraschung: »Sie sind nach dem

Abendessen ausgegangen und noch nicht zurückgekommen.«

»Ob sie spazierengegangen sind?« Signor Galamini antwortete nicht und machte Anstalten, sich wieder mit der Zeitung zu beschäftigen. Ich fuhr gleich fort: »Hat Ihnen Ihr Vater je gesagt, wohin Ibsen bei seinen Spaziergängen hier oben in Anacapri ging?« Signor Galamini blickte von seiner Zeitung auf, schaute mich an und ließ sich ein wenig Zeit, bevor er antwortete: »Ja, das wissen wir. Er ging immer zu einer bestimmten Stelle.«

»Zu welcher?«

»Zur Migliara«.

»Was ist die Migliara?«

»Eine Aussichtsterrasse. Man genießt von dort aus einen schönen Blick auf das Meer.«

»Und was machte Ibsen an der Migliara?«

»Er setzte sich auf eine Bank und schaute stundenlang auf das Meer.«

»Stundenlang?«

»Ja, stundenlang, vielleicht sogar einen ganzen Nachmittag.«

Eine Pause trat ein. Langsam und vorsichtig wandte sich Signor Galamini wieder seiner Zeitung zu. Ich sagte plötzlich aus einer bizarren Eingebung heraus: »Wissen Sie, daß Nietzsche in einem seiner Gedichte sagte, ›jede Lust will Ewigkeit‹? Ich bin überzeugt, daß er damit die Betrachtung des Meeres meinte. Es ist ein großer Genuß, das Meer zu betrachten; gleichzeitig flößt das Meer einem ein Gefühl der Ewigkeit ein.«

Signor Galamini war über meinen brüsken und für ihn unerklärbaren Übergang von Ibsen zu Nietzsche keineswegs erstaunt. Er strich sich den Bart und antwortete höflich: »Auch von Nietzsche haben wir ein Photo im Salon. Sie haben sicherlich recht. Um so mehr, als die Migliara ein ganz besonderer Ort ist.«

»Wieso?«

»Vor Jahren geschah dort ein Selbstmord, der großes

Aufsehen erregte. Ein Mädchen aus Anacapri sprang von der Migliara aus ins Meer: Sie stieg auf einen Felssporn, der über das Meer hinausragt, band sich ihre Zöpfe vor die Augen, um nichts zu sehen, und stürzte sich dann hinunter.«

»Aus welchem Motiv brachte sie sich um?«

»Aus unglücklicher Liebe, versteht sich.«

Ich verabschiedete mich abrupt von ihm und kehrte in mein Zimmer zurück.

III

Aber es geschah nichts. Zwei Tage verstrichen, ohne daß Frau Müller in mein Zimmer kam, mir irgendeine Botschaft zukommen ließ oder wenigstens versuchte, mit mir zu sprechen. Unerklärlicherweise starrte sie mich trotzdem weiterhin während der Mahlzeiten mit ihren verzweifelten, drängenden und gebieterischen Augen an. Ihr Mann bewahrte nach wie vor die Haltung, die ich bereits beschrieben habe: Er schwankte zwischen zornigem Einverständnis und schlechtverhehlter Abneigung.

Obwohl ich mich in diesen drei Tagen den Beschäftigungen eines normalen Badeurlaubs widmete, versuchte ich, mir selber das Geheimnis jener zwei gleich erscheinenden und doch verschiedenen Verhaltensweisen zu erklären. Eines war mir klar: Sie »tat es absichtlich«, während ihr Mann »es zwangsläufig tat«. Aber über diese ziemlich auf der Hand liegende Feststellung kam ich nicht hinaus.

Einen Moment lang dachte ich, ich hätte es mit einem sogenannten perversen Paar zu tun: Die Frau machte die Männer in sich verliebt, während ihr masochistischer Mann zuschaute. Aber ich schob eine solche Hypothese sogleich beiseite. Die Eifersucht des Mannes erschien doch mindestens genauso echt wie die Verzweiflung seiner Frau.

Ich dachte auch an die Möglichkeit, daß die Frau nur mit

mir kokettierte, um ihren Mann eifersüchtig zu machen, weil er nicht mehr in sie verliebt war und sie vernachlässigte. Aber auch diese Annahme verwarf ich, kaum daß sie mir in den Sinn gekommen war: Dieser Mann war sichtlich sehr in sie verliebt, und seine Eifersucht brauchte keineswegs provoziert zu werden. Sie war schon vorhanden, noch bevor mir das Paar auf dem Schiff begegnet war.

Die wahrscheinlichste Hypothese, die aber eigentlich garkeine war, sagte ich mir schließlich, sei folgende: Es handelte sich hier um einen einzigartigen, ganz besonderen Fall, der nicht auf bereits Bekanntes und schon Geschehenes zurückzuführen und daher nicht mit Logik zu erklären war. Dieser Fall lag außerhalb jeglicher Norm und paßte in kein Schema, so daß man ihn nicht »a priori« deuten konnte; man sollte dieses Abenteuer einfach erleben und erst am Ende der ganzen Erfahrung nach der Erklärung forschen. Ich mußte also, dachte ich an diesem Punkt, dieses seltsame Abenteuer bis zu seinem Ende auskosten, ohne zu versuchen, es irgendwie zu deuten, konnte höchstens danach streben, es immer bewußter zu erleben, je mehr es sich entwickelte.

Solche Überlegungen änderten andererseits nicht mein Gefühl für Frau Müller. Überall, wo ich ging und stand, grübelte ich und war voller Zweifel: in meinem Zimmer, am Meer, beim Schwimmen und während meiner Spaziergänge. Aber jedesmal, wenn ich bei Tisch saß und die beiden großen grünen Augen unter dem ungebärdigen roten Haar sah, die mich düster und verzweifelt anstarrten, befiel mich die gleiche tiefe und unerklärliche Verwirrung wie bei unserer ersten Begegnung. Ich hätte am liebsten den stummen Dialog der Blicke unterbrochen, mich nur mit dem Essen beschäftigt und dann rasch den Speisesaal verlassen, ohne ein einziges Mal meine Augen auf sie gerichtet zu haben; aber ich war dazu nicht imstande. Immer wieder kam ein Moment, in dem sich unsere Blicke trafen; dann begann von neuem die stumme Unterhaltung, die meinerseits in deutlichen Fragen und ihrerseits in doppeldeutigen Antworten bestand. All das immer unter den Augen ihres Mannes, der manchmal dazwischenfuhr und seine Frau in wütendem Geflüster mit Vorwürfen überhäufte. Sie beschränkte sich darauf, ihm mit einsilbigen Worten zu erwidern; dann war alles wie vorher: Sie starrte mich wieder an. Der Mann reagierte mit jenen vielsagenden und konventionellen Gesten, die bei Streitigkeiten von Eheleuten typisch sind, seinen Ärger ab: Er stellte das Glas heftig auf den Tisch, legte das Besteck umständlich wieder zurecht und verschlang mit übertriebener und wütender Eßlust die Speisen.

Was mich jedoch vor allem erstaunte, war der gebieterische Wille, der hinter Frau Müllers Traurigkeit deutlich zu spüren war. Wie konnte man, fragte ich mich oft, mit dem eigenen Willen ein so unlenkbares Gefühl wie die Melancholie beeinflussen? Dieser unerklärliche Widerspruch faszinierte mich, so daß ich nicht umhin konnte, die Frau wieder anzublicken: Es war, wie man so sagt, stärker als ich. Ich spürte, daß sich hinter ihrem Verhalten eine hartnäckige und klare Absicht verbarg, die nicht nur die Grenzen der normalen Koketterie, sondern auch die der Leidenschaft weit überstieg. Kurzum, ihr Verhalten deutete auf etwas wie einen »Plan« hin, den sie mit Entschlossenheit und Zielstrebigkeit allmählich zu verwirklichen schien. Am dritten Tag nach meiner Ankunft ereignete sich etwas, das meinen Eindruck bestätigte.

Ich ging sofort nach dem Abendessen aus und nahm die Hauptstraße in Richtung Dorf. Ich fühlte mich irgendwie anders als sonst, nicht mehr meinen beständigen verzweifelten Träumereien hingegeben. Mein neuer Seelenzustand war darauf zurückzuführen, daß ich gerade an diesem Abend, fast aufgebracht über die drängenden Blicke Frau Müllers, beschlossen hatte, zu »handeln«. Was ich tun würde, war mir noch nicht ganz klar. Um so klarer war jedoch mein Wille, schnellstens aus dieser ausweglosen Situation herauszukommen. Jawohl, ich würde irgendwie und um jeden Preis handeln, auch auf die Gefahr hin, daß ich diese Beziehung dadurch im Keime ersticken und erneut in Einsamkeit versinken könnte.

Es war mir aufgefallen, daß die Müllers jedesmal nach dem Abendessen, bevor sie sich in ihr Zimmer zurückzogen, einen kurzen Spaziergang machten. Ich hatte vor, ihnen in einigem Abstand nachzugehen; dann würde ich auf eine noch nicht festzulegende Weise – ich wollte mich nämlich von den jeweiligen Gegebenheiten leiten lassen – die Frau zur Rede stellen und sie dazu zwingen, sich mit mir zu verabreden, damit wir uns ohne die störende Gegenwart ihres Mannes treffen konnten.

Auf der Hauptstraße sah ich die beiden, holte sie fast ein und folgte ihnen in einigen Schritten Entfernung. Sie schlenderten langsam und ruhig dahin, wie Leute, die kein bestimmtes Ziel haben und einfach den schönen Abend genießen wollen. Während sie so vor mir hergingen, zeigten sie ostentativ, wie sie es oft taten, ihre zärtliche Zuneigung. Eine Zeitlang beobachtete ich sie, überzeugt, daß sie mich nicht sahen. Umschlungen schritten sie dahin, dicht aneinandergepreßt: Er hatte seinen Arm um ihre Taille gelegt, als wollte er sie halten und führen; ihr Arm lag quer über seinem Rücken und mit der Hand faßte sie seine Schulter, als ob sie sich an ihm festhielte und von ihm stützen ließe. Diese Haltung zwang Frau Müller, ihren Hals etwas unnatürlich abzubiegen, um ihren Kopf zärtlich an die Brust ihres Mannes lehnen zu können; und gleichzeitig mußte sie deswegen ihre breiten, knochigen Hüften dem massigen Körper ihres Mannes entgegendrehen. Es war also eine sehr ungleiche Umarmung zwischen dem robusten, dicken Mann und der zarten, dünnen Frau.

Wie ich schon sagte, glaubte ich, sie hätten mich nicht gesehen, aber da irrte ich mich. Plötzlich wandte sie ihren Kopf und warf mir einen langen und ausdrucksvollen Blick zu, in dem ihre übliche Verzweiflung und Traurigkeit durch eine sozusagen ganz aktuelle, neue Trauer anscheinend verdoppelt wurde; sie schien zu sagen: »Sieh, was ich jetzt erdulden muß.« Ihr Mann bemerkte diesen Blick und machte eine bezeichnende Geste: Ohne den Arm von ihrer Taille zu nehmen, griff er mit zwei Fingern unter ihr Kinn und drehte ihr Gesicht zu sich. Daraufhin entstand ein gedämpfter Wortwechsel zwischen den beiden; anscheinend machte er ihr Vorwürfe, und sie setzte sich dagegen zur Wehr. Wir hatten nun den Kirchplatz erreicht. Die Müllers lösten sich aus ihrer Umarmung und betraten das Café.

Ich blieb noch einen Augenblick draußen, denn ich wollte, daß sie sich in Ruhe einen Tisch aussuchen und hinsetzen konnten; dann ging auch ich hinein.

Das Lokal war eng und lang, und die Tische standen aneinandergereiht vor dem Tresen. An diesem lehnte ein einziger Gast, ein Mann mit breiten Schultern und einem großen Kopf mit schwarzen Locken; er unterhielt sich mit dem Barmann. Die Müllers saßen bereits an einem Tisch, der sich neben der Radiotruhe befand. Ich tat so, als ob ich einen Moment zögerte, dann ging ich zum Nachbartisch und setzte mich. Auf dem Tisch lag eine Zeitung; ich nahm sie auf, als ob ich darin lesen wollte. Zuerst hielt ich sie eine Zeitlang vor meine Augen, so daß ich die beiden nicht sehen konnte. Dann senkte ich sie ganz langsam, und sofort traf mich ihr nun schon vertrauter unglücklicher und hartnäckiger Blick. Ich hob die Zeitung wieder, als ob ich darin lesen würde, und senkte sie von neuem: Ihr Blick ließ mich nicht los, wie vorher beim Abendessen, wie seit drei Tagen bei allen Mahlzeiten. Ich sah ihren Mann an; er drehte so aufmerksam und beschäftigt am Knopf des Radios, daß es fast ostentativ wirkte.

Was nun? Ich hatte mich entschlossen zu handeln, aber jetzt, wo es darauf ankam, wußte ich nicht, wie ich meinen Entschluß in die Tat umsetzen sollte. Ich konnte die, sagen wir, starke, das heißt, ehrliche und direkte Methode anwenden, beide zur Rede stellen und eine Erklärung verlangen. Oder ich konnte mich verstohlen und indirekt nur an Frau Müller wenden. Die erste Möglichkeit lockte mich, weil ich dadurch wenigstens eine Erklärung dafür finden konnte, was hinter dem rätselhaften Verhalten ihres Mannes steckte; aber es war mir klar, daß ich statt dessen die zweite Möglichkeit in Betracht ziehen mußte; aus dem einfachen Grund, weil Frau Müller offenkundig diese vorzuziehen schien. Übrigens war die erste Möglichkeit auch mit dem Risiko des endgültigen Bruchs verbunden, den ich, wenigstens im Augenblick, um jeden Preis vermeiden wollte.

In diesem Hin und Her entschied ich mich für die harmlose und traditionelle List, die, seit die Welt besteht, alle Ehebrecher anwenden: Ich würde ein sehr deutliches Briefchen schreiben und es ihr heimlich geben, ohne mich von ihrem Mann dabei ertappen zu lassen.

Gesagt, getan. Auf einem Papier, das ich aus meinem Notizbuch gerissen hatte, schrieb ich schnell auf deutsch folgende Worte: »Ich muß Dich unbedingt sprechen. Heute nacht werde ich meine Zimmertür angelehnt lassen. Tu so, als ob Du auf die Toilette müßtest und komm zu mir. Ich erwarte Dich die ganze Nacht.«

Nachdem ich das Notizbuch in die Tasche und die Feder ins Futteral gesteckt hatte, dachte ich fieberhaft nach, wie ich ihr den Zettel zukommen lassen konnte. Dann blickte ich wieder zu ihr hin und sah, daß sie mich wie gewöhnlich mit ihrem traurigen und gebieterischen Blick anstarrte; da wurden alle meine Vorsätze, vorsichtig zu sein, von einer heftig in mir aufsteigenden Ungeduld weggefegt. Plötzlich stand ich auf, ging auf die Müllers zu, verbeugte mich kurz auf deutsche Art und frage den Mann höflich, aber entschieden: »Gestatten Sie, daß ich mich an Ihren Tisch setze? Ich möchte auch eine bestimmte Radiosendung hören.«

Er widmete immer noch seine ganze Aufmerksamkeit dem Radio und drehte an den Knöpfen. Bei meinen Worten wandte er nur seinen Kopf und schaute mich lange an, als ob er mich nicht erkannt hätte und versuchte, sich mein Gesicht vergebens in Erinnerung zu rufen. In seinen Augen sah ich trotz der spiegelnden Brillengläser die Wut funkeln, und ich machte mich auf einen Streit, vielleicht sogar auf einen tätlichen Angriff gefaßt. Aber es geschah nichts. Mit sichtbarer Mühe verdrängte er die Drohung aus seinen Augen und wandte sich erneut dem Radio zu, als hätte er mich weder gesehen noch gehört, als existierte ich überhaupt nicht.

Der Zettel war in meiner Jackentasche. Ich dachte, jetzt oder nie. Ihr Mann sah uns nicht an. So wandte ich mich zu der Frau und hielt ihr ganz einfach den Zettel hin. Ich war sicher, daß sie ihn schnell ergreifen würde. Aber ich irrte mich; auch Frau Müller tat, als ob ihr nichts aufgefallen sei. Ohne mich anzusehen streckte sie ihre Hand zum Tisch aus, griff zum Glas und führte es zum Mund. Die beiden waren sich also darin einig, mich zu ignorieren. In einem plötzlichen Wutanfall knüllte ich den Zettel zusammen, warf ihn auf den Boden und setzte mich wieder an meinen Tisch.

Wie ich schon bemerkte, befand sich im Café außer den Müllers und mir nur ein einziger Gast, ein kleiner, untersetzter Mann mit einem dicken Krauskopf, der ihm tief zwischen den Schultern steckte; er unterhielt sich mit dem Barmann. Er lehnte so am Tresen, daß er meinen Tisch und den der beiden Deutschen gut im Auge hatte. Sein lebhafter und neugieriger Blick zeigte, daß ihm die merkwürdige und unerklärliche Szene mit dem Zettel nicht entgangen war. Plötzlich löste sich der Gast vom Tresen und trat auf Herrn Müller zu.

Er beugte sich ein wenig nach vorne und sagte auf italienisch, aber mit stark capresischem Akzent:»Deutschland, Sie wollen den deutschen Sender? Erlauben Sie, ich suche ihn für Sie.« Dabei bückte er sich noch tiefer, bis sein Kopf den von Müller fast berührte, und streckte seine Hand zu den Knöpfen des Radios. Gleichzeitig warf er mir einen ermutigenden Blick zu, mit dem er mir zu sagen schien: »Los, das ist die Gelegenheit!«

Aber die Gelegenheit wofür? Sowohl der Mann als auch die Frau hatten getan, als ob ich nicht existierte. In dieser Verwirrung senkte ich die Augen und sah den zusammengeknüllten Zettel, den ich auf den Boden geworfen hatte, neben ihrem Fuß liegen. Da fiel mir ein, daß sie mich vielleicht aus einem anderen Grund als ihr Mann ignoriert hatte: dieser aus Haß, sie dagegen, um sich nicht zu verraten, aus Liebe also. Wenn diese Annahme stimmte, dachte ich weiter, war noch nichts verloren. Ich mußte nur den günstigen Augenblick abwarten, den auch sie für passend hielt, um sich zu bücken und den Zettel aufzuheben, ohne daß es ihrem Mann auffiel. Aber wie konnte sie es anstellen, daß Herr Müller nicht aufmerksam wurde?

Es war das Radio, an dem Müller und der andere Gast herumhantierten, das mir unerwartet zu Hilfe kam. In die Stille des Cafés dröhnte zuerst eine laute, gleichzeitig martialische und sentimentale Musik, dann, nach einer langen Pause, rief wie aus der Ferne eine einzelne, herrische Stimme wenige gebieterische Worte, die sofort die Atmosphäre eines riesigen, von Menschen erfüllten Raums heraufbeschworen, eines Kongreßsaals oder eines Platzes, auf dem sich eine aufmerksam lauschende Menge drängte. Abgesehen davon, daß es sich offensichtlich um eine Versammlung der NSDAP handelte und es wahrscheinlich ein Funktionär war, der gerade sprach, sagte mir diese Stimme nichts. Hitler war es jedenfalls nicht, dessen Stimme kannte ich zu gut; es mußte aber die Stimme einer prominenten Persönlichkeit sein, weil Müller sofort besonderes Interesse zeigte: Er dankte dem Mann, der ihm bei der Suche nach dem Sender geholfen hatte, herzlich und drehte sich noch mehr dem Radio zu. In dieser Stellung kehrte er seiner Frau den Rücken zu; sie hatte sich ihrerseits nicht bewegt und starrte mich wie gewöhnlich mit ihrem verwirrend intensiven Blick an. Jetzt, sagte ich mir, war die Gelegenheit! Ich zog die Augenbrauen zusammen und machte mit dem Kinn eine gebieterische Bewegung in Richtung des Zettels, um sie aufzufordern, ihn aufzuheben. Ich erwartete von ihr, daß sie sich bückte, ihre Hand ausstreckte und meine Botschaft aufhob. Aber rätselhafterweise bewegte sie sich nicht.

Von diesem Augenblick an begann für mich eine Art Tortur: Ich schwebte zwischen zwei verschiedenen und doch zusammenhängenden Ängsten: dem mit Furcht gemischten Unbehagen, das mir die Stimme des unbekannten Nazifunktionärs, der auf dem deutschen Sender sprach, einflößte; und der Beklommenheit, die ich bei dem unverständlichen Verhalten der Frau empfand. Ich versuchte noch einmal, sie mit den Augen und dem Kinn auf die kleine Papierkugel neben ihrem Fuß hinzuweisen, dann wandte ich mich enttäuscht von ihr ab und setzte eine gleichgültige Miene auf. Obwohl ich mich bemühte, nicht auf das Radio zu achten, donnerte mir die Stimme des Parteibonzen in die Ohren. Und jedesmal, wenn die Stimme aus dem Radio meine Ohren marterte, wirbelte seltsamerweise ein dummer, bohrender Gedanke in meinem Kopf herum: »Wenn es wenigstens Hitler wäre! Aber gezwungen zu sein, in diesem Loch in Anacapri die Suada eines kleinen Funktionärs aus Mainz oder Lübeck zu hören!« Wie man sieht, konnte ich nicht mehr vernünftig denken: Die Stimme aus dem Radio, die hartnäckige Ablehnung der Frau, mir entgegenzukommen, der stumpfe Rücken ihres Mannes, der neugierige Blick des Stammgastes, der wieder am Tresen lehnte und uns beobachtete, all das machte mich ganz verwirrt. In den Augenblicken, in denen mein Verstand noch klar funktionierte, sagte ich mir, daß ich ein Dummkopf war und einfach aufstehen und weggehen sollte. Ich blieb jedoch sitzen, noch in der Hoffnung, sie würde sich endlich bücken und den Zettel aufheben.

Diese Situation dauerte fast eine Stunde: Frau Müller starrte mich beharrlich an, ohne sich um meine Botschaft zu kümmern, die dort am Boden nur auf ihre Hand wartete; ihr Mann saß dem Radio zugewandt da, rauchte eine seiner kurzen, dicken Zigarren, hörte ernst zu und nickte manchmal zum Zeichen des Einverständnisses; der deutsche Parteibonze brüllte weiter aus dem Radio; an den Schanktisch gelehnt, beobachtete uns der Stammgast.

Plötzlich kam Leben in die Szene, die Situation strebte einer unerwarteten Wendung zu. Der Parteibonze beendete brüsk seine Rede; an die Stelle seiner Stimme trat nun endlos anhaltender stürmischer Beifall der versammelten Menge; Herr Müller drehte das Radio ab und wandte sich zu seiner Frau um. Sie bückte sich, nahm den Zettel auf, las ihn und überreichte ihn dann mit der größten Selbstverständlichkeit ihrem Mann. Er las ihn ebenfalls, legte ihn dann auf den Tisch und stand mit demonstrativer Gelassenheit auf: Er hatte sich die Rede des Parteifunktionärs angehört, für ihn war der Abend zu Ende, es war also Zeit zu gehen.

Ich war so wütend – dabei eher erstaunt als aggressiv –, daß ich nirgends hinsehen konnte als auf das geliebte dreieckige Gesicht, das von dem roten, pilzförmigen Haarschopf fast verdeckt wurde. Mit einer Mischung aus Befriedigung und dem ärgerlichen Gefühl, ständig getäuscht zu werden, sah ich, wie sie nun ebenfalls aufstand, den Zettel vom Tisch nahm und ihrem Mann nachging. Als sie an mir vorbeikam, führte sie den Zettel an ihre Lippen und warf mir einen eindeutig flehenden Blick zu; sie schien zu sagen: »Ärgere dich nicht, ich mußte es tun, aber ich liebe dich.«

Ich blieb an meinem Tisch sitzen, von einem unerklärlichen Gefühl überwältigt, in dem Wut und Hoffnung, Frustration und Freude miteinander stritten. Der untersetzte, kraushaarige Stammgast kam auf mich zu und sagte: »Eine schöne Frau, diese Deutsche! Was?«

Er betrachtete sich also bei dem Abenteuer mit Frau Müller irgendwie als meinen Komplizen: Er hatte ihrem Mann geholfen, den Radiosender zu finden, und die Sache so angestellt, daß dieser weder auf seine Frau noch auf mich achtete. Und außerdem, waren wir nicht beide italienische Männer, die alle Frauen mit den Augen Casanovas ansahen? Ich sagte trocken: »Entschuldigen Sie, ich muß wirklich gehen, ich habe zu tun.« Dann stand ich auf und verließ beinahe im Laufschritt das Café.

IV

Am nächsten Tag nahm ich einen Bus und fuhr von Anacapri zu den »Due Golfi« hinunter; dann schlug ich die Abkürzung ein, die von dort zur »Piccola Marina« führt. Ich befand mich in dem gleichen seelischen Zustand wie am Abend vorher: frustriert und gleichzeitig hoffnungsvoll. Wenn ich mich darum bemühte, meine Situation objektiv zu beurteilen, konnte ich mir nicht verhehlen, daß meine Beziehung zu Frau Müller keinen einzigen Schritt weitergekommen war, seitdem ich sie das erstemal auf dem Schiff gesehen hatte. Dann sagte ich mir gereizt, daß ich nichts mehr mit diesem Ehepaar zu tun haben wollte. Eine solche Entscheidung schien jedoch, wie ich schon bei anderer Gelegenheit beobachtet hatte, meine fundamentale und gewohnte Verzweiflung um eine andere, sagen wir, zusätzliche und zufällige zu vermehren. In Wirklichkeit war ich nun auf geheimnisvolle Weise an Frau Müller gebunden und hätte es nicht ertragen können, sie nicht mehr zu sehen, obwohl bis jetzt jede Begegnung mit ihr enttäuschend und doppeldeutig gewesen war.

Die Abkürzung, die von den »Due Golfi« zur »Piccola Marina« führt, ist ein mit Klinkern gepflasterter Weg, der sich zwischen fugenlosen grauen Steinmauern an üppigen Weinstöcken und Scharen grüner Opuntien vorbei zum Meer hinunterschlängelt. Ab und zu ragt ein Johannisbrotbaum über den Wegrand und schützt mit seinem Schatten vor der stechenden Sonne; hin und wieder kann man durch die Eisenstäbe eines Gitters die Fassade einer Villa am Ende einer Auffahrtsallee erblicken. Wie alle Abkürzungen kreuzt auch die zur »Piccola Marina« in regelmäßigen Abständen die Hauptstraße; an diesen Kreuzungen braucht man nur die Straße zu überqueren, um die Abkürzung auf der anderen Seite wiederzufinden.

Als ich nun an der ersten Kreuzung war, schaute ich, bevor ich über die Straße ging, nach links und rechts. Da sah ich weiter oben an der Kurve eine Pferdekutsche, die in Richtung »Piccola Marina« heranrollte. Nebeneinander saßen darin, ich erkannte sie sofort, Müller und seine Frau. Eine heiße Welle der Freude stieg in mir auf, die ich jedoch unterdrückte, vorsichtig wie ein Jäger, der nach langem Herumirren im Wald plötzlich eine grasige Lichtung erreicht und im Sonnenlicht das Wild äsen sieht, dem er nachstellt. Ich kam nicht umhin, mir einzugestehen, daß ich trotz meiner Schwüre, Frau Müller nicht mehr sehen zu wollen, sie in Wirklichkeit suchte, oder besser, um im Bild zu bleiben, daß ich sie jagte. Diese Überlegung bestärkte mich, einer so starken und tiefen Anziehung keinen Widerstand mehr zu leisten. So blieb ich am Straßenrand stehen und wartete, bis die Kutsche herankam. Der blätterreiche Ast eines Johannisbrotbaums, der über die Straße ragte, versperrte wahrscheinlich den Müllers die Sicht auf mich. Ich meinerseits brauchte nur einen Schritt zurückzutreten, um das Pferd mit seinen Scheuklappen und seinem Geschirr, den Kutscher auf dem Bock und das Paar, das bequem hinten im Wagen saß, deutlich zu erkennen. Müller saß auf der Straßenseite, seine Frau zu mir hin. Ich bemerkte, daß ihr Mann die Landschaft betrachtete; wohin sie schaute, konnte ich nicht sagen, weil eine große Sonnenbrille ihre Augen verbarg. Wenn ich sichergehen wollte, daß Frau Müller mich erblickte, mußte ich erreichen, daß sie ihre Brille abnahm. Wir hätten sonst nicht einmal unseren stummen Dialog der Blicke, nach dem ich gegen alle vernünftigen Vorsätze so begierig war, wieder aufnehmen können. Die Kutsche näherte sich; ich konnte das dreieckige, katzenartige Gesicht, von dem sich die riesigen, undurchdringlichschwarzen Brillengläser abhoben, bereits ganz deutlich sehen. Während das Fahrzeug heranrollte, schmiedete ich fieberhaft konfuse Pläne, wie ich sie veranlassen konnte, ihre Sonnenbrille abzunehmen: Sollte ich dem Fahrzeug einige Schritte entgegengehen, mit dem Arm winken und darum bitten, mich mitzunehmen; oder die Straße überqueren und die Kutsche zu einem brüsken Halt zwingen; oder laut irgendeinen Namen rufen, bis sie hielt, und dann wegen meines Irrtums um Entschuldigung bitten? Jetzt waren die Müllers schon ganz nah. Sie wandte den Kopf in meine Richtung, aber wegen der verdammten Sonnenbrille konnte ich nicht erkennen, ob sie mich ansah oder den Baum oder sonst irgend etwas Nichtiges; und dann ... dann geschah etwas wie ein Wunder: Frau Müller hob die Hand zu ihrem Gesicht und nahm mit langsamer Anmut die Brille ab.

Mein erster Eindruck war merkwürdig: Ihre Geste erschien mir irgendwie unzüchtig und wie das Zeichen eines provozierenden und koketten Exhibitionismus. Es war, als ob sie, statt ihre Sonnenbrille abzunehmen, ihre Bluse aufgeknöpft und vor mir ihren Busen entblößt hätte; als wollte sie mit ihrer Geste sagen: »Unsere Beziehung hängt mit den Augen zusammen. Die Augen sind es, durch die wir uns bis jetzt geliebt haben. Du hast vielleicht gefürchtet, daß ich dich nicht mehr liebe. Nun sei beruhigt: da, meine ›nackten‹ Augen!«

In dem hellen, bläulichen Morgenlicht trafen sich unsere Blicke, und es war, als hätten sie sich in ihrer Begegnung in zwei Münder verwandelt, die begierig waren, miteinander zu verschmelzen und ineinanderzudringen. Mich durchströmte ein verwirrendes Gefühl intimer Vereinigung. Dann setzte Frau Müller ihre Sonnenbrille wieder auf, als wollte sie damit bestätigen, daß sie sie meinetwegen, ganz allein meinetwegen, abgenommen hatte. Die Kutsche fuhr an dem Johannisbrotbaum vorbei, hinter dem ich mich versteckt hatte, und bald danach konnte ich nur noch die roten Wuschelhaare der Frau und den kleinen kahlen Kopf ihres Mannes sehen, die über die Rücklehne ragten.

Mir kam eine Idee, einer der spielerischen Einfälle, die Verliebte öfters haben. Ich wollte so schnell ich konnte den Abkürzungsweg bis zur nächsten Kreuzung hinunterlaufen und dort wieder auf die Kutsche warten, um Frau Müller noch einmal zu zwingen, ihre Sonnenbrille abzunehmen. Das gleiche würde ich dann an der dritten und vierten Kreuzung tun, vorausgesetzt es gab eine vierte, und so weiter bis zum Platz der »Piccola Marina«, wo Abkürzung und Hauptstraße ineinander münden. Trotz meiner Entschlossenheit zögerte ich, weil mir schien, ich handelte in einem Zustand von Besessenheit; aber ich mußte handeln; so überquerte ich die Straße und rannte die Abkürzung zwischen den niedrigen grauen Steinmauern hinunter. Eigentlich wäre es nicht nötig gewesen zu laufen, weil das Pferd im Schritt ging; aber es lag mir viel daran, die Kreuzung wesentlich früher als die Kutsche zu erreichen, um mir wenigstens nicht das einzigartige Vergnügen entgehen zu lassen, sie am Ende der Straße, wie als Erfüllung meines Wunsches, auftauchen zu sehen.

Keuchend kam ich dort an und mußte lange warten, bis die Kutsche an der Biegung erschien, so lange, daß ich einen Moment fürchtete, sie sei durch irgendeine bösartige Hexerei schon vorbeigefahren. Aber endlich tauchte sie auf: Voll Ärger entdeckte ich jedoch, daß diesmal infolge der Serpentinen der Mann an der Seite, wo ich stand, und die Frau an der Straßenseite saßen. Gewiß, ich hätte den Asphalt überqueren und, anstatt die Kutsche am Ende des schon zurückgelegten Abkürzungsstücks zu erwarten, mich an den Anfang des nächsten stellen können. Dafür war aber jetzt keine Zeit mehr, da die Müllers mich bemerkt hätten, und das hätte bedeutet, der Begegnung ihren zufälligen Charakter zu nehmen, vielleicht die schwer durchschaubare Frau Müller zu verärgern, so daß sie ihre Brille nicht abgenommen hätte.

Was tun? Ich zögerte, so lange, daß die Kutsche nun nicht mehr weit war; schließlich entschied ich mich aufgrund folgender Überlegung: »Es ist zu spät, als daß mein Handeln den Eindruck eines Zufalles erwecken könnte. Um so besser: Sie wird dadurch keine Zweifel mehr über meine Absichten haben.« Ich überquerte schnell die Straße und stieß im Lauf fast an das Maul des Pferdes. Der Kutscher zog die Zügel an, um mich nicht zu überfahren; die Kutsche hielt.

Ich konnte meine innere Freude beinahe nicht fassen: Meine Unverfrorenheit beantwortete Frau Müller mit ähnlichem Wagemut. Mein Leichtsinn hatte den Kutscher in Wut versetzt; er zeigte mir den Vogel und fuhr mich vom Bock aus an: »Sind Sie verrückt geworden? Bei völlig leerer Straße vor das Pferd zu rennen! Was ist denn in Sie gefahren?« Ich deutete eine Geste der Entschuldigung an; in diesem Augenblick nahm Frau Müller ihre Sonnenbrille ab, blickte mich lange an und machte mit dem Kopf die gleiche vorwurfsvolle Geste wie bei unserer ersten Begegnung auf dem Dampfer. Der Kutscher schob sich wütend die Mütze tiefer in die Stirn und riß an den Zügeln, um das Pferd wieder in Trab zu setzen. Ihr Mann wandte sich mir zu und blickte mich einen Augenblick lang mit sozusagen wissenschaftlicher Aufmerksamkeit an, wie ein Entomologe ein Insekt einer unbekannten Spezies betrachten würde; seine Frau lehnte sich zurück, um mich noch einmal ohne Sonnenbrille anzusehen, dann setzte sie sie wieder auf. Ich folgte der davonrollenden Kutsche kurz mit den Augen; dann stürzte ich erneut los.

Während ich Hals über Kopf hinunterrannte, sagte ich mir, daß es diesmal nicht nötig sein würde, die Straße zu überqueren, weil Frau Müller an der Seite, wo ich war, sitzen würde. Obwohl das ein klarer Gedanke war, machte ich mir keine Illusionen über meinen Zustand; in Wirklichkeit war ich aufs äußerste erregt, und in mir stieg, wie bei einer Jagd, wie ich schon sagte, ein Gefühl wilder Verbissenheit auf; meine klare Überlegung nützte mir nur insofern, als sie mich beruhigte und mir den Eindruck gab, trotz meines verrückten Verhaltens hätte mein Wahnsinn doch Methode.

Endlich hatte ich dieses Stück des Abkürzungsweges hinter mich gebracht und bog in die Hauptstraße ein. Die Kutsche fuhr gerade in raschem Tempo herunter. Ich blieb atemlos stehen, blickte hin und sah, daß Frau Müller das drittemal ihre Hand zum Gesicht führte und ohne Hast die Brille abnahm. Fast im gleichen Augenblick riß ihr Mann ihr die Gläser aus der Hand und schleuderte sie mitten auf die Straße. Seine Frau schrie dem Kutscher auf italienisch zu, er solle halten; der Kutscher zog die Zügel an, und die Kutsche stand. Frau Müller stieg aus, hob ihre Brille von der Straße auf, bemerkte, daß sie zerbrochen war, und warf sie wieder weg; dann lief sie ganz über die Straße und verschwand auf der anderen Seite in dem Abkürzungsweg. Ihr Mann stieg ebenfalls aus, zahlte eilig und ging ihr, so schnell er nur konnte, nach: Er schleppte nämlich einen großen Photoapparat und einen Rucksack. Ich hastete hinter ihnen her.

Sie waren noch nicht weit: Ich lief ein kurzes Stück, dann bog ich um die Ecke. Da sah ich sie: Sie waren nur wenige Schritte von mir entfernt und versperrten mir den Durchgang. Er hatte sich in der Mitte des Weges aufgebaut, während sie am Straßenrand auf einer niedrigen Mauer hockte und mit den Beinen baumelte. Ich hatte schon meinen Schritt verlangsamt, deutete nun einen Gruß an und sagte auf deutsch »Guten Tag«, in ganz ruhigem Ton, als betrachtete ich sie als zwei x-beliebige Gäste der Pension, die ich zufällig getroffen und aus reiner Höflichkeit gegrüßt hätte. Meine Geste, hinter der sich die Aufforderung verbarg, die unter Badegästen üblichen Konventionen zu wahren, fand jedoch kein Echo. Der Mann erwiderte mit einem »Guten Tag«, aus dem seine schlecht gebändigte Wut herauszuhören war; nach einer kurzen Pause setzte er fort: »Wenn ich richtig verstehe, wollen Sie Bekanntschaft mit meiner Frau schließen, ist das nicht so?«

Fassungslos stammelte ich: »Eigentlich...«

»Seien Sie still, es ist so. Also, ich stelle sie Ihnen vor: Sie heißt Beate, ist neunzehn Jahre alt, Theaterschauspielerin von Beruf... was noch? Ach, ja, ich vergaß, für euch Italiener zählt bei einer Frau vor allem ihr Aussehen. Nun, auch wenn die Italienerinnen meist sehr attraktiv sind, so steht Beate meiner Meinung nach Ihren Landsmänninnen keineswegs nach.« Er verstummte kurz, packte mit einer plötzlichen Bewegung Beate (so werde ich sie von nun an nennen) am Arm und zog sie von der Mauer herunter: »Komm her, Beate; es stimmt, ich bin dein gesetzlicher Ehemann, aber ich bin bereit, unserem italienischen Verbündeten meinen Platz abzutreten. Er soll aber wissen, was er an dir hat; darum will ich, bevor ich weggehe, dich ein wenig, wie sagt man, beschreiben. Also, schauen Sie sie an und sagen Sie mir, ob Beate nicht eine in jeder Hinsicht begehrenswerte Frau ist. Vielleicht ist sie ein wenig zu mager und eckig, aber das ist kein Fehler, denn sie ist ja noch ein junges Mädchen; man ahnt, daß aus ihr eine wunderschöne Frau werden wird. Ich empfehle Ihnen, vorerst Ihre Aufmerksamkeit auf die Farbe ihres Haares und ihrer Augen zu richten: ein herrlicher Kontrast oder, wenn Sie das vorziehen, ein herrlicher Zusammenklang: rot und grün. Die Nase ist sehr klein, aber die Nasenlöcher sind wohlgeformt; die breiten und vollen Lippen zeichnen sich durch eine aparte Form aus; die festen, regelmäßigen Zähne sind schneeweiß: All das ist ein Genuß für die Augen. Ihren Körper, der vielleicht für Sie das Wichtigste ist, brauche ich nicht zu rühmen. Sie werden sie bald selbst am Meer im Badeanzug sehen. Ich möchte jedoch die breiten Schultern betonen, ach, wirklich germanische Schultern, und die sehr schmale Taille: man kann sie mit den Händen umfassen; und schließlich die langen Beine: Ein Strauß bräuchte sich ihrer nicht zu schämen. Kurzum, ein prachtvolles Exemplar der deutschen Rasse, dessen wahren Wert Sie als Fachmann, der Sie sicherlich sind, zu schätzen wissen.«

An dieser sarkastischen Beschreibung Beates fiel mir vor allem ein schmerzlicher und pathetischer Unterton bei Müller auf; es war, als ob er, der mich mit seiner üblichen moralisierenden und belehrenden »Lektion« bestrafen wollte, selbst als erster darunter litt und sich dadurch bestraft fühlte.

Andererseits, so dachte ich mir, war diese »Lektion« mit der wenig schmeichelhaften Vorstellung verknüpft, die er sich von den Italienern machte; eine Vorstellung, über die ich mich nicht wunderte, weil ich wußte, daß sie in Deutschland stark verbreitet ist; aber ich ärgerte mich darüber, weil damit unsere Rivalität ungerechterweise auf eine falsche Ebene gehoben wurde. Müller wollte mich beleidigen, und ich war aus Resignation von vornherein bereit, mich von ihm beleidigen zu lassen; aber nicht mit Argumenten, aus denen nationalistische Vorurteile sprechen. Ich überlegte noch, wie ich die »Lektion« zurückweisen könnte, als Beate sich ungezwungen dem Griff ihres Mannes entzog, ihn ansah und sagte: »Wär's nicht höchste Zeit zum Meer zu gehen, was meinst du?« Und ohne sich von mir zu verabschieden oder sich irgendwie anmerken zu lassen, daß sie meine Gegenwart zur Kenntnis genommen hatte, drehte sie sich um und verschwand eilig. Müller zögerte einen Augenblick, machte zu mir eine seltsame Geste, halb Drohung, halb Gruß, und folgte ihr.

Wieder fragte ich mich, was ich nun tun sollte. Im Grunde hatte Beate durch ihren brüsken Abgang noch einmal verhindert, daß unsere Beziehung die engen und auf die Dauer unerträglichen Grenzen des Dialogs mit Blicken überschreiten konnte. Warum hatte sie die sarkastische Vorstellung ihres Mannes nicht ernst genommen und mir mit den bei solchen Gelegenheiten üblichen Floskeln die Hand gereicht? Wir wären dann, ob ihr Mann damit einverstanden war oder nicht, »Bekannte« geworden, das heißt Personen, die nach den gesellschaftlichen Regeln von diesem Augenblick an miteinander hätten reden können, statt sich nur anzusehen. Aber Beate hatte es sich anders überlegt; offensichtlich wollte sie ihr provozierendes Spiel weitertreiben.

Bei diesem Gedanken verspürte ich eine unwiderstehliche Lust, mit dem nächsten Bus von der Piccola Marina nach Anacapri zurückzufahren. Ich verzichtete aber sofort auf diese verspätete Demonstration meines Stolzes, weil ich ahnte, daß ich in Anacapri wieder in meinen gewohnten verzweifelten Gemütszustand verfallen würde, ohne die lockende Hoffnung hegen zu können, ihn mit ihr zu teilen. Ja, ich brauchte Beate, jedoch nicht als prachtvolles Exemplar der deutschen Rasse, wie ihr Mann es formulierte, sondern als ein mir ähnliches Wesen, mein »alter ego«, meine Verdoppelung, kurzum als meine Kameradin, die das gleiche psychologische Abenteuer durchlebte wie ich.

Für meinen Entschluß war schließlich die für mich faszinierende Idee ausschlaggebend, unsere Schicksale könnten sich gleichen. Ohne Eile ging ich den Weg weiter hinunter; ich zog es vor, dem Paar nicht zu dicht zu folgen, um wenigstens vorläufig keinen neuen Wutausbruch des Ehemanns zu provozieren. Endlich erreichte ich den Platz vor der Piccola Marina, auf dem einige Kutschen warteten; die Pferde standen still und senkten ihre von Scheuklappen umschlossenen Köpfe unter der brennenden Sonne; ein scharfer Uringestank lag in der Luft. Jenseits des Mäuerchens, auf dem plaudernd die Kutscher saßen, erstreckte sich bis zum Horizont das leuchtende Meer, frisch und heiter. Das fröhliche Stimmengewirr der Badegäste drang über die bunten Dächer der Kabinen bis zu mir herauf. Ich eilte die Stufen, die zur Strandanlage führten, bis zur Terrasse des Restaurants hinunter, wo sich der Bademeister gewöhnlich aufhielt. Unterdessen fragte ich mich, welche Kabine die Müllers haben könnten. Wie man sieht, waren meine guten Vorsätze, Zurückhaltung zu üben, schon verflogen; ich wollte Beate möglichst nahe sein. Der Bademeister, ein älterer Mann mit gerötetem Gesicht und blühender Nase, saß an einem der Tische; ich ging auf ihn zu und fragte ihn, ob er zufällig ein deutsches Paar gesehen hätte: er groß und dick, sie sehr jung, mit roten Haaren; ich bräuchte die Nummer ihrer Kabine. Rasch suchte ich in Gedanken nach einem Vorwand, der gleichzeitig den Bademeister, die Müllers und mich betreffen könnte, und fügte in einer plötzlichen Eingebung hinzu: »Wir wollen nämlich zusammen eine Bootsfahrt unternehmen. Also, könnten Sie mir bitte gleich ein Boot fertigmachen.« Der Trick gelang. Der Bademeister nannte mir sofort die Nummer der Müllerschen Kabine und fragte mich, ob ich ein kleines oder ein großes Boot wünsche. »Ein kleines«, sagte ich und bat ihn dann um eine Kabine für mich selbst, möglichst in der Nähe der Kabine meiner Freunde Müller. Er drückte mir den Schlüssel für Nummer fünfzehn in die Hand; die Kabine der Müllers hatte die Nummer sechzehn.

Die dichte Reihe der blau und grün gestrichenen Kabinen grenzte an eine Art Steg, der an dem kleinen Hafen der

»Sirenen« entlangführte. Auf den Holzplanken des Steges lagen reglos viele Badegäste und ließen die Sonne auf ihre braunen Körper herunterbrennen. Bei der Kabine Nummer fünfzehn angelangt, sah ich, daß die Tür der Nebenkabine nur angelehnt war; ich weiß nicht wieso, aber ich hatte sofort den Eindruck, als ob man sie absichtlich nicht zugesperrt hätte. Als ich an der Tür vorbeiging, gab ich ihr, fast ohne es zu wollen, einen leichten Stoß. Ich hatte gerade noch Zeit, das dreieckige, katzenartige Gesicht, die zerzausten roten Haare, den kräftigen weißen Hals, die ziemlich weit vorspringenden birnenförmigen Brüste, die knochigen Hüften und das flammende Schamhaar zu sehen, dann wurde mir die Tür vor der Nase zugeschlagen. Ich trat in meine Kabine. Wie Beate sperrte ich ebenfalls nicht ab, sondern lehnte die Tür nur an.

Ich zog mich in großer Eile aus, denn ich wollte meine Kabine verlassen, bevor Beate die ihre verließ. Es zeigte sich aber, daß Beate die gleiche Idee hatte wie ich. Ich hatte kaum meine Hosen ausgezogen, als sich meine Tür öffnete und Beate auf der Schwelle erschien. Sie betrachtete mich und schüttelte vorwurfsvoll den Kopf, wie sie es schon bei unserer ersten Begegnung auf dem Dampfer getan hatte; dann ging sie weg. Ich trat an die Türe und beobachtete, wie sie sich entfernte: Trotz ihrer großen Umhängetasche schritt sie leichtfüßig dahin, ihre knochigen Hüften bewegten sich schlaksig ohne jede Spur von provokanter Koketterie. Sie war wirklich ein junges Mädchen, das sich nicht um die Bewegungen seines Körpers kümmerte. Nachdem sie das Ende des Stegs erreicht hatte, stieg sie langsam die Stufen hinunter, die zum Strand der Sirenen führen. Das letzte, was ich von ihr sehen konnte, war ihr üppiges rotes Haar und ihr schlanker Hals zwischen den breiten, mageren Schultern.

Ich zog meine Badehose an, verließ die Kabine, lief bis zum Ende des Stegs und schlenderte dann den Kiesstrand entlang, der die kleine Bucht säumte. Mit gesenktem Kopf wanderte ich unter der glühenden Sonne dahin und genoß es, meine Zehen in den kühlen, feuchten Kies zu bohren.

Mein Blick fiel auf zwei krumme, dicke, weißschimmernde Waden und zwei riesige Füße, deren Zehen nach allen Richtungen in die Luft standen. Ich mußte dabei, ich weiß nicht wieso, an Müller denken, und als ich aufsah, war er es tatsächlich: Er lag ausgestreckt auf dem Kies, und sein dicker Körper wirkte durch die Rückenlage flacher und noch breiter. Um die Lenden trug er einen winzigen Slip, der von seinem vorgewölbten Bauch fast verdeckt wurde. Unsere Blicke trafen sich; ich deutete mit leichtem Nicken einen Gruß an, den er mit einer ähnlichen Geste erwiderte. Wieder einmal machte mich seine gleichgültige Haltung stutzig. Wo war seine Wut von vorhin geblieben? Und warum war er nicht mehr wütend? Mein Auge wanderte von seinem Körper hinauf zu dem felsigen Vorgebirge, das den kleinen Hafen beherrscht. Auf einem Felsvorsprung, auf dem sich, wie ich schon wußte, ein Sprungbrett befand, sah ich Beate stehen. Sie blickte in die Tiefe und schätzte die Entfernung ab, um hinunterzuspringen. Ein Badegast, dessen Silhouette sich gegen den Himmel abhob, näherte sich ihr. Er wechselte ein paar Worte mit ihr, dann trat sie beiseite, der Mann kletterte auf das Sprungbrett, legte die Hände zusammen und vollführte einen tadellosen Sprung. »Sie wollte noch nicht springen«, dachte ich, »sie hat dem anderen den Vortritt gelassen, das bedeutet, daß sie auf mich wartet«, und eilte zum Felsen hinauf. Ich hatte mich geirrt, denn kaum war ich auf der Spitze des Vorgebirges angelangt, sah ich, wie Beate mit etwas Hellem in der Hand auf das Sprungbrett zuging. Als sie den hellen Gegenstand zum Kopf führte, begriff ich, daß es sich um eine Badekappe aus Gummi handelte. Sie stülpte sie sich über, streckte die Arme in die Höhe und sprang mit zusammengelegten Händen und enggeschlossenen Füßen kopfüber ins Wasser.

Ich rannte so schnell wie möglich zum Sprungbrett – wegen der rissigen, scharfkantigen Felsen konnte ich nur vorsichtig hüpfen – und beugte mich vor: Tief unten im Wasser, das nach dem Sprung noch bewegt war, schien sich der helle, kleine Kopf von Beate zum offenen Meer hin zu bewegen. Sicher würde sie eine Zeitlang im Wasser bleiben und schwimmen; ich fragte mich, ob es einen Sinn hätte, ihr zu folgen. Gerade wollte ich hinunterspringen, als einige Gegenstände, die Beate auf dem Felsen hatte liegenlassen, meine Aufmerksamkeit erregten: eine einfache Basttasche mit Lederrand, ein zusammengefaltetes Handtuch, eine Flasche Sonnenöl und ein Buch, das sich auf diesem rissigen und salzzerfressenen Felsen irgendwie seltsam ausnahm. Ich konnte nicht umhin, hinter diesem hier so unpassenden Gegenstand eine Absicht zu vermuten, eine bestimmte Absicht, wie ich sie hinter Beates Verhalten bis jetzt immer vermutet hatte. Für den Augenblick verzichtete ich darauf, ihr ins Meer nachzuspringen, bückte mich, nahm das Buch und betrachtete es prüfend.

Ich mußte an Nietzsches »Also sprach Zarathustra« denken, das ich benutzt hatte, um ihr meine Botschaft zukommen zu lassen; ich war jetzt gespannt, ob dieses Buch hier dem gleichen Zweck diente. Ich schlug es auf; es waren die gesammelten Briefe Kleists, dessen Novelle »Michael Kohlhaas« ich damals gerade übersetzte. Obwohl ich alle Briefe gut kannte, war ich außerstande, darin eine Botschaft für mich zu erkennen, die sie, davon war ich völlig überzeugt, enthalten mußten. In der Hoffnung, eine irgendwie markierte Seite, irgendeine Randnotiz zu finden, blätterte ich das Buch durch, aber vergebens. Als ich den Band wieder neben die Tasche legen wollte, ließ mich eine seltsame Neugier einen flüchtigen Blick auf das Titelblatt werfen, ob dort eine Widmung war. Es stand tatsächlich eine da: »Meiner innigstgeliebten Schwester Beate, von Herzen ihre Trude.« Ich war etwas verwirrt: Eine Schwester namens Trude hatte Beate also dieses Buch geschenkt; aber wo sollte in dieser Widmung die Botschaft für mich sein? Trotzdem, dachte ich mißmutig, gab es doch keinen Zweifel, daß das Buch für mich bestimmt war; ich war mir dessen ganz sicher; und daß ich keine Botschaft fand, machte mich merkwürdigerweise ganz rasend. Ich blätterte das Buch noch einmal durch und schüttelte es, um zu sehen, ob vielleicht ein eingelegter Zettel herausfiel: nichts. Dann ging ich fast unbewußt zum Sprungbrett, legte die Hände über dem Kopf zusammen und stürzte mich hinunter. Ich spürte, wie mein Kopf auf der Wasserfläche aufprallte, dann ließ ich mich immer weiter in die grünlich-trübe Meerestiefe hinuntersinken. Dabei empfand ich ein Gefühl, als wäre ich nicht hinuntergesprungen, um Beate zu suchen, sondern weil ich danach verlangte, immer tiefer, bis zum Grund des Meeres, hinunterzutauchen, um dort wie ein Wrack liegen zu bleiben. War das vielleicht die Ewigkeit, von der Nietzsche sprach, dieses endlose Niedergleiten in die Dunkelheit? Vielleicht wirklich; ich brauchte mich jetzt einfach nur fallen zu lassen, bis ich den Ort erreicht hätte, wo ich für immer ruhen würde.

Diese Versuchung dauerte nur eine Sekunde. Dann besann ich mich auf die wirkliche Situation und vollführte mit Armen und Beinen die nötigen Bewegungen, um wieder an die Oberfläche zu kommen; bald tauchte ich mit dem Kopf in das Sonnenlicht empor und fand mich unerwartet Beate gegenüber. Sie mußte von der Spitze des Vorgebirges zurückgeschwommen sein; ihr kleiner von der Badekappe eng umschlossener Kopf ließ ihre Schultern, bis zu denen sie aus dem Wasser emportauchte, noch breiter erscheinen. Sofort rief ich laut: »Das Buch, was bedeutet das Buch mit den Kleistbriefen?« Sie musterte mich, ohne etwas darauf zu erwidern. Schnell fügte ich leise hinzu: »Ich muß dich sprechen, sag mir, wo und wann wir uns treffen können, ich habe Zimmer zwölf, wir sind auf dem gleichen Stock. Heute nacht werde ich meine Tür angelehnt lassen, ich warte bis zur Morgendämmerung auf dich.« Sie blieb stumm. Ihre regungslose Miene kontrastierte mit den Bewegungen ihrer Arme, die sie an der Wasseroberfläche hielten. »Hast du Angst? Es ist ganz einfach: Du tust so, als ob du ins Badezimmer gehen müßtest, das am Ende des Korridors liegt, und kommst zu mir.« Wieder ein starrer, unbeweglicher Blick, während ihre Arme weiterhin die Schwimmbewegungen ausführten. Äußerst aufgebracht begann ich sie anzuschreien: »Warum sprichst du nicht? Was ist los mit dir? Bist du stumm? Hast du mich verstanden? Ich muß dich unbedingt sprechen!«

Endlich brach sie ihr Schweigen: Ihre Stimme war kindlich, frisch und hell wie die eines ganz jungen Mädchens; aber es war auch eine ruhige, vernünftige, fast verwunderte Stimme, die mich irgendwie überraschte, weil ich, nach Beates bisherigem Verhalten gegen mich, auf einen verärgerten, ironischen Ton gefaßt gewesen war. »Aber ich fahre morgen nach Deutschland zurück!«

»Was für eine schöne Überraschung!« rief ich aus. »Und ich renne dir seit vier Tagen wie ein Verrückter nach!« Sie schüttelte den Kopf, als wollte sie meinen Vorwurf zurückweisen. »Mein Mann und ich, wir fahren nach Neapel, wo wir uns mit meiner Schwester Trude und meiner Mutter treffen werden. Wir verbringen einen Tag mit ihnen zusammen, dann fahren wir beide nach Deutschland, und meine Schwester und meine Mutter gehen nach Anacapri.«

»Und du kehrst nicht mehr nach Capri zurück?«

»Dieses Jahr, glaube ich, wirklich nicht mehr. Aber ich werde meiner Schwester von dir erzählen, dann wird sie mit dir Kontakt aufnehmen, wenn sie auf Capri ist. Sie ist meine Zwillingsschwester und ähnelt mir sehr.«

»Aber du kannst nicht wegfahren, du darfst nicht ausgerechnet jetzt wegfahren!«

»Ich muß leider fort. Bitte versuche, Bekanntschaft mit meiner Schwester zu schließen.«

Meine Stimme wurde plötzlich lauter und leidenschaftlich: »Was geht mich deine Schwester an: Ich liebe dich.«

Es war meine erste Liebeserklärung, die erste, die ich ihr mit Worten machte, nachdem ich ihr meine Liebe so oft mit Blicken zu verstehen gegeben hatte. Sie aber nahm sie mit der vernünftigen Ruhe einer Mutter auf, die ihrem Kind ein Stück Torte wegnimmt, damit es nicht zu viel davon ißt. »Versuch zu verstehen, es ist unmöglich.«

»Was ist unmöglich?«

»Die Liebe.«

Voll Zorn erwiderte ich leise: »Du hast alles daran gesetzt, mich glauben zu machen, daß du mich liebst. In Wirklichkeit hast du mich nur benutzt, um deinen Mann eifersüchtig zu machen.«

Wieder schüttelte sie den Kopf: »Sag so etwas nicht!« Sie verstummte einen Moment, als zögerte sie, weiterzusprechen; dann fuhr sie fort: »Mir graut vor diesem Mann, an seinen Händen klebt Blut.«

Jetzt war ich wirklich sprachlos. Sie war zu oft vor mir geflohen, hatte zu oft ihr ausweichendes Spiel mit mir getrieben, als daß ich auf eine so direkte und schreckliche Enthüllung gefaßt gewesen wäre. Meine Überraschung war jedoch mit Erleichterung gemischt: Endlich löste sich das Rätsel, und ich erfuhr etwas Konkretes über sie. Aufgeregt nach Worten suchend, stotterte ich: »Aber, dann, wenn das so ist, verstehst du? dann mußt du diese Nacht in mein Zimmer kommen! Nachher kannst du wegfahren, wenn du unbedingt mußt, aber zuvor werden wir wenigstens unsere Abmachungen für die Zukunft treffen.« Während ich redete, fiel mir auf, mit welcher gelassenen und nachdenklichen Aufmerksamkeit sie mir zuhörte: Sie hörte jedoch nicht nur zu, sondern beobachtete mich auch. Dann fragte sie mit ganz normaler Stimme: »Wenn ich zu dir komme, traust du dir zu, eine gewisse Sache zusammen mit mir zu tun?«

Sie blieb weiterhin gelassen und sah mich mit ruhiger, überlegter Herausforderung an.

»Für dich würde ich alles tun!«, stammelte ich töricht.

»Bist du sicher?«

»Ganz sicher.«

»Aber du weißt nicht, wovon ich spreche.«

»Du wirst es mir heute nacht, wenn du bei mir bist, sagen.« Sie beobachtete mich aufmerksam, forschend. »Aber du solltest es bereits wissen: Ich habe es dir die ganze Zeit mit den Augen gesagt. Und heute habe ich es dir noch einmal mitgeteilt, mit den Kleistbriefen!«

»Die Kleistbriefe!«, rief ich aus. »Es stimmt also, daß du

das Buch für mich hingelegt hast! Ich habe keine Botschaft darin gefunden.«

»Trotzdem gab es eine.«

»Also, wirst du heute nacht kommen?«

Sie zögerte, dann nickte sie: »Gut, ich werde irgendwann nach Mitternacht kommen.«

Plötzlich brüllte hoch über unseren Köpfen eine Stimme: »Beate!« Dann hörten wir nicht weit von uns einen dumpfen Aufprall und sahen das Wasser nach allen Seiten hochspritzen. Beates Mann war vom Sprungbrett heruntergesprungen. Offensichtlich hatte er von dort unsere Unterhaltung beobachtet.

»Beate, ich habe dich überall gesucht«, brachte er keuchend und prustend hervor, nachdem er wieder aufgetaucht war. Ich schwamm von ihnen weg und hielt erst inne, als ich die Spitze des Vorgebirges erreichte.

V

Ich kehrte zum kleinen Hafen der Sirenen zurück, wo ich das bestellte Boot schon startbereit fand; es schaukelte bereits auf dem Wasser. Sofort stieg ich ein, begann kräftig zu rudern und steuerte aufs offene Meer hinaus, wo ich über meine erste, sagen wir, »gesprochene« Begegnung mit Beate nachdenken wollte. Nachdem ich einen gewissen Abstand zwischen den Felsen der Sirenen und mich gebracht hatte, hörte ich zu rudern auf, streckte mich bequem auf dem Boden des Bootes aus und analysierte Wort für Wort den kurzen Dialog zwischen Beate und mir, während das Boot in der Strömung dahintrieb.

Also, zuerst einmal hatte sie mir angekündigt, sie würde wegfahren. Sie hatte es mir wie zufällig mitgeteilt, im ruhigsten und gleichgültigsten Ton, den man sich vorstellen konnte; das kam mir sonderbar vor, weil sie mir mit den

Augen doch einige Tage lang so leidenschaftliche und verzweifelte Dinge gesagt hatte. Als ob es nicht schon genug gewesen wäre, hatte sie weiter ihr Spiel mit mir getrieben, die Ankunft ihrer Zwillingsschwester angekündigt und mir fast geraten, ich solle mich mit dieser trösten, da sie ihr so stark ähnelte. Als ob sich Liebe damit begnügen könnte, daß eine Nase oder ein Mund den Zügen des geliebten Wesens gleichen! Verhält sich so eine Frau, die liebt?

Im Verlauf unseres Gesprächs war jedoch dieser furchtbare Satz gefallen: »Mir graut vor diesem Mann, an seinen Händen klebt Blut.« Außerdem hatte sie versprochen, in der Nacht zu mir in mein Zimmer zu kommen. Und noch wichtiger – ihre undeutliche, geheimnisvolle Frage, ob ich mir zutrauen würde, in der Nacht zusammen mit ihr eine gewisse Sache zu tun. Genau jene Sache, die sie mir vier Tage lang mit den Augen und heute mit der Sammlung der Kleistbriefe mitzuteilen versucht hatte.

Kleist! Bei diesem Namen kam mir eine plötzliche Erleuchtung. Eine starke Unruhe bemächtigte sich meiner. Ich konnte nicht mehr still liegen, sondern sprang auf, setzte mich und begann wieder zu rudern.

Kleist! Bei diesem Namen schloß sich allmählich die Wahrheit vor mir auf, wie eine jener furchtbaren, fleischfressenden tropischen Pflanzen, die ihre Blütenkelche nur öffnen, um Insekten zu fangen, die sie dann mit geschlossenen Blütenblättern langsam verschlingen. Beate hatte gesagt, sie habe mir durch die Kleistbriefe zu verstehen gegeben, was wir beide in der Nacht tun sollten. Nun, ich wußte sehr wohl, daß die Briefe dieser Sammlung, die eine lange Zeitspanne umfaßte – wie ein Strom, der von vielen Nebenflüssen gespeist schließlich in das Meer mündet –, in Tausenden von Mäandern auf ein unbewußtes, schicksalhaftes Ziel zuführten: den Selbstmord. Außerdem handelte es sich hier nicht um den Selbstmord eines einzelnen; der Selbstmord, sagen wir, à la Kleist, war ein Doppelselbstmord. Kleist hatte sich gemeinsam mit seiner Geliebten Henriette Vogel am Wannsee umgebracht. Trotzdem hatte ich noch Zweifel, oder besser, ich konnte es noch nicht glauben. Warum wohl hatte Beate gerade mich, einen für sie völlig Fremden, einen, der ihr zufällig begegnet war, ausgewählt, um mit ihr eine so ernste und endgültige Tat zu begehen? Kleist und Henriette Vogel hatten sich das Leben genommen, nachdem sie sich ineinander verliebt hatten und gemeinsam zu der Erkenntnis gekommen waren, daß das Leben ihnen keinen anderen Ausweg bot; vor allem aber, nachdem beide zutiefst empfanden, daß nur der Tod die Vollkommenheit ihrer Liebe besiegeln könnte. Aber ich? Ich wußte nichts von Beate, war nicht ihr Geliebter und hatte nur in Eile wenige unklare Worte mit ihr gewechselt. Es stimmte wohl, daß wir mit Blicken vier Tage lang zweimal pro Tag miteinander gesprochen hatten. Während man aber sicherlich seine Liebe mit Blicken ausdrücken kann, ist es viel schwieriger, wenn nicht sogar unmöglich, mit Blicken übereinzukommen, sich gemeinsam zu töten.

Je länger ich darüber nachdachte, desto mehr beeindruckten mich die Improvisation, die Hast und Ungeduld, mit denen der Plan des Doppelselbstmordes vorbereitet worden war. Aber gleichzeitig und im Widerspruch dazu beunruhigten mich diese Improvisation, Hast und Ungeduld, weil ich sie als klare Zeichen eines echten und unwiderstehlichen Bedürfnisses auffaßte. Beate schien sich mit demselben blinden und wahllosen Verlangen den Tod zu wünschen, mit dem man sich in ihrem Alter die Liebe wünscht: egal wo, mit wem, wann und wie. Aber warum dann ausgerechnet mit mir und nicht mit einem anderen? Ich fand darauf rasch eine natürliche und logische Antwort: Beate hatte dunkel geahnt, daß unter den vielen Menschen, an die sie sich für die Verwirklichung ihres Vorhabens wenden konnte, ich wahrscheinlich der einzige war, der seit geraumer Zeit den Plan, Selbstmord zu begehen, mit sich herumgetragen hatte. Wahrscheinlich fand sie eine Bestätigung ihrer Intuition darin, daß ich mich bei meiner Vorstellung gerühmt hatte, mit einer Arbeit über Kleist promoviert zu haben; Kleist aber war wegen seines Doppelselbstmordes vermutlich seit langem für sie zum Vorbild geworden.

Plötzlich hörte ich zu rudern auf, zog die Ruder ein und blickte mich um. Ich hatte das Vorgebirge im Norden der Bucht der Piccola Marina hinter mir gelassen; die ganze Inselküste, die von der Bucht aus unsichtbar war, lag jetzt vor meinen Augen. Weit in der Ferne zeichnete sich ein anderes Vorgebirge mit steilen Felsen und zerklüfteten Klippen ab; von Dunstschleiern umhüllt, ruhte es im Meer. Zwischen diesem entfernten und dem nahen Vorgebirge, das ich gerade hinter mir gelassen hatte, lag eine Reihe kleiner Buchten. Eine davon befand sich direkt vor mir: Das grüne Wasser war seicht und klar, und den weißen Kiesstrand rahmte ein Amphitheater roter Felsen ein. Der Strand war menschenleer. Die Sonne brannte vom Himmel; um mich herum glitzerte das Meer noch stärker. Ich strich mir mit einer Hand über das Haar; es war glühend heiß. Deshalb beugte ich mich zum Wasser hinunter und benetzte mir den Kopf. Dann blieb ich aufrecht im Boot sitzen, ohne die Ruder anzurühren, und dachte weiter über Beate nach.

Hinter ihrem Vorschlag des Doppelselbstmordes war mehr verborgen als nur ein dringendes Verlangen, das dazu zwingt, den Erstbesten als Mittel zum Zweck zu benutzen. Rätselhafterweise hatte sie, obwohl vollkommen intuitiv, eine sichere Wahl getroffen. Gerade ich war unter Millionen ausgewählt worden; und zufällig hatte dieses Auswahlverfahren unter so vielen den Geeignetsten herausgefiltert. Aber ist das nicht vielleicht das gleiche, was in der Liebe geschieht? Dieselbe instinktive Sicherheit, die einen Mann und eine Frau, die einander nicht kennen und wahrscheinlich vorher nie gesehen haben, dazu treibt, sich in der Liebesumarmung zu vereinen?

So, wie ich in meinen Überlegungen das Angebot Beates, Selbstmord zu begehen, als improvisiert und voreilig verworfen hatte, so trieben mich schließlich gerade diese Improvisation und Hast, den Vorschlag anzunehmen, weil ich sie als Zeichen für etwas deutete, das man landläufig coup de foudre nennt. Um zu diesem Ergebnis zu gelangen, genügte es, das Wort Tod durch das Wort Liebe zu ersetzen. Besser gesagt, ich spürte, daß Tod und Liebe in unserem Fall zwei untrennbare und komplementäre Seiten der gleichen Wirklichkeit darstellten.

Bislang war das natürlich nur eine der vielen möglichen Hypothesen. Aber vielleicht gerade weil es sich um etwas Hypothetisches handelte, ließ ich meine Gedanken schweifen und begann mir vorzustellen, was in dieser Nacht, wenn Beate zu mir ins Zimmer käme, geschehen könne.

Seltsam, aber ich bemerkte zu meiner Überraschung sofort, daß mich der Gedanke an den gemeinsamen Selbstmord weder erschreckte noch verwirrte. Es schien mir, als ob er zur Liebe oder wenigstens zu unserer Liebe, der zwischen mir und Beate, gehöre. Und wirklich, als ich mir die Begegnung in meinem Zimmer in der kommenden Nacht vorstellte, überkam mich ein tiefes Verlangen, das die Aussicht auf Selbstmord keineswegs schwächte, sondern ihm eher Kraft und Tiefe zu geben schien. Was mich in der nächsten Zukunft, in wenigen Stunden erwarten würde, ließ mich freilich nur an die Umarmung, die uns, Beate und mich, vereinen sollte, denken; der Selbstmord, der mit absoluter Sicherheit und unvermeidbar am Ende stehen würde, blieb vorerst noch eine vage Vorstellung, als wäre er auf unbestimmte Zeit verschoben.

Aber etwas war mir deutlich in Erinnerung und lag mir, wie man so sagt, auf der Zunge; es hing zusammen mit dem Ausspruch: »Mir graut vor diesem Mann, an seinen Händen klebt Blut.« Mit einem Mal wurde mir klar: Beate und ich waren beide verzweifelt, hatten aber unterschiedliche Motive. Wie ihre Worte vermuten ließen, war Beate aus moralischen und möglicherweise politischen Gründen verzweifelt: Sie mußte mit einem Mann leben, vor dem ihr graute, weil an seinen Händen Blut klebte; sie mußte in einer Gesellschaft leben, vor der ihr gleichermaßen graute, weil auch sie blutrünstig und blutbesudelt war. Ich hingegen wußte nur zu gut, daß meine Verzweiflung sozusagen eine metaphysische war. Wie immer die politische und soziale

Lage um mich herum gewesen wäre, ich war sicher, ich wäre genauso verzweifelt gewesen.

Was sollte das heißen? Ich dachte noch einmal konzentriert nach, bis ich die Antwort gefunden hatte. Es sollte heißen, daß sich meine Verzweiflung von der Beates unterschied, weil sie nicht nur anderen Motiven entsprang, sondern auch auf eine andere Lösung gerichtet war. Beates Verzweiflung strebte als logische Konsequenz dem Selbstmord zu; ich dagegen wollte sie »stabilisieren«, das heißt, eine Möglichkeit suchen, mich mit ihr abzufinden. Zu diesem Zweck hatte ich mir vorgenommen, wie ich schon erwähnte, einen Roman zu schreiben, dessen Held sich aus politischen Gründen umbringt. Nach meiner Auffassung von der Möglichkeit einer stabilisierten Verzweiflung sollte dieser Roman als eine Art Blitzableiter dienen: Die selbstzerstörerische Gewalt meiner Verzweiflung würde sich im Schreiben entladen, nicht in meinem Leben. Aber meine kleine psychologisch-literarische Konstruktion löste sich, als ich Beate traf, in Luft auf. Mit ihrem Vorschlag eines Selbstmords à la Kleist wollte Beate, wie man in der Pokersprache sagt, die Karten sehen; sie gab mir zu verstehen, daß die Karte »Roman«, in dem sich die Hauptperson umbringen sollte, wertlos war. Ich glaubte sogar, sie mit ihrer hellen, natürlichen und erbarmungslosen Stimme sagen zu hören: »Wenn man wirklich verzweifelt ist, schreibt man keinen Roman über den Selbstmord, man bringt sich um!«

Als ich mit meinen Gedanken so weit war, begann ich wieder zu rudern und fuhr schnell in die Bucht hinein. Das Wasser war hier seicht und durchsichtig; man konnte den gelbgrauen sandigen Meeresgrund sehen, der mit weißen Steinen und schwarzen Seeigeln übersät war. Hin und wieder ließ eine sanfte Welle wie ein ruhiger und regelmäßiger Atemzug die Oberfläche leicht anschwellen, rollte zum Ufer hin und verebbte auf den Kieselsteinen, wo sie zarten, glänzenden Schaum hinterließ. Knirschend bohrte sich der Kiel meines Bootes in den Kies; ich sprang ins Wasser und zog es mit zwei, drei heftigen Rucken an Land.

Ich ging einige Schritte den Strand entlang und setzte mich dann auf die Kieselsteine. Die Frische, die das klare Wasser in der Bucht versprach, täuschte. Ich mußte bald feststellen, daß mich die von den Steinen reflektierte Sonnenglut störte und am Nachdenken hinderte. Ich stand auf und blickte um mich; nicht weit vom Ufer entfernt lag ein kulissenartiger Felsen, hinter dem ich mich vor der Sonne schützen konnte; ich ging hin und setzte mich wieder, diesmal Kopf und Schultern im Schatten. In diesem Moment sah ich ein Boot in die Bucht einbiegen.

Ich erkannte Beate und ihren Mann sofort. Er ruderte, den Rücken zum Ufer gewandt, Beate dagegen saß mit dem Gesicht zu mir im Heck und hatte mich sicher schon gesehen. Sie trug nicht mehr die Badekappe, sondern einen gelben Strohhut, der mit seiner breiten, wippenden Krempe einen Schatten auf ihr Gesicht warf. Ich stand auf, und da ich sicher war, daß ihr Mann mich nicht sehen konnte, winkte ich mit den Armen, um ihr mitzuteilen: »Ich bin da.« Absurderweise war ich enttäuscht, als ich bemerkte, daß sie mein Winken nicht erwiderte: Sie konnte es nicht tun, da ihr Mann ihr gegenübersaß; und doch glaubte ich nach unserem eben erst geführten Gespräch, daß nunmehr jedwede Unvorsichtigkeit gerechtfertigt sei. Das Boot hielt auf das Ufer zu und bohrte sich schließlich mit dem Bug in den Kies. Der Mann sprang ins Wasser, half Beate auszusteigen und zog dann das Boot an Land, so daß es neben meinem lag.

Ich fragte mich, was ich nun tun sollte. Ich konnte hinter dem Felsen hervortreten, an ihnen würdevoll vorbeigehen, ohne Verlegenheit zu zeigen – vielleicht sogar mit einem Gruß –, das Boot ins Wasser schieben und wegfahren. Ich konnte am Strand bleiben und wie ein beliebiger Badegast baden und mich sonnen. Und ich konnte schließlich – das wäre die schlechteste Lösung, die aber meinem bisherigen Verhalten entsprechen würde –, hinter dem Felsen ausharren, mich nicht zeigen und beobachten, was sich ereignen würde. Anders gesagt, das Verfolgen und Auflauern fortsetzen, wie vorhin auf dem Abkürzungsweg, wie an den anderen Tagen in der Pension. Wenn ich gesagt habe, daß dieses Verhalten das schlechteste war, muß ich hinzufügen, daß ich dunkel spürte, daß dies das einzige war, was die Müllers aus Gründen, die ich nicht kannte, von mir erwarteten.

Was konnten die beiden von mir wollen? Mit einiger Wahrscheinlichkeit hielten sie sich nicht zufällig an diesem Strand auf. Ich hatte mich von Beate entfernt, als sich ihr Mann von der Höhe des Sprungbretts zu uns herunterstürzte; ich war sofort zur kleinen Anlegestelle geeilt, wo das Boot schon für mich bereitlag. Offensichtlich hatten die Müllers beschlossen, mir zu folgen; denn auf dem Meer waren nur wenige Boote, so daß es für sie nicht schwierig gewesen sein durfte, mich zu entdecken und mir in weitem Abstand nachzufahren. Ich habe vorher von Verfolgung gesprochen; jetzt hätte man jedoch sagen können, daß die Rollen vertauscht waren: ich war der Verfolgte, sie die Verfolger. Aber der Grund für dieses Manöver war mir unklar. Ich konnte mich wenigstens mit meinem Gefühl für Beate rechtfertigen. Aber ihr Mann?

Ich ließ das Paar, während ich überlegte, nicht aus den Augen. Sie standen noch bei dem Boot; sie blickte um sich, vielleicht weil sie mich suchte und nicht fand; denn der Felsen verbarg mich jetzt völlig; der Mann lud inzwischen aus dem Boot, was man für ein gut vorbereitetes Picknick braucht: zwei Liegestühle, einige Handtücher, einen Sonnenschirm, einen großen Capreser Korb, der anscheinend Proviant enthielt, Bücher und Zeitungen. Ich sah, wie er als letztes vorsichtig die Tasche mit dem Photoapparat herausnahm, die er vorhin auf dem Abkürzungsweg über der Schulter hängen hatte.

Eines war klar: Die Müllers hatten die Absicht, den ganzen Nachmittag an diesem Strand zu verbringen. Sie würden baden, sie würden sich sonnen, sie würden essen, sie würden plaudern, lesen, schlafen – was noch? Ach ja, sie würden auch Aufnahmen machen. Ich dachte sofort, ich weiß nicht warum, daß unter allen diesen Beschäftigungen das Photographieren die wichtigste sei.

Beide, der Mann mit heiterer Geschäftigkeit, Beate eher ruhig, trugen die Picknicksachen zu einer Stelle des Strandes, die vom Ufer und den Felsen im Hintergrund gleich weit entfernt war. Ich fragte mich, ob mich die Müllers genauso sehen konnten, wie ich sie sah, und kam zu keinem Schluß: Vielleicht sahen sie mich, aber vielleicht auch nicht. Eines war sicher: Beate hatte mich erblickt, als das Boot nicht weit vom Strand entfernt war; und genauso sicher hatte sie ihrem Mann meine Anwesenheit mitgeteilt. Sie wußten jetzt, daß ich sie von irgendeinem Punkt aus beobachtete; gleichzeitig schienen sie sich völlig ungezwungen zu verhalten, als hätten sie keine Ahnung, daß man sie beobachtete. So konnte ich ihnen ruhig zusehen, als wäre ich unsichtbar, und sie konnten sich so unschuldig zur Schau stellen, als wären sie ganz allein.

Aber worin bestand diese Schau, die die Müllers so sorgfältig vorzubereiten schienen? In dem schmalen Schatten des Felsens sitzend, der mir als Paravent diente, schaute ich dem Paar lange zu, ohne richtig zu verstehen, was sich wirklich abspielte. Alles geschah langsam und ruhig; und ein dunkles Gefühl sagte mir, daß die Langsamkeit und die Ruhe bedacht und geplant waren. Zuerst klappte der Mann die Liegestühle auseinander; dann steckte er den Sonnenschirm zwischen die Steine und spannte ihn auf; schließlich breitete er das Picknick-Tischtuch auf dem Strand aus. Ich glaubte, sie würden zu essen anfangen, aber ich irrte mich. Beates Mann setzte sich in den Liegestuhl und begann mit seinem Photoapparat zu hantieren. Auch Beate lag jetzt im Liegestuhl und blickte direkt zu mir; so schien es wenigstens, denn sie hatte die Sonnenbrille wieder aufgesetzt, so daß nur die Bewegungen ihres Kopfes erraten ließen, wohin sie sah.

All das zog sich in die Länge. Mir war, als sei die Sonne senkrecht über meinem Kopf am Himmel stehengeblieben, so unerträglich umhüllte mich die Hitze; der Schatten des Felsens schützte mich kaum; ich saß zusammengekauert, die Arme um die Knie geschlungen; denn ausgestreckt hätten die Beine in der Sonne gelegen. Da mein Boot neben ihrem

Boot lag, konnten die Müllers eigentlich trotz meines Verstecks meine Anwesenheit kaum ignorieren. Das legte eine kühne Hypothese nahe: Sie wußten sehr gut, daß ich da war, aber wie am Vortag im Café hatten sie beschlossen, so zu tun, als existierte ich nicht. Diese Vermutung war für mich sehr schmerzlich, denn sie bedeutete, daß Beate die Komplizin ihres Mannes und damit gegen mich war. Lieber wäre mir die Alternative gewesen: daß sie meiner Anwesenheit Rechnung getragen und mich schrittweise, aber unaufhaltsam in ihr Vorhaben einbezogen hätte.

Dann kam unvermittelt Bewegung in diese reglose, zweideutige Szene. Der Mann warf die Zeitung beiseite, griff nach dem Photoapparat, hob ihn in Augenhöhe und richtete das Objektiv gegen das Meer. Er blieb lange in dieser Haltung, dann blickte er vom Sucher zu seiner Frau hinüber und sagte etwas zu ihr. Sie wandte sich zu ihm und antwortete gelassen und nachdenklich. Ihre vertrauliche, fast verschwörerische Unterhaltung ging eine kurze Weile weiter; sie sprachen mit leiser Stimme. Hinter meinem Felsen hatte ich, warum weiß ich nicht, das demütigende Gefühl, daß die beiden über mich redeten. Auf eine auffordernde Geste ihres Mannes erhob sich Beate, tänzelte mit ihren nackten Füßen vorsichtig über die heißen Steine zu ihm hin und setzte sich auf seine Knie. Ich war auf diese ehelichen Intimitäten nicht gefaßt und riß ungläubig beide Augen auf. Ihr Mann legte einen Arm um ihre mageren Hüften, seine dicken Finger umschlossen schützend ihr kleines Gesäß. Währenddessen kraulte er sie mit der anderen Hand am Nacken, zauste leicht ihre Haare und streichelte ihren Hals. Beate ließ ihn kurz gewähren. Dann wandte sie sich mit einem Ruck ihm zu und bedeckte jede Stelle seines Gesichtes mit raschen, leichten Küssen. Sie küßte wie mit einem Vogelschnabel: hastig und genau. Schließlich streckte er die Hand aus und nahm den Photoapparat, den er auf die Steine gelegt hatte. Beate war inzwischen aufgestanden und ging zum Ufer. Als ihr Mann das Objektiv eingestellt hatte, erhob auch er sich und ging ihr nach. Ich sah mit doppelter Aufmerksamkeit zu; ich spürte, daß nun geschehen würde, was das Paar vorher ausgeheckt hatte. Beate setzte behutsam ihre nackten Füße einen nach dem anderen auf die heißen Steine; sie bewegte sich mit solcher Vorsicht, daß ihr magerer und schlaksiger Körper in seinen brüsken Bewegungen wie eine Marionette aussah. Bald schob sich die eine ihrer weiblich breiten, aber durch ihre Magerkeit mädchenhaft wirkenden Hüften vor, bald die andere; ihre knochigen Schultern neigten sich, sobald ihr Fuß sich hob, als würden sie von dem Gewicht ihrer unordentlich hochgesteckten, zerzausten Haare niedergezogen. Ihre schmächtigen Arme, der dünne Hals und die mageren Beine verstärkten meinen Eindruck einer weiblichen Gliederpuppe, die sich in der gleißenden Sommerhitze verirrt hat. Am Ufer angelangt, tauchte Beate schnell ihre brennenden Füße ins Wasser und drehte sich zu ihrem Mann um, als ob sie auf Anweisungen wartete.

Müller richtete die Kamera auf sie; Beate sagte etwas, das sich wie eine Frage anhörte; er blickte in den Sucher und ließ sich mit der Antwort Zeit, bis er einen kurzen Satz auf deutsch sagte, den ich diesmal gut hörte: »Sicher, selbstverständlich.« Was sollte sich hier, wie man sagt, »von selbst verstehen«? Das wurde mir sofort klar, als sich Beate, ohne zu zögern, den Badeanzug abzustreifen begann.

Es war ein schwarzer Einteiler, der für ihren unreifen Körper viel zu weit war. Auch aus der Ferne konnte ich sehen, daß er ihr nicht paßte, vor allem an den Oberschenkeln, dem Bauch und der Brust, das heißt, an den Stellen, wo er bei einer molligeren Frau ausgefüllt und gespannt gewesen wäre. Ich sah, wie sie mit beiden Händen zu den Trägern griff und sie bis zu den Armen herunterstreifte. Ihr Mann sagte wieder etwas, worauf sie den Badeanzug bis zur Taille zog; ihre kleinen, festen, birnenförmigen Brüste, die mich an die Zitzen einer Ziege erinnerten, reckten sich in die blaue Luft. Müller war aber damit noch nicht zufrieden: Ohne die Kamera vom Auge zu nehmen, winkte er gebieterisch mit der Hand, sie solle den Badeanzug noch weiter herunterlassen. Beate gehorchte, faßte ihn mit beiden Händen und schob ihn sorgfältig bis zu den Füßen hinunter. Jetzt stand sie ganz nackt da und wartete. Ihr Mann blickte weiter durch den Sucher und schrie ungeduldig: »Zurück, zurück.« Diesmal wandte Beate ihm den Rücken zu und watete auf Zehenspitzen ins Meer hinein. Sie ging langsam, als wäre sie unsicher, und ich sah, wie das Wasser die Knöchel umspülte, die Beine hochstieg und nach und nach ihr magerer, schlanker Rücken bis zum Hals versank. Sie verharrte einen Augenblick reglos, den Kopf und einen Teil der Schultern über dem Wasser; dann drehte sie sich um und begann, ans Ufer zurückzuwaten. Ihre Schultern, die Brüste, die Taille, der Bauch kamen allmählich zum Vorschein. Müller rannte unterdessen wie ein Irrer auf den Steinen hin und her und knipste wie wild. Beate machte noch zwei, drei langsame Schritte: Ihr dichtes rotes Schamhaar tauchte aus dem Wasser auf. Ihrem Mann entfuhr ein fast verzweifelter Schrei: »So ist's gut, so!«, und gleichzeitig führte er seine freie Hand zuerst zur Leiste, dann zum Kopf und schließlich zur Brust, als wollte er ihr damit zeigen, sie solle eine Frau darstellen, die aus Scham ihre hochgesteckten Haare losbindet und sich mit ihnen die Brüste und den Unterleib bedeckt. Da hatte ich eine plötzliche Eingebung: Mit seinen Gesten wollte Müller an eine bestimmte Gestalt, eine bekannte Figur erinnern. Aber an welche? Mit einem Mal begriff ich: Müller, der zweifellos ein Bewunderer der klassischen italienischen Malerei war, wollte seine Frau in der Haltung der Venus von Botticelli photographieren, die, nur von ihren Haaren bedeckt, aus dem Meer emporsteigt.

Meine Vermutung erwies sich als richtig. Gehorsam führte Beate die Hände zum Kopf, band ihren bereits fast aufgelösten Haarknoten los und verteilte die Haare so gut wie möglich über ihren ganzen Körper; dann legte sie ihre rechte Hand auf das Schamdreieck und die linke auf die Brust. Da stand sie, unbeweglich und aufrecht, und schien auf neue Anweisungen ihres Mannes zu warten. Müller, der endlich mit ihrer Pose zufrieden war, fing mit mehr Ruhe als vorhin von neuem an, sie sorgfältig von allen Seiten aufzunehmen. Schließlich hatte er offenbar den ganzen Film verknipst, denn er hörte mit dem Photographieren auf und betrachtete prüfend die Kamera. Dann ging er zum Liegestuhl, holte aus seiner Jackentasche einen neuen Film und legte ihn ein. All das dauerte ziemlich lange, denn er ließ sich viel Zeit und agierte, als ob er ein Berufsphotograph sei. Beate wartete, unbeweglich und aufrecht, in der Pose des Botticelli-Gemäldes. Endlich fragte sie ihn, ohne Ungeduld, aber mit ziemlich lauter Stimme, so als wollte sie, daß ich es auch hörte: »Bist du nun zufrieden, oder soll ich noch etwas tun?« Müller blickte zuerst in den Sucher, dann erwiderte er ebenso laut: »Frag den Herrn da hinter dem Felsen, ob er damit zufrieden ist, nicht mich!«

Es handelte sich also wieder um die übliche »Lektion«; diesmal hieß mich Müller im Einverständnis mit seiner Frau einen Voyeur. Aber diese erste Hypothese, die mir einfiel, wurde von mir, obwohl sie eine gewisse Wahrscheinlichkeit für sich hatte, zugunsten einer subtileren Überlegung verworfen: Müller, der in seine Frau verliebt und auf ihre Schönheit stolz war, hatte mit all dem nur bezweckt, daß auch ich sie in der Venus-Pose und völlig nackt bewundern konnte; sicherlich versuchte er mit seiner »Lektion«, den Exhibitionismus des Ehepaars sich selbst gegenüber zu rechtfertigen, aber sie konnte am Ende seine ohnmächtige Leidenschaft nur komplizierter machen.

Diese Gedanken schossen mir so schnell durch den Kopf, daß sie sich gewissermaßen mit den Worten und Gesten des Mannes kreuzten. Als habe ihn die Wut gepackt, fuhr Müller, ohne Beates Antwort abzuwarten, plötzlich fort: »Aber warum etwas fragen, das ohnehin klar ist. Es versteht sich von selbst, daß der Herr noch nicht zufrieden ist; er will dich auch photographieren. Aber natürlich, warum denn nicht?« Mit der Kamera in der Hand rannte er mit großen Schritten auf mich zu.

In der kurzen Zeitspanne, die er brauchte, um mich zu erreichen, erwog ich, was ich nun am besten tun sollte: Ich konnte ihm den Photoapparat entreißen und ihn auf die

Steine werfen; ich konnte die Rolle annehmen, die er mir in dieser Art Farce zuwies, und Beate photographieren; und ich konnte schließlich die Rolle, die er mir aufzwingen wollte, ruhig ablehnen und mich entfernen. Ich weiß nicht warum, aber am Ende dieser Überlegungen blickte ich beinahe instinktiv zu Beate hinüber. Sie gab mir mit den Augen jenes Zeichen der Zustimmung, mit dem sie mir schon im Speisesaal empfohlen hatte, den Faschistengruß Müllers zu erwidern. Ich wandte meine Augen von ihr fort und blickte einen Moment dem Mann ins Gesicht; dann kam ich hinter dem Felsen hervor und nahm, ohne ein Wort zu sagen, die Kamera, die er mir hinhielt. Müller machte plötzlich einen Satz und lief zu seiner Frau. Er watete ins Wasser, legte den Arm um Beates Taille und schrie mit aufgeregter und keuchender Stimme: »Können Sie so freundlich sein und mich zusammen mit meiner Frau photographieren?«

Mir kam eine rabiate Idee: Ich würde ihm ebenfalls eine »Lektion« erteilen, ich würde nämlich das Schamdreieck Beates aufnehmen, nur das Schamdreieck. Wenn Müller später diese Aufnahme entwickelt hätte, würde er weder sich noch Beate auf dem Photo wiederfinden, sondern nur das anonyme, unpersönliche und natürlich symbolische Dreieck der roten Haare.

Bei diesem Gedanken, oder besser gesagt, in dieser zornigen Aufwallung schwenkte ich langsam das Objektiv von Beates Gesicht ihren Körper entlang bis zum Bauch. Sie posierte nicht mehr wie Botticellis Venus; unter dem Druck des Armes ihres Mannes klammerte sie sich auf eine fast peinliche Weise an ihn, ohne noch mit ihren Händen den Unterleib und die Brüste zu bedecken. Ich stellte die Schärfe auf das Schamdreieck ein: Im Sucher erschien das rote, dichte Schamhaar so nah und klar, daß ich in meiner Nase den leichten Schweißgeruch zu spüren glaubte, der ihm zweifellos entströmte. Ich wollte schon auf den Auslöser drücken, als ich das seltsame Gefühl hatte, eine Hand ergriffe von hinten meinen Ellbogen und zwänge mich, die Kamera zu heben. So sah ich noch einmal ihren Bauch, die

Taille, die Brust, den Hals. Als ich Beates Gesicht in meinem Blickfeld hatte, verschwand die unsichtbare Hand, als wollte sie mir bedeuten, jetzt könne ich das Foto aufnehmen. Ich schaute erneut durch den Sucher: Beates Gesicht füllte das Blickfeld aus, ohne daß Müller zu sehen war; ihre Augen hatten den gewohnten verzweifelten Ausdruck, als wollten sie die geistige Art unserer Liebe bestätigen. »Wenn Müller diese Aufnahme entwickelt«, dachte ich, »wird er auf dem Foto nur ihr Gesicht und nichts weiter sehen. Aus dem Ausdruck dieser Augen wird er dann ersehen, daß sich Beate innerlich von dieser unwürdigen Farce distanzierte und mit dem Herzen bei mir war.«

So drückte ich auf den Auslöser; dann legte ich den Photoapparat auf den Kies am Strand, ganz vorsichtig, weil er, wie ich mir sagte, das wertvolle Bild von Beate enthielt. Daraufhin ging ich mit gesenktem Kopf über den Strand zum Boot. Einige Minuten später lag die Bucht schon weit hinter mir.

VI

Ich aß im Strandbadrestaurant. Kurze Zeit lag ich in einem Liegestuhl in der Sonne, dann ging ich wieder zur Piazza hinauf und nahm den Autobus nach Capri. Der Hauptgrund für meinen Entschluß, an der Piccola Marina zu essen, statt wie üblich in der Pension, war nicht die Hoffnung, die Müllers wiederzusehen, die, wie ich wußte, in der Bucht picknicken wollten, sondern vor allem ein Gefühl des Widerwillens bei dem Gedanken, meine Mahlzeit allein, ihren leeren Tisch vor Augen, einnehmen zu müssen. Aber ich kann nicht leugnen, daß ich etwas enttäuscht war, daß das Paar auch dann noch nicht auftauchte, als es mit dem Imbiß am Strand schon längst fertig sein mußte. Offenbar wollten sie ihren letzten Tag auf Capri so lang wie möglich ausnutzen, was bei sonnenhungrigen Nordländern ja eigentlich zu erwarten war. Sie mußten einen langen, langen Nachmittag ehelicher Zweisamkeit verbracht haben, in dem vieles möglich war: Vor-sich-hin-Brüten oder liebevolle Zuwendung, Ruhe oder heftiger Streit, Schweigen oder Gespräch. Vielleicht hatte ihr Mann Beate wegen ihres seltsamen, dauernden Kokettierens Vorwürfe gemacht; vielleicht hatte sich Beate, um ihn zu beruhigen, in das Los gefügt, sich von ihrem Mann, vor dem ihr graute, da an seinen Händen Blut klebte, lieben zu lassen. Aber was für eine Liebe sollte das sein? Die Szene in der Bucht, als ihr Mann sie in der Pose der Venus von Botticelli photographierte, ließ mich an seltsame erotische Gewohnheiten denken, die mit irgendwelchen subkulturellen Mythen zusammenhingen. Ich empfand keine Eifersucht bei dieser Vorstellung, nur ein Gefühl des Mitleids, das mich in Beate ein Opfer und in ihrem Mann einen Henker sehen ließ. Auf jeden Fall tröstete ich mich mit dem Gedanken, daß Beate in der Nacht in mein Zimmer kommen würde: Über diese Gewißheit hinaus konnte und wollte ich im Grunde auch nicht weiterdenken.

Als ich jedoch die Piazza von Capri erreicht hatte, fühlte ich wieder den starken Widerwillen, allein in der Pension zu sitzen. Daher beschloß ich, mir für die Rückkehr nach Anacapri Zeit zu lassen. Es war drei Uhr, alle halben Stunden ging ein Autobus. Ich wollte zuerst einen Spaziergang machen und dann den Bus nehmen. So schlug ich den Weg nach Tragara ein, der um die ganze Insel bis zum Arco Naturale führt. Ich hatte nicht die Absicht, die ganze Strecke abzuwandern, sondern wollte nur bis zum Aussichtspunkt oberhalb der Faraglioni-Klippen gehen und dann langsam zurückkehren. Ich würde den einsamen Nachmittag vertrödeln und so aufs glücklichste die Zeit zwischen der letzten Begegnung Beates, in der Bucht, und der folgenden beim Abendessen im Speisesaal überbrücken.

Der Weg nach Tragara verläuft zwischen einer ununterbrochenen Reihe üppiger alter Gärten, die sich den Abhang hinaufziehen, und dem Meer. Ich begann in der ermattenden, herbduftenden Schwüle des Sommernachmittags den Weg entlangzuwandern. Abwechselnd betrachtete ich das blaue Meer, das weit unten am Horizont zwischen den roten Pinienstämmen hindurchblinkte, und die Gittertore und Zäune, zwischen deren Stäben sich die staubigen Ranken aus den Gärten hervordrängten. Die gelassene Intimität dieser Gärten wirkte, wie man es von Parks der Kliniken und Sanatorien kennt, absichtsvoll und geplant, und so war es nicht verwunderlich, daß sie mich dazu anregten, über die Geschehnisse des Tages nachzudenken. Zuerst einmal, warum verhielt sich ihr Ehemann derart seltsam und unglaublich, in dieser Mischung aus komplizenhaftem Einverständnis und zorniger Auflehnung? Offensichtlich war sein Verhalten durch die Beziehung zwischen ihm und seiner Frau geprägt. Aber von der Art dieser Beziehung wußte ich nur, daß Beate es vor Müller graute, weil »Blut an seinen Händen klebte«. Wie paßte aber dieser Widerwille zu den leidenschaftlichen Küssen, mit denen Beate in der Bucht das dicke, verschwitzte Gesicht ihres Mannes bedeckt hatte? Und wie konnte man diesen Abscheu mit der willigen Fügsamkeit vereinen, mit der sie sich vor meinen Augen nackt in der Pose der Venus von Botticelli hatte photographieren lassen? Da paßt doch unmöglich eines zum anderen, vorausgesetzt, daß nicht... Mir kamen wieder diese quälenden Vorstellungen in den Sinn, die mich bei meinem einsamen Essen auf der Terrasse des Strandbadrestaurants bereits verfolgt hatten. Es waren unsäglich krude Vorstellungen, die alle um das »wirkliche«, das heißt, erotische Verhältnis zwischen Müller und seiner Frau kreisten. Aber jetzt sah ich in diesen Phantasien nicht mehr voll Mitleid in Beate das Opfer und voll Haß in Müller den Henker. Oder vielmehr, sie waren immer noch Opfer und Henker, aber nicht streng unterschieden und einander entgegengesetzt, sondern in einer geheimen, perversen Wechselbeziehung verbunden, wie sie oft Unterdrücker und Unterdrückte vereint. Müller zwang sicher Beate durch irgendeine Form der Erpressung, die willfährige Gattin zu spielen. Aber Beate beugte sich seinem Willen mit einem Eifer, der schon an Einverständnis grenzte. Nur so erklärten sich die spontanen, und wie es schien, gar nicht erbetenen Küsse und die Zur-Schau-Stellung ihres nackten Körpers morgens in der Bucht. Mit einem Wort: Beate suchte einerseits verzweifelt, mir mit Blicken zu versichern, daß sie mich liebte, und nur mich allein; andererseits widersetzte sie sich der vermutlichen Erpressung Müllers keineswegs, sondern wandelte sie, möglicherweise unbewußt und gegen ihren Willen, in eine erotische Beziehung um, aus der sie eine geheime und anstößige Lust zu gewinnen schien. Als ich nun von den wenigen Einzelbeobachtungen, die ich an diesem Morgen in der Bucht machen konnte, auf die Gesamtheit ihrer Beziehung schloß und mir in meiner Phantasie die Art ihres Verhältnisses deutlich ausmalte, entdeckte ich zu meiner Bestürzung, daß ich dabei keine Eifersucht empfand, sondern daß die grausamen und profanierenden Vorstellungen der Beziehung zwischen Opfer und Henker mich verwirrten und sogar erregten. Ja, ich war in Beate verliebt; aber was mich an ihr jetzt besonders fesselte, war etwas, vor dem ich eigentlich hätte zurückschrecken sollen; ihr perverses Einverständnis mit dem Mann, vor dem ihr graute und an dessen Händen Blut klebte. Noch schlimmer: Meine Verwirrung und Erregung ließen mich Müller »verstehen«, und dieses Verständnis für ihn verband mich mit ihm fast in einem Gefühl der Solidarität. In diesem Augenblick ähnelte ich eher Müller als mir selbst. Und wenn ich an Beates bevorstehenden nächtlichen Besuch dachte, sah ich mich bereits die Stelle des Gatten einnehmen, wie ein neuer Herr, der die Absicht hat, mit der willfährigen Sklavin ein genauso grausames Spiel zu treiben wie ihr früherer Besitzer.

An diesem Punkt sah ich auf und bemerkte, daß ich den Aussichtspunkt über den Faraglioni-Klippen erreicht hatte. Einige Leute standen an der Brüstung und bewunderten das Panorama. Ich trat näher und sah ebenfalls hinunter. Die Sonne war inzwischen verschwunden; jede Einzelheit der riesigen, steilen Felsen war in dem klaren Licht der Dämmerung sichtbar, das nicht mehr von den Dunstschleiern des Mittags und noch nicht von jenen des Abends getrübt wurde. Jenes Licht ließ die Felsen wie zwei rote Meteorsteine erscheinen, die auf einer leuchtenden, glasklaren blauen Fläche ruhten. Aber die schweigende Tiefe, aus der sie herausragten, erschien mir plötzlich düster und unheilvoll, eben, weil sie mich lockte und anzog. Ich senkte die Augen und erkannte, daß ich gerade an einer Stelle stand, an der die Aussichtsterrasse ins Leere hinausragte. Da erinnerte ich mich, daß Signor Galamini mir von dem Abgrund bei der Migliara und dem Mädchen erzählt hatte, das sich in die Tiefe stürzte, nachdem es sich den Zopf über die Augen gelegt hatte. Eine ähnliche Versuchung schien mich jetzt aus dem Abgrund der Faraglioni-Klippen anzuwehen, so daß ich ängstlich von der Brüstung zurückwich. Aber es war nicht jene Versuchung, die Menschen, die zu heftig und vergebens lieben, zum Selbstmord verführt, wie jenes Mädchen von der Migliara, es war die Versuchung, die im Gegenteil jene ergreift, die befürchten, zur Liebe nicht fähig zu sein.

Ich wandte mich um und ging in die Richtung, in der ich wieder die Piazza von Capri erreichen mußte. Der Gedanke eines perversen Verhältnisses; das die Müllers verband – wobei er die Rolle des Herrn – und sie die der Sklavin spielte –, einer Perversion, die auch mich, wie ich mit Schrecken ahnte, anstecken konnte, ließ jetzt eine gegenteilige Vorstellung in mir entstehen: Ich mußte Beate respektieren, daß heißt ich durfte ihre Verzweiflung nicht ausbeuten. So abgegriffen und banal das auch klang: Ich mußte sie »retten«.

Natürlich war mir bewußt, daß man jemanden, wenn überhaupt, nur durch gutes Beispiel retten kann. Aber ich bildete mir ein, dazu imstande zu sein, da ich überzeugt war, die Verzweiflung anders als Beate interpretieren zu können. Das heißt nicht, daß ich aus Angst, mich ihrem Gatten anzugleichen, auf Beate verzichten wollte; ich wollte mich lediglich als ein Mann erweisen, der die Verzweiflung nicht als einen Grund zu sterben, sondern als einen Grund zu leben betrachtete. Beate zu retten bedeutete also, ihr meine Idee der »stabilisierten« Verzweiflung zu erklären; sie zu überreden, Kleist zu vergessen; sie von ihrem Mann loszulösen und aus der perversen Situation zu befreien, die der Ursprung ihres Plans eines Doppelselbstmords war.

Diese Überlegungen, die sich ergebenden Entscheidungen und Entschlüsse und erneute Überlegungen über die Entscheidungen bechäftigten mich, bis ich bei der Pension Damecuta angelangt war. Ich trat in die Halle und verlangte von Signor Galamini meinen Zimmerschlüssel. Er gab ihn mir zusammen mit einem Umschlag, der anscheinend ein Buch enthielt. In Druckbuchstaben stand nur mein Vorname darauf, Lucio. Ich öffnete das Kuvert und zog das Buch hervor, es war die Ausgabe der Briefe von Heinrich von Kleist, die ich bereits am Morgen an der Klippe der Sirenen gesehen hatte. Ich ging in den Hintergrund der Halle, setzte mich in einen Sessel und drehte das Buch prüfend hin und her. Auf den ersten Blick bemerkte ich, daß ein Lesezeichen darin steckte. Ich schlug die Seite auf und las:

An Ernst Friedrich Peguilhen
                (Stimmings bei Potsdam, 21. November 1811)

Mein sehr werter Freund!
Ihrer Freundschaft, die Sie für mich bis dahin immer so treu bewiesen, ist es vorbehalten, eine wunderbare Probe zu bestehen, denn wir beide, nämlich der bekannte Kleist und ich, befinden uns hier bei Stimmings, auf dem Wege nach Potsdam, in einem sehr unbeholfenen Zustande, indem wir erschossen daliegen, und nun der Güte eines wohlwollenden Freundes entgegensehn, um unsre gebrechliche Hülle der sicheren Burg der Erde zu übergeben ...

Bei dieser Stelle hörte ich zu lesen auf: Ich kannte diesen berühmten Brief sehr genau, und die Bedeutung der Botschaft, die Beate in die Abschiedsworte Henriette Vogels kleidete, war mir nun klar. Dieselbe Bedeutung hatte ich ja auch dem Buch Kleists beigemessen, als ich Beate am Meer begegnete. Aber es ist etwas anderes, eine Hypothese aufzustellen, als sie durch Tatsachen bestätigt zu sehen. Mit dem Buch hatte mich Beate argwöhnisch gemacht; mit dem Brief Henriettes schlug sie mir indirekt vor, mich mit ihr in wenigen Stunden zu töten. Bei diesem Gedanken lief mir ein Schauer über den Rücken, mir wurde schwarz vor den Augen, und mein Atem stockte. Mechanisch klappte ich den Band zu, erhob mich aus dem Sessel und wandte mich zur Treppe. Aber kaum hatte ich den Fuß auf die erste Stufe gesetzt, als ich umkehrte, an die Rezeption trat und Signor Galamini fragte, ob man mir das Abendessen auf mein Zimmer bringen könne. Ich scheute mich, Beate bei Tisch wiederzusehen, und wollte außerdem in Ruhe über die letzte Episode dieses außergewöhnlichen Tages nachdenken. Signor Galamini versicherte mir, daß es möglich sei, und notierte meinen Wunsch in einem Heft. Ich dankte ihm und fügte in meiner Verwirrung unnötigerweise noch erklärend hinzu: »Wissen Sie, ich fühle mich nicht ganz wohl.«

Sobald ich in meinem Zimmer war, warf ich mich angekleidet auf das Bett, nahm das Buch wieder zur Hand und las den Brief noch einmal durch. Ich fühlte, daß in der Deutlichkeit der Botschaft Beates etwas Seltsames und Außergewöhnliches lag, kam aber über dieses dunkle Gefühl nicht hinaus. Unfähig, meine Gedanken zu ordnen, fing ich wieder an, in dem Buch zu blättern, und las in verschiedenen Kleistbriefen. Ich kannte sie gut; aber jetzt, im Licht des Selbstmordplans Beates, schienen sie mir eine neue Bedeutung anzunehmen, die mich, oder besser gesagt, Beate und mich, anging. Kleist hatte sich gemeinsam mit Henriette Vogel getötet, aber er aus anderen Motiven als sie. Kleist war von einer völligen Verzweiflung ergriffen, die alle Aspekte seines Lebens betraf; Henriette, die an Gebärmutterkrebs erkrankt war, hatte sich wohl infolge ihres Leidens leicht genug mit ihrem Geliebten identifizieren können, um in den Selbstmord zu zweit einzuwilligen. Nun, wer sollte nach unserem Selbstmordplan Kleist, wer Henriette sein? Einerseits legte der Umstand, daß ich ein Mann, Beate eine Frau war, nahe, daß ich Kleist, sie Henriette wäre. Andererseits war nicht zu bezweifeln, daß Kleist seinen Plan, Selbstmord zu zweit zu begehen, als folgerichtigen Abschluß seines verzweifelten Lebens gefaßt hatte, so daß sich die Identifikation in diesem Fall umkehrte: Beate war Kleist, ich Henriette. Doch war ich weder krebskrank noch litt ich an einer krankhaften Zwangsvorstellung, die symbolisch als Krebsgeschwulst aufgefaßt werden konnte. Im Gegenteil, ich war der Mann mit der »stabilisierten« Verzweiflung, ich war der stoische und zugleich rationale und gesunde Mann und konnte folglich nicht Henriette sein, die, dem Anschein nach zwar vernünftig, im Grunde aber, wie ihr Abschiedsbrief zeigte, eine ans Krankhafte grenzende Empfindsamkeit besaß.

Andererseits war ich auf die gleiche naive und romantische Weise in Beate verliebt wie, wenigstens nach seinen Briefen zu schließen, Kleist in Henriette. Deswegen war es auch möglich, daß der Plan des Doppelselbstmords von Henriette ausgegangen war und daß Kleist, der zwar verzweifelt war, aber keine eigentliche Todessehnsucht gehegt haben mochte, aus Liebe zu der Frau ihrer Herausforderung oder dem bis zur Erpressung gehenden Ausspielen ihrer Gefühle nachgegeben hatte. In einem solchen Fall mußte ich mich wieder eher mit Kleist identifizieren, mit dem mich außerdem die Schreibleidenschaft verband. Wenn ich also Kleist war und Beate Henriette, wer war dann Henriette wirklich gewesen? An diesem Punkt wurde mir klar, daß ich von Henriette gar nichts wußte, außer daß sie an Krebs erkrankt war, wie ich übrigens auch von Beate nur wußte, daß sie die Frau dieses Müller war. Also...

Beate konnte also in der Nacht, wann immer sie wollte, in mein Zimmer kommen. Ich spürte sofort, daß diese Aussicht mich nach dem Lesen des Abschiedsbriefs Henriettes mit angstvoll widersprüchlichen Empfindungen erfüllte:

Einerseits sehnte ich Beate voll Ungeduld herbei, um mit ihr zu sprechen und das Rettungswerk an ihr zu beginnen, das mir eben noch als die einzig mögliche Form unserer Beziehung erschienen war. Andererseits ließ die Botschaft, die mir der Abschiedsbrief vermittelte, in dem Kleist und Henriette ihren Tod ankündigten, Beate und ihre Beziehung zu ihrem Mann in ganz neuem Licht erscheinen. Beate war vermutlich kein Opfer und Müller sicher kein Henker. Jedenfalls deutete der Brief Henriette Vogels, den Kleist unterschrieben und Beate als Botschaft an mich benutzt hatte, auf eine ganz besondere Auffassung von der Liebe hin. Ich konnte mir nämlich nicht verhehlen, daß ein leicht zu durchschauender Euphemismus die dem Anschein nach so edle und heroische Idee des »gemeinsamen« Todes in Gedanken der »gemeinsamen« Liebe oder, wenn man will, den der Erotik übersetzte.

Man weiß nicht, was Kleist und Henriette vor ihrem Selbstmord taten, fühlten und sprachen. Aber ich wußte sehr wohl, daß für mich und für Beate der »gemeinsame« Tod der »gemeinsamen« Liebe Absolutheit verleihen würde. Daß sich Liebe und Tod seit altersher in der Literatur verbanden und unteilbar mischten, tat der Ernsthaftigkeit des Plans Beates keinen Abbruch, sondern enthüllte nur seine Hintergründigkeit. Ich fühlte mich von Beate angezogen und begehrte sie. So veranlaßte mich gerade dieser vitale Trieb, der mich eigentlich zur Ablehnung des Doppelselbstmordes hätte bringen müssen, durch die sexuelle Begierde dazu, in ihn einzuwilligen.

Von plötzlicher fiebriger Aufregung ergriffen setzte ich mich ruckartig auf und suchte auf dem Nachttisch meine Zigaretten und die Streichhölzer. Da sah ich neben den Zigaretten Nietzsches »Also sprach Zarathustra« auf der weißen Marmorplatte liegen, das Buch, das ich für meine erste Liebesbotschaft an Beate benutzt hatte. Mit Freude dachte ich daran, wie ich die von mir unterstrichenen Worte des Gedichts noch einmal von ihr unterstrichen fand. Als ich das Buch erblickte, hätte ich mir beinahe – so lächerlich es in dieser Situation klingen mag – selbst einen Klaps auf die Stirn gegeben und »Heureka« ausgerufen. Mir war nämlich klar geworden, daß es Beate gelungen war, eine Verbindung zwischen Nietzsches Gedicht und dem Gedanken des Doppelselbstmords bei Kleist herzustellen.

Hieß es nicht im Gedicht, »alle Lust will Ewigkeit«? Und welche Ewigkeit war gewisser und grenzenloser als der Tod? Aber Beate besaß keine große Bildung, sie war wohl nur irgendein einfaches deutsches Mädchen, das einen Mann namens Müller geheiratet hatte. Beate wollte nicht etwa sterben, weil sie sich von Nietzsche und Kleist beeinflussen ließ und zwischen ihnen eine Verbindung hergestellt hatte, sondern sie hatte unbewußt eine Verbindung zwischen den beiden hergestellt, weil sie sterben wollte.

So sah ich mich jemandem gegenüber, der die Absicht hegte, im wirklichen Leben auszuführen, was ich meinen Protagonisten im Roman tun lassen wollte. Damit stand ich vor einem Dilemma von dunkler Bedeutung: Auf der einen Seite gab es das wirkliche Leben, das mit dem Plan des Doppelselbstmords à la Kleist in Verbindung mit Versen Nietzsches dem Intellekt und seinem Sublimierungsversuch seinen Willen aufnötigen wollte, auf der anderen Seite Bildung und Intellekt, die mit dem gegenteiligen Plan der »stabilisierten« Verzweiflung dem Leben den Weg verstellten.

Was sollte ich also tun? Im Geist zählte ich die Möglichkeiten auf, die sich mir in jener Nacht boten:
1. ich konnte die Tür absperren, auf keinen Fall aufmachen, am Morgen von Capri abreisen;
2. bis zum Moment der todbringenden Lust gelangen, das heißt, bis zum Schlafmittel, dem Gift, der Pistole. Bis zur Lust, aber nicht bis zur Ewigkeit;
3. mit ihr zusammen Selbstmord begehen.

VII

Mitten in diesen Gedanken hörte ich plötzlich zwei Stimmen unter meinem Fenster. Ich weiß nicht warum, aber ich dachte sofort, daß diese Unterhaltung wichtig für mich sei; das heißt, ich erwartete davon irgendwie eine Antwort auf meine Frage »was soll ich jetzt tun?«. So sprang ich aus dem Bett, trat zum Fenster und blickte durch die Jalousien hinunter.

Wie ich schon sagte, gingen meine beiden Zimmerfenster auf den Garten der Pension hinaus, sie lagen genau über dem alten, weißgestrichenen Vordach über dem Eingang. Mein Zimmer lag im zweiten Stock, so daß ich gut alles beobachten konnte, ohne selbst gesehen zu werden. In der verschlafenen Stille des Spätnachmittags saßen zwei Personen an einem der kleinen Tische in den Korbsesseln, die auf dem Vorplatz standen: der Oberkellner der Pension und eine Frau, in der ich sogleich Sonja erkannte, die Direktorin des Museums Shapiro.

Der Oberkellner war ein spindeldürrer Mann mit graumelierten, zerzausten Haaren; über seinen lebhaft funkelnden Augen wölbten sich buschige Augenbrauen, seine gekrümmte Nase ließ an einen Ziegenbock denken. Er saß in legerer Haltung neben dem Tisch, in seinen Sessel zurückgelehnt, und hörte Sonja, die eifrig vorgebeugt auf ihn einredete, mit eitler Selbstgefälligkeit zu. Mir fiel auf, daß ich Sonja bei unserem ersten zufälligen Zusammentreffen im Wortwechsel mit einem Droschkenkutscher gesehen hatte, während sie jetzt erregt mit einem Kellner verhandelte. Mein Eindruck war, daß ihre Beziehung zu zwei Personen aus dem Dienstleistungsgewerbe auf irgendeine Weise einen gesellschaftlichen Abstieg bezeichnete.

Ich horchte schärfer hin. Der laute Ton ihrer Stimmen, durch den ich veranlaßt worden war, ans Fenster zu treten, gehörte offenbar einer nunmehr abgeschlossenen Phase ihres Gesprächs an. Bis zu dem Augenblick, in dem ich aus dem

Fenster blickte, hatten Sonja und der Oberkellner höchstwahrscheinlich nur belanglose Worte gewechselt, die alle Leute ruhig hören konnten. Aber jetzt schien ihre Unterhaltung intimere und dringlichere Themen zu berühren. Sonja hatte ihre Stimme bis zu einem zischenden, drängenden Flüstern gesenkt. Sicher machte sie ihm Vorwürfe. Welcher Art sie waren, ging aus der Haltung des Mannes, einer Mischung aus männlicher Eitelkeit und gesellschaftlicher Überheblichkeit hervor. Mit einem Wort, Sonja überschüttete ganz offensichtlich einen untreuen oder sie vernachlässigenden Liebhaber mit Vorwürfen, der für sie die gleiche nachsichtige und amüsierte Verachtung zu hegen schien, die ich am Tag meiner Ankunft in Anacapri in dem Verhalten des Kutschers gegen sie gespürt hatte.

Das Gespräch der beiden ging eine Weile so fort. Sie drängte mit scharfem Flüstern auf ihn ein; er antwortete hin und wieder mit einem kurzen, schwach protestierenden Satz, einer Art halbherziger Ablehnung. Sie beugte sich im Reden nach vorn und heftete anklagend den Zeigefinger auf die Brust des Mannes. Er wich zurück und schüttelte immer wieder verneinend den Kopf. Dabei behielt er jedoch seine Gleichgültigkeit bei; von Zeit zu Zeit führte er mit zwei langen, dürren Fingern einen schon fast vollständig aufgerauchten Zigarettenstummel an die Lippen. Sonja verstummte einen Augenblick, um Atem zu schöpfen, änderte ihre vorwurfsvolle Haltung jedoch nicht. In der entstandenen Pause warf der Oberkellner den Stummel auf den Boden und trat ihn aus, dann sagte er leise ein paar Worte, die eine unerwartete Wirkung zeigten.

Sonja antwortete ihm sichtlich ruhiger; aus ihrem Flüstern war die zornige Schärfe verschwunden. Der Mann steckte sich eine neue Zigarette an, dann erwiderte er in wohlwollend-herablassendem scherzhaften Ton einige Worte. Sonja beugte sich vor, ergriff seine magere, sonnverbrannte Hand, die er lässig von der Sessellehne baumeln ließ, und küßte sie mit Inbrunst. Der Oberkellner hielt die brennende Zigarette zwischen den Fingern der anderen; während Sonja ihn weiterhin mit Küssen überhäufte, führte er die Zigarette an die Lippen und machte einen langen Zug. Dabei streifte er den gebeugten Kopf der Frau mit zerstreutem Blick.

Diese Szene fand einen für mich unvorhergesehenen, aber in sich logischen Abschluß: Ohne die Hand des Oberkellners loszulassen, ja sie sogar noch heftiger küssend, tastete Sonja nach ihrer großen Leinentasche, die über der Armlehne ihres Sessels hing, kramte einen Augenblick darin und zog dann ein vierfach gefaltetes weißes Kuvert hervor, das sie offensichtlich schon vorbereitet hatte, und wollte es in die Hand gleiten lassen, die sie immer noch mit Küssen bedeckte.

Gerade in diesem Moment mußte ich husten. Der Oberkellner blickte nach oben, sah mich und zog seine Hand zurück. Sonja verharrte weiter in ihrer vorgebeugten Stellung, sagte in bittendem Ton etwas, das ich nicht hören konnte, und schob ihre Hand, in der noch immer das zusammengefaltete Kuvert steckte, auf dem Tisch vor. Einen Augenblick lang schwiegen beide und blieben ganz regungslos. Der Oberkellner blickte auf Sonjas ausgestreckten Arm und das Kuvert, das ihre Hand zusammenpreßte, sagte jedoch kein Wort und rührte sich nicht. Ich empfand, daß in seiner reglosen und nachdenklichen Haltung etwas Natürliches und Animalisches lag, ein Eindruck, den die sonnendurchglühte Stille des Sommernachmittags noch verstärkte. Genauso unbeweglich kleben die Geckos, diese kleinen, graziösen Echsen, die man überall in Anacapri sieht, auf den Hauswänden und Terrassen, und belauern eine Fliege oder ein anderes Insekt. Ich wartete lange; Sonja hielt dem Mann drängend das Kuvert hin. Es war ein irgendwie mitleiderregender Anblick. Der Oberkellner tat, als sei er mit seiner Zigarette beschäftigt, vermied es, die Frau anzusehen und schien nachzudenken. In Wirklichkeit, dachte ich, beobachtete er das Kuvert wie ein Gecko die Fliege. Dann war das Knirschen von Wagenrädern auf dem Kies der Auffahrt zu hören. Ich blickte auf und sah, daß eine Pferdedroschke auf den Vorplatz einbog. Mir schoß durch den Kopf: Wieso kommt dieser Pferdewagen bis zum Eingang der Pension, während der Kutscher bei meiner Ankunft auf der Piazza hielt und meinen Koffer auf der Schulter hertrug? Die Antwort war nicht schwer zu finden: Er wollte sich eben durch das Tragen meines Gepäcks noch ein paar Lire dazuverdienen.

Das alles dauerte nur einen Augenblick. Aber diesen Augenblick, den ich abgelenkt war, nutzte der Oberkellner, um Sonjas Kuvert zu ergreifen. Genauso blitzartig läßt der Gecko nach stundenlanger Reglosigkeit seine Zunge vorschnellen und schnappt die Fliege, die er so lange belauert hat. Sonja und der Oberkellner hatten sich nun beide erhoben und standen neben dem Tisch. Ich konnte gerade noch sehen, wie die lange, knochige Hand des Mannes das Kuvert in seine Jackentasche gleiten ließ, dann streckte sie sich aus und drückte Sonjas Hand. Ich trat vom Fenster zurück.

Meine innere Unruhe wuchs. Ich dachte daran, daß ich noch sechs Stunden warten müßte (es konnten auch mehr werden: Beate hatte gesagt, ich solle nach Mitternacht auf sie warten), und diese sechs Stunden erschienen mir unendlich leer. Ich konnte sie nur mit den unerträglichen und gleichzeitig faszinierenden Gedanken an den Doppelselbstmord ausfüllen. Um der Qual dieser Leere und der Qual, diese Leere zu füllen, zu entkommen, faßte ich den Entschluß, zu Sonja zu gehen. Sie war der einzige Mensch, den ich in Anacapri kannte. Außerdem hatte ich, wie ich schon sagte, das Gefühl, daß ihre Anwesenheit in dem Garten, der mir zu jener Zeit noch irgendwie geheimnisvoll erschien, mich unmittelbar betraf. Ich wollte daher in den Garten hinuntergehen, unsere Bekanntschaft erneuern und sie bitten, das Museum Shapiro besichtigen zu dürfen. Wenn später die sechs Stunden noch immer nicht herum wären, würde ich sie vielleicht zum Abendessen einladen. Gegen Mitternacht wollte ich dann schließlich in die Pension zurückkehren, um auf Beates Kommen zu warten.

Gesagt, getan. Ich lief rasch aus dem Zimmer, hastete die Treppe zur Halle hinunter und trat in den Garten. An den

Tischen saß niemand, alle Sessel waren leer. Ich eilte zur Auffahrtsallee: niemand. Ich begann zu laufen: das offene Gartentor, die schmale Gasse zwischen den Häusern, der abschüssige Platz mit den Treppen aus gestampfter Erde und dem verwachsenen, kahlen Ölbaum in der Mitte. Sonja war weiter oben beinahe am Ende des Platzes. Ich begann die Stufen hinaufzuhasten und schrie: »Sonja«. Sofort blieb sie stehen. Sie drehte sich aber seltsamerweise, als hätte sie ihr eigener Name wie ein Blitzstrahl getroffen, nicht um.

Und so wiederholte sich das Trugbild der ersten Begegnung: Sie wandte mir den Rücken zu; ihre dichten braunen Haare fielen in jugendlicher Fülle wie ein gelockter Pelz auf ihre Schultern. Wieder hatte ich die Illusion, mit dem Namen Sonja eine junge schöne Frau gerufen zu haben, die mir ihr glattes, strahlendes Gesicht zuwenden würde. Noch mehr: Einen Augenblick lang war es mehr als eine Illusion. Ich empfand die seltsame Gewißheit, daß Sonja wirklich eine junge, schöne Frau sei, bei der ich Beate und ihren düsteren, aber verführerischen Vorschlag vergessen konnte.

Im Laufen schrie ich noch einmal: »Sonja!« Diesmal drehte sie sich um, und ich sah unter ihrem schönen, jugendlichen Haar ihr altes Kalmückengesicht. Merkwürdigerweise fühlte ich einen so starken Stich der Enttäuschung, als hätte ich Sonja zum ersten Mal erblickt und nicht bereits gewußt, daß es sich bei ihr um eine Frau handelte, die über ihre Blüte schon lange hinaus war. »Wirklich, sie ist schon mehr als überreif«, dachte ich mit einer gewissen Grausamkeit, als ich nähertrat, »eine Frau, mit der alle machen können, was sie wollen: der Kutscher, von dem sie beinahe überfahren worden wäre; der Oberkellner, dem sie aus Gründen, die auf der Hand liegen, Geld zugesteckt hatte; und sogar ich, der sie rief, ohne sie eigentlich zu kennen, und auf den sie jetzt gehorsam am Ende des Platzes wartet.«

Ich kam atemlos bei ihr an und stellte mich ihr vor. »Ich bin der aus der Kutsche, die Sie vor einigen Tagen am Ortsanfang von Anacapri fast überfahren hat. Ich heiße Lucio. Erinnern Sie sich an mich?«

Sie sah mich gutmütig an. Ihre faltigen Augenlider waren sonnenverbrannt. Dann antwortete sie mir mit nasalem russischen Akzent, der in seltsamem Kontrast zu ihrem capresischen Tonfall stand: »Natürlich erinnere ich mich an dich, und diesen Trottel Salvatore habe ich auch nicht vergessen. Viel hätte nicht gefehlt und es hätte mich erwischt. Aber wer bist du eigentlich, und was willst du von mir?« Ich erwiderte schnell: »Man sagte mir, daß Sie...« Rasch fiel sie mir ins Wort: »Du kannst ruhig du zu mir sagen.«

»Gut, also ich habe gehört, daß du die Direktorin des Museums Shapiro bist; ich möchte gern, daß du es mir zeigst.«

»Es ist geschlossen. Erst im September macht es wieder auf.«

Voll Angst, sie könnte es mir abschlagen, drängte ich: »Könntest du es mich nicht trotzdem besichtigen lassen? Schau, ich interessiere mich sehr für Malerei.«

Sie hörte mich mit gutmütig-ironischer Miene an, als wollte sie sagen: »Red nur weiter, alles Lügen, aber das ist egal. Vor kurzem ein Droschkenkutscher, eben erst ein Oberkellner, jetzt der erstbeste, der gerade kommt. Ich bin alt und einsam und jedem dankbar, der meine Existenz überhaupt bemerkt.«

Dann erwiderte sie mit einer gewissen Unverfrorenheit: »Na gut, ich akzeptiere diese Geschichte mit dem Museum. Aber was willst du wirklich von mir?«

»Wirklich nichts, nur das Museum sehen.«

»Du interessierst dich für Malerei, was?«

»Ja, sehr.«

Sie musterte mich mit amüsiertem Lächeln. »Schaut euch den an! Lügen ist nicht gerade deine Stärke. Du wirst schon selbst wissen, was du von mir willst. Jedenfalls, wenn es dir nichts ausmacht, mit einer alten Frau beisammen zu sein, kannst du mich bis zum Museum begleiten. Ansehen kannst du es dir dann allein, wenn es wirklich wahr ist, daß du es unbedingt besichtigen willst.«

Sie schrieb mir also ohne weiteres galante Absichten zu,

die ich mir selbst noch gar nicht eingestanden hatte. Sie behandelte mich mit der beinahe mütterlichen Nachsicht, in der sich die Koketterie einer reifen Frau gegenüber einem viel jüngeren Mann äußert. Ich akzeptierte vorläufig die Rolle, die sie mir aufzwang, und fragte ganz unschuldig: »Was für Gemälde gibt es in dem Museum?«

»Expressionisten. Deutsche, Österreicher, Belgier, Schweden usw.«

Beim Sprechen blickte sie mich unverwandt an. Ich erwiderte ihren Blick. Mir fiel auf, wie blutrot ihre dünnen und vorspringenden Affenlippen waren. Das jugendliche Rot konnte das Alter ihres welken, aufgeschwemmten Gesichts, das eine mehlweiße Schicht billigen Puders bedeckte, nicht verbergen. Als ich diesen Mund betrachtete, der einer Wunde in ihrem Gesicht glich, wurde mir bewußt, daß ich Sonjas Geste beim Streit mit dem Droschkenkutscher noch einmal sehen wollte: die scharlachrote, feuchte, kräftige Zunge, die aus einer grauen, verwelkten Maske hing. Weshalb wünschte ich mir das plötzlich, und weshalb erregte und verwirrte mich dieser Wunsch? Vielleicht, weil dies das einzige an ihr war, das mich beeindruckt und meine erste Intuition bestätigt hatte, daß unsere Begegnung kein Zufall sei. Aber wie konnte man einer älteren Dame sagen, man hätte es gern, wenn sie die Zunge herausstreckte? Unter welchem Vorwand?

Inzwischen hatten wir begonnen, nebeneinanderherzugehen. Ich fragte sie, ob sie wirklich Russin wäre. Sie lachte bitter auf. »Russin durch und durch. Geboren im Gouvernement Saratow, noch als Kind mit den Eltern nach St. Petersburg, pardon, nach Leningrad übersiedelt.«

»Du bist also ... Exilrussin.«

»Ja, so würde ich es nennen.«

»Adelig?«

»Selbstverständlich.«

»Also bist du eine Weißrussin.«

»Weißrussin?! Da kann ich nur lachen! Ich bin eine Rotrussin, ja sogar mehr als rot, von dem Zeitpunkt an, seit

97

dem die Bolschewiken sich die Roten nennen. Ich bin durch und durch rot.«

»Durch und durch Russin und durch und durch rot.«

»Ja, genauso. Ich war in einer Partei, die sich revolutionäre Sozialisten nannte, und wollte, wie man so sagt, eine Revolution machen. Aber was weißt du denn davon? Du bist ein hübscher italienischer Junge, der nach Capri gekommen ist, um zu baden und um Urlauberinnen zu erobern. Was interessiert dich das alles?«

Etwas verärgert beeilte ich mich, zu erklären, daß ich nicht nur »ein hübscher italienischer Junge« sei, sondern auch ein Intellektueller: daß ich in Deutschland mit einer Arbeit über Kleist promoviert hätte, von dem ich jetzt gerade eine Novelle übersetzte; daß ich Artikel über die deutsche Literatur in Literaturzeitschriften veröffentlichen würde (nur kurze, informative Zusammenfassungen, nichts Bedeutendes); und daß ich einen Essay über das Verhältnis von Nietzsche und D'Annunzio verfaßt hätte (der war in Wirklichkeit noch nicht geschrieben; es handelte sich um einen alten Plan, den ich nach der Beendigung meines Romans aufgreifen wollte).

Ich merkte gleich, daß die Namen Kleist, Nietzsche, D'Annunzio keinen Eindruck auf sie machten; es sah aus, als hätte sie zum ersten Mal von ihnen gehört. In der Tat gab sie zur Antwort: »In meiner Jugend habe ich einige deutsche Romane zu lesen angefangen, Goethe, Schiller etc. Ich habe kein Wort verstanden und sie bald weggelegt. Auch einige russische Romane habe ich gelesen, z. B. von Tolstoi, aber jetzt bin ich nicht mehr wählerisch. Ich lese, was mir gerade unterkommt, einfach so zum Zeitvertreib.«

»Aber wenn du eine Revolutionärin warst, wirst du doch auch politische Bücher gelesen haben.«

»Ja, das schon. Die Untergrundliteratur der Partei, die Broschüren, die Flugblätter. Aber frag mich nicht nach den Verfassern. Es ist schon so lange her, ich habe sie vergessen.«

Ich bemerkte, daß sie ein ganz zerlesenes altes Buch in der

Hand hielt, faßte nach ihrem Handgelenk und drehte es ein wenig, um den Titel lesen zu können. »Die englische Gouvernante«. »Ist der Roman da schön?« fragte ich.

»Ja, gar nicht schlecht.«

»Sieht aus wie ein Jungmädchenbuch, ein Liebesroman.«

»Bin ich etwa kein junges Mädchen, oder?« erwiderte sie kokett und zwang mich, wieder in die Rolle des »hübschen italienischen Jungen« zu schlüpfen. Ich blieb einen Augenblick stehen, um mir eine Zigarette anzustecken, merkte aber, daß ich das Päckchen in der Pension gelassen hatte. So fragte ich sie: »Wo ist hier ein Tabakladen?«

»Da, genau vor dir.«

Sie hatte recht, der Laden lag wenige Schritte von uns entfernt. Ich hatte ihn nicht gesehen, eben weil er so nahe war. Das Schild »Salz und Tabak« und das Staatswappen waren vergilbt und abgeblättert. In einem kleinen, staubigen Schaufenster lag altes Büromaterial herum. Auf dem Gehsteig war ein Ständer mit Ansichtskarten. Mir kam eine Idee, und ich sagte: »Gehen wir Zigaretten kaufen!«

Wir traten in den winzigen Laden, in dem es nach Tabak, Tinte und Papier roch. Die Verkäuferin war eine üppige Frau mit einem Anflug von Schnurrbart in den Mundwinkeln und einer schwarzen Pyramide dichter Haare. Sie legte für mich vier Päckchen zur Auswahl auf den Ladentisch. Ich war über diese zuvorkommende Bedienung, die sonst nur Stammkunden zuteil wird, etwas verwundert. Als ich sah, daß Sonja sich ganz familiär mit der Ladenbesitzerin unterhielt und sie »Mariannina« nannte, begriff ich, daß ich die Aufmerksamkeit, mit der ich behandelt wurde, ihr zu verdanken hatte. Ich wählte eine Packung aus und nahm dann noch eine Ansichtskarte. Man sah darauf ein niedriges rotes Gebäude, dessen Fensterrahmungen aus weißem Marmor bestanden. Darunter stand in Kursivbuchstaben: »Museo Shapiro«. Ich zeigte sie Sonja.

»Das ist also das Museum?«

»Ja, natürlich.«

»Darf ich dir eine Packung Zigaretten schenken?«

»Was für eine Frage! Aber natürlich! Mariannina, meine Lieblingssorte, Giubek, aber möglichst weiche bitte!«

Mariannina warf nochmals vier Packungen auf den Ladentisch. Sonja klopfte mit ihren langen, braunen Fingern auf die Zigaretten und nahm die weichste Packung. Ich schrieb inzwischen Grüße und die Adresse meiner Eltern auf die Karte und verlangte eine Briefmarke von der Verkäuferin. Dann legte ich Marke und Karte vor Sonja auf den Ladentisch und bat sie: »Schreib einfach Sonja. So werden meine Leute denken, daß ich einen Urlaubsflirt habe.«

Ich verfolgte damit einen Plan. Wenn Sonja auf der Karte ihren Namen hingesetzt hatte, würde neben ihr eine Briefmarke liegen; und um mir einen Gefallen zu erweisen, würde sie sie ablecken und aufkleben. So bekäme ich wieder ihre merkwürdig jugendliche Zunge zu sehen. Ich tat, als sei ich in das Schreiben einer zweiten Karte vertieft und beobachtete Sonja dabei aus den Augenwinkeln. Sie nahm die den Kunden zur Verfügung stehende Feder vom Ladentisch, tauchte sie in das Tintenfaß und setzte ihre Unterschrift auf die Karte. Dann drückte sie, ohne zu zögern, die Briefmarke auf den kleinen Schwamm, der justament, um meine Pläne zu vereiteln, auf dem Tisch lag. Aber zu meiner Freude war der Schwamm nicht befeuchtet. Sonja rief aus: »Mariannina, dieser Schwamm ist staubtrocken!«, dann wandte sie sich zu mir und fragte mit seltsamem Zögern: »Willst du die Marke ablecken oder soll ich es tun?«

»Leck du sie ab.«

Sie warf mir einen komplizenhaften Blick zu, streckte dann die Zunge heraus und ließ sie über die Briefmarke gleiten. Ich sah sie so aufmerksam an, wie jemand, der eine Bestätigung seines ersten Eindrucks sucht, und erkannte sofort, daß sich dieser wiederholte: Ja, Sonjas Zunge besaß eine üppige, leidenschaftliche Vitalität, ihr Gesicht glich einer außen verschrumpelten, aber im Inneren noch saftigen Frucht. Sonja drückte die Marke mit dem Daumen fest und rief aus: »Puh, ich habe noch den Geschmack des Klebstoffs im Mund!«

Als wir aus dem Laden gingen, schlug ich vor: »Was meinst du, gehen wir einen Kaffee trinken? Dann hast du den ekligen Geschmack los.«

»Ja, gut.«

Von dem Tabakladen waren es nur wenige Schritte zum Café. Wir traten ein und gingen zur Theke. Sonja sagte mit der Vertraulichkeit der Einheimischen zum Kellner: »Einen Schwarzen, Domenico!« Einen Augenblick später setzte sie hinzu: »Deiner Familie geht's gut?«

Der Kellner antwortete, daß es allen gut ginge. Sonja zündete sich mit offensichtlichem Behagen eine Zigarette an. Ich griff nach dem Roman, den sie neben sich gelegt hatte, und schlug ihn auf. Sonja blies den Rauch durch die Nase und erklärte mir: »Er handelt von einer Gouvernante, die schließlich den reichen Witwer heiratet, dessen Kinder sie erzieht. Ein wirklich interessanter Roman.«

Ich konnte mir nicht klar darüber werden, ob sie das im Ernst meinte. Revolutionäre hatte ich mir ganz anders vorgestellt. Sonja bemerkte meine Verblüffung und fügte hinzu: »Diese Geschichte interessiert mich auch aus ganz persönlichen Gründen. Ich habe fünfundzwanzig Jahre lang als Gouvernante gearbeitet.«

»Wo?«

»In allen möglichen Ländern. Die Familien des europäischen Großbürgertums sind sehr mobil. In Paris, an der Cote d'Azur, in der Schweiz, in Italien, in Deutschland. In London habe ich dann Shapiro kennengelernt.«

»Und er hat dich gebeten, sein Museum zu leiten?«

»Nein, er wollte, daß ich bei ihm als Gouvernante arbeite. Später hat er mich zur Direktorin des Museums gemacht. Aber hier braucht man eigentlich keinen Direktor. Shapiro kauft schon seit langer Zeit keine Gemälde mehr an. Das Museum benötigt höchstens einen Kustoden, aber keine Direktorin.«

»Und worin besteht dann deine Arbeit?«

»Ich muß ihm am Abend mit lauter Stimme sterbenslangweilige englische Romane vorlesen, damit er einschlafen kann. Und dann muß ich ihn auch hin und wieder bei kurzen Spaziergängen begleiten.«

»Das ist ja fast nichts.«

»Ja, es ist fast nichts. Noch dazu verbringt er nur die Sommermonate in Anacapri. Im Winter hält er sich lieber an der Cote d'Azur auf.«

»Und gehst du dann mit ihm?«

»Nein, ich bleibe in Anacapri.«

Sonja rief Domenico ein flüchtiges »Ciao« zu, wir verließen das Café und begannen die enge Platanenallee hinunterzuschlendern, an blühendem Oleander entlang, der herb und staubig roch. Die Äste der Platanen, die bizarre Schatten warfen, bildeten über unseren Köpfen ein Dach, und hin und wieder blinkte die Sonne mit gedämpftem und gleichsam gefiltertem Licht durch das Laub. Die heiße Junisonne hatte etwas Entrücktes und Traumhaftes wie die Sonne eines längst vergangenen Junitages. Und wie, um die Impression eines der Gegenwart enthobenen Sommers zu vervollständigen, reihten sich rostige Gartentore aneinander und hinter den Toren, tief in den undurchdringlichen und verwilderten Gärten, die pompejanischen und Jugendstilfassaden der Villen aus dem Ende des vorigen Jahrhunderts. Ich blickte Sonja an. Wahrscheinlich war sie so alt wie diese Häuser und Gärten. Wir schrieben das Jahr 1934, sie mußte etwa fünfzig sein. Also war sie ungefähr 1885 oder noch früher geboren. Sie kam in einer eintönigen, schmutzigen Stadt des zaristischen Rußlands auf die Welt, während sich in Anacapri irgendein reicher Neapolitaner oder Engländer eine Villa bauen ließ, um die Wintermonate hier zu verbringen. Damals waren Badeurlaube noch nicht Mode geworden. Anacapri wurde vor allem im Winter aufgesucht. Um diese Atmosphäre eines Wachtraums, in dem Anacapri versunken zu sein schien, vollständig zu machen, dachte ich, fehlt nur noch das leise, stockende Klavierspiel eines kleinen Mädchens, das gezwungen wird, in einem alten Salon voller vergilbter Photographien und Lampenschirme mit Perlfransen zu üben.

Wie als Antwort auf diese Gedanken hörte ich wirklich Klavierspiel, das aus einem der vielen die Straße säumenden Gärten zu kommen schien. Aber es waren nicht die zögernden Finger eines kleinen Mädchens, die den Tasten die Töne entlockten, die andere, ferne Sommer heraufbeschworen; nein, es waren sicher die Hände eines Erwachsenen, der eine gute Technik besaß und zu seinem eigenen Vergnügen spielte. Es waren auch keine Fingerübungen, sondern, wie mir schien, ein Stück von Chopin, das nur hin und wieder stockte, als versuchte sich der Spielende an etwas zu erinnern, um dann aufs neue ungestüm und behende einzusetzen. Ich trat an das Tor und blickte in den Garten hinein. Man sah die übliche mit Sträuchern gesäumte, leicht ansteigende Auffahrt, an deren Ende eine der in Capri typischen zweistöckigen Jugendstilvillen stand, die unter ihrem Dach ein Majolikafries mit violetten Schwertlilien und grünen Blättern schmückte. Alle Jalousien, außer an einem Fenster im Erdgeschoß, aus dem das Klavierspiel zu kommen schien, waren geschlossen. »Eigentlich würde ich denjenigen gern kennenlernen, der in dieser Villa Klavier spielt«, sagte ich. Sonja begann zu lachen. »Nichts leichter als das. Es ist die Mutter der Frau Doktor Cuomo, die ihre tägliche Krise hat.«

»Was hat die Krise mit dem Klavier zu tun?« »Die Frau Doktor Cuomo hat ihre Mutter zu sich genommen, obwohl diese etwas gestört ist. Aber sie ist nicht gefährlich. Wenn sie einen Anfall bekommt, setzt sie sich ans Klavier. Sie spielt jedoch nie ein Stück ganz zu Ende. Nach einigen Takten beginnt sie von vorne, hört ganz auf, fängt wieder an, usw.«

Tatsächlich: Mit der gleichen Intensität wie vorher wurde der Anfang des Stücks von Chopin, bevor es noch zu Ende war, wiederholt. Es war, als würde die arme Frau versuchen, in das enge Nadelöhr ihres Gedächtnisses den fast unsichtbaren Faden einer Erinnerung einzuziehen. Aber der Faden rutschte wieder heraus, und so begann sie von neuem. »Was für ein Typ ist denn die Mutter der Frau Doktor Cuomo?« fragte ich.

»Wenn sie normal ist, eine sehr liebenswürdige alte Dame.«

Seltsamerweise erhöhten diese Informationen den geheimnisvollen Reiz dieses Hauses und dieser Musik noch, statt ihn zu zerstören. Im Grunde war es ein Geheimnis, das nicht so sehr die Mutter der Frau Doktor Cuomo als mich selbst betraf. Wenn ich mit einer ein bißchen verrückten alten Dame und ihrer Tochter in dieser Villa lebte, dachte ich, würde ich aus meiner Gegenwart heraustreten und mich in einer anderen Zeit wiederfinden, in der Hoffnung und Verzweiflung nur leere Worte waren; in einer Zeit, die sozusagen außerhalb der Geschichte stand; in der es keine Hoffnung und keine Verzweiflung gab: nur die Mutter der Frau Doktor Cuomo, die an einem verträumten Sommernachmittag, ohne es je ganz zustande zu bringen, ein Stück von Chopin zu spielen versuchte. Leider gab mir meine eigene Zeit keine Atempause; mich erwartete die Pension Damecuta, wie ein wildes Tier, das darauf lauerte, mich anzuspringen. Meine Zeit wollte, daß ich verzweifelt war; daß Beate mir vorschlug, mit ihr Selbstmord zu begehen, daß ich die Versuchung fühlte, in ihren Vorschlag einzuwilligen. Unvermittelt wandte ich mich wieder an Sonja: »In den Kriegsjahren lebten hier in Anacapri viele russische Revolutionäre, nicht wahr?«

»Ja, einige. Zum Beispiel Gorki.«

»Auch Lenin.«

»Von Lenin weiß ich nichts.«

»Du kannst Lenin nicht ausstehen, was?«

»Würdest du vielleicht jemanden mögen, der dir einen Großteil deiner Verwandten und Freunde hat erschießen lassen?«

»Aber du hast Lenin kennengelernt?«

»Ja.«

»Wo?«

»Vor der Revolution. Eines Abends im Haus von Freunden in Paris.«

»Hast du mit ihm gesprochen?«

»Nein, ich gab ihm nur die Hand. Er ergriff sie mit beiden Händen und schüttelte sie lächelnd, als habe er eine alte Freundin getroffen. Dabei war es unsere erste und letzte Begegnung.«

»Und wie war er?«

»Damals war er nur einer der vielen Emigranten. Ich erinnere mich, daß eines seiner Hosenbeine länger als das andere war.«

Ich empfand eine leichte Enttäuschung, so wie bei der Entdeckung, daß sie nichts über die deutsche Literatur wußte: Lenin kennenzulernen und sich nachher nur zu erinnern, daß eines seiner Hosenbeine länger als das andere war! Um das Thema zu wechseln, sagte ich mit einer gewissen Grausamkeit: »Ich sah dich vom Fenster aus, wie du dem Oberkellner Geld gabst. Wofür hast du ihn bezahlt? Für etwas, das er schon getan hat oder das er erst tun wird?« Sie schien über meine Anspielung weder erstaunt noch gekränkt zu sein. Einen Moment starrte sie mich mit ihren kleinen, schräggestellten Augen ausdruckslos an. Dann flog ein Lächeln über ihre dünnen, allzu roten Lippen. Halb zynisch, halb bäuerlich-breit sagte sie vergnügt: »Das er schon getan hat. Man zahlt immer nachher, nicht?«

»Hat er es schon vor längerer Zeit getan?«

»Nicht sehr. Sagen wir, vor zwei Tagen.«

»Dir gefallen die Männer, was?«

Sie zuckte mit den Achseln. »So wie dir die Frauen.«

»Warum sagst du das?«

»Glaubst du, ich hätte nicht bemerkt, daß du mich die Briefmarke absichtlich hast ablecken lassen?«

»Warum absichtlich?«

»Um meine Zunge zu sehen.«

»Ich habe dich gar nichts ablecken lassen.«

»Tja, aber warum hast du mich dann auf diese gewisse Weise angesehen?«

So hatte sie also, wer weiß wie, den Trick mit der Ansichtskarte durchschaut. Ich schämte mich und sagte daher brüsk: »Ich gehe jetzt zur Pension zurück, Adieu.«

»Wie du willst. Wiedersehen.«

Nach einigen Schritten überfiel mich plötzlich die Verzweiflung, weil mir bewußt wurde, daß in der kommenden Nacht nur meine Feigheit mich noch daran hindern konnte, mich gemeinsam mit Beate umzubringen. Seltsamerweise entwertete die Begegnung mit Sonja in meinen Augen das Leben gerade in dem Augenblick, in dem ich es zu leben versuchte, und reduzierte es auf das Hervorschießen einer feuchten, roten Zunge zwischen den welken Lippen einer alten Frau. Bei diesem Gedanken verspürte ich einen Schauder des Abscheus vor mir selbst. Obwohl es sehr heiß war, fröstelte es mich und mir kam, wie bei einem plötzlichen eisigen Lufthauch, die Gänsehaut. Ohne nachzudenken rief ich:

»Warte!«

Sie blieb sofort stehen. Ich lief zu ihr hin und sagte etwas verlegen: »Gehen wir das Museum besichtigen.«

Sie begann zu lachen. »Du hast es dir also anders überlegt, was! Aber das Museum ist geschlossen, und da ich gewissenhaft bin, kann ich es nicht nur für dich allein aufsperren. Du trinkst dafür eine Tasse Tee bei mir, ja?«

So wischte sie den Vorwand des Museumsbesuchs einfach fort, in der Überzeugung, daß ich nicht protestieren würde. Ich erwiderte nichts. Ich schritt mit gesenktem Kopf neben ihr her, das Gesicht in den Rauch der Zigarette, die zwischen meinen Lippen steckte, gehüllt. Genau die Haltung eines Mannes, der seine Verwirrung und Erregung zu verbergen trachtet, schoß es mir durch den Sinn. Es ist wirklich so, führte ich den Gedanken fort, es läuft darauf hinaus, daß ich mit Sonja schlafen werde. Und das nur, um vor Beate zu fliehen; das heißt, um bei Sonja meine ganze Energie zu verbrauchen, so daß ich später in der Nacht vollkommen erschöpft bin, wenn es darum geht, die Vitalität meines Selbstzerstörungstriebs zu beweisen. Ja, zweifellos brauchte man eine sehr starke Vitalität, um sich das Leben zu nehmen. Aus Angst davor schickte ich mich an, sie bei dieser alten, liebeshungrigen Frau zu erschöpfen.

Ich zuckte zusammen, als Sonja »Wir sind da!« rief, hob den Kopf und sah mich um. Die Straße von Anacapri nach Capri ließ an dieser Stelle die Bäume zurück und wurde an einer Seite von einer Brüstung, hinter der sich das Meer erstreckte, und auf der anderen Seite von dem felsigen Abhang des Monte Solaro flankiert. Eine Art Aussichtsplattform ragte von dort über die Straße hin. Ich blickte hinauf und sah, daß es eine freischwebende Terrasse mit zwei dorischen Säulen, die eine Pergola trugen, war. Eine kleine Sphinx aus schwarzem Marmor kauerte auf der Brüstung und schien mit ihren glänzenden leeren Augenhöhlen auf das Meer zu starren. Dann hörte ich ein quietschendes Geräusch und senkte wieder den Blick. Sonja hatte eine kleine Eisentür geöffnet, die meiner Aufmerksamkeit entgangen war, und lud mich ein, ihr über eine kleine Treppe zu folgen, die zwischen den mit dichtem Rankenwerk überwachsenen Mauern nach oben führte.

Während ich hinter ihr die Treppe hinaufstieg, täuschten mich von neuem ihre schlanke Figur und die langen Haare: Die Frau, der ich folgte, war jung und schön; am Ende der Treppe würde mich die Liebe erwarten. Hervorgerufen von der Situation, daß ich hinter einer Frau, die mich erregte, eine Treppe hinaufstieg, kam mir die Erinnerung an meine erste, weit zurückliegende sexuelle Erfahrung, die ebenfalls mit dem Hinaufsteigen einer Treppe hinter einer Frau begann, einer Prostituierten in einem Bordell in der Provinz. Die schlanke und wie Sonja langhaarige Nutte, die aber, im Gegensatz zu dieser, noch keine zwanzig war, hatte beim Treppensteigen die Röcke gerafft, um schneller zu sein. Von Begierde erfüllt folgte ich ihr eine Stufe tiefer und drängte mich dabei an sie, so daß meine Nase fast ihre Gesäßbacken berührte. Weshalb kam mir jetzt gerade diese Erinnerung in den Sinn? Genauer betrachtet wegen der, sagen wir, inneren Verwandtschaft der beiden Situationen: Damals hatte ich die Prostituierte als Mittel benutzen wollen, um mich von der Qual des sexuellen Verlangens zu befreien; jetzt wollte ich Sonja als Mittel benutzen, um der Verlockung des Doppelselbstmords, den mir Beate vorgeschlagen hatte, zu entgehen.

Als hätte Sonja meine Gedanken gelesen, wandte sie sich auf halber Höhe der Treppe plötzlich um und sagte: »Shapiro ist nicht da; er muß morgen ankommen. Besser so, nicht? So wird uns niemand stören.«

»Aber wo gehen wir hin?«

»In mein Zimmer.«

Sie warf mir über die Schulter hinweg einen vielsagenden Blick zu. Als unsere Augen sich trafen, ließ sie, ohne zu zögern, ihre Zungenspitze vorschnellen. Es war eine Geste schamloser Liebkosung, wie sie zu der Nutte meines ersten sexuellen Erlebnisses gepaßt hätte. Ich mußte die Augen niederschlagen, weil ich mich auf einmal schämte. Sie fügte hinzu: »Ich mach dir einen Tee auf russische Art, mit dem Samowar«, womit sie mir auf eine merkwürdig folkloristische Weise zu verstehen gab, sie wäre bereit, alles zu tun, was ich von ihr erwartete.

Schließlich waren wir am Ende der Treppe angelangt und kamen auf die Terrasse, die mir bereits von der Straße aus aufgefallen war. Sie schloß auf der einen Seite mit der Brüstung ab, auf der die aufs Meer starrende Sphinx kauerte, auf der anderen Seite, den Berg im Rücken, lag Shapiros Villa, ein langer, niedriger Bau in halb orientalischem, halb Capreser Stil, dessen Portale, Seitentüren und große und kleine Fenster mit weißem Marmor eingefaßt waren und sich asymmetrisch auf der roten Fassade verteilten.

Sonja öffnete eine der Seitentüren und führte mich zuerst über einen kleinen Innenhof mit Marmorsäulen, dann durch einen schmalen Gang und schließlich über einen zweiten Innenhof, bis wir endlich in ihr Zimmer kamen, das mir auf den ersten Blick sehr unaufgeräumt vorkam.

Als erstes bemerkte ich ein pompöses Himmelbett, dessen Laken und Decken ganz zerwühlt waren. An einer mit vergilbten Photographien tapezierten Wand stand ein Barocksekretär. Eine alte schwarze Schreibmaschine mit vergoldeter Aufschrift thronte mitten darauf. Vor dem offenen

Fenster, durch das man den Berghang sah, stand ein runder Tisch mit einem Teeservice und dem schon angekündigten Samowar.

Sonja setzte sich sofort auf das Bett, ohne den leisesten Versuch, die Komödie mit dem Tee weiterzuführen. »Also, da wären wir. Setz dich her. Es macht dir doch nichts, daß das Bett noch in Unordnung ist? Concettina hat die merkwürdige Gewohnheit, erst kurz vor dem Abendessen zu putzen, so daß das Bett praktisch immer ungemacht ist. Stört dich die Unordnung?«

Ich schüttelte den Kopf. Ihre Hand packte mich wie die Kralle eines Raubvogels und zog mich ungeduldig neben sich auf das Bett nieder. Fächerförmig spreizten sich dann ihre Finger und glitten zu meinem Arm hinunter, bis sie zu meiner Hand kamen. Dann verschränkte sie die Finger mit den meinen und sagte leise: »Du weißt jetzt alles von mir, sogar, daß ich Vincenzo Geld gebe. Aber ich weiß von dir gar nichts. Darf ich erfahren, warum du eigentlich nach Anacapri gekommen bist?«

Meine ehrliche Antwort mußte für sie geheimnisvoll klingen: »Um etwas sehr Schwieriges zu tun.«

»Und das wäre?«

»Die Verzweiflung zu stabilisieren.«

»Was meinst du damit?«

»Verzweiflung ist ein durchaus legitimer Zustand. Meiner Meinung nach sollte das sogar der Normalzustand des Menschen sein. Aber leider hat die Verzweiflung ihre eigene, stupide Logik, die letzten Endes als einzig mögliche Konsequenz auf den Selbstmord hinausläuft. Ich möchte nun der Verzweiflung ihre Stupidität sozusagen austreiben und sie so regulieren, wie man mit einem Badethermometer die Wassertemperatur reguliert, nichts mehr und nichts weniger.«

Sie blickte mich enttäuscht und verständnislos an. Schließlich meinte sie: »Ich verstehe kein Wort. Du redest wie ein Intellektueller, aber ich bin keine Intellektuelle! Und deshalb bist du also nach Anacapri gekommen? Warum gerade nach Anacapri?«

Mit meiner galanten Antwort verfolgte ich einen bestimmten Plan: »Ich hatte so eine Vorahnung, daß ich in Anacapri eine Frau finden würde, die mir helfen könnte, mein Ziel zu erreichen. Und wirklich: Ich bin dir begegnet.«

Solche Worte verstand sie. Ihre schräggestellten kleinen Augen leuchteten voll Genugtuung und Zustimmung auf. »Was gefällt dir an mir am meisten?« erkundigte sie sich dann in vertraulichem Ton.

So ging alles von selbst wie gewünscht, dachte ich. Sonja war trotz ihrer geistigen Stumpfheit, oder vielleicht gerade deswegen, bereit, mir entgegenzukommen. Ich erwiderte doppeldeutig: »Du weißt es schon.«

»Was?«

Ich dachte, die ehrlichste Antwort wäre, sie am Nacken zu fassen und ihren Kopf gegen meinen Bauch zu drücken. Aber ich spürte, daß ich mich nicht wie ein Kunde bei einer Prostituierten verhalten konnte; zu einer so einfachen und mechanischen Geste war ich nicht imstande. Sonjas Alter, ihre Annahme, sie gefiele mir, flößten mir irgendwie Scheu ein. Sie war mir auf dem Bett jetzt nähergerückt und drehte sich mir zu. Immer noch malträtierte sie unablässig meine Hand, während sie zu keuchen begann und ihre heftigen Atemzüge unter dem festen, dunklen Stoff ihrer Bluse ihre überraschend üppigen Brüste hervortreten ließen. Ich streckte die Hand aus und begann die Bluse aufzumachen, einen Knopf nach dem anderen. Sie ließ mich gewähren, ihre Lippen waren halb geöffnet, als wartete sie, bis ich den letzten Knopf erreicht hätte, um dann einen abwehrenden Schreckensschrei auszustoßen. Aber ihre Bluse klaffte auseinander und gab den Blick auf ihren weißen, prallgefüllten, engsitzenden Baumwollbüstenhalter frei, ohne daß ein Laut aus ihrem Mund kam. Ich packte den Rand ihres Büstenhalters und zog und riß heftig an ihm. Wieder ließ sie mich gewähren. Sie saß aufrecht da, eine Brust noch im Büstenhalter, die andere draußen. Ihre Brust war braun und mit einem verästelten Netz blauer, hervortretender Adern überzogen und schien auf den ersten Blick einer jungen Frau zu gehören: Aber die Warze war verschrumpelt und welk, und die dunkle, weiche Fleischkugel schien nicht durch ihre eigene Festigkeit, sondern durch das bläuliche Netz der Adern gehalten zu werden. Mit einem Mal überkam mich Erregung, und ich wollte es rasch machen, bald damit fertig sein. Plötzlich merkte ich, daß ich Sonjas Haare um einen Finger gewickelt hatte und sie daran zu meinem Körper zog und daß sie gehorsam den Kopf dorthin beugte, wohin sie der Druck meiner Hand führte. Mit der Wange gegen meine Hose gepreßt, den Mund halbgeöffnet, wartete sie mit blicklos vor sich hinstarrenden Augen in der nach vorn gebeugten, qualvollen Haltung eines zum Tode Verurteilten, der seinen Kopf auf den Block gelegt hat und darauf wartet, daß das Beil des Henkers herabsaust. Einen Augenblick wußte ich nicht, was ich nun tun sollte. Dann löste ich meine Hand aus ihrem Haar und fragte leise: »Möchtest du...?«

Der Kopf in meinem Schoß hob sich nicht und begann zu meiner Überraschung in Richtung meines Gliedes, das die Hose wölbte, zu sprechen: »Ja, ich möchte schon, aber du machst mir Angst.«

»Wieso? Mache ich nicht dasselbe wie Vincenzo?«

»Mit Vincenzo ist es anders. Er läßt mich nicht fühlen, daß ich alt bin. Du schon.«

»Wieso glaubst du, ich ließe dich dein Alter fühlen?« Sie änderte diesmal ihre Stellung, bevor sie antwortete. Sie setzte sich wieder auf, schob sorgfältig ihre Brust in den Büstenhalter und knöpfte sich die Bluse zu. Dann blickte sie mich an. »Ich habe etwas in deinen Augen gesehen, das mir Angst gemacht hat.«

»Kannst du mir sagen, was das war?«

»Ein böses Glitzern. So wie wenn Kinder eine Katze oder einen Hund quälen.«

»Verzeih mir«, bat ich demütig.

»Schon gut. Jetzt mache ich dir den Tee.«

Sie stand auf und machte sich am Samowar zu schaffen. Ich warf verstohlen einen Blick auf die Uhr: Von den sechs Stunden, die mich noch von Beates Kommen trennten, war, seit ich die Pension verlassen hatte, erst eine vergangen. Noch fünf Stunden! Ich blickte zu Sonja hin und dachte dabei, daß ich mich in ihr getäuscht hatte. Sie war kein bloßes Mittel, um mich von Beates Zauber zu befreien, und konnte das auch nie sein. Trotzdem fühlte ich instinktiv, daß sie mir helfen würde, meinen Zweck zu erreichen. Aber auf welche Weise? Ich könnte etwa die Stunden bis zu der nunmehr unvermeidlichen Begegnung mit Beate damit verbringen, wenigstens zu versuchen, die Gründe für meinen Irrtum zu begreifen. Aus einer plötzlichen Eingebung heraus eröffnete ich ihr: »Weißt du, was ich denke? Daß es wirklich wahr ist, daß du, ohne es zu wissen, mich in Anacapri erwartet hast, um mir zu helfen, die Verzweiflung zu stabilisieren.«

Sie schüttelte den Kopf. »Mein Lieber, ich habe dir schon gesagt, ich verstehe dich nicht. Du erinnerst mich an bestimmte Intellektuelle in Rußland, vor der Revolution. Sie redeten genauso wie du, und schon damals habe ich sie nicht verstanden.«

Energisch protestierte ich. »Aber es ist doch sonnenklar! Seit langem machst du das schon, was ich jetzt tun möchte. Sag mir, wie du es angestellt hast!«

Sie reichte mir eine Tasse Tee und meinte gutmütig: »Jetzt weiß ich noch weniger als vorher, was du von mir willst. Du redest so kompliziert. Dabei wäre alles so einfach«, setzte sie mit einer Spur von Bedauern hinzu, »wenn du dich nur ein bißchen gehen ließest.«

Ich tat, als hätte ich das nicht gehört, und beharrte auf meiner Frage. »Aber ich weiß ganz genau, daß du eine bestimmte Operation vorgenommen hast. Anders könnte es ja gar nicht sein.«

»Was für eine Operation denn?«

»Das weiß ich nicht, obwohl ich glaube, daß nicht viel dazugehört, es zu erraten. Deshalb möchte ich dich zum Schluß fragen: Wer bist du eigentlich?«

Sie setzte sich wieder auf das Bett, diesmal in einigem Abstand von mir. Mit ihrer Teetasse in der Hand wirkte sie wie eine Gastgeberin, die sich auf eine interessante Konversation eingelassen hat. Unvermittelt sagte sie in entschlossenem Ton: »Da dir nun einmal soviel daran liegt, zu erfahren, wer ich bin, also: Ich bin eine Tote.«

Eine Antwort, die im Grunde das genaue Gegenteil dessen war, was ich über sie dachte, hatte ich nicht erwartet. Ich wollte einen Scherz machen und fragte: »Und wann wärest du deiner Meinung nach gestorben?«

Sie überlegte einen Augenblick und erwiderte dann ernst: »Ich bin genau am 5. Januar 1909 gestorben. Jetzt bin ich zweiundfünfzig, da ich, sozusagen physisch, im Jahr 1882 geboren bin. Also bin ich im Alter von 27 Jahren gestorben.«

Diese Präzision brachte mich aus der Fassung, sie stand in solchem Gegensatz zu dem Eindruck, den ich bis jetzt von Sonja als einer konfusen und oberflächlichen Frau gewonnen hatte. Mit dem Versuch zu scherzen, bemerkte ich sachlich: »Du bist jung gestorben. Und woran?«

»Oh, ganz einfach, aus Widerwillen.«

»Widerwillen, wogegen?«

»Gegen etwas, das man von mir verlangte. Ich habe es nicht getan und bin gestorben.«

Was für seltsame Worte aus diesem welken und ein wenig affenartigen Mund, dem gleichen Mund, der sich vor wenigen Augenblicken ohne jeden Widerwillen meinem Unterleib genähert hatte! Ich konnte nicht umhin, an einige Verse Rimbauds zu denken, die ich in jenen Jahren besonders liebte:

> Oisive jeunesse
> A tout asservie
> Par délicatesse
> J'ai perdu ma vie

Fast ungläubig warf ich dann ein: »Gut, du bist am 5. Januar 1909 gestorben, das hast du schon gesagt. Aber was wolltest du eigentlich damals nicht tun?«

Sie verstummte und wurde einen Moment unschlüssig. Schließlich sagte sie: »Willst du es wirklich wissen, oder fragst du nur, um mir eine Freude zu machen? In diesem Fall, das sage ich dir gleich, irrst du dich gewaltig: Es ist nämlich für mich durchaus kein Vergnügen, über meine Vergangenheit zu sprechen.«

»Ja, ich möchte es wirklich wissen.«

»Also mach dich darauf gefaßt, eine langweilige Geschichte zu hören.«

Nach kurzem Schweigen begann sie: »Die Sache, die ich nicht tun wollte, war ein Auftrag, den mir das Zentralkomitee der sozialistischen Revolutionspartei erteilte, als es genau am 5. Januar 1909 zusammentrat und den Fall Evno Azev untersuchte.«

»Wer ist Evno Azev?«

Sie machte einen langen Zug an der Zigarette und blies den Rauch aus der Nase. »Es widerstrebte mir, zu töten«, sagte sie kühl, »vielleicht war das ein Fehler von mir; und wenn schon, ich habe es vorgezogen, Opfer statt Henker zu sein.«

»Wessen Henker?«

»Lassen wir das, wozu noch die Vergangenheit aufrühren? Es ist, als ob man in einem Friedhof grübe: Man deckt Gebeine auf, die nichts anderes verlangen, als in Ruhe gelassen zu werden.«

Ich sagte grausam: »Wenn du mir verschweigst, wer du wirklich bist, oder besser, wer du warst, dann bleibt mir nichts anderes übrig, als dich einfach als eine mitleiderregende Frau in reifem Alter anzusehen...«

»Sag ruhig Alte.«

»Also für eine arme Alte, die auf diese italienische Insel verschlagen wurde und sich von Kutschern, Kellnern und Seeleuten ein wenig Liebe erkauft.«

»Besonders Seeleuten! Wie hast du das erraten?«

»Ganz einfach, Capri liegt eben im Meer.«

»Die Seeleute wollen übrigens gar kein Geld. Ich fahre mit ihnen im Boot, sind wir weit genug draußen, setze ich mich auf den Boden, während der Matrose mit breit gespreizten

Beinen weiterrudert; alles geschieht mit der größten Ruhe und Einfachheit, zwischen Meer und Himmel.«

Als wollte sie mir zu verstehen geben, was in so großer Ruhe zwischen Meer und Himmel geschah, schob sie ihre Zungenspitze hervor und leckte sich über die Lippen; dann spuckte sie einen Tabakkrümel aus, der an ihnen haften geblieben war.

Plötzlich kam mir ein Gedanke: »Beate und ich, wir stehen an der Schwelle unseres Vorhabens; aber die da hat sie schon überschritten, sie hat schon alles getan, was wir tun möchten oder sollten, ohne daß wir den Mut aufbringen, es zu tun.« Behutsam drängte ich sie, weiterzusprechen: »Sonja, wer war die Person, die du nach dem Auftrag des Zentralkomitees deiner Partei hättest töten sollen?«

»Evno.«

»Noch einmal, wer war dieser Evno?«

»Ich kann dir nur sagen, wie er war: ein kleiner, untersetzter Mann mit fahlem Gesicht, einem schwarzen, buschigen Schnurrbart, breiten, aufgeworfenen Lippen, einer dicken Sattelnase und abstehenden Ohren. Ein ganz und gar nicht attraktiver Mann, der wie ein Viehhändler oder Getreidekaufmann aussah.«

»Und er hieß also Azev?«

»Für uns Genossen, ja; aber für die Polizei Raskine.«

»Das verstehe ich nicht.«

»Evno war gleichzeitig ein Revolutionär und ein Polizeispitzel. Als Revolutionär war er so bedeutend, daß er am Ende sogar einer der Großen in der Partei wurde. Als Spitzel war er auch sehr wichtig, denn er ließ zum Zweck der Provokation den Minister Plehve töten.«

»Wie habt ihr von der Partei entdeckt, daß er ein Spitzel war?«

»Azev wurde während der Sitzung des Zentralkomitees am 5. Januar 1909 von Burtzev entlarvt.«

»Wer war Burtzev?«

»Das ist doch ganz unwichtig, einfach ein Genosse. Also, Evno wurde von der Partei zum Tode verurteilt.«

»Und du hättest das Urteil vollstrecken sollen?«
»Ja.«
»Entschuldige, aber ich kenne mich in solchen Dingen nicht aus. Da ist etwas, das ich nicht verstehe: Evno ließ den Innenminister Plehve ermorden, aber er wurde von der Partei als Spitzel verurteilt. Ist einer, dem es gelingt, einen Innenminister zu töten, nicht eher ein Revolutionär als ein Spitzel?«

»Er tat es nicht aus revolutionären, sondern aus antirevolutionären Beweggründen; es war eine Provokation, damit die Regierung einen Vorwand zur Repression haben konnte. Das ist die subjektive Erklärung. Objektiv gesehen hast du vielleicht recht: mit der Ermordung des Ministers Plehve förderte Evno, auch wenn er es aus privaten Motiven tat, die Revolution.«

»Aus welchen privaten Motiven?«

»Evno war Jude; Plehve war für die Massaker an den Juden in Bessarabien verantwortlich. Mit seiner Tat handelte Evno einerseits als Revolutionär, weil er die Juden rächte, andererseits als Agent provocateur, weil er den Innenminister umbringen ließ. Ich bin davon überzeugt«, schloß sie, »daß Evno selber, wenn er sich in dem Spiegel sah, nicht wußte, ob er darin einen Revolutionär oder einen Polizeispitzel erblickte. Er war beides, das eine, weil er das andere war, und umgekehrt.«

»Sprechen wir jetzt von dir. Du hast dich als revolutionäre Sozialistin bezeichnet. Was war eigentlich die sozialistische revolutionäre Partei?«

»Vieles. Vor allem war sie eine Partei, die den Terrorismus als eine Waffe ihrer Politik ansah.«

»Du warst also eine Terroristin?«

»In gewissem Sinn schon.«

In meiner Vorstellung wollten die beiden Bilder nicht zusammenpassen: Sonja, die dem Kutscher ihre Zunge herausstreckte, und Sonja als Terroristin. Dennoch handelte es sich hier um dieselbe Person: Daran war nicht zu rütteln.

»Warum warst du Terroristin?« wollte ich wissen.

Sie blickte über mich hinweg, dann antwortete sie kühl und distanziert, als ob sie von einer anderen Person spräche: »Weil ich an den Anbruch einer neuen Zeit, an eine bessere Welt glaubte und keine andere Möglichkeit sah, sie zu schaffen, wenigstens bei uns in Rußland.«

»Aber du glaubtest wirklich an eine bessere Welt?«

»Sicher.«

»Und wie hätte sie aussehen sollen, diese bessere Welt?«

Sie antwortete darauf mit plötzlicher Leidenschaft: »Gerecht, frei und schön!«

»Gerecht, frei und schön. Aber wie wäre sie wirklich, konkret gewesen, diese gerechte, freie und schöne Welt?«

Sie warf mir einen irritierten Blick zu und erwiderte mit Bestimmtheit: »Wir glaubten eben an eine gerechte, freie, schöne Welt, Punkt, basta.«

»Wer ist ›Wir‹?«

»Wir Idealisten aus der Bourgeoisie.«

»Damals betrachtetest du dich als Angehörige der Bourgeoisie?«

»Keineswegs; ich betrachtete mich als Revolutionärin. Aber wenn ich heute zurückdenke, glaube ich schon, daß ich eine Bourgeoise war, die sich die Revolution wünschte.«

»Glaubst du noch an die Revolution?«

»Ich bin die Sekretärin von Herrn Shapiro.«

»Das heißt, du glaubst an nichts mehr.«

Sie war einen Augenblick still, dann sagte sie einfach: »Ich glaube nur daran, daß ich gestorben bin, das ist alles.«

Als ich das hörte, fragte ich mich selbst, ob in ihrer Stimme Verzweiflung mitgeschwungen hatte, mußte aber zugeben, daß dies nicht der Fall gewesen war. »Das sagst du auf sehr seltsame Weise«, stellte ich fest.

»Was?«

»Daß du gestorben bist.«

»Wie sagte ich das denn?«

»Als ob du von einer anderen Person sprächest.«

»Ich bin tatsächlich eine andere Person.«

»Und wer bist du also?«

»Ich bin die verrückte Sonja.«

»Wer nennt dich so?«

»Die ganze Gegend. Frag mal in Anacapri herum, wer ich bin, und man wird dir antworten: die verrückte Sonja.«

»Aber was war schließlich die konkrete Ursache deines sogenannten Sterbens?«

Ich sah, wie sie ernst nachdachte; dann sagte sie: »Die konkrete Ursache? Ein Paar elegante Schuhe.«

»Was?«

»Ja, ein Paar sehr elegante Schuhe, wahrscheinlich ein englisches oder französisches Modell.«

Sie zündete sich eine Zigarette an und rief aus: »Was für saumäßiges Zeug hat mir Mariannina heute gegeben! Diese Giubek sind ja noch älter als ich selbst.«

Ich ließ nicht locker. »Und wie war die Geschichte mit diesem Paar Schuhe?«

»Uff, du weißt es ja bereits! Die Geschichte war so, daß ich auf das Leben verzichtete, das für mich die Partei darstellte, und starb. Nach wenigen Jahren ist auch die Partei gestorben. Aber nun war es zu spät.«

»Zu spät wofür?«

»Ich nehme an, zu spät, um wieder aufzuerstehen.«

»Kehren wir zu den Schuhen zurück, was haben sie mit dem Terrorismus zu tun?«

Sie verstummte einen Augenblick. Dann fuhr sie fort: »Ich war schon seit einem Jahr bei der Partei, aber ich hatte Evno noch nicht kennengelernt, obwohl ich schon viel von ihm gehört hatte.«

»Was sprach man denn über ihn?«

»Er sei einer der mutigsten und härtesten Revolutionäre, immer zur Tat und zum Angriff bereit.«

»Na klar, er war ein Spitzel, ein Provokateur. Es ist nicht schwer für einen Provokateur, mutig und radikal zu sein. Das heißt, er muß sogar so sein.« Ich weiß nicht warum, aber in mir keimte ein Gefühl der Rivalität gegenüber diesem Mann auf, der in Sonjas früherem Leben eine wichtige Rolle gespielt hatte. Sie erwiderte rechthaberisch: »Nein, so ist es nicht. Er war wohl ein von der Ochrana bezahlter Spitzel. Aber er war auch ein Revolutionär.«

»Wie kann man beides zugleich sein?«

Nach kurzer Überlegung antwortete sie: »Das ist schon möglich. Evno war in seiner Jugend Revolutionär gewesen. Nun, wenn man einmal Revolutionär gewesen ist, bleibt man immer Revolutionär, auch wenn man ein Verräter ist. Rasputin sündigte, um die Sünde hassen und bereuen zu können. Wahrscheinlich ließ sich Evno von einem ähnlichen Trieb leiten: Er verriet seine Leute, um die mächtige Organisation um so mehr hassen zu können, die ihn bezahlte.«

Nach kurzem Schweigen fuhr sie fort: »Natürlich spielte auch noch was anderes mit.«

»Etwas anderes?«

»Ich habe dir schon gesagt, daß Evno ein Mann von gedrungener Gestalt war und einen dicken Bauch, kurze Beine und ein fahles Gesicht besaß und daß das Weiße in seinen Augen gelblich verfärbt war. Aber in ihm lag etwas Animalisches, das auf mich vom ersten Augenblick an eine unwiderstehliche Faszination ausübte. Wenn man ihn zum ersten Mal sah, konnte man sich des Gedankens nicht erwehren, er habe so starke Triebe wie ein Tier und könne sich erlauben, alle seine sprunghaften Bedürfnisse zu befriedigen. In Wirklichkeit war sein Verlangen nicht so sehr auf die Revolution gerichtet, sondern auf das Leben selbst, von dem die Revolution nur einer von vielen Aspekten darstellte. Auch der Zarismus konnte einer dieser Aspekte sein. So muß man sagen, daß ihn sein Lebenshunger gleichzeitig zum Revolutionär und zum Spitzel machte.«

Sonja schwieg einen Augenblick, dann fuhr sie fort: »Natürlich war Evno ein vulgärer, grober, sinnlicher, gieriger Mann, der vor keiner Niederträchtigkeit zurückschreckte. Aber man spürte, daß diese Gefühle nicht von seinem Kopf, seinem Gehirn, sondern von seinem Bauch bestimmt wurden, von der Erde selbst, auf die er seine Füße setzte. Da hatte es keinen Sinn, ihm Vorschriften zu machen, so wie es sinnlos wäre, einer Eiche, deren Wurzeln so tief sind, daß man sie nicht herausreißen, sondern nur abschneiden kann, Vorschriften zu machen.«

»Reden wir von dem Gegenstand deines Widerwillens.«

»Wie bitte?«

»Von dem, was die Partei von dir verlangte und das du nicht ausführtest.«

»Alles hat in St. Petersburg begonnen, während der Vorbereitungen für ein Attentat, bei dem ich auf Befehl der Partei zusammen mit Evno mitwirken sollte. Ich hatte den Auftrag, in ein Schuhgeschäft in der Twerskaja zu gehen, ein Paar Schuhe für mich auszuwählen und in eine Schachtel mit dem Firmennamen einpacken zu lassen. Wenige Gebäude entfernt sollte ich in einer eleganten Konditorei, wo eine wichtige Persönlichkeit der Ochrana jeden Tag eine Schokolade zu trinken pflegte, auf Evno warten. Evno würde kurz danach mit einem ähnlichen Päckchen in der Hand wie meines, mit dem gleichen Geschenkpapier und dem gleichen Geschäftsnamen darauf, in die Konditorei kommen. Aber in seinem Paket würde eine Höllenmaschine sein. Wir sollten uns an einen Tisch nicht weit von dem Ochranafunktionär setzen und eine Schokolade trinken. Daraufhin würde Evno die Schachtel nehmen, in der die Schuhe waren, und weggehen, während ich mit dem anderen Paket noch dort bleiben sollte. Ich hätte dann genau fünf Minuten zu warten, bevor ich mich ebenfalls entfernen konnte.

Das Paket mit der Bombe sollte ich unauffällig auf das Untergestell des Tischs legen, so daß es von dem herunterhängenden Tischtuch verdeckt war.

Kurz danach würde die Bombe explodieren, die Konditorei zertrümmern und den Mann, auf den wir es abgesehen hatten, töten.«

»Ich verstehe nicht, wäre es nicht einfacher gewesen, ein einziges Paket, nämlich nur das mit der Bombe, mitzunehmen und dort zu lassen?«

»Nein; du wirst bald begreifen, warum. Evno hatte schon die Polizei informiert: Man sollte mich in flagranti, mit der Bombe in den Händen, erwischen und verhaften. Falls es nur ein Paket gegeben hätte, hätte Evno keinen vernünftigen Grund finden können, von mir zu verlangen, in der Konditorei zu bleiben und damit mein Leben aufs Spiel zu setzen, während er sie als erster verließ.«

»Ich verstehe noch immer nicht. Warum solltet ihr beiden, du und Evno, die Konditorei getrennt verlassen?«

»Evno sagte mir, man beschatte ihn, er sei bekannt, während ich ein neues Gesicht war. Würde man ihm folgen und ihn verhaften, fände man in seinem Paket nur ein Paar Schuhe. Falls wir jedoch zusammen ohne Paket hinausgingen, würde man ohne Schwierigkeit auf das in der Konditorei zurückgelassene Paket stoßen, das heißt, auf die Bombe. Es ging also darum, die Sache so anzustellen, daß die Polizei einer falschen Spur folgen mußte, nämlich der von Evno. Das war Evnos Erklärung für mich. Seine wahre Absicht war, mich mit der Bombe verhaften zu lassen: Das Attentat war als Provokation gedacht. Evno sah in mir nur irgendein armes Ding, dessen er sich ohne Skrupel bediente, um bei seinen Vorgesetzten bei der Polizei durch die Aufdeckung einer Verschwörung in vorteilhaftem Licht zu erscheinen.«

»Du hast damals nicht gespürt, daß an der Sache mit den beiden Paketen etwas faul war?«

»Nein, ich war ja ein Neuling. Ich hatte nämlich noch nicht begriffen, daß die komplizierten Sachen in neun von zehn Fällen nur deshalb so kompliziert sind, weil an ihnen etwas faul ist. Außerdem war ich so stolz, mit dem berühmten Evno zusammenarbeiten zu dürfen! Wir trafen uns also in der Konditorei, jeder von uns mit seinem Paket. In der kurzen Zeit, die uns blieb, hatte ich nur Augen für ihn.«

»Es schlug also wirklich wie ein Blitz bei dir ein.«

»Ich meine schon. Ich kann mich erinnern, daß er aus einer Jackentasche eine Zigarre herausnahm, sie abknipste und mich dann fragte, ob mir der Rauch lästig sei. Nun mußt du wissen, daß ich durch den Gestank einer Zigarre in Ohnmacht fallen kann. Aber ich erwiderte, daß ich Zigarren sehr gerne röche. Er zündete die Zigarre an und flüsterte, daß unser Mann schon da sei; er sitze an dem Tisch rechts von uns und trinke seine tägliche Schokolade. Ich drehte mich um und sah einen sehr vornehm wirkenden Herrn mittleren Alters, mit Backenbart und Schnurrbart und einem Zwicker, der an einem Bändchen hing; ein Spazierstöckchen mit einem Silberknauf und ein Paar Handschuhe aus Ziegenleder lagen neben ihm auf dem Stuhl. Er sah wie eine jüngere Ausgabe meines Vaters aus. Evno klopfte die Zigarrenasche mit dem kleinen Finger ab; an ihm steckte ein billiger Ring mit einem unechten Stein, genau wie bei den Viehhändlern, denen er so ähnelte. Dann legte er die Zigarre auf den Aschenbecher, zog eine große silberne Uhr aus der Westentasche und fragte mich, ob ich auch eine Uhr dabei hätte. Ich bejahte und zeigte sie ihm: Es war eine kleine goldene Uhr, die an einer Kette an meinem Hals hing; ich hatte sie zu meinem achtzehnten Geburtstag von meiner Mutter geschenkt bekommen. Evno verglich die Uhren und stellte fest, daß sie beide gleich gingen; er tippte mit dem Zeigefinger auf das Zifferblatt meiner Uhr und zeigte mir, wann ich das Lokal verlassen sollte. ›In zwanzig Minuten stehst du auf, gehst hier weg und kommst zu mir in meine Wohnung.‹ Er gab mir seine Adresse, nahm das Paket mit den Schuhen und ging fort. Ich legte mir die Uhr auf den Schoß und folgte mit den Augen unverwandt dem Vorrücken des Sekundenzeigers. Das Paket mit der Bombe war dort geblieben, wo Evno es gelassen hatte: auf dem Untergestell des Tischs, gut verdeckt vom Tischtuch; ich konnte es spüren, wenn ich die Knie bewegte. Ich erinnere mich, daß ich mich, während ich auf den Uhrzeiger starrte, fragte, wie viele Gäste und Kellner zusammen mit dem hohen Funktionär der Ochrana durch die Explosion ums Leben kommen würden, und wunderte mich, daß ich mich als so kaltblütig erwies und überhaupt keine Gewissensbisse verspürte. Ich wußte nicht, ob diese Gleichgültigkeit auf meinen politischen Fanatismus oder auf meine schon entflammte Liebe für Evno zurückzuführen war. Ich saß noch da, meine Augen auf die Uhr gerichtet, als sich eine Hand auf meine Schulter legte und eine Stimme sagte: Polizei.«

»Wie hast du reagiert?«

»Ich bin mehr tot als lebendig. Ich stotterte nur unzusammenhängendes Zeug, es ist mir bewußt, daß die Bombe jeden Augenblick explodieren wird, aber ich kann den Fanatismus nicht mehr aufbringen, mein Leben für die Revolution zu opfern und zusammen mit den Polizisten und dem hohen Funktionär der Ochrana bei der Explosion umzukommen. Sonderbar, der Gedanke, ich würde bald sterben, ohne den Mann wiederzusehen, der einen so großen Eindruck auf mich gemacht hatte, erregte in mir das heftige Verlangen, weiterzuleben. Gleichzeitig dachte ich jedoch – ein anderer Grund für meine Verwirrung –, falls das Attentat mißlinge, würde mich Evno überhaupt nicht mehr ansehen. Ja, so vieles geht einem in einer solchen Situation durch den Kopf! Zu meinem Glück rissen mich die beiden Polizisten aus diesen verwirrten Gedanken: Einer von ihnen steckte seine Hand unter das Tischtuch, zog die Schachtel hervor und fragte mich, was sie enthielte. Ich sagte: ›Schuhe‹, und schloß die Augen, als würde ich gleich in Ohnmacht fallen: Dabei waren es nur noch zwei Minuten bis zur Explosion.«

»Und dann?«

»Das heißt, daß diese Zeit mir genügt hätte, um aufzustehen und hinauszurennen. Du wirst es nicht glauben, ganz plötzlich blockierte mich der Gedanke: ›Ich werde zusammen mit den Polizisten und dem Mann von der Ochrana sterben; damit werde ich Evno zeigen, daß ich mich für unsere Ideale geopfert habe, und in seinen Augen zu einer Heldin werden, die er sein Leben lang lieben wird.‹ Wie man sieht, war ich, während ich einen Augenblick vorher Evnos wegen am Leben bleiben wollte, nun ebenso leidenschaftlich bereit, für ihn zu sterben. Ich erinnere mich, daß mich eine unerschütterliche Ruhe durchströmte, als ich diesen Entschluß gefaßt hatte. Ich blickte den Polizisten, der das Papier des Pakets aufriß, gleichgültig an; ich bemerkte sogar, daß er schmutzige Fingernägel hatte, und dachte: ›Das sind Bauern oder Bauernsöhne, woher sollten sie auch saubere Nägel haben?‹«

»Entschuldige, daß ich dich unterbreche, aber wie konnte der Polizist mit einer solchen Seelenruhe das Papier aufreißen? Hatte er denn keine Angst vor der Bombe?«

»Nein, er hatte keine Angst, denn Evno hatte die Polizei wissen lassen, daß die Bombe entschärft war.«

»Was geschah dann?«

»Ich war bereit zu sterben, das sagte ich schon. Das Papier wird zerrissen, der Polizist macht die Schachtel auf und was sieht er? ... Schuhe!«

»Keine Bombe?«

»Nein, keine Bombe.«

»Aber, wieso? Hatte sich Evno etwa geirrt und anstatt des Pakets mit den Schuhen das mit der Bombe mitgenommen?«

»Ja, so ist es, aber er hatte sich nicht geirrt, er hatte es mit Absicht getan, das habe ich viel später erfahren. Damals sagte er mir, er habe sich geirrt.«

»Und warum hatte er es absichtlich getan?«

»Evno hatte mich vorher nie gesehen. Kaum hatte er seine Augen auf mich gerichtet, war er von heftigem Verlangen nach mir ergriffen. Ich sage Verlangen, aber ich sollte es besser Begierde nennen: Das wäre in diesem Fall der passendste Ausdruck.

Er sah mich, begehrte mich und ließ ohne Zögern den Plan des inszenierten Attentats und meiner Verhaftung fallen, um mich sogleich besitzen zu können; alles war eine Sache von wenigen Augenblicken. Später erinnerte ich mich daran, daß er in der kurzen Zeit, die er am Tisch in der Konditorei saß und hastig rauchte, seine Augen nicht von meiner Brust wandte. Es war damals Sommer, ich trug eine sehr leichte weiße Leinenbluse; vielleicht schimmerten meine Brustwarzen durch den dünnen Stoff; ich glaube, daß diese beiden dunklen Flecken für ihn genügten, um Zarismus, Revolution, politische Überzeugung, Ideologie und Verrat zu vergessen. Er nahm also das Paket mit der Bombe mit und verließ das Lokal fast im gleichen Augenblick, als die Polizisten hereinkamen. Als diese dann die Schuhe sahen, konnten sie natürlich ihre Überraschung nicht verbergen; sie traten ein paar Schritte beiseite und berieten sich miteinander. Ich saß noch an meinem Tisch, blickte ihnen nach und wartete: Eine unfaßbare, grenzenlose Freude, wie sie ein frommer Mensch, der einem Wunder beigewohnt hat, empfinden mag, durchströmte meine Seele.«

»Augenblick. Evno sagte dir später, daß er sich geirrt und die Pakete verwechselt habe. Wäre es für ihn nicht besser gewesen, dir die Wahrheit zu sagen, nämlich, daß er dich aus Liebe gerettet hatte?«

»Evno wollte wahrscheinlich seinem Ansehen als Revolutionär nicht schaden. Er wußte, daß ich ihn um so mehr lieben würde, je stärker er sich als fanatischer Revolutionär zeigte, für den an erster Stelle die Revolution kommt. Wenn er mir gesagt hätte, daß er mich aus Liebe gerettet hatte, würde das bedeutet haben, daß für ihn die Liebe an erster Stelle kam, vor der Revolution.«

»Was erzählte er denn der Polizei, um das Scheitern der Provokation zu rechtfertigen?«

»Das habe ich nie erfahren. Evno war nie um eine Lüge verlegen. Irgendwas erfand er sicher.«

»Wir sind bei den Polizisten stehengeblieben, die sich miteinander berieten. Was machten sie dann?«

»Sie kamen auf mich zu, entschuldigten sich und verließen die Konditorei. Kurz danach ging ich auch weg, stieg in eine Droschke und gab als Fahrtziel Evnos Adresse an.«

»Was geschah bei ihm?«

»Er zeigte eine riesige und übrigens ehrliche Freude, wenn auch, sagen wir, aus persönlichen Gründen. Er umarmte mich und wirbelte mit mir im Zimmer herum, wie bei einem Walzer. Dann sagte er unvermittelt, als wäre ihm das wie zufällig in den Sinn gekommen: ›Nun, sehen wir uns die Schuhe an!‹«

»Was meinst du mit ›wie zufällig‹?«

»Warte. Er öffnet die Schachtel und zieht die Schuhe heraus. Es waren ein Paar halbhohe Schnürstiefeletten, so wie sie damals Mode waren. Er blickt sie bewundernd an, dann sagt er in scherzendem Ton, ich hätte sie verdient, und er wolle sie mir schenken. Er würde sie mir selbst anziehen; er wolle die Ehre haben, sie mir zuzuschnüren. Gesagt, getan; er kniet sich vor mich hin, nimmt meinen Fuß und legt ihn auf seinen Schoß, genau wie die Verkäufer in den Schuhgeschäften. Zuerst zieht er mir meine alten, schmutzigen, schiefgelaufenen Stiefeletten aus; schon als er sie mir abstreift, läßt er seine Hand mein Bein entlanggleiten, ganz hoch, bis über das Knie hinauf. Ich denke, ich sollte dagegen protestieren, aber tiefe Verwirrung erfaßt mich, mir stockt beinahe der Atem, und plötzlich ist mir klar, daß ich bereit, ja sogar begierig bin, alles zu tun, was er will. Er legt meinen nackten Fuß auf seine Handfläche, liebkost ihn eine Zeit lang, dann führt er ihn zwischen seine Beine, bis er genau auf seinem Glied ruht. Dabei flüstert er seltsame Worte, von denen ich nur ›Exzellenz‹ verstehe, eine Anrede, mit der sich im damaligen Rußland die Niedriggestellten an die Höhergestellten wandten. Kurz danach höre ich das Wort ›Prinzessin‹, und da begreife ich: Er steigert seine Erregung durch die Vorstellung, er wäre der Diener einer Herzogin oder Prinzessin.« »Aber du warst ja eine Adelige, oder?«

»Adelig schon, aber längst keine Prinzessin, nur kleiner Landadel. Ich konnte nicht mehr klar denken, mich erfüllte nur noch Verwirrung und Begierde. Ich weiß nicht, was in mich gefahren war: Ich drückte meinen nackten Fuß mit aller Kraft auf sein Glied. Da flehte er mich leise an: ›Sag Sklave zu mir, sag Leibeigener zu mir, sag, daß ich dein Sklave, dein Leibeigener bin!‹«

»Und was machtest du?«

»Ich gehorchte ihm; ich habe dir schon gesagt, daß ich nun entschlossen war, alles zu tun, was er von mir verlangte. So wiederholte ich mehrmals die Worte ›Sklave‹ und ›Leibeigener‹, während er meinen Fuß ergriff und damit auf seinem Glied hin und her fuhr. Plötzlich, ich weiß nicht warum, vielleicht, weil ich mich in die Rolle der Prinzessin hineinversetzt hatte, zog ich meinen Fuß aus seinen Händen und gab ihm damit einen Tritt vor die Brust, daß er umfiel. Er stand sofort wieder auf und stürzte sich auf mich.«

»Warst du Jungfrau?«
»Ja.«
»So hast du damals die Jungfräulichkeit verloren?«
»Nein, nicht an jenem Tag. Ich verlor sie einige Zeit später, als Evno mich endlich wie eine Frau behandelte.«
»Was meinst du damit? Was ist also an jenem Tag geschehen?«
»Viel und doch auch nichts. Er vergewaltigte mich, ich meine, er sodomisierte mich. Auf diese Weise rächte er sich für den Fußtritt, den ich ihm auf die Brust gegeben hatte. Zuerst tat er so, als ob er ein Leibeigener wäre, der vor seiner Herrin kniete; dann stürzte sich dieser Leibeigene auf die Herrin und sodomisierte sie. Ha, da spielte im Grunde viel Politik mit. Für ihn war ich auch ein Symbol, und dieses Symbol sollte zuerst einmal geschändet und profaniert werden.«
Sonja erzählte mit äußerster Gleichgültigkeit von dem Anfang ihres Verhältnisses mit Evno. Mir fiel der Tonfall auf, mit dem sie das Wort »sodomisieren« aussprach, ein Tabu-Wort, das die meisten Leute mit Bezug auf sich selbst nicht aussprechen würden, ohne dabei Ekel und Verachtung zu bekunden; in ihrem Tonfall klang jene tiefe Gleichgültigkeit mit, die von langer Gewöhnung an die Gleichgültigkeit erzählte. Dieser Tonfall wurde durch den Capri-Akzent verstärkt, eine sprachliche Maske, hinter der Sonja ihr wahres Gesicht verbarg, falls ihr eines geblieben war. Nach einer kurzen Pause fragte ich: »Wie ging eure Liebe weiter?«
»Lange Zeit, auch nachdem wir schon auf die normale Art miteinander geschlafen hatten, wollte er, daß ich unsere erste Liebesszene wiederholen sollte: er auf den Knien mit meinem nackten Fuß zwischen seinen Beinen; ich mußte ihm dann einen Fußtritt geben, und er stand auf, stürzte sich auf mich und sodomisierte mich. Ich tat, was er wollte, weil ich ihn liebte; in Wirklichkeit empfand ich dabei in körperlicher Hinsicht nichts, nur Schmerzen. Im Grunde hatte ich eine romantische Auffassung von der Liebe: Ich war ein Mädchen aus gutem Hause; ich war mit der Vorstellung von

der großen Liebe, der die Hochzeit folgen mußte, aufgewachsen. All das hatte ich natürlich verdrängt, als ich der Partei beigetreten war, aber ich glaubte trotzdem noch daran, obwohl ich es mir nicht eingestand. Evno war kein Romantiker, sondern ein wollüstiges Schwein. Aber ich war von diesem Schwein fasziniert und sah ihn nicht so, wie er wirklich war, sondern wie er erscheinen wollte.«

»Das heißt?«

»Als einen unerschütterlichen, kaltblütigen, hochintelligenten Revolutionär. Wohlgemerkt, er besaß derartige Eigenschaften, aber er wandte sie nur für etwas noch Gefährlicheres als die Revolution an.«

»Das heißt, für die Spionage?«

»Nicht ganz. Eher für die Provokation. Der Spitzel sucht die Wahrheit; der Provokateur erfindet sie.«

»Aber, warum spielte er den Provokateur?«

»Angeblich, weil er Geld brauchte; er wollte das Leben genießen. Aber vielleicht tat er es im Grunde deshalb, weil er sich mächtig fühlen und zu sich selbst sagen wollte: ›Weder die Revolutionäre noch die Polizei lenken das Spiel; das tue allein ich!‹«

»Kehren wir zu eurem, sagen wir, Privatleben zurück. Wie gestaltete sich deine Beziehung mit Evno?«

»Ich bildete mir ein, es sei eine Beziehung zwischen zwei Parteigenossen, die sich überdies ineinander verliebt hatten. In Wirklichkeit war es das Verhältnis eines Bourgeois zu seiner Hure.«

»Wieso Hure?«

»Urteile selbst: Evno überschüttete mich mit Geschenken; das war seine Art, mir seine Liebe zu zeigen. In Wirklichkeit versuchte er, mich moralisch zu korrumpieren, das heißt, mich ihm ähnlich zu machen. Da er mich natürlich nicht zur Provokateurin machen konnte, versuchte er, mich mit Hilfe meiner Eitelkeit soweit zu bringen, daß ich mich aushalten ließ.«

»Was für Geschenke waren das?«

»Alles mögliche. Er trat gern in ein Geschäft ein und

kaufte irgendwas, auf das sein Blick gerade fiel: Schuhe, Kleider, Wäsche, Parfüms, Hautcremes, Seifen, kurzum, was ihm nur einfiel.«

»Wie erklärte er dann alle diese Ausgaben?«

»Er log mir immer wie gedruckt vor. Zum Beispiel erzählte er mir, daß sein Vater ein sehr wohlhabender Kaufmann sei. Aber das stimmte nicht, sein Vater führte nur ein unbedeutendes Kleidergeschäft in einer kleinen Provinzstadt.«

»Aber wo nahm er also all dieses Geld her?«

»Von dem revolutionären Komitee und der Polizei.«

»Wie kamst du eigentlich darauf, daß Evno ein Provokateur war?«

»Ich kam darauf, als ich erkannte, daß ich schwanger war.«

»Warum gerade da?«

»Es war so. Ich verspürte die üblichen Beschwerden der Frauen, die ein Kind erwarten; daher suchte ich einen Arzt auf. Als er mir eröffnete, ich sei schwanger, war ich sehr glücklich. Ich liebte Evno und dachte, daß das Kind unsere Liebe stärken würde. So sagte ich es ihm.«

»Wie nahm er die Neuigkeit auf?«

»Er umarmte und küßte mich und begann wild herumzutanzen. Ich glaube, daß er ehrlich war; der Gedanke an einen Sohn ließ ihn sich doppelt so kräftig und vital fühlen wie vorher. Dann wollte er sofort mit mir in ein Juweliergeschäft gehen; er wollte mir einen Ring schenken, um dieses Ereignis zu feiern.«

»Wie reagiertest du darauf?«

»Ich? Was für eine Frage! Ich war glücklich, weil ich sah, wie glücklich er war. Wir gehen aus und fahren mit einer Droschke zu einem der besten Geschäfte in Petersburg. Der Laden war sehr luxuriös und in vornehmem, englischen Stil eingerichtet. Die ganze Ausstattung war, wie man so sagt, gediegen. Überall standen Kommoden und Vitrinenschränke aus Mahagoni und ein Auslagetisch, durch dessen Glas man unzählige Juwelen sehen konnte, die in ihren

Samtetuis ausgestellt waren. Wir werden von einem sehr jungen, gut angezogenen, überaus höflichen Verkäufer empfangen: Er ist klein, hat kohlschwarze Augen, eine Adlernase und einen großen Mund, der von einem dichten, herunterhängenden Schnurrbart überdeckt ist. Die Ausstattung des Ladens macht mich verlegen; als Evno mir sagte, er wolle mir einen Ring schenken, hatte ich nicht an ein derart luxuriöses Geschäft gedacht: Ich hatte mir nur einen kleinen, anspruchslosen Laden, einen alten, väterlichen Juwelier und einen bescheidenen Ring vorgestellt. Evno bittet darum, einige Ringe sehen zu können; der Verkäufer zieht aus einem Schrank eine Schachtel mit vielen billigen Ringen; Evno lehnt zu meiner Verwunderung energisch ab und zeigt auf einen schlichten, aber kostbaren Ring unter der Glasplatte: einen goldenen Reif mit einem großen, dunkelroten Taubenblut-Rubin. Evno läßt sich den Ring geben, wendet sich zu mir, nimmt meine Hand und steckt ihn mir an, genau wie ein Bräutigam der Braut vor dem Altar. Ich weiß nicht, was in diesem Augenblick mit mir los war; plötzlich hatte ich eine Art Vision: Evno steht ganz nackt da, mit behaartem Bauch und Rücken und steckt den Ring an meinen Finger; ich bin auch splitternackt, mein Bauch, der unser Kind trägt, wölbt sich vor, ich bin gerade dabei, den Ring zu empfangen; hinter dem Verkaufstisch steht wie hinter einem Altar anstelle des Verkäufers der Teufel, auch er ganz nackt, mit Hörnern und behaarten Ziegenbockbeinen, der Teufel in Person, und traut uns nach seinem Ritus und seinem Gesetz.«

»Was machtest du da?«

»Ich streifte mir den Ring schnell ab, legte ihn auf den Tisch zurück und wollte weggehen. Evno begriff meine Absicht, wies auf einen Sessel und zischte mir leise, aber gebieterisch zu, ich solle mich hinsetzen und dort warten. Ich gehorchte, in meinem Kopf drehte sich alles, ich verspürte eine starke Übelkeit, die ich meiner Schwangerschaft zuschrieb. Wie durch einen dichten Nebel hindurch sah ich, wie Evno den Ring erstand. Ruhig, beinahe methodisch, zahlte er mit einem Bündel Banknoten, die er eine nach der anderen auf den Tisch hinzählte, wobei sich seine dicken, schnurrbärtigen Lippen leise bewegten. Dann ließ er sich den Ring in ein Etui legen, steckte es in eine Jackentasche und bedeutete mir mit einer Geste, ihm zu folgen; der Verkäufer beeilte sich, uns die Tür aufzumachen, und wir traten auf die Straße hinaus.«

»Was geschah dann?«

»Unterwegs sagte er mit gedämpfter Stimme zu mir: ›Du bist blöd, verstehst du nicht, daß das eine Geldanlage ist?‹ Ich verstand gar nichts; wir stiegen in eine Droschke ein und kamen zu Hause an. Wir gehen, ohne ein Wort miteinander zu wechseln, in unsere Wohnung, da sagt Evno plötzlich: ›Jetzt packen wir die Koffer.‹ Ich sinke fast in Ohnmacht, weil mich eine unerklärliche, schreckliche Vorahnung befällt; mit dünner Stimme frage ich ihn, was los sei, wohin wir fahren müßten. Er setzt sich neben mich auf das Bett, streichelt mich und sagt: ›Wir werden ein Kind haben; es ist Zeit, daß wir beide ernsthaft miteinander reden, denn es fängt ein neuer Abschnitt unseres Lebens an, und ich will, daß es von nun an zwischen uns keine Falschheit und Verstellung mehr geben soll.‹ Ich verstehe ihn noch immer nicht und stottere: »Was für Falschheit und Verstellung denn?« Er blickt mich mit väterlicher Nachsicht an, und erklärt: ›Ich hätte dich lieber aus dem Ganzen herausgehalten, aber es war nicht möglich. Du arbeitest mit mir, wir lieben uns sogar, wie hätte ich es vermeiden können, dich da mit hineinzuziehen? Jetzt glauben jedoch alle, daß du eine wie ich bist. Dieser Meinung ist die Polizei, und das allein wäre nicht so schlimm. Leider glauben es auch die Genossen des Zentralkomitees, und die geben keinen Pardon.‹ Mir wurde plötzlich eiskalt, ich war wie erstarrt, leise fragte ich: ›Um Gotteswillen, was glauben die vom Komitee denn?‹ Er antwortete sanft: ›Sie glauben, daß du ein Agent der Ochrana bist, so wie ich.‹«

»Das sagte er?«

»Ja, genau das. Ich erinnere mich nicht mehr deutlich, was

dann geschehen ist. Ich versuchte, etwas zu sagen, aber die Stimme versagte mir; mir war, als wäre ich im Delirium. Evno wurde ungeduldig und ärgerlich, wie ein klardenkender Mensch, der es mit der absurden Logik eines Verrückten zu tun hat. Er packte mich an den Armen und schüttelte mich so heftig, daß ich fast außer Atem geriet. Während er mich so schüttelte, schrie er mich an, er sei mein Mann; ich müsse mit ihm solidarisch sein und ihm überallhin folgen; außerdem könne ich gar nicht anders, weil das Komitee überzeugt sei, wir seien beide Mitglieder der Ochrana, und uns höchstwahrscheinlich schon zum Tode verurteilt hätte. Ich solle also aufhören, hysterisch zu sein und schnell die Koffer packen, denn wir hätten nicht mehr viel Zeit.«

»Und was tatest du?«

»Ich blieb wie erstarrt sitzen, als hätte ich ihn nicht verstanden; dann fragte ich, warum weiß ich nicht, wohin wir fahren würden. Er erwiderte rasch, sichtlich erleichtert über meine vernünftige Frage: Er hätte Geld, viel Geld auf einer Schweizer Bank; es würden uns also die Mittel nicht fehlen, um zu verreisen und die Welt zu sehen. Wir würden nach Italien fahren: Venedig, Florenz, Rom, Neapel, Sizilien. Dann nach Ägypten: Pyramiden, Assuan, Luxor, der Nil; dann nach Griechenland... Während er sprach, steigerte er sich in Begeisterung hinein und seine Stimme wurde immer heller; in seinen Augen leuchtete eine gierige Freude, die ich gut kannte: genauso, wie wenn er sich auf mich stürzte, um mich zu nehmen. Er vergaß völlig, daß er ein Verräter war, den die Genossen zum Tode verurteilt hatten: In seinen Gedanken sah er sich schon zusammen mit der Frau, die er liebte, auf Weltreise. Auf mich hatte sein touristisches Programm jedoch eine furchtbare Wirkung; als er dann vom Parthenon sprach, sah ich mich vor jenem berühmten Bauwerk stehen und es betrachten und gleichzeitig an die Tatsache denken, daß ich ein Agent der Ochrana war; da stieß ich plötzlich einen lauten Schrei aus, stand auf, rannte zur Tür, ohne auf die Gegenstände zu achten, die ich dabei umwarf oder gegen die ich stolperte, und lief die

Treppe hinunter. Mich beherrschte einzig und allein der Wunsch, von ihm wegzulaufen; so passierte es, daß ich ausrutschte; ich stürzte und wurde ohnmächtig. Als ich zu mir kam, befand ich mich auf dem Bett der Hausmeisterin in ihrer Portierloge: Ich war überall voll Blut und konnte mich nicht bewegen, ein Bein war gebrochen.«

»Und Evno?«

»War verschwunden. Er hatte mich in die Portierloge getragen und war allein weggefahren. Aber er hatte mir einen Zettel hinterlassen, daß er mir zu gegebener Zeit seine neue Adresse mitteilen würde. Ich wurde in eine Klinik gebracht. Kurz danach hatte ich eine Fehlgeburt. Mehr als zwei Monate lang mußte ich das Bett hüten. Man hatte meine Familie benachrichtigt, meine Mutter kam nach St. Petersburg. Sie wohnte bei einer Schwester, die mit einem höheren Staatsbeamten verheiratet war; sie besuchte mich jeden Tag. Meine Mutter wußte nichts von meiner politischen Tätigkeit; meine Familie finanzierte mein Studium an der Universität in St. Petersburg, ich war tatsächlich an der philosophischen Fakultät eingeschrieben. Mein Bein besserte sich allmählich, aber ich hoffte fast, es würde nie heilen; es war für mich ein schrecklicher Gedanke, daß ich nach meiner Entlassung aus der Klinik wieder ein ›normales‹ Leben führen mußte, das für mich, das wußte ich, nur dem Anschein nach ›normal‹ sein würde. Ich lag da, eine Wange gegen das Kissen gepreßt, und hörte zerstreut dem zärtlichen Geplauder meiner Mutter zu und blickte zu dem Stück Himmel hinauf, das ich durch mein Fenster sehen konnte. Ich dachte an gar nichts: Es schien mir, als ob ich nicht nur von Evno und den Genossen, sondern auch von mir selbst verlassen worden wäre.

In jenen Tagen besuchte mich einmal ein Mädchen, das ich nur flüchtig kannte, aber von dem ich genau wußte, daß es Mitglied der Partei war. Sie hieß Elisa, war blond und mager und hatte ein blasses, hageres Gesicht; ihre unschönen, verwaschen-blauen Augen blickten starr und ausdruckslos. Sie stammte aus einer Adelsfamilie wie ich, aber im Unterschied zu mir hatte sie sich nicht von den zeremoniellen, heuchlerischen, zurückhaltenden und gekünstelten Umgangsformen unserer Schicht befreit. Es war mir sofort klar, daß sie im Auftrag des Komitees zu mir kam, vielleicht sogar um mich zu töten; ich war von ihrem unglaublichen Talent beeindruckt, die Rolle eines Fräuleins aus guter Familie durchzuhalten, die eine Freundin, welche einen Unfall gehabt hatte, besucht. Sie trank zusammen mit meiner Mutter und mir Tee; eine Stunde lang redete sie den blödesten Klatsch, den man sich vorstellen kann. Schließlich brachte mich diese Verstellung bis an den Rand meiner Geduld, so daß ich plötzlich meine Mutter anschrie: ›Begreifst du denn nicht, daß wir beide, Elisa und ich, etwas Wichtiges besprechen müssen und daß deine Gegenwart uns stört?‹ Meine Mutter gehörte zu den Leuten, die oft wegen nichts und wieder nichts erschrecken; man könnte sogar sagen, daß sie schon erschrocken auf die Welt gekommen war. Bestürzt riß sie die Augen auf, erhob sich, verabschiedete sich eilig von Elisa und mir, sagte, daß sie am nächsten Tag wiederkommen würde, und ging.

Nachdem meine Mutter uns verlassen hatte, wartete Elisa einen Augenblick, ohne etwas zu sagen, stand dann auf, ging zur Zimmertür und drehte den Schlüssel herum. Daraufhin kehrte sie wieder zu meinem Bett zurück, setzte sich und teilte mir mit knappen und präzisen Worten, nach bürokratischer Manier, was ihrer Stimme den unpersönlichen Ton eines Richters, der ein Urteil verkündet, gab, die Entscheidung mit: Evno und ich waren zum Tode verurteilt worden. Mir gab man jedoch die Möglichkeit, mich zu rehabilitieren und womöglich wieder in die Partei aufgenommen zu werden, falls ich das Urteil an Evno vollstreckte. Mit anderen Worten, ich sollte meine Unschuld demonstrieren oder mindestens durch die Ermordung von Evno den Beweis meiner Reue liefern. Während Elisa all das sagte, starrte sie mich mit grausamen Hyänenaugen einschüchternd an. Sie setzte noch hinzu, sie habe mich nicht nur besucht, um mir das Urteil mitzuteilen, sondern auch, um mir die gegenwärtige Adresse von Evno und die Waffe zu geben, die ich benutzen sollte. Bei diesen Worten zog sie eine Pistole aus dem Muff. Aber ich hatte weder Zeit, etwas zu sagen noch nach der Pistole zu greifen, weil es plötzlich an der Tür klopfte: Die Pflegerin bat, man möge ihr öffnen, sie bringe mir das Abendessen. Elisa zeigte in dieser prekären Lage noch einmal ihre außerordentliche Fähigkeit, sich zu beherrschen und zu verstellen. Sie ging zur Tür und sperrte auf; die Pflegerin kam herein, stellte das Tablett auf den Tisch und fing dann wie jeden Abend an, im Zimmer Ordnung zu machen. Elisa stand auf, beugte sich zu mir herunter, umarmte mich zärtlich und sagte, während sie die Pistole unter die Decke gleiten ließ, ›Liebste, in wenigen Tagen besuche ich dich wieder‹. Dann verließ sie das Zimmer. Die Pflegerin näherte sich dem Bett, um es in Ordnung zu bringen: Es sehe ja schon aus wie ein Hundekörbchen. Ich konnte ihre Fürsorge nicht zurückweisen, legte aber die Pistole zwischen meine Beine; das kalte Metall berührte mein Geschlecht. Die Pflegerin zog die Bettdecke fort, aber nicht das Bettuch, das zwischen meinem Körper und der Decke lag; die Pistole konnte man zwar nicht sehen, sie hob sich aber etwas unter dem Tuch ab; um sie zu verbergen, legte ich meine Hände auf den Schoß, als ob ich mich schämte. Falls die Pflegerin etwas merken sollte, war ich entschlossen, ihr zu eröffnen, ich sei eine Anarchistin; sie solle den Mund halten, sonst würde ich sie umbringen. Aber die Pflegerin bemerkte nichts; sie stopfte die Decke wieder fest und strich sie glatt, dann stellte sie mir das Tablett mit dem Abendessen auf die Knie und verließ das Zimmer.«

»Und was geschah dann?«

»Ich war bald wieder gesund, wurde aus dem Krankenhaus entlassen und ging mit meiner Mutter in unser Landhaus in der Nähe von Moskau. Alles war grün; es war Juli und heiß. Die Zeit meiner Rekonvaleszenz ging zu Ende, und trotzdem war ich nicht fähig, einen klaren Gedanken zu fassen: Ich fühlte mich, als wäre ich mir selbst fremd. Aber ich wußte, daß dieser Betäubungszustand bald sein Ende finden würde; die Pistole, die ich in meinem Zimmer in einer Schublade zwischen der Wäsche versteckt hatte, erinnerte mich bald wieder daran, daß ich mich in Kürze meinem Dilemma stellen müßte. Elisa hatte mir einen Monat Zeit gegeben, um das Urteil zu vollstrecken; zwei Wochen waren schon vergangen. An einem jener Tage machte ich zusammen mit meiner Mutter und anderen Familienangehörigen einen Spaziergang. Das Ziel unseres Ausflugs, der im übrigen nur auf ebenem Gelände durch einen wunderschönen Birkenwald führte, war eine Wiese am Ufer eines Flusses. Wir wollten eine Decke auf das Gras legen und ein Picknick machen. Während wir auf dem schattigen Weg dahingingen, kam es zu einer unliebsamen Begegnung, wie sie in den Sommermonaten an Plätzen dieser Art nicht selten ist: Wir stießen auf eine Schlange, die zusammengerollt auf einem sonnigen Fleck lag und die Wärme genoß. Durch unsere Schritte erschreckt, versuchte sie, zu fliehen. Als einzige der Gesellschaft hatte ich einen Stock; ich brauchte ihn, um das gebrochene Bein zu entlasten. Kaum hatte ich die Schlange gesehen, die, noch ganz betäubt von der Sonnenwärme, ungeschickt in das Gras neben dem Weg zu schlüpfen versuchte, sprang ich mit erhobenem Stock auf sie los und tötete sie mit einigen gut gezielten Hieben. Die Schlange versuchte nicht, sich zu verteidigen; vielleicht begriff sie nicht einmal, woher die Stockschläge kamen, sie ringelte sich zusammen, als wollte sie sich in einem imaginären Mutterleib verbergen; aber ich schlug weiter auf sie ein, und sie streckte sich lang aus und wand sich schwach in den letzten Zuckungen ihres Todeskampfes. Dann lag sie da, ohne sich zu regen, ihr kleiner dreieckiger Kopf von Blut und Staub verschmutzt. Ich drehte sie mit der Stockspitze um, aber sie rührte sich nicht: Sie war wirklich tot.

Den ganzen Tag über dachte ich nicht mehr daran; aber in der Nacht erinnerte ich mich wieder an den Tod der Schlange und empfand heftige Gewissensbisse. Umsonst sagte ich mir immer wieder, daß es sich um ein gefährliches Tier gehandelt hatte, das mich mit seinem Biß hätte töten können; die Erinnerung an diese unerklärliche, dunkle Tat ließ mich nicht los; das Argument der Gefährlichkeit erschien mir jetzt nur als heuchlerischer Vorwand. Meine Gewissensbisse waren so stark, daß ich es nicht über mich brachte, mich schlafen zu legen: Ich hatte Angst, von der Schlange zu träumen, und wollte sie auf keinen Fall wiedersehen, nicht einmal im Traum. So blieb ich lange Zeit im Dunkeln auf einem Stuhl neben dem unbenützten Bett sitzen. Da ich nicht an die Schlange denken wollte, entschloß ich mich, meine Gedanken auf Evno zu richten und auf mein schreckliches Dilemma, ob ich ihn umbringen und wieder in die Partei eintreten oder mit ihm fliehen und endgültig bei der Polizei mitarbeiten sollte. Es war ein furchtbarer Zwiespalt, aber das eigentliche Dilemma bestand, wie ich sofort erkannte, darin, ob es erlaubt war, zu töten, oder nicht. Nach vielen schlaflosen Stunden legte ich mich schließlich nieder. Ich war müde und dachte, ich würde leicht einschlafen können; ich hoffte, daß das viel größere Problem meiner Beziehung zu Evno die Erinnerung an die Schlange verdrängen würde. Aber ich irrte mich, es kam ganz anders. Kaum liege ich im Bett und schlafe ein, da erscheint mir die Schlange im Traum: Sie versucht zu fliehen und ich laufe ihr mit erhobenem Stock nach. Ich wache mit angstvollem Stöhnen auf; kurze Zeit bleibe ich mit weit geöffneten Augen liegen und starre in die Dunkelheit; schließlich schlafe ich wieder ein und habe den gleichen Traum: die Schlange, die vor mir flieht, und ich, die sie mit erhobenem Stock bedroht. Ich wachte, in Schweiß gebadet, wieder auf. Der Morgen war angebrochen, und nun faßte ich einen unwiderruflichen Entschluß: Ich würde nicht zu Evno gehen, weder um ihn zu töten, noch um mit ihm zu fliehen. Ich würde einfach verschwinden, nicht nur aus dem Leben Evnos und meiner Parteigenossen, sondern sozusagen auch aus meinem eigenen Leben. Man kann aus dem eigenen Leben verschwinden. Ich habe es getan.«

»Verzeih, nur eine einzige Frage: Wußten die Leute vom Komitee, daß du Evnos Geliebte warst?«

»Natürlich wußten sie es; aber für sie war das bedeutungslos; wer die Revolution machen will, hat keinen Mann, keine Frau, keine Geliebten, keine Eltern, keine Verwandten: Er hat nur die Partei. Andererseits, glaube ich, benutzten sie gerade mein Verhältnis mit Evno, um ein für allemal meine Treue zur Revolution auf die Probe zu stellen. Mit einem Wort, sie gehorchten der Logik der Revolution, die genauso starr wie jene der Bourgeoisie ist. Aber ich wollte überhaupt keiner Logik mehr gehorchen. Ich hatte die Welt zwischen Gott und dem Teufel aufgeteilt gesehen: Gott war die Revolution, der Teufel die Bourgeoisie. Jetzt sah ich sie ebenfalls geteilt, aber auf andere Art: Auf einer Seite standen die Bourgeoisie und die Revolution... auf der anderen ich und viele andere wie ich.«

»Was hast du also getan?«

»Am gleichen Morgen sagte ich meiner Mutter die ganze Wahrheit über meine Lage; und diese Frau, die in ewiger Furcht lebte, entwickelte eine unvorhergesehene Energie. Sie schrieb einen Brief an eine russische Familie, die in Nizza lebte, gab mir Geld, half mir meinen Koffer zu packen und brachte mich noch am gleichen Tag zum Zug nach Wien. Am Bahnhof erklärte sie mir, daß sie meine Entscheidung billige und stolz auf mich sei. Diese Worte hätten mir noch mehr Freude gemacht, wenn sie von jemandem gekommen wären, der einer Gesellschaft angehörte, mit der ich mich identifizieren konnte. In der Nacht überquerte ich die Grenze und in der folgenden war ich bereits in Nizza bei jener Familie, vorläufig als Gast, bis ich Arbeit gefunden hatte.«

»Welche Arbeit hast du dann gefunden?«

»Wie ich dir schon sagte: als Gouvernante. Ich wurde von einer englischen Familie angestellt, die den Winter an der Riviera verbrachte. Etwa ein Jahr später bin ich zu einer anderen Familie gekommen; diesmal zu einer deutschen; später zu einer englischen usw. usw. In jenen Jahren waren Gouvernanten bei den reichen Familien Europas sehr begehrt: Sie unterrichteten die Kinder in Fremdsprachen, führten sie, während die Mütter zu Festen gingen, spazieren und ließen sich bei Gelegenheit willig von den Hausherren verführen. Nun, ich hatte ausgezeichnete Referenzen, konnte englisch, deutsch, französisch und russisch und, was das Bett betrifft, hatte ich nichts dagegen einzuwenden, von meinem in das des Hausherrn zu schlüpfen, wenn es wirklich nötig war. Als Gouvernante verbrachte ich also die Zeit von 1909 bis 1922.«

»Warum gerade bis 1922? Hast du etwa damals Shapiro kennengelernt?«

»Ja, ich lernte ihn damals an der Riviera kennen; er bot mir eine Stelle als Gouvernante in seinem Haus in Anacapri an. Ich war einverstanden und so bin ich in Capri gelandet. Seither habe ich micht nicht von hier wegbewegt, nicht einmal, um nach Neapel zu fahren. Das ist alles.«

»Was für ein Mensch ist Shapiro?«

Plötzlich geschah etwas Merkwürdiges, Unvorhergesehenes: Sonja blickte nach meiner Frage zum Fenster, als ob sie nachdenken müßte. Dann sagte sie brüsk und verfiel dabei wieder in den Capreser Dialekt: »Frag ihn selbst danach.«

Sie wandte mir den Rücken zu; überrascht drang ich in sie: »Shapiro und du, ihr habt eine bestimmte Beziehung, die vieles erklären könnte. Übrigens, wie könnte ich ihn danach fragen? Ich kenne ihn ja gar nicht.«

»Komm morgen wieder, ich mache dich mit ihm bekannt.«

»Aber was hast du denn?« Ich konnte es nun nicht länger ignorieren, daß sie mir derart ostentativ und leider auch mit einer gewissen Koketterie die Schulter zeigte.

Wie ich vorausgesehen hatte, rührte sich Sonja nicht. Sie blickte weiterhin zum Fenster hinaus und sagte nur: »Gib mir die Hand.«

Ich legte meine Hand auf das Bett neben die ihre. Sonja nahm sie, drehte sie um und führte sie an den Mund; ich fühlte, wie ihre Lippen sich gegen meine Handfläche preßten und bis zu den Fingern wanderten, ihre Zunge hervorschlüpfte und sich zwischen meine Finger schob. Begierde stieg in mir auf, aber sie war anders als das Gefühl, das ich empfunden hatte, als ich hinter ihr die Gartentreppe hinaufgegangen war. Vorhin hatte ich doch gedacht, diese Frau, die ich nicht einmal kannte und von der ich nichts wußte, als Mittel zu benutzen, um meine Vitalität zu erschöpfen, die für den geplanten Doppelselbstmord erforderlich war. Jetzt, da ich sie besser kannte und vieles von ihr wußte, schien mir meine Begierde etwas ganz anderes nahezulegen: eine erotische Beziehung mit einer viel älteren, leidenschaftlichen Frau. Gewiß, auch dies war eine Möglichkeit, der Logik der Verzweiflung auszuweichen, aber ebenso sicher führte sie nicht dazu, die Verzweiflung zu stabilisieren und zum Normalzustand des Lebens zu machen. Im gleichen Moment war Sonja nicht mehr ein bloßes Mittel, um eine gefährliche Energie bei ihr zu entladen, sie wurde eine Person, genauer gesagt, der Mensch, den sie mir selbst durch die Schilderung ihres Lebens beschrieben hatte. Ich sah mich als Sonjas Geliebter durch die Straßen von Anacapri gehen; als Sonjas Geliebter im Museum, unter den Augen des geheimnisvollen Shapiro, Sonjas Geliebter, nachdem sie die Geliebte von so vielen Kellnern, Droschkenkutschern und Seeleuten gewesen war. Ein Gefühl des Abscheus, gemischt mit einer gewissen Grausamkeit, ließ mich erschaudern. Heftig riß ich meine Hand von der Zunge fort, die sie leckte, sprang auf und rannte aus dem Zimmer. Ich sah gerade noch, daß Sonja, die vielleicht daran gewöhnt war, so zurückgestoßen zu werden, auf dem Bett sitzengeblieben war und zum Fenster hinausblickte. Dann verließ ich durch die Gänge und Höfe, durch die ich gekommen war, das Museum. Einige Minuten später war ich bereits in der Pension.

In meinem Zimmer angelangt, warf ich mich auf das Bett, knipste das Licht aus und wartete. Ich weiß nicht, wie lange ich wartete. Ich hätte gerne die Uhrzeit gewußt, wollte aber kein Licht machen: Im Dunkeln fühlte ich mich wohl, mir graute vor Helligkeit. Ich dachte, Beate würde jeden Moment hereinkommen, zugleich konnte ich mir den Moment ihres Erscheinens nicht vorstellen. Schließlich schlief ich ein und hatte einen Traum: Ich befinde mich, so scheint es mir, in einer weit entfernten, im Ausland gelegenen Stadt, vielleicht New York (wo ich nie gewesen bin), oder Berlin (wo ich lange Zeit gelebt habe). In dieser Stadt wohne ich in einem Luxus-Hotel; gerade wenn der Traum beginnt, halte ich mich in einem riesigen Saal auf, den ich als die Hotel-Halle deute, in der imposante Lüster von der Decke hängen und mehrere Sessel und Sofas herumstehen; einige Leute sitzen darin, andere gehen ein und aus. Etwas beunruhigt mich; aus Gründen, die ich mir nicht erklären kann, bin ich in dieser Stadt länger geblieben und habe das Datum für die Abfahrt schon seit Tagen überschritten, was natürlich auch zu einer Überschreitung meiner finanziellen Mittel geführt hat. So besitze ich jetzt kein Geld mehr und muß noch die Hotelrechnung begleichen und das Ticket für das Flugzeug nach Neapel (oder die Fahrkarte von Berlin nach Rom) lösen.

Man hat mir eben die Rechnung überreicht; in einem Sessel der Halle sitzend, betrachte ich sie und denke darüber nach, daß es mir nicht möglich ist, sie zu bezahlen. Bei diesem Gedanken empfinde ich fast mehr Überraschung als Sorge: Wie konnte ich so unvorsichtig und leichtsinnig sein? Vor zwei Wochen hätte ich noch genug Geld gehabt, um für die Rechnung aufzukommen und das Ticket (oder die Fahrkarte) zu lösen; warum habe ich mich nicht damals darum gekümmert? Das Merkwürdigste an der ganzen Geschichte ist, daß ich in diesen zwei Wochen nichts Besonderes zu tun hatte: Ich bin einzig und allein aus Faulheit noch eine Weile in dieser Stadt geblieben. Mein Schuldbewußtsein ist, wie ich schon sagte, mit einem Gefühl der Überraschung gemischt: Als so leichtsinnig kannte ich mich selbst doch nicht!

Und nun muß ich mit dem Problem der Rechnung fertig werden: Ich sage mir, daß ich irgendwie versuchen muß, einen Aufschub oder, noch absurder, eine Ermäßigung zu erreichen. Ich stehe auf und gehe durch die Halle zur Rezeption. Gesenkten Blicks zeige ich den Zettel mit der

Rechnung und erkläre leise, daß ich sie vorläufig nicht begleichen kann: Ich würde selbstverständlich zahlen, aber etwas später; man sollte mir bitte nur Zeit geben, um die Summe zusammenzukratzen. Da antwortete mir zu meinem Erstaunen eine Frauenstimme mit dem merkwürdigen Satz: »Kleist zahlte jedoch, ohne mit der Wimper zu zucken!« Genauso seltsam rufe ich aus: »Kleist! Das waren doch andere Zeiten!« Gleichzeitig blicke ich auf und sehe hinter der Rezeption Beate stehen. Sie trägt eine Art Waffenrock. Streng sagt sie: »Also, sind Sie bereit, sofort zu zahlen, oder nicht?« Noch einmal entgegne ich, daß ich kein Geld habe. Beate läßt nicht locker. »Sind Sie dessen wirklich sicher?« Ich nicke und antworte, daß ich das ganz genau wüßte. Beate sagt dann: »Gut, aber meinen Sie nicht, daß es nun für Sie besser wäre, in ein anderes Hotel zu gehen? Dieses ist zu teuer für Sie; da ist die Adresse eines Hotels, in dem Sie weniger ausgeben müssen.« Schnell schreibt sie etwas auf einen Zettel, dann drückt sie mit der Handfläche den Glockenknopf nieder. Ein Gepäckträger eilt herbei und lädt meinen Reisekoffer auf einen Karren; ich folge ihm und verlasse das Hotel.

Die Szene wechselt jetzt ganz abrupt. Ich betrete mein Zimmer im neuen Hotel: Es ist nicht vollständig eingerichtet, düster und armselig; und wer sitzt da in einem Sessel neben dem Fenster? Beate, immer noch in einem Männergewand. Sie hat ein Bein auf die Armlehne gelegt, der Waffenrock ist aufgeknöpft, so daß man ihre Brüste sehen kann. Ihre Haltung ist gelassen und flößt Vertrauen ein. Und trotzdem rufe ich aus: »So schnell kann ich nicht zahlen; hast du mir nicht einen Aufschub gewährt?« Beate schweigt, sie zeigt mir nur etwas auf dem Tisch. Es handelt sich um eine hochmoderne Pendeluhr mit einem Zifferblatt aus Kristall, durch das man den Mechanismus sehen kann. Da bemerke ich, daß man durch das Kristallglas nicht das übliche Uhrwerk sieht, sondern Beates rothaariges Schamdreieck. Offensichtlich steht Beate hinter dem Zifferblatt und preßt ihren Unterleib gegen das Glas. Aber, welcher

Mechanismus bewirkt die Drehung der Uhrzeiger? Ganz einfach: Sie sind in Beates Bauch befestigt und werden von den innersten und verborgensten Organen angetrieben. Dann höre ich ihre Stimme, die mir ruhig sagt, ich solle um zwölf zahlen: Nun, es ist eine Minute vor zwölf und der Zeiger bewegt sich mit einer derartigen Geschwindigkeit, daß ich von unsagbarer Furcht ergriffen werde. Noch einmal geht mir der Gedanke durch den Kopf, daß ich kein Geld habe und daher nicht zahlen kann; ich nähere mich der Pendeluhr: Ich möchte sie öffnen, die Uhr zurückstellen, ihren unaufhaltsamen Lauf einige Stunden lang bremsen. Es klopft plötzlich an der Tür; ich sage mir, das ist Beate, nicht die aus dem Traum, sondern die wirkliche Beate, die mir versprochen hat, in dieser Nacht zu mir zu kommen. Traum und Wirklichkeit sind noch so miteinander verknüpft, daß ich jetzt erleichtert denke, ich werde mich ihr anvertrauen und sie um eine Ermäßigung bitten, noch mehr, ich werde die Sache so anstellen, daß ich die Rechnung überhaupt nicht zu bezahlen brauche... und da wache ich ruckartig auf. Im Zimmer ist es ganz finster. Die Tür, die ich angelehnt gelassen hatte, öffnete sich langsam im Dunkeln. Jetzt geschah endlich, was ich mein Leben lang erwartet hatte: Einem Todesengel gleich, unsichtbar und doch wirklich, trat Beate in mein Zimmer. In jenem Augenblick, während sich die Tür geräuschlos in der Finsternis öffnete, sah ich in Gedanken mein ganzes Leben vor mir, so wie man von einem hohen Turm aus eine Landschaft bis zum entferntesten Horizont sehen kann; ich stellte nun ganz deutlich fest, daß ich keinen Grund zum Weiterleben hatte und daher bereit war, mich von Beate an der Hand nehmen zu lassen und zusammen mit ihr jene Schwelle zu überschreiten, wo uns nach der Lust – wie es in Nietzsches Versen hieß – die Ewigkeit erwartete.

Die Tür stand jetzt ganz offen; in der dichten Dunkelheit spürte ich, daß Beate da war und sich lautlos meinem Bett näherte. Ich flüsterte: »Beate...« und wachte diesmal wirklich auf.

Es war nun hell. Ein kurzer Blick genügte mir, um festzustellen, daß die Tür noch so angelehnt stand wie am vorigen Abend: Beate war nicht gekommen, ich hatte bloß geträumt; ich hatte einen Traum im Traum gehabt. Ich fand sofort eine Erklärung dafür: Sicher war ich durch irgend etwas oder irgend jemanden aufgeweckt worden. Rasch sprang ich aus dem Bett und ging zum Fenster.

In der Morgendämmerung zeichneten sich die regungslosen Bäume des Gartens gegen den hellen Himmel ab; es schien, als wären sie von der Last der letzten schweren Schatten der Nacht erschöpft, die sich in ihren Zweigen verfangen hatten. Gerade in diesem Moment kam eine kleine Prozession aus dem Eingangstor heraus: zuerst ein mit Koffern beladener Gepäckträger, dann Beates Mann in seinem völlig zerknitterten Leinenanzug, schließlich Beate selbst, die einen breiten Strohhut, eine grüne Jacke und einen geblümten Rock trug: Sie sah wie eine Tiroler Bäuerin aus.

Die drei überquerten den Vorplatz und verschwanden in der Auffahrtsallee. Ich machte das Fenster zu, zog mich aus, legte mich ins Bett und schluckte drei sehr starke Schlaftabletten, die ich für den Fall von Schlafstörungen immer dabei hatte. Fast sofort schlief ich ein.

VIII

Ich schlief einen unruhigen, leichten Schlaf und hatte dabei die Empfindungen eines Witwers, dessen Frau am Vortag gestorben war und der auch im Schlaf die unfaßbare Abwesenheit des geliebten Wesens spürt, wenn seine tastende Hand statt eines warmen Körpers nur das kalte Leintuch auf der leeren Seite des Bettes berührt. Beate war nicht meine Frau, sie war nicht gestorben, und ich hatte nie mit ihr im gleichen Bett geschlafen, und dennoch, in diesem unruhigen

Schlaf, den das Bewußtsein immer wieder bedrohte, spürte ich die ganze Zeit über, daß mich Beate durch ihre Abfahrt, wie soll ich es ausdrücken, zu einem halben Menschen gemacht hatte; das bestätigt wieder einmal, wie berechtigt die landläufige Gewohnheit ist, die eigene Frau als »bessere Hälfte« zu bezeichnen. Ja, dachte ich, als ich, nach einem vergeblichen Versuch, weiterzuschlafen, endgültig erwachte, ja, Beate war fort, und das Paar, das wir in jenen wenigen Tagen in idealem Sinn gebildet hatten, ein Paar, das die gleiche, geheimnisvolle und verhängnisvolle Wahlverwandtschaft wie Kleist und Henriette verband, war nun wahrscheinlich für immer auseinandergegangen; ich kehrte zur einsamen Verzweiflung zurück, nachdem ich, wenn auch nur kurz, die Verzweiflung zu zweien erlebt hatte. Jetzt blieb mir nichts anderes übrig, als den Plan der Stabilisierung wiederaufzunehmen, überlegte ich weiter; aber wie würde ich nun wieder im gewohnten Geleise leben können, wenn mir das Zusammensein mit Beate fehlte, das meinem Dasein Sinn und Zweck gab? Es war nicht von Belang, daß dieser Sinn und dieser Zweck den Selbstmord einschlossen. Besser ein Todesplan als überhaupt kein Plan.

Es gab noch etwas, das ich außer der Komplizenschaft zweier zum Selbstmord bereiter Menschen durch Beates Verschwinden entbehren mußte: Das erste Mal in meinem Leben hatte ich das Gefühl zu lieben und wiedergeliebt zu werden – wenn auch aus Gründen, die vor allem geistiger Art waren. Ich ging in Gedanken jene wenigen Tage durch, die mein einzigartiges Verhältnis mit Beate angedauert hatte: Zwischen uns war nicht einmal ein Kuß vorgefallen, es hatte nicht einmal eine Liebkosung oder die flüchtige Berührung eines Armes gegeben; nur Blicke, die darauf zielten, ein Gefühl zu erwecken, das weit entfernt von der körperlichen Liebe war und statt dessen, wie ich schließlich entdecken konnte, auf der Wahlverwandtschaft unserer Charaktere, Ideen und Schicksale beruhte. Wie immer, wenn die Gefühle echt sind, war unsere Beziehung gleichzeitig unsicher und fest gewesen: Abwechselnd hatte ich gewünscht und gefürchtet, diese Frau zu lieben, die ich nicht kannte, von der ich nichts wußte und mit der ich nur Blicke getauscht hatte. Sicher, es war mir klar, daß »geistig« zu jenen Worten gehörte, die man vorsichtig anwenden soll. Aber, wie konnte man ein Verhältnis anders nennen, das auf die Zerstörung der Körper zielte, das heißt, auf die Vernichtung all dessen, aus dem die körperliche Liebe besteht?

Auf dem Bett liegend verlor ich mich ganz in diese Grübeleien, obwohl ich mir immer wieder sagte, ich sollte schleunigst aufstehen, und gleichzeitig einen unüberwindlichen Widerwillen dagegen empfand. Ich wußte, daß für mich das Aufstehen eine Auseinandersetzung mit meiner üblichen, tristen, sagen wir, Vor-Beate-Verzweiflung bedeutete, die im Alltag wie ein wildes Tier im Dschungel auf der Lauer lag. Ich dachte, solange ich im Bett bliebe, würde ich über mögliche Fluchtwege nachgrübeln können, von denen der beste gerade das Nachgrübeln war; kaum aufgestanden, würde ich jedoch handeln müssen, wenn auch nur, um in den Speisesaal hinunterzugehen und zu frühstükken. In diesem Fall, das wußte ich, würde sich das wilde Tier ganz bestimmt auf mich stürzen.

Aber man mußte doch leben. Ich blickte auf den Wecker auf dem Nachttisch und sagte mir, daß ich genau zu Mittag aufstehen würde. Es war nun halb zwölf, eine halbe Stunde Bedenkzeit schien mir hinreichend. Es wurde jedoch zwölf Uhr, ohne daß ich mich aus dem Bett gerührt hatte. Um zwanzig nach zwölf sprang ich grundlos mit einem Ruck auf. Kurz danach befand ich mich bereits an der Haltestelle und wartete auf den Autobus; ich wollte zur Piccola Marina.

So begann für mich der erste Tag der Nach-Beate-Zeit. Es ist bezeichnend, daß ich, sobald ich einmal an der Piccola Marina war, dem Zeitvertreib eines Badeurlaubers mit Vergnügen, wenn nicht sogar mit Freude, nachging; ich mußte dabei einen weiteren Aspekt der Verzweiflung erkennen: die Verzweiflung, nicht verzweifelt zu sein.

Als ich tropfend auf den heißen und spitzen Steinen zum

Sprungbrett balancierte, um wieder hinunterzuspringen, stieß ich mit jemandem fast zusammen, weil mir die feuchten Haare in die Augen hingen, und der andere erkundigte sich: »Wie ist das Wasser?«, eine belanglose Frage eines Badegastes an einen anderen. Zu meiner Überraschung antwortete ich: »Wunderbar!« Vom Sprungbrett blickte ich auf das Meer, das drei oder vier Meter unterhalb von mir in der Sonne glitzerte und leuchtete und in regelmäßigem Rhythmus gegen die Felsen anschlug; ich dachte mit einer gewissen Bitterkeit daran, daß ich gegen die Leere, in die man hinunterstürzt, um sich zu töten, diese Leere da eingetauscht hatte, in die man mit tadellosem Anlauf nur zum Vergnügen hinunterspringt und die mir, warum soll ich es nicht gestehen, gefiel.

Als ich später im Restaurant der Badeanstalt speiste, wenig und ohne Appetit aß und vor allem verträumt auf das Meer, dessen Wellen an diesem Frühnachmittag nur leicht gekräuselt waren und glitzerten, und auf die weißen Schaumspritzer, die der Mistral in die Luft blies, blickte, da fühlte ich mich einen Augenblick lang richtig wohl, worüber ich mich gleich schämte. Ich saß in der Badehose an einem der Tische, mit nacktem Oberkörper, spürte überall auf der Haut das angenehme Prickeln des Salzwassers und die Sonnenwärme, und überließ mich müßigen Phantastereien: »Hier sicherlich, an diesem Felsen legte vor zwanzig Jahrhunderten das römische Schiff an, das den alten Kaiser Tiberius nach Capri brachte. Aber in welchem Jahrhundert befinde ich mich? Ist die Zeit wirklich vergangen oder ist sie stehengeblieben?«

Nach dem Mittagessen legte ich mich auf einen Liegestuhl in die Sonne, den Kopf im Schatten, und begann noch einmal das Buch mit den Briefen Kleists zu lesen, das ich in der Hoffnung mitgenommen hatte, vielleicht die Erklärung für die unerwartete Abfahrt zu finden. Ich schlug es auf und las:

»Das Leben ist das einzige Eigentum, das nur dann etwas wert ist, wenn wir es nicht achten. Verächtlich ist es, wenn wir es nicht leicht fallen lassen können, und nur der kann es zu großen Zwecken nutzen, der es leicht und freudig wegwerfen könnte. Wer es mit Sorgfalt liebt, moralisch tot ist er schon, denn seine höchste Lebenskraft, nämlich es opfern zu können, modert, indessen er es pflegt. Und doch – o wie unbegreiflich ist der Wille, der über uns waltet! – Dieses rätselhafte Ding, das wir besitzen, wir wissen nicht von wem, das uns fortführt, wir wissen nicht wohin, das unser Eigentum ist, wir wissen nicht, ob wir darüber schalten dürfen, eine Habe, die nichts wert ist, wenn sie uns etwas wert ist, ein Ding, wie ein Widerspruch, flach und tief, öde und reich, würdig und verächtlich, vieldeutig und unergründlich, ein Ding, das jeder wegwerfen möchte, wie ein unverständliches Buch, sind wir nicht durch ein Naturgesetz gezwungen, es zu lieben? Wir müssen vor der Vernichtung beben, die doch nicht so qualvoll sein kann, als oft das Dasein, und indessen mancher das traurige Geschenk des Lebens beweint, muß er es durch Essen und Trinken ernähren und die Flamme vor dem Erlöschen hüten, die ihn weder erleuchtet, noch erwärmt.«

Und einige Seiten später:
»Denn das Leben hat doch immer nichts Erhabeneres, als nur dieses, daß man es erhaben wegwerfen kann.«
Ich las in dem Buch noch einige Stellen, dann legte ich es beiseite und verfiel in tiefes Nachdenken. Natürlich gab es, sagte ich mir, außer den sozusagen privaten Motiven, sich das Leben zu nehmen, auch andere, in der allgemeinen politischen Lage begründete. Nun, diese Gründe waren im Falle Kleists und in meinem Fall ähnlich und doch auch wiederum verschieden. Ähnlich waren sie insofern, als Kleist in den damaligen Lebensbedingungen Deutschlands die gleiche stichhaltige, wenn auch allgemeine Rechtfertigung gefunden hatte, sich das Leben zu nehmen, die ich in Italien zum gegenwärtigen Zeitpunkt fand. Verschieden, als in allen Briefen Kleists nicht die ruhige Bitterkeit einer endgültigen Enttäuschung sichtbar wurde, sondern das

Ungestüm heroischer Ungeduld. Kleist wollte nicht mehr leben, weil er keine Hoffnung mehr hatte, weder für sich noch für sein Vaterland, wenn er auch nicht ausschließen wollte, daß eines Tages nach seinem Tode die Hoffnung wieder auf die Erde zurückkehren würde: Sein Selbstmord war einer aus Ungeduld. Dagegen ertrug ich die Welt, in der ich geboren war, zwar auch nicht, aber ich machte mir auch keine Illusionen über andere mögliche Welten, die von den positiven oder negativen Utopien meiner Zeit versprochen oder angedroht wurden. Gewiß, es gefiel mir nicht, unter dem Faschismus zu leben; aber ich hätte wirklich in keiner Zeit der Zukunft leben wollen, da ich sicher, absolut sicher war, daß die Hoffnung auf eine bessere Welt nur eine Täuschung oder Illusion bedeutete.

Indessen fiel mir an diesem Punkt meiner Überlegungen auf, daß die seltsamerweise im großen und ganzen optimistische Verzweiflung Kleists direkt auf den Selbstmord zuführte, während es mir meine pessimistische Verzweiflung gestattete, jene Art von Institutionalisierung der Verzweiflung zu erträumen, die ich Stabilisierung nannte. Es stimmt wohl, daß mich Beate bis zur Schwelle des Selbstmords geführt hatte; aber es war ihr nur gelungen, in mir den Wunsch nach dem Tode zu erwecken, weil ich aus meiner Liebe für sie die vitale Energie geschöpft hatte, die notwendig war, um mir das Leben zu nehmen. Ohne Beate fand meine Vitalität jetzt keine Nahrung mehr in der Liebe, und ich verfiel erneut auf den, im Grunde genommen, vernünftigen Plan der Stabilisierung. Andererseits, wäre Kleists Wahnsinnstat ohne seine Liebe zu Henriette je möglich gewesen? Genauer gesagt, ohne jenen Überschuß an Lebensenergie, den er aus der Liebe schöpfte und der es ihm nach den Worten des Dichters selbst ermöglichte, das Leben leicht und voller Ruhe wegzuwerfen? Nach und nach wurde mir klar, daß mein Selbstmord, falls ich ihn je begehen sollte, auf jeden Fall und notwendig ein Selbstmord zu zweien sein mußte.

Ich bemerkte plötzlich, daß über diesen Gedanken die

Zeit vergangen war. Die Sonne stand nicht mehr steil über meinem Kopf; ein indirektes und milderes Licht breitete sich über dem Meer aus. Ich dachte, daß ich mich anziehen, nach Anacapri hinauffahren und dort versuchen müsse, mich für den Rest dieses Tages zu beschäftigen. Bei meinem Plan der Stabilisierung spielte die Arbeit eine wichtige Rolle; ich hatte noch drei, vier Stunden bis zum Abendessen; ich könnte an der Übertragung von Kleists »Michael Kohlhaas« weiterarbeiten oder vielleicht versuchen, mich in meinem Roman mit dem Thema Selbstmord auseinanderzusetzen, da ich nun ja auf den Selbstmord im wirklichen Leben verzichtet hatte. Nach dem Abendessen könnte ich einen Nachtspaziergang machen und dann zu Bett gehen. Das Leben ging auch nach Beates Verschwinden weiter. Vielmehr, es ging weiter, gerade weil Beate verschwunden war.

Während ich mich in meiner Kabine, die muffig und nach nassem Holz roch, schnell anzog, mußte ich wieder an Beate denken; aber diesmal nicht wie an eine abgeschlossene Sache, sondern wie an etwas, das weiter seinen Lauf nimmt. Warum nur Beate in dieser Nacht nicht zum Rendezvous gekommen war, das sie mir doch selbst vorgeschlagen hatte? Warum hatte sie mir nicht irgendwie Bescheid gesagt, daß sie nicht kommen würde? Und, vor allem, warum hatte sie für mich beim Portier das Buch mit den Kleistbriefen hinterlegt, in dem das letzte Schreiben Henriette Vogels deutlich unterstrichen war? Was bedeutete also jene Art Aufforderung, die man aus dem Brief Henriettes herauslesen konnte, nachdem sich Beate dazu entschlossen hatte, wegzufahren und mich nicht mehr zu sehen?

Später, im Autobus, mit dem ich nach Anacapri zurückfuhr, glaubte ich, eine Antwort auf diese Fragen gefunden zu haben, und sie lautete: Falls ich Beate wirklich so brauchte, dann war es nicht nötig, dieses Gefühl, Witwer zu sein, zu dramatisieren, das von dem Verzicht herrührte, sie zu suchen, einem Verzicht, hinter dem sich außerdem wahrscheinlich die Angst vor dem Selbstmord zu zweien verbarg: Beate war nicht tot und im Grunde auch nicht verschwunden; sie war lediglich in ihre Heimat zurückgekehrt. Und ich mußte nun zwei Dinge tun, die übrigens zusammenhingen: erstens herausfinden, was mir Beate mit ihrem widersprüchlichen Verhalten – nämlich damit, daß sie einerseits von dem Rendezvous fernblieb, mir andererseits aber beim Pförtner das Kleistbuch mit dem düsterem Brief Henriettes hinterlegte – zu verstehen geben wollte. Und zweitens, falls sich herausstellen sollte, daß sich Beate die Fortsetzung unseres Verhältnisses wünschte, mußte ich eine Möglichkeit finden, sie in Deutschland, oder wo sie sich auch immer aufhielt, zu erreichen.

Der Frage, welcher Sinn dem Kleistschen Buch beizumessen wäre, entledigte ich mich rasch: Es war klar, nur allzu klar, daß Beate ihre doppelsinnige, mit dem Tod spielende Koketterie unbeirrt fortsetzte. Es war klar, nur allzu klar, daß sie den Einfluß, den sie auf mich ausübte, nicht mindern wollte; daß sie dann nicht zur Verabredung gekommen war, konnte als eines ihrer vielen Täuschungsmanöver gedeutet werden, die sie anwendete, um mich um so sicherer zu ihrem Ziel des Doppelselbstmordes zu locken. So gesehen, bedeutete das Anstreichen von Henriettes Brief: »Zwischen uns ist noch nichts aus, wir müssen uns wiedersehen, ich habe auf den gemeinsamen Selbstmord nicht verzichtet, ich habe ihn nur verschoben.«

Ich muß sagen, daß mir, während ich darüber nachdachte, ein Schauer wie eine Vorahnung des Todes über den Rücken lief, denn ich spürte, daß ich einen zu schwachen oder überhaupt keinen Willen hatte, um mich Beate zu widersetzen, den gemeinsamen Tod abzulehnen und mich statt dessen meinem vernünftigen und gut aufgebauten Plan der Stabilisierung der Verzweiflung zu widmen.

Es blieb nun das Problem, den Ort zu finden, wo sich Beate aufhielt. Da fiel mir auf, daß wir trotz aller Botschaften, die wir uns gegenseitig durch Bücher von Nietzsche und Kleist zukommen ließen, das Einfachste und Notwendigste vergessen hatten: Wir hatten unsere Adressen nicht ausgetauscht. Aber es konnte auch sein, daß diese Vergeßlichkeit nicht zufällig war: Vielleicht hatte ich mir damit unbewußt im voraus einen guten Vorwand geschaffen, ihr nicht nach Deutschland folgen zu müssen, falls sie verschwinden würde.

Trotzdem, überlegte ich weiter, würde es nicht schwierig sein, die Adresse Müllers von Signor Galamini zu erfahren: Er mußte sie haben, Hoteliers sind gesetzlich verpflichtet, sich bei Ankunft der Gäste die Adressen geben zu lassen. Aber so nahe dieser Weg lag, hatte ich doch einen ausgesprochenen Widerwillen dagegen, andere Leute, wenn auch nur indirekt, an meinem bizarren und geheimnisvollen Abenteuer teilnehmen zu lassen. Ich wußte nicht, wie ich meine Bitte vor ihm rechtfertigen sollte. Alle Gründe, die ich anführen konnte, erschienen mir wie eine leicht durchschaubare Lüge, durch die man sich im Handumdrehen die Wahrheit zusammenreimen würde: daß ich die Adresse Frau Beate Müllers haben wollte, um sie in Deutschland aufzusuchen und mich gemeinsam mit ihr zu töten.

Da kam mir blitzartig eine Lösung, die so nahe lag, daß ich schon wieder mißtrauisch wurde: Ich würde Signor Galamini um Beates Adresse bitten und ihm erklären, daß ich ihr das Kleistbuch, das sie mir geliehen hatte, zuschicken wollte. Diese Lösung gefiel mir auch deshalb, weil sie mit dem indirekten und auf Vermittlung angewiesenen Charakter unserer Beziehung übereinstimmte, die aus Blicken, Büchern, Zitaten von Versen und Briefstellen bestand.

Aber gleich danach hatte ich das Gefühl, als ob ich mit dem Fuß in eine Falle geraten wäre, aus der ich mich, das wußte ich genau, nicht befreien konnte. Ich würde nach Deutschland fahren sobald ich die Adresse hatte. Der Gedanke, nach Deutschland zu fahren und Beate zu suchen und wiederzusehen, zog mich ungemein an; ja, es war eine Falle, aber auf eine widersprüchliche Weise freute ich mich, hereingefallen zu sein. Ich sah darin das Zeichen eines verführerischen und tödlichen Verhängnisses, das mir bestimmte, Beates Geliebter und dann ihr Gefährte im Tode zu werden.

Bei diesen Überlegungen spürte ich merkwürdigerweise eine tiefe Verwirrung, die mit einem sexuellen Verlangen und der Faszination des Todes vermengt war. Das Bild der Falle ließ mich an eine Umarmung denken, das zuschnappende Fangeisen an die Beine der Frau beim Geschlechtsakt. Mir wurde bewußt, daß ich glücklich sein würde, wenn die Beine Beates sich in den Zuckungen des Orgasmus wie eine zuschnappende Falle hinter meinem Rücken schlössen. Danach, dachte ich, würde es mir nicht schwerfallen, zusammen mit ihr zu sterben.

Der Bus hielt; noch ganz in meine Gedanken vertieft, stieg ich aus und begab mich durch die Dorfgäßchen zur Pension. Schnell betrat ich die Halle, ging direkt zur Rezeption und sagte zu Signor Galamini, der dabei war, Personalien der Pässe von Gästen einzutragen: »Bitte, ich bräuchte die Adresse von zwei Gästen, nämlich den Müllers, die heute früh weggefahren sind.« Signor Galamini hob die Augen und sah mich über den Brillenrand an. Ich fügte rasch hinzu: »Es geht um folgendes: Frau Müller hat mir ein Buch geliehen; sie ist nun so plötzlich weggefahren, daß ich es ihr nicht zurückgeben konnte. Ich möchte es an ihre deutsche Adresse schicken.«

Signor Galamini schien nicht verstanden zu haben; offensichtlich war er in diesem Moment mit seinen Gedanken woanders. Mit der Lebhaftigkeit eines Mannes, der sich von einem lästigen Menschen befreien will, sagte er plötzlich: »Gut, lassen Sie das Buch nur hier, wir werden es für Sie abschicken.«

Diese Worte brachten mich ganz aus der Fassung. Es war, als ob ich in diesem scheinbaren Zufall eine höhere Macht ahnte, die nach Lust und Laune ihr Spiel mit mir trieb. Diese Macht hatte mir eingegeben, ich sollte mir die Adresse der Müllers bei Signor Galamini holen, unter dem Vorwand, ich wolle das Kleistbuch nach Deutschland schicken; aber jetzt benutzte dieses höhere Wesen den gleichen Vorwand, damit man mir die Adresse verweigerte. Was tun? Oder besser, was wollte dieses geheimnisvolle Wesen von mir? Sollte ich weiter um die Adresse bitten? Oder Signor Galamini das Buch übergeben und ein für allemal mit Beate Schluß machen?

Eine Weile stand ich unentschlossen da. Schließlich stotterte ich: »Ich überlege es mir noch«; ein unsinniger Satz, der Signor Galamini ziemlich in Erstaunen versetzte, wie sein fragender Blick zeigte. Ich ging dann entschlossen auf die Treppe zu. In meinem Zimmer angelangt, warf ich mich auf das Bett und schlug mechanisch das Kleistbuch auf. Ich öffnete es beim Deckblatt, mein Auge fiel sofort auf die Widmung: »Meiner innigstgeliebten Schwester Beate, von Herzen ihre Trude.« Beim Lesen dieser Worte hatte ich noch einmal das Gefühl, als ob eine launische höhere Macht mit meinem Leben spielte. Jene Widmung erinnerte mich nämlich daran, daß es eine Zwillingsschwester von Beate gab, deren Ankunft in Capri sie mir angekündigt hatte. Das Problem der Adresse war nun gelöst; ich würde ihre Schwester darum bitten; noch besser, es würde ein guter Vorwand für mich sein, um sie kennenzulernen.

Nachdem diese Entscheidung gefallen war, fühlte ich mich beruhigter und irgendwie freier, vielleicht gerade deshalb, weil ich damit auf meine Freiheit verzichtete. Ich blätterte weiter in dem Kleistbuch und las in einem der letzten Briefe: »Der Entschluß, der in ihrer Seele aufging, mit mir zu sterben, zog mich, ich kann Dir nicht sagen, mit welcher unaussprechlichen und unwiderstehlichen Gewalt, an ihre Brust... Ein Strudel von nie empfundener Seligkeit hat mich ergriffen und ich kann Dir nicht leugnen, daß mir ihr Grab lieber ist als die Betten aller Kaiserinnen der Welt.«

Ich überdachte diesen Brief sehr lange. Kleist sagte, daß das Grab Henriettes ihm lieber sei als das Bett einer Kaiserin, aber er sagte das, dachte ich, weil er bereits im Bett der Kaiserin, das heißt, in Henriettes Bett gelegen war und darin im Orgasmus schon jenen Tod erfahren hatte, der dem wirklichen Tod so ähnlich ist. So mußte man zugeben, daß sich Beate bei dem Plan des Selbstmordes zu zweit mit jener geheimnisvollen Treue an ihr Vorbild hielt, die jeder vollkommenen Identifikation zu eigen ist: zuerst das Bett der Kaiserin, das heißt ihr eigenes, in dem wir uns vereinigen und die erste und gleichzeitig letzte Umarmung unserer Liebe genießen würden, dann das Grab, ohne das die Umarmung uns nicht jene Lust, die Ewigkeit will, bringen könnte, von der Nietzsche in seinem Gedicht spricht.

Das Dröhnen des Gongs, den ein Kellner wie gewöhnlich durch die drei Stockwerke der Pension trug und mit fast rachsüchtiger Heftigkeit anschlug, riß mich aus meinen Gedanken. Ich warf das Buch beiseite und verließ eilig das Zimmer.

Ich stieg die Treppe hinunter und betrat als letzter nach einer dichtgedrängten Gruppe von Gästen den Saal; während ich wartete, daß sich die Gruppe zerstreute, konnte ich ungestört in die Ecke blicken, wo sich mein Tisch und bis gestern auch der der Müllers befand, um zu sehen, ob Beates Schwester und Mutter schon eingetroffen seien. Ja, sie waren da, wie ich schon beim ersten Blick feststellen konnte; oder besser, es war nur ihre Mutter und nicht ihre Schwester angekommen, denn die Frau, die der Mutter gegenübersaß, war zweifellos Beate.

Ich schaute genauer hin und mußte einsehen, daß ich mich nicht irrte. Es war wirklich Beate mit ihrem roten Wuschelkopf, dem dreieckigen Katzengesicht, den grünen Augen, der winzigen Nase, dem großen Mund. Sie war es; ich glaubte sogar, das schwere, glitzernde Kleid mit den grünen Perlenfransen wiederzuerkennen, das ihre Brust deutlich modellierte.

Meine Überraschung war so groß, daß ich nicht einmal wußte, ob ich mich darüber freuen oder bestürzt sein sollte; ich hatte mich den ganzen Tag über nach ihr gesehnt und gleichzeitig eine Wiederbegegnung gefürchtet. Gleichsam automatisch stellten sich in meinem Geiste die beiden einzigen Hypothesen ein, die jene unvorhergesehene und unglaubliche Erscheinung erklären konnten: 1) Beate war nicht weggefahren und Trude nicht angekommen; es war nur ihr Mann abgereist; und ihre Mutter war gekommen. 2) Ich war das Opfer einer Halluzination.

Von diesen beiden Hypothesen, der ersten, völlig rationalen, und der zweiten, die auf einer irrationalen Annahme beruhte, gefiel mir seltsamerweise sofort die zweite. Und nach kurzer Überlegung konnte ich mir sogar erklären, warum: Im Grunde wünschte ich mir nicht wirklich, daß jene Frau Beate wäre; weil ich sie vielleicht gar nicht wiedersehen wollte oder weil ich schon einen Plan entwickelt hatte, um ihr erst in Deutschland wiederzubegegnen, nicht hier in Anacapri. Kurz und gut, die Hypothese der Halluzination paßte mir in jeder Hinsicht besser.

Aber dieser Gedanke einer Fata Morgana blieb nur eine vorübergehende Anwandlung. Denn die rothaarige Frau stützte jetzt das Kinn auf die verschränkten Hände, und ich erkannte sie als Beate wieder, nicht so sehr wegen der physischen Ähnlichkeit, sondern vor allem an dieser Geste; und das brachte mich wieder zu der ersten Annahme zurück: Ja, sie war es, sie war nicht weggefahren, sie hatte sich damit begnügt, ihren Mann bis Neapel zu begleiten und war dann zusammen mit ihrer Mutter zurückgekehrt.

Dieses Mal erfüllte mich starke, reine Freude, wie einen Mann, der die Frau, die er liebt, ganz unerwartet trifft: Beate war da, wie an den Abenden zuvor! In einem unsagbaren jähen Augenblick fand ich wieder, was ich schon verloren glaubte. Meine Freude war so groß, daß seltsamerweise die ganz unglaubliche Gegenwart von Beate sozusagen auf die Person neben ihr abfärbte: Einen Moment lang glaubte ich mit dem Automatismus der Gewohnheit, daß anstelle der Mutter weiterhin ihr Gatte da säße, genauso wie anstelle der Schwester immer noch Beate da war. Diese Sinnestäuschung bewirkte, daß ich mich an die Szene an meinem Ankunftstag erinnerte, als Beates Mann mich nach dem Abendessen gezwungen hatte, den Faschistengruß zu erwidern: Das war die erste der vielen »Lektionen« gewesen, die Beates undurchschaubarer Mann mir erteilt hatte, um mich dafür zu bestrafen, daß ich seiner Frau den Hof machte. Als ich nun zu ihrem Tisch kam, dachte ich daher natürlich in meiner Verwirrung, daß ich Müller mit erhobenem Arm grüßen müßte. So wandte ich mich ihnen zu, schlug die Hacken zusammen und riß den Arm in die Höhe. Im gleichen Augenblick verflog meine Verwirrung, und ich erkannte, daß neben der Frau, die zweifellos Beate war, nicht Müller, sondern eine andere Frau saß, die ihre Mutter sein mußte.

Ich betrachtete sie, während ich den Arm ausstreckte und meinen absurden Faschistengruß ausführte. Sie war eine Frau mittleren Alters, zwischen vierzig und fünfzig, mit einem braunen, hageren, strengen Gesicht und dunklen, schönen Augen, die jedoch wie in beständiger Furcht weit aufgerissen und verstört blickten. Ihre Nase war groß und gerade, die Mundwinkel senkten sich verachtungsvoll, die Lippen waren fleischig und breit, ihre kurzgeschnittene Bubikopffrisur verlieh ihrem Gesicht einen männlichen Zug. Eine schwarze Jacke im Herrenschnitt und die ebenfalls schwarze »Fliege« auf dem hohen und steifen Kragen der weißen Bluse verstärkten diesen Eindruck. Ich konnte den Gedanken nicht los werden, daß Beates Mutter eine Art Uniform trug. Die Aufmachung kam mir bekannt vor, so wie es einem gerade mit Uniformen leicht geht, die sich ja außer in der Anzahl der Litzen und Sterne meistens kaum unterscheiden. Und tatsächlich, als ich ihr Gesicht betrachtete, mußte ich an die Gesichter preußischer Generäle denken, die in aufrechter Haltung auf einer Tribüne stehen und die Parade eines vorbeidefilierenden Regiments abnehmen, so wie ich es von gelegentlichen Photos deutscher Illustrierten her kannte. Beates Mutter wunderte sich über meinen Faschistengruß nicht, sie nahm ihn als selbstverständlich hin und erwiderte ihn mit einem leichten Neigen ihres Kopfes. Gleichzeitig ereignete sich jedoch etwas, das meine Überzeugung, ich befände mich vor der von mir geliebten Frau, wieder zunichte machte. Ich sah nämlich, wie Beate, oder genauer gesagt, diejenige, die ich für Beate hielt, mich verblüfft musterte und sich dann mit der Hand zum Mund fuhr, als ob sie ihr Lachen verbergen wollte. Sie lachte mich aus, ungehemmt und fröhlich, und ihre Augen glänzten dabei voller Koketterie; Beate hätte mir das nie angetan. Da wurde mir allmählich klar, daß diese Frau nicht Beate sein konnte, sondern eine für mich völlig Fremde war, nämlich ihre Zwillingsschwester Trude.

Sie lachte weiter, vielleicht eher fröhlich als spöttisch. Dann drehte sich Trude (von nun an werde ich sie so nennen) zu ihrer Mutter hin und flüsterte ihr etwas zu. Diese sagte dann mit trockener Höflichkeit in hartem, aber grammatikalisch einwandfreiem Italienisch: »Sind Sie vielleicht Signor Lucio?«

»Ja, ich bin Lucio.«

»Ich heiße Paula und bin die Mutter von Beate und Trude. Mißverstehen Sie Trudes Lachen nicht. Sie lacht nicht über Ihren Gruß, sondern darüber, daß Sie sie aller Wahrscheinlichkeit nach für Beate gehalten haben. Das kommt oft vor, Sie sind nicht der erste. Beide Mädchen ähneln sich tatsächlich sehr, und Ihr Irrtum ist durchaus verständlich.«

Ich mußte die törichte Frage stellen: »Aber wo ist Beate?«

Trude mischte sich nun in das Gespräch, auch sie auf Italienisch; daß sie, was Beate nie erkennen ließ, meine Sprache beherrschten, überraschte mich aufs neue, und ich begriff, daß ich bis zu diesem Moment sozusagen meinen Augen nicht getraut hatte. »Beate ist in Deutschland. Warum? Wäre es Ihnen lieber gewesen, wenn meine Schwester an meiner Stelle hier sein würde?«

»Nein, aber... Es stimmt, ich hatte Sie für Beate gehalten.«

»Aber wir sind durchaus nicht identisch! Zum Beispiel hier dieses Muttermal, Beate hat es nicht.«

Das stimmte; an einem Mundwinkel hatte Trude ein sehr hübsches und ganz deutliches Muttermal, das das Katzenartige ihres dreieckigen Gesichts betonte. In fröhlichem Ton fuhr sie fort: »Ich habe noch ein anderes Muttermal, das Beate nicht hat, aber an einer Stelle, die ich Ihnen nicht zeigen kann. Ich selber muß mich sehr anstrengen, wenn ich es sehen will.«

Ihre Mutter sagte hastig, als wollte sie die Tochter am Sprechen hindern: »Beate hat uns viel von Ihnen erzählt...«

»Mama hat Angst«, fiel ihr die Tochter lachend ins Wort, »daß ich sage, ich habe das andere Muttermal auf dem Po.«

»Aber Trude!« rief ihre Mutter vorwurfsvoll aus und knüpfte an ihren unterbrochenen Satz an: »Beate hat uns gesagt, daß Sie sehr gut deutsch sprechen.«

»Ich habe noch etwas«, warf Trude wieder ein, »das Beate nicht hat: eine riesige Lust, die Sonne, das Meer und Italien zu genießen!«

Sie lachte und blickte mich dabei mit ihren vor Freude funkelnden Augen an, die ganz anders als die unglücklichen, düsteren und verzweifelten Beates waren. Da ich nicht recht wußte, was ich dazu sagen sollte, wandte ich mich zu ihrer Mutter und brachte mühevoll heraus: »Dafür sprechen Sie beide sehr gut Italienisch. Beate konnte es gar nicht.«

»Kein Wunder, ich habe jahrelang ein Hotel in Lugano geführt. Als ich mich von meinem Mann scheiden ließ, waren die Mädchen noch sehr klein. Ich nahm Trude mit mir nach Lugano, Beate sollte bei ihrem Vater in München leben. Das erklärt, wieso Trude Italienisch kann und Beate nicht.«

Mit einem Gefühl von Verwirrung setzte ich mich hin. Erstens ärgerte ich mich über mich selbst, daß ich zum zweitenmal den Faschistengruß gemacht hatte, zweitens frustrierte mich die frappierende äußere Ähnlichkeit der beiden Schwestern, eine Ähnlichkeit, die jedoch ihre Charaktere offenbar nicht aufwiesen. Warum irritierte mich diese Ähnlichkeit? Weil Trudes Charakter – nach dem zu schließen, was ich in der kurzen Zeit von ihr gesehen hatte – mir so erschien, als ob er in jeder Hinsicht eine Profanierung des idealen Bildes wäre, das ich mir von Beate gemacht hatte. Wie sie zum Beispiel mit kokettem Lachen das Wort »Po« hervorbrachte, das Beate sicherlich nie ausgesprochen hätte, hinterließ in mir ein sonderbares Gefühl: Es war so, als ob dieses Wort auf geheimnisvolle Weise die Form und Farbe der Lippen verändert hätte, die es ausgesprochen hatten, der Lippen, die eben noch denen Beates glichen und sich von nun an völlig unterschieden.

Meine Enttäuschung über Trude, die Beate so ähnelte und gleichzeitig so ganz anders als diese war, zwang mich, sie noch aufmerksamer zu beobachten: Nur wenn ich nach und nach alle Unterschiede zwischen den beiden herausfinden würde, könnte ich mich völlig überzeugen, daß die beiden Schwestern in jeder Hinsicht verschieden waren, und mich nicht mehr frustriert fühlen. Gleich entdeckte ich erleichtert einen grundlegenden Unterschied: Trude, die mit Beate fast unbewußt wetteiferte, hatte ebenfalls einen Dialog auf Distanz angefangen und benutzte dabei keine Worte, sondern ihr Verhalten. Während Beate mich mit ihren Blicken voll düsterer und tödlicher Verzweiflung zum Vergleich mit dem angsterfüllten Engel in Dürers »Melancholie« geführt hatte, verhielt sich Trude fast auf gegensätzliche Art, so daß sie mich an gewisse Frauengestalten voll zweideutiger und lasterhafter Vitalität erinnerte, die nach dem Krieg von expressionistischen Malern wie Kirchner oder Otto Müller dargestellt wurden. Beate hatte zum Beispiel immer sehr wenig gegessen und dabei immer so ausgesehen, als ob sie eine mühevolle und ekelhafte Beschäftigung auf sich nehme; Trude war in dieser Hinsicht ganz anders; sie füllte ihren Teller bis zum Rand mit Spaghetti voll und aß sie dann mit den übertriebenen Gesten, die die Ausländer beim ungeschickten Verzehren dieses Gerichts für »echt italienisch« halten... Sie rollte zu viele Spaghetti um ihre Gabel und tat dann, als ob sie es nicht schaffte, sie in ihren Mund hineinzustopfen. Daher hob sie die Gabel sehr hoch und fing die hängenden Spaghetti mit offenem Mund auf. Sie saugte geräuschvoll an jedem einzelnen und schmierte sich die Tomatensauce überall um den Mund; dann leckte sie mit ihrer langen, roten Zunge, die mich an die von Sonja erinnerte, über ihre Lippen; schließlich fischte sie den letzten Spaghetto, der auf dem Grund des Tellers kleben geblieben war, mit den Fingern heraus und ließ ihn von hoch oben in den Mund fallen, dann leckte sie sich alle fünf Finger nacheinander ab. Während sie so aß, warf sie mir mit ihren voll katzenartiger Koketterie funkelnden Augen schräge Blicke zu.

Darauf trugen die Kellnerinnen auf langen ovalen Tabletts, die sie im Saal herumreichten, den Fisch auf. Es waren große, gesottene Meeräschen, die mit Zitrone und Mayonnaise serviert wurden.

Die Mayonnaise wurde extra in einer Sauciere gereicht. Trude nahm einen Löffel davon, klatschte ihn auf ihren Teller und tunkte den Zeigefinger hinein; als sie ihn herauszog, klebte auf der Fingerkuppe ein großer, gelber, spiralförmiger Klecks. Langsam steckte sie diesen Finger in den Mund und zog ihn genauso langsam heraus, sah ihn fragend an, steckte ihn wieder hinein und zog ihn noch einmal heraus. Dabei blickte sie mich unverwandt an, als wollte sie an meiner Miene ablesen, ob ich den, ziemlich eindeutigen, Sinn ihrer Geste verstünde, die ganz offensichtlich auf die sexuelle Penetration anspielte. Und ob ich sie verstand! Nur konnte ich mir gar nicht erklären, wieso wir plötzlich bei dieser Art von Anspielungen angelangt waren. Was war zwischen uns vorgekommen, daß sie sich veranlaßt fühlte, ohne Worte zu zeigen, sie sei bereit, mit mir zu schlafen? Verlegen senkte ich die Augen; als ich aufsah, fing Trude meinen Blick auf und zwinkerte mir schnell zu, dabei lächelte sie fröhlich und selbstsicher.

Ich sah zu ihrer Mutter hin. Sie setzte anscheinend geradezu ihren Ehrgeiz darein, sehr wohlerzogen zu speisen: Sie achtete darauf, ihre Ellbogen dicht an ihre Rippen zu pressen, aß mit gesenkten Augen und hielt das Besteck nur mit den Spitzen ihrer langen, dünnen Finger. Ihre Augenbrauen waren irritiert zusammengezogen, offensichtlich bemühte sie sich, das Benehmen ihrer Tochter zu übersehen. Plötzlich beugte sich Trude zu ihr und flüsterte aufgeregt auf sie ein. Die Mutter aß noch ein oder zwei Minuten lang mit dieser allzu betonten Wohlerzogenheit weiter; dann legte sie

Gabel und Messer neben den leeren Teller auf den Tisch, suchte in ihrer Handtasche herum, die am Stuhl hing, zog eine Zigarettenschachtel heraus, wandte sich zu mir und bat mich mit einem seltsamen, übertrieben strahlenden Lächeln um Feuer.

Ich sprang schnell auf und zündete die Zigarette an. Sie bedankte sich mit einem genauso strahlenden Lächeln und sagte unter dem komplizenhaft zustimmenden Blick ihrer Tochter diesen unnatürlich und gespreizt klingenden Satz: »Es ist uns eine große Freude, meiner Tochter und mir, einen Tischnachbarn zu haben, wie Sie.« Ich zögerte, fast erwartete ich mir, daß sie mich aufforderte, ich solle mich zu ihnen setzen, aber da sie keine Miene dazu machte, ging ich wieder an meinen Tisch zurück.

Die Frage, was die Zwillingsschwester Beates von mir wolle, ließ mich nicht los. Anscheinend wollte sie etwas, das sonst üblicherweise vor allem Männer wollen. Aber warum wollte sie es? Auch diesmal ergaben sich daraus zwei Hypothesen: 1) Weil sie eine Frau aus dem Norden war und mit dem ziemlich bewußten Wunsch nach Italien gekommen war, die eigene, in Deutschland unterdrückte Vitalität im Land der Sonne und der temperamentvollen Männer auszutoben. 2) Weil Beate sich ihr in Neapel anvertraut und von mir erzählt hatte und sie, von unerklärlicher Rivalität getrieben, mich ihr ausspannen wollte. Kaum hatte ich diese möglichen, aber banalen Hypothesen im Geist formuliert, verwarf ich sie wieder als zu unbefriedigend. Unter anderem ging aus ihnen nicht hervor, warum Trude so ungeduldig war: Sie war kaum angekommen, und schon versuchte sie, die Stelle ihrer Schwester einzunehmen, und noch dazu mit einem Verhalten, das, gelinde ausgedrückt, gerade das Gegenteil von dem, was sie erreichen wollte, bewirkte. Was mir außerdem zu denken gab, war die Haltung ihrer Mutter, die sich merkwürdigerweise wie Müller Beate gegenüber verhielt, das heißt auf eine komplizenhafte und gleichzeitig feindselige Weise.

Als Nachspeise gab es eine Banane, die Trude dazu

benutzte, die Geste der sexuellen Penetration zu wiederholen, wie sie es vorher mit dem von Mayonnaise bekleckerten Finger gemacht hatte. Während sie die Frucht langsam schälte und sie dann, ohne davon abzubeißen, in den Mund schob, hörte Trude nicht auf, mich mit verlangenden Blicken anzustarren, in denen sich ihr gourmethafter Appetit ausdrückte, den sie offenbar auf meine Person verspürte. Sie aß die Banane auf, ließ die weichen, leeren Schalen auf den Teller fallen und überlegte einen Augenblick; dann beugte sie sich plötzlich zu ihrer Mutter und sagte leise etwas zu ihr; währenddessen warf sie mir Blicke zu, als wollte sie sagen: »Ich spreche jetzt von dir, bleib da, warte, bis ich damit fertig bin.« Vor ihr stand ein Glas Wein; beim Reden trank sie ab und zu einen langen Schluck daraus; das war ein weiterer Unterschied zwischen ihr und Beate, die ich nur Wasser trinken gesehen hatte. Die Diskussion zwischen beiden Frauen dauerte lange; allem Anschein nach bat Trude ihre Mutter um etwas, das diese ihr entschieden verweigerte. Es war eine schmeichelnde Bitte und eine trockene Ablehnung, eine der Szenen, die sich manchmal zwischen einer strengen Mutter und ihrer kapriziösen Tochter abspielen. Trude lehnte sich über den Tisch hinüber und sprach zu ihr hinauf; ihre Mutter hörte ihr mit gesenktem Kopf zu und rauchte dabei nachdenklich eine Zigarette.

Endlich enthüllte sich mir der Sinn dieser Geheimnistuerei. Die Mutter wandte sich plötzlich zu mir und eröffnete mir in einem kühlen, distanzierten und warnenden Ton: »Trude sagte mir gerade, daß Sie ihr einen Mondscheinspaziergang vorgeschlagen haben. Gut, geht nur. Aber ich muß Ihnen sagen, daß ich den Italienern von Grund auf mißtraue; es soll wirklich nur ein Spaziergang im Mondschein bleiben, weiter nichts. Ihr Italiener seid immer schnell dabei, die Frauen abzutätscheln. Aber bei Trude darf das nicht vorkommen. Merken Sie sich: Trude ist ein deutsches Mädchen, das man mit Achtung behandeln muß.«

Ich war von Trudes unverfrorener Lüge, ich hätte sie zu einem Spaziergang aufgefordert (aber wann und wie?) so überrascht, daß ich nicht einmal daran dachte, mich über den hochmütigen Ton und die rassistischen Vorurteile der Mutter beleidigt zu zeigen. Übrigens hinderte mich eine weitere Überlegung daran, auf Trudes Lüge und die Verachtung ihrer Mutter entsprechend zu reagieren: Dieser Spaziergang war nämlich das, was ich mir in diesem Moment am meisten wünschte. Hatte ich mir etwa nicht vorgenommen, Trude um die Adresse ihrer Schwester zu bitten? Und außerdem, dachte ich plötzlich, würde ich im Gespräch mit Trude nicht endlich erfahren können, wie Beate »wirklich« war?

Aus diesen Gründen tat ich so, als hätte ich die Unhöflichkeit ihrer Mutter nicht bemerkt; ich stand auf, näherte mich dem Tisch der beiden Frauen und sagte: »Ich bin bereit zum Spaziergang. Machen Sie sich keine Sorgen, gnädige Frau, ich bin kein traditioneller Italiener. Schon aus dem Grunde, weil ich in Deutschland studiert und promoviert habe.«

Mit diesen Worten hoffte ich, die Feindseligkeit der Mutter zu besänftigen, aber da irrte ich mich. Sie beharrte unerschütterlich auf ihren Invektiven: »Sie sollen kein traditioneller Italiener sein? Aus der Art und Weise, wie Sie während des Abendessens Trude ansahen, könnte man jedoch schließen, daß Sie sehr wohl einer sind.«

Wie Beate einen eifersüchtigen Mann auf dem Hals hatte, wurde also Trude von einer feindseligen Mutter überwacht. Ich verbeugte mich ironisch und erwiderte: »Sie haben eine schlechte Meinung von den Italienern.«

»Ich kenne euch, ihr seid alle gleich. Bei jedem Unterrock verliert ihr den Kopf. Auf der Straße drehen sich die Italiener um und betrachten das Hinterteil der vorbeigehenden Frauen. Das ist eine Unverschämtheit. In Deutschland kommt so etwas nicht vor.«

»Jedes Land hat seine schlechten und seine guten Seiten.«

»Es kommt nicht von ungefähr, daß Casanova Italiener war.«

»Sicher, aber Don Juan war Spanier.«

Trude warf heftig ein: »Genug, Mama, quäle Signor Lucio nicht. Stelle ihn zuerst auf die Probe, dann kannst du ihn beurteilen. Also Lucio, wollen wir gehen?«

Ich verbeugte mich, um damit mein Einverständnis zu zeigen; beide Frauen erhoben sich; die Mutter lächelte mich an und sagte mit seltsamer, plötzlicher Herzlichkeit: »Ich bitte Sie, bringen Sie sie mir nicht zu spät zurück, weil wir morgen sehr früh aufstehen müssen, um zur Blauen Grotte zu fahren.«

Wir verließen zu dritt den Speisesaal; bei der Tür fragte Trude ihre Mutter: »Was wirst du inzwischen machen?«

Die Mutter antwortete etwas bedrückt: »Ich werde im Aufenthaltsraum Radio hören.«

»Arme Mama, ich lasse dich immer allein.« Bei diesen Worten warf Trude ihrer Mutter die Arme um den Hals und küßte sie leidenschaftlich. Dann drehte sie sich unvermittelt um, nahm meine Hand, sagte »Gehen wir« und zog mich zur Eingangstür.

Als wir draußen im Vorgarten standen, fragte ich Trude: »Wohin wollen wir spazierengehen? Aufs offene Land hinaus oder ins Dorf?«

»Gehen wir ins Dorf. Am Land ist es dunkel, und ich möchte nicht, daß dann vielleicht der traditionelle Italiener in Ihnen erwacht.«

Verärgert erwiderte ich: »Warum gehen wir nicht gleich in den Aufenthaltsraum und leisten Ihrer Mutter Gesellschaft?«

»Na, na, sind Sie empfindlich! Gehen wir also zum Dorf, aber durch diese schönen, dunklen, engen Gäßchen. Wie Sie sehen, habe ich Vertrauen zu Ihnen.«

Wir gingen die Auffahrtsallee entlang, ohne ein Wort miteinander zu wechseln; dann bogen wir in eine enge Gasse zwischen Steinmauern ein, die wie ich wußte, zur Piazza führte. Um meine Gedankenkette fortzusetzen, fragte ich sie: »Warum haben Sie Ihrer Mutter gesagt, ich hätte Sie zu einem Spaziergang im Mondschein aufgefordert, während ich das in Wirklichkeit gar nicht getan habe?«

»Ich hatte eine Vorahnung, daß Sie es tun würden. Außerdem wollte ich allein mit Ihnen sein.«

»Warum wollten Sie mit mir allein sein?«

»Was für eine Frage! Weil Sie mir gefallen.«

Ich verstummte einen Augenblick. Die Ungezwungenheit Trudes überraschte mich, nicht nur wegen ihrer offenen Direktheit, sondern auch, weil ich in dieser Enthüllung etwas Berechnendes spürte, so als ob sie schon lange vorher diese Entscheidung getroffen hätte. Vorsichtig fragte ich: »Was gefällt Ihnen denn an mir?«

Sie lachte. »Was gefällt denn einer Frau an einem Mann?«

»Hm, ich weiß nicht.«

»Denken Sie darüber nach.«

»Mit ihm zu schlafen.«

»Das auch; ich würde sogar sagen, vor allem das.«

Ich wagte die Frage: »Wollen Sie es sofort tun? Gleich?«

Da wurde sie seltsamerweise ernst und runzelte die Stirn, als wollte sie plötzlich überlegen. »Was für eine Eile!«, tadelte sie mich dann. »Nein, ich sagte das nur – wie sagt man? –, theoretisch.«

Wir waren also schon mitten in einer Unterhaltung voller erotischer Anspielungen. Ihre unmißverständliche Bereitschaft, mit mir etwas anzufangen, erregte mich, gleichzeitig empfand ich jedoch ein dumpfes Gefühl der Frustration. Beate hatte mich nie auch nur die unbedeutendste Liebkosung erhoffen lassen, aber diese Sprödigkeit war für mich faszinierend gewesen. Trudes übergroße Bereitwilligkeit stieß mich ab und mischte in meine Erregung ein gehöriges Quantum moralischer Kritik: Möglicherweise würde ich mit ihr schlafen, aber nur, um mir selbst noch einmal zu bestätigen, daß sie nur eine schlechte Imitation von Beate war. Ich versuchte das Thema zu wechseln: »Ihre Mutter würde sich wundern, wenn sie Sie so sprechen hörte.«

»Meine Mutter hat keine Ahnung, wie ich wirklich bin, so, wie übrigens keine Mutter der Welt ihre Kinder wirklich kennt.«

»Liebt Ihre Mutter mehr Sie oder Beate?«

»Beate und ich, wir sind so verschieden! Sie liebt uns beide, aber aus unterschiedlichen Gründen.«

»Und die wären?«

»Nun, meine Mutter hält Beate für gebildeter, intellektueller und künstlerisch begabter als mich und liebt sie wegen dieser vermeintlichen Eigenschaften. Mich liebt sie, weil sie mich für zärtlicher und ihr selbst ähnlicher ansieht; ich bin für sie, wie eine Tochter eigentlich sein sollte. Und vor allem glaubt sie, ich sei realistischer und menschlicher als Beate.«

»Warum haben Sie von »vermeintlichen Eigenschaften« gesprochen?«

»Weil meine Mutter in diesem Fall nicht richtig urteilen kann. Sie ist eine Frau, die an die traditionellen Werte glaubt; Sie müssen wissen, sie stammt aus einer Offiziersfamilie und versteht nichts von Kultur; sie hält für Kunst und Geist, was nur Snobismus, Theatralik und Pseudokultur ist.«

Ich starrte sie überrascht an: »Aber Sie scheinen mir nicht viel Sympathie für Ihre Schwester zu hegen!«

»Jetzt nicht mehr. Sie war das Wesen, das ich am meisten in der Welt geliebt habe. Aber seitdem ich der Partei beigetreten bin, sehe ich sie in einem anderen Licht. Seit damals ist mir alles, was ich an ihr bewunderte, hassenswert geworden.«

»Was zum Beispiel?«

»Ich habe es Ihnen bereits gesagt; ihre Pseudokultur, ihr Snobismus und ihre Theatralik. Seither ist mir vor allem eines klargeworden: In Beate steckt ein starker destruktiver Wille.«

Diese Urteile ließen in mir ein Gefühl der Bitterkeit aufsteigen, wie nach einer unwillkommenen Entdeckung; ich hatte mehr über die rätselhafte Beate erfahren wollen, und jetzt sah ich mich dafür bestraft. Trotzdem warf ich ein: »Destruktiv, ist das nicht ein zu starkes Wort?«

»Urteilen Sie doch selbst: Liegt nicht etwas Destruktives in einem Menschen, der den Anspruch hegt, sich über die anderen zu stellen, und dann in allem scheitert, was er tut?«

»Was meinen Sie mit ›scheitern‹?«

»Als Beate neun Jahre alt war, glaubte sie, eine Berufung für das Ballett zu haben. Aber fünf Jahre später gab sie es auf und begann, Gedichte zu schreiben. Von ihrem vierzehnten bis zu ihrem siebzehnten Lebensjahr hat sie einen Haufen »Gedichte« verbrochen, dann entdeckte sie ihr Zeichentalent. Aber nach kaum zwei Jahren ist sie zum Theater übergegangen. Nun spielt sie als Schauspielerin in Kellertheatern und auf kleinen Provinzbühnen, ohne damit aufzuhören, schlechte Gedichte zu schreiben und noch schlechtere Bilder zu malen. Beates Spezialität besteht darin, sich auf immer neue künstlerische Tätigkeiten zu stürzen, die dann jedesmal in einem Mißerfolg enden, aber sie kann es einfach nicht lassen. Und was ist letzten Endes von all dem geblieben? Nichts, nur ihr Hochmut. Wissen Sie, was Beate in Wirklichkeit ist?«

»Das kann ich nicht sagen, in erster Linie wohl doch Ihre Schwester!«

»Leider. Aber, noch eindeutiger ist sie etwas anderes: eine Intellektuelle. Und gerade die Intellektuellen und die Juden haben Deutschland zugrunde gerichtet!«

Also vervollständigte nun noch eine Spur Antisemitismus und Intellektuellenfeindlichkeit das unangenehme Bild der Charakterunterschiede zwischen Trude und Beate.

Wir hatten die enge Gasse hinter uns gelassen und die Hauptstraße erreicht. Verstohlen blickte ich Trude an: Eine ungewöhnliche Lebhaftigkeit färbte ihre Wangen und ließ ihre Augen glänzen; es war klar, daß die Unterhaltung über den Charakter ihrer Zwillingsschwester sie innerlich stark beschäftigte. Ich dachte, daß alles in allem ihre Kritik an Beate mich nicht besonders ärgerte, weil das Bild, das sie von ihr entwarf, diese zwar herabsetzte und verkleinerte, aber im Grunde an dem für mich Wesentlichen nichts änderte: An die Stelle des metaphysischen, schwermütigen Engels der »Melancholie« von Dürer, den ich in Beate gesehen hatte, setzte sie eine der unzähligen, kleinen Madame-Bovary-Typen, die Europa bevölkern. Aber die Verzweiflung, die das Grundelement meiner Beziehung zu

Beate war, blieb unverändert und wurde nicht geleugnet. Vorsichtig fragte ich: »Sie sagten, Beate wolle immer etwas Besseres sein als die anderen. Was haben Sie damit gemeint?«

»Das läßt sich mit einem kurzen Satz erklären: Ich bin der Partei beigetreten, sie nicht. Wenn ich Partei sage, meine ich die anderen, das heißt, das deutsche Volk. Mit welchem Recht stellt sich Beate über diejenigen, die alle Intellektualismen verworfen haben, ohne Vorbehalt der Partei beigetreten sind, sich ihre Ärmel aufgekrempelt haben und konstruktiven Ideen folgen? Sie sagt, daß sie die Politik haßt; ich fürchte, daß sie anstatt der Politik die Partei haßt. Das gibt sie natürlich nicht zu, auch aus dem Grund, weil ich es ihr nicht erlauben würde; aber man sieht es, man spürt es, man könnte sogar sagen, man wittert es, es ist einfach nicht zu übersehen.«

Ich konnte der Versuchung nicht widerstehen, sie nachzuäffen: »Sie haben sich also Ihre Ärmel aufgekrempelt und folgen konstruktiven Ideen?«

Seltsamerweise bemerkte sie die Ironie, die in meinen Worten lag. »Ich habe früher auch über gewisse Sprüche gelächelt. Aber seitdem ich in der Partei bin, bin ich daraufgekommen, daß man wahrscheinlich vieles zwar besser, jedoch letztlich nicht anders sagen könnte. Beate weiß nicht, was es heißt, Parteimitglied zu sein. Und so glaubt sie, daß sie mir überlegen sei; sie verachtet mich. Ich sage nun: Bin ich etwa zu verachten, weil ich nicht immer zum Scheitern verurteilt sein wollte?«

»Gewiß nicht. Aber was meinen Sie mit ›immer zum Scheitern verurteilt‹?«

»Das paßt wie angegossen auf Beate; sie hat nämlich bereits alles versucht, außer dem einzigen, was sie retten könnte.«

»Den Beitritt zur Partei, nicht wahr?«

Sie blieb stehen und erwiderte mit Entschiedenheit: »Ja, genau das.«

»Wissen Sie, was Sie da sagen?« meinte ich mit gleicher

Entschiedenheit, »daß die Partei aus chronischen Versagern besteht. Aus Ihren Worten schließe ich, daß Beate, falls sie kein chronischer Versager werden wollte, der Partei hätte beitreten müssen. Ist es nicht so?«

Sie erkannte die Falle, die ich ihr stellte, und antwortete: »Die Partei ist wie eine Kirche, in der es Leute gibt, die sozusagen immer schon dabei waren, auch als sie ihr noch fern standen; und es gibt andere, die eine große innere Veränderung durchmachen müssen, um eintreten zu können. Falls Beate zur Partei gegangen wäre, hätte sie zu der zweiten Gruppe gehört.«

Wir waren während dieses Gesprächs stehengeblieben, nun begann ich weiterzugehen und sagte dabei: »Sie gehören der ersten Gruppe an, nicht wahr?«

»Bitte, reden wir nicht von mir.«

Nach kurzem Schweigen beharrte ich: »Mir scheint, daß Sie gegen Ihre Schwester eine starke Feindseligkeit hegen.«

»Ich habe es Ihnen bereits gesagt: Sie war einmal der Mensch, den ich auf der Welt am meisten bewunderte. Dann sind mir die Augen aufgegangen. Sie legt mich mit ihrer Harlekinade nicht mehr herein.«

»Was hat Ihnen die Augen geöffnet? Der Beitritt zur Partei?«

»Nicht unbedingt. Der Beitritt zur Partei war nur der Abschluß einer langen inneren Entwicklung.«

»Nehmen wir an, Beate hätte im Grunde recht.«

»Sie kann nicht recht haben«, antwortete Trude ruhig und überzeugt.

»Beate sucht vielleicht die Wahrheit. Bei einer solchen Suche kommt es unvermeidlich öfters zum Scheitern.«

»Beate sucht nicht die Wahrheit. Sie sucht den Tod. In ihr steckt ein Wille zur Selbstzerstörung, ein Wille, der sie eines Tages zum Selbstmord führen wird.«

»Aber vielleicht ist die Wahrheit eben der Tod. Auf jeden Fall, glauben Sie nicht, daß Sie mit ihren Behauptungen zu weit gehen?«

Sie blieb in der Mitte der Straße noch einmal stehen und

blickte mich mit dem Anflug eines Lächelns an: »Hat Beate Ihnen zufällig je von Kleist und von seinem Doppelselbstmord erzählt?«

Diese Worte verwirrten mich. Was ich also für ein Geheimnis zwischen Beate und mir gehalten hatte, war etwas Altbekanntes, ganz Unaktuelles, wenigstens nach Trudes Tonfall zu schließen; ein Ton voller ironischer Nachsicht, wie ihn gewöhnlich Familienangehörige anschlagen, wenn die Rede auf die fixen Ideen eines ihrer Verwandten kommt. Ich stammelte: »Ja, sie hat mir flüchtig etwas davon erzählt.«

Sie lachte mit spöttischer Grausamkeit auf. »Hat sie Ihnen etwa nicht gesagt, daß sie überall in der Welt auf der Suche nach jemandem ist, der die Ideen Kleists teilt und bereit ist, sich gemeinsam mit ihr umzubringen? Wer weiß wieso, aber Beate identifiziert sich mit Kleist. Leider hat sie denjenigen noch nicht gefunden, der die Rolle Henriette Vogels spielen könnte, aber ich wette, daß sie es auch Ihnen vorgeschlagen hat.«

»Vorgeschlagen, was?«

»Zusammen mit ihr zu sterben.«

Ich log entschlossen: »Sie hat mir gar nichts vorgeschlagen.«

»Hat sie nie über Kleist mit Ihnen gesprochen?«

»Ich habe über Kleist meine Doktorarbeit geschrieben; zur Zeit übersetze ich eine Novelle von ihm. Ja, wir haben von ihm gesprochen, aber, wie man sagt, rein akademisch.« Sie warf mir einen unwiderstehlich-maliziösen Blick zu, in dem sich gleichzeitig Ungläubigkeit und Ironie ausdrückten. »Trotzdem, ich hätte es schwören können.«

»Warum?«

»Weil Sie der geeignete Typ dafür sind.«

»Der Typ wofür?«

»Sind Sie nicht etwa ein Intellektueller? So wie Beate schreiben Sie, lesen und denken und suchen Sie die Wahrheit, oder?«

»Was wollen Sie damit sagen?«

»Nichts, nur schien es mir sehr wahrscheinlich, daß Beate Ihnen einen schönen Selbstmord zu zweit à la Kleist vorgeschlagen hat.«

Ich zog vor, nichts darauf zu erwidern, denn ihr Tonfall war so sarkastisch, daß ich auf ihre Worte nur mit der gleichen Aggressivität hätte entgegnen können. Wir gingen eine Weile schweigend nebeneinander her. Dann fragte ich mit irritierter Neugier: »Entschuldigen Sie, warum wollten Sie eigentlich heute abend diesen Sapziergang mit mir machen? Ich hatte Sie nicht darum gebeten; wenn ich geahnt hätte, daß Sie so schlecht über einen Menschen sprechen würden, der mir lieb ist, wäre ich wirklich nicht mitgekommen.«

»Und Sie, warum haben Sie denn meinen Vorschlag angenommen?«

Sollte ich ihr eingestehen, daß ich es nur getan hatte, um Beates Adresse zu erfahren? Ich sagte mir jedoch, zumindest im Moment wäre es nicht günstig, Trude wissen zu lassen, daß ich ihrer Schwester nach Deutschland nachfahren wollte. So antwortete ich: »Um die Wahrheit zu sagen, weil ich Sie von Beate sprechen hören wollte; ich kenne sie kaum, ich möchte mehr von ihr wissen.«

»Nun, ich habe von ihr gesprochen, oder?«

»Ja, aber wie!«

Eine neue Pause trat ein. Trude fuhr schließlich fort: »Wie ich Ihnen bereits sagte, hat mir Beate in Neapel von Ihnen erzählt.«

»Und was hat sie gesagt?«

»Alles.«

»Was, alles?«

»Alles über euch beide.«

»Über uns beide? Aber wir haben nur ein einziges Mal miteinander gesprochen!«

»Ich hatte Beate versprochen, dieses Geheimnis zu bewahren. Aber es ist vielleicht gut, wenn Sie es erfahren: Beate sagte mir, Sie hätten auf sie einen starken Eindruck gemacht.«

»Was für einen Eindruck?«

»Mit anderen Worten, Beate ist in Sie verschossen.«

Plötzlich schlug mein Herz schneller: »Sagte sie das wirklich?«

»Ja, sie sagte, daß sie wirklich fürchtete, sich in Sie verliebt zu haben. Kurzum, zwischen euch beiden hat es offenbar so was wie Liebe auf den ersten Blick gegeben.«

In ihrem Lachen schwangen Sarkasmus und Neid mit. Aber ich war nun mit meinen Gedanken weit fort von ihr, weit fort von Capri, weit fort von Italien. Ich befand mich in Berlin, in dem Wohnzimmer, in dem Beate zu studieren, Musik zu hören und zu lesen pflegt. Eine große Terassentür nimmt eine ganze Wand ein, wie man es bei modernen Häusern häufig findet. Sie geht auf den Garten, in dem ich ein einziges üppig grünes Rondell erblicke, in dessen Mitte ein Baum steht: eine riesige, blaue kalifornische Zeder, die ihre Äste beschwörend und melancholisch wie Arme ausstreckt. Beate steht an der Terrassentür und blickt zur Zeder hin, mit dem gleichen, verzweifelten Ausdruck, mit dem sie mich jeden Abend in Anacapri angestarrt hatte. Woran denkt sie? Sicherlich an jene Lust, die, wie es bei Nietzsche heißt, Ewigkeit will. An jene Lust, nach der sie sich sehnt und die ich ihr nicht gewähren konnte.

Ich schüttelte diesen Wachtraum von mir ab und hörte gerade noch Trudes Frage: »Und Sie, sind Sie in Beate verliebt?«

»Ich weiß nicht, ob ich in sie verliebt bin«, antwortete ich vorsichtig. »So etwas wird einem immer erst später bewußt. Aber wenn Verliebtsein die Bereitschaft bedeutet, für das geliebte Wesen eine Verrücktheit zu begehen, dann würde ich sagen, daß ich es wirklich bin.«

»Eine Verrücktheit? Zum Beispiel einen Selbstmord à la Kleist, nicht wahr?«

Ich weiß nicht wieso, aber ich gestand die Wahrheit ein, die ich erst vor kurzem geleugnet hatte: »Auch einen Selbstmord à la Kleist, gewiß. Aber sprechen wir nicht von solchen Dingen. Sie können sie nicht begreifen.«

Jetzt befanden wir uns an einer besonders einsamen und dunklen Stelle der Allee. Trude schaute sich rasch um, dann drückte sie sich an mich und fragte leise: »Aber einen Kuß, hat Beate dir nicht wenigstens einmal einen Kuß gegeben?«

Überrascht blickte ich sie an und hatte dabei das Gefühl, als hätte sich plötzlich etwas in ihr verändert. Verwirrt sagte ich: »Nein, zwischen Beate und mir hat es nie etwas gegeben, nicht einmal einen Kuß.«

»Möchtest du von Beate geküßt werden?«

Sie hatte mich noch einmal geduzt. Das machte einen seltsamen Eindruck auf mich, es war so, als ob ich mich durch ein starkes Fernrohr beobachtet fühlte. Auch ich wählte bei meiner Antwort das Du: »Was für ein merkwürdiges Mädchen bist du! Warum fragst du mich danach?«

»Antworte nur. Möchtest du es oder nicht?«

»Ja, gewiß, aber natürlich.«

»Also, ich küsse dich jetzt; aber du sollst dir dabei vorstellen, daß du von Beate geküßt wirst. Beate und ich, wir sind so ähnlich, daß die Illusion perfekt sein wird.«

Sie sprach leise und hob ihr Gesicht dem meinen entgegen. »Beate hat mich nie geküßt«, wandte ich ein, »wie kann ich deinen Kuß mit ihrem vergleichen?«

»Du sollst ihn nicht vergleichen, denk einfach, daß du von Beate geküßt wirst. Komm!«

Wir standen in der Mitte der Allee; Trude schob mich zu einer dunklen Gasse. Zwei Häuser weiter war eine kleine Tür in eine Mauernische eingelassen. Trude zog mich dort hinein und flüsterte: »Sei ganz ruhig, überlaß alles mir«, und ohne zu zögern warf sie mir die Arme um den Hals. Ich spürte, wie ihre Hände über meine Schultern glitten und ihre Fingernägel sich in meinen Nacken gruben. Ganz leicht berührte ihr Mund den meinen und blieb einen Augenblick regungslos, als ob sie unser beider Atem vermischen wollte. Dann preßten sich ihre Lippen in kreisenden Bewegungen auf die meinen; aus der Tiefe des saugenden Strudels aus feuchtem, begierigen Fleisch tauchte die unermüdliche Zunge hervor. Auf diese Weise, dachte ich, küssen alle jungen Frauen in der ganzen Welt, mit mehr oder weniger Hingabe, mit mehr oder weniger Erfahrung. Was mich jedoch an Trudes Kuß rührte und erregte, war gerade dieser Mangel an Originalität. Aber hinter dieser allgemein üblichen Liebestechnik spürte ich im Kuß dieser Frau eine düstere Leidenschaftlichkeit, die sie von allen anderen unterschied: Man hätte meinen können, sie suche in der Lust dieses Kusses die Ewigkeit des Nichts und des Vergessens, wie nach Nietzsches Versen. Das brachte mich auf den springenden Punkt: War diese Frau Trude oder Beate? Ich rief mir schnell die infantile Vulgarität Trudes in Erinnerung und kam zu der unwiderlegbaren Erkenntnis: Es war Beate, die mich gerade küßte, daran konnte kein Zweifel mehr sein. Bei diesem Gedanken oder, besser, bei dieser mich zutiefst aufwühlenden Empfindung versuchte ich, die Illusion durch eine engere Berührung zwischen meinem und Trudes Körper, der dem von Beate so ähnlich war, vollkommen zu machen. Ich umarmte sie, meine Hände faßten ihre mageren, harten Hüften und zogen ihren Unterleib an meinen heran. Nun war die Illusion wirklich vollständig: Es waren Beates breite und knochige Hüften, die sich gegen meine preßten, und ihr hartes und vorspringendes Geschlecht, das sie mit plötzlicher Heftigkeit gegen meines drängte. Ich wollte schon »Beate« flüstern und war fast sicher, sie würde mir erwidern: »Ja, ich bin Beate, du täuschst dich nicht«, als etwas völlig Unvorhergesehenes geschah, auch wenn es im Grunde nicht ganz unerwartet kam.

Gerade in dem Augenblick, in dem der Kuß dem Höhepunkt nahe war, zog Trude die Zunge aus meinem Mund zurück, blies die Backen auf und brachte genau auf meinen Lippen ein vulgäres und spöttisches Geräusch hervor. Fassungslos und empört wich ich zurück. Trude platzte fast vor Vergnügen und hielt sich den Bauch vor Lachen. Wütend fuhr ich sie an: »Kannst du mir vielleicht erklären, was in dich gefahren ist?«

»Gar nichts; als du die Augen geschlossen hast, war mir klar, daß du dir eingebildet hast, du küßt Beate. Ich wurde schrecklich eifersüchtig auf sie und wollte deine Illusion zerstören; das ist alles.«

»Du hast sie tatsächlich zerstört. Es ist wirklich nicht schön, was du gerade getan hast. Entschuldige, aber es ist geradezu ordinär.«

»Ich bin eben keine feine Intellektuelle, sondern ein einfaches, ordinäres Mädchen, wie es viele von der Sorte gibt.«

»Du bist nicht ordinär, du wolltest es nur diesmal sein.«

Sie erwiderte nichts. Schweigend gingen wir nebeneinander weiter und erreichen die Piazza. Das Café war wie üblich menschenleer; durch das Glasfenster sah ich nur den Barmann hinter der Theke. »Möchtest du was trinken?« fragte ich versöhnlich.

»Warum nicht? Ist das nicht das Café, wo du Beate mit Blicken und Gesten den Hof gemacht hast?«

»Woher weißt du das?«

»Ich habe dir doch gesagt, daß mir Beate alles erzählt hat!«

Wir gingen hinein. Trude bestellte einen Anisett, ich einen Grappa. Plötzlich fragte sie den Barmann: »Sie kennen mich doch, nicht wahr?«

»Aber natürlich«, antwortete er beflissen. »Sie sind unlängst hier gewesen, mit einem dicken Herrn, der eine Narbe auf einer Wange hatte.«

Trude wandte sich zu mir: »Siehst du?«

Dann sagte sie zum Barmann: »Sie haben mich nie vorher gesehen, ich bin erst heute angekommen. Das war meine Zwillingsschwester.«

»Trotzdem, Sie kommen mir bekannt vor.«

»Ich sage noch einmal, Sie haben meine Zwillingsschwester gesehen.«

In seiner Verwirrung kehrte der Barmann, ohne etwas darauf zu erwidern, an seine Espressomaschine zurück.

Sie nahm das Glas und hob es hoch: »Trinken wir auf unser Wohl. A propos, trinkst du auf meines oder auf Beates Wohl?«

»Auf das Wohl von euch beiden.«

»Du bist schlau, du willst es dir mit keiner verderben!«

Ich stellte mein leeres Glas auf die Theke und sagte zu dem Barmann: »Es stimmt nicht, daß sie eine Zwillingsschwester hat. Sie wollte nur sehen, ob Sie es glauben würden.«

Er lächelte verlegen, vielleicht weil er sich in ein Spiel hineingezogen fühlte, das ihn nichts anging. »Für mich sind Sie Kundschaft, Zwillingsschwester hin, Zwillingsschwester her.«

Als wir draußen waren, fragte mich Trude: »Warum hast du ihm gesagt, ich sei Beate?«

»Ich sagte nur die Wahrheit. Der Kuß wirkte seltsam auf mich; gerade in dem Augenblick, als du damit aufgehört hast, hatte ich wirklich den Eindruck, als ob Beate mich küßte.«

»Gehen wir hier entlang. Kehren wir durch diese schönen, engen Gassen zur Pension zurück.«

Aber wir hatten nur wenige Schritte auf dem gepflasterten Weg, zu dessen Seiten sich Steinmauern erhoben, zurückgelegt, als sich Trude, die voranging, plötzlich umdrehte, wie angewurzelt vor mir stehenblieb und sagte: »Nehmen wir an, ich wäre wirklich Beate.«

Ich wich einen Schritt zurück. »Du bist nicht Beate, du möchtest nur, daß ich es glaube.«

»Warum sollte ich mir das wünschen, aus welchem Grund?«

Nach kurzem Zögern antwortete ich: »Du hast es vorhin selbst gesagt: weil du mich magst. Und da du mit Recht denkst, daß ich deiner Schwester treu bleiben will, hoffst du, daß ich ihr untreu werde, indem du mir die Illusion gibst, du seist Beate.«

Ich verstummte kurz. »Das Komische daran ist«, fuhr ich dann fort, »daß auch ich mir im Grunde einbilden möchte, daß du Beate bist!«

»Warum?«

Meine Antwort war ehrlich: »Also, ich kann es nicht leugnen: Beate möchte, daß wir miteinander schlafen und gleich danach zusammen sterben. Wenn ich mir nun wirklich einbilden könnte, du seiest Beate, dann könnte es mir gelingen, den Liebesakt zu vollziehen, ohne daß man mir gleich danach den Tod vorschlägt.«

»Du bist wirklich schlau, das muß ich zugeben. Als Beate von dir erzählte, sagte sie, daß sie davon überzeugt wäre, ihr sei endlich der Mann begegnet, der genauso verzweifelt ist wie sie!«

Widerwillig mußte ich diese Meinung richtigstellen: »Ich bin zwar verzweifelt, aber ich habe von der Verzweiflung nicht die gleiche Auffassung wie Beate.«

»Wie ist denn deine Auffassung davon?«

»Meiner Meinung nach sollte die Verzweiflung den Normalzustand des Menschen darstellen. Also ist es unnütz und nicht nötig, sie bis zum Selbstmord zu treiben.«

Aus ihrem seltsam zerstreuten und fragenden Blick schloß ich, daß sie mich nicht verstanden hatte. Sie bemerkte nur: »Auch wenn ich weiterhin so täte, als sei ich Beate, würde es dir trotzdem nicht gelingen, mit mir zu schlafen. Für Beate sind Liebe und Tod in einer untrennbaren Einheit verbunden. Als Beate müßte ich es dir zwangsläufig abschlagen.«

»Und als Trude?«

»Wer weiß? Aber du willst doch Beate treu bleiben, stimmt's? Da hast du zwei Möglichkeiten: Entweder bildest du dir ein, Trude sei Beate, und verzichtest auf die Liebe; oder du bildest es dir nicht ein und schläfst mit mir. Oder besser, du schläfst nicht mit mir, weil Trude keineswegs die Absicht hat zu sterben.«

»Aber du könntest die Illusion so weit treiben, auch den Selbstmord vorzutäuschen.«

»Wie kann man einen Selbstmord vortäuschen? Entweder bringt man sich um oder nicht.«

Auf ihre scherzhafte Weise stellte sie mich vor eine Wahl: Entweder bildete ich mir ein, sie sei Beate, und überschritt die Grenzen nicht, die Beate selbst festgelegt hatte; oder ich versuchte, wozu nicht mehr viel fehlte, die Schwester der Frau, die ich liebte, zu verführen und mich mit ihr auf einen banalen Urlaubsflirt einzulassen. Dennoch drängte ich weiter: »Du hast recht, aber trotzdem wünsche ich mir, du wärest Beate und verhieltest dich als Trude.«

»Du willst den Kuchen essen und ihn gleichzeitig behalten«, sagte sie lachend.

Dann wurde sie plötzlich ernst: »Falls du mit mir schläfst, wirst du es mit einem prächtigen Exemplar der germanischen Rasse tun, mit einem gesunden, unkomplizierten und ehrlichen Mädchen; falls du dagegen von mir beharrlich verlangst, ich soll so tun, als sei ich Beate, dann wirst du es mit einer Pseudokünstlerin, einer Schmierenkomödiantin, einer dekadenten Intellektuellen zu tun haben. Und noch dazu wirst du auch körperlich nichts erreichen, denn sie will nichts davon wissen, ausgenommen zu den Bedingungen, die du ja kennst.«

Ich sagte ausweichend: »In Wirklichkeit haßt du deine Schwester. Du bist von Neapel schon mit der Absicht hergekommen, ihren Platz in meinem Herzen einzunehmen.«

»Ich hasse sie nicht. Aber ich kann ihr theatralisches Getue nicht ertragen. Oder glaubst du mir nicht?«

»Ich glaube gar nichts.«

»Glaubst du, daß sie dich wirklich liebt? Nein, sie liebt nur sich selbst – als Kleist verkleidet. Du bist für sie irgendeine Henriette Vogel, das heißt, ein potentieller Selbstmordgefährte. Und sie wird mit dir die Komödie des Selbstmords bis zu einem gewissen Punkt aufführen, wie alle Schmierenkomödianten.«

»Bis zu welchem Punkt?«

»Bis zum Tod, natürlich nicht ihrem, sondern deinem. Du weißt es wahrscheinlich nicht, Beate ist feige, sehr feige. Sie spricht dauernd vom Tod, aber sie fürchtet sich davor. Allerdings, die Schauspieler sterben nicht: Sie sinken auf der Bühne zu Boden, aber sobald der Vorhang gefallen ist, klopfen sie sich den Staub von den Kleidern und gehen mit ihren Kollegen abendessen.«

»Schauspieler zu sein ist ein ganz normaler Beruf.«

»Im Theater ist es ein Beruf; aber im Leben Schmierenkomödiantentum. Du verteidigst Beate, und ich weiß auch warum.«

»Warum?«

»Weil die Idee des gemeinsamen Selbstmords dich sexuell erregt. Du bist ein dekadenter Intellektueller wie Beate; du möchtest, daß ich dir nicht nur die Illusion der Liebe, sondern auch die des Todes gebe.«

»Eine solche Illusion könntest du mir nur in einem Fall vermitteln: Wenn du von mir verlangen würdest, daß ich wirklich zusammen mit dir sterbe.«

»Wirklich? Was heißt wirklich?«

»Das sind Dinge, die man nicht erklären kann. Man fühlt sie und basta.«

Sie lachte ein wenig grausam auf. »Es ist schwierig, den Selbstmord vorzutäuschen. Aber ich könnte es probieren, wer weiß, es könnte mir vielleicht gelingen.«

Wir standen vor dem Gittertor der Pension, es war fast dunkel, weil sich inzwischen eine Wolke vor den Mond geschoben hatte. In dieser nächtlichen Stunde klangen plötzlich die Schläge der Kirchturmuhr aus dem Dorf herauf. Ich zählte sie aufmerksam. Gerade in diesem Augenblick trat der Mond hinter der Wolke hervor; in seinem Licht erblickte ich hinter dem Gittertor ein Gesicht, das uns mit weitgeöffneten Augen ansah. Es war Trudes Mutter; sie rief: »Schnell, Trude, ein Ferngespräch aus München, von Beate!«

Trude schien der Anruf ihrer Schwester nicht besonders zu erschüttern: »Ist Beate schon am Telefon?«

»Nein, aber die Vermittlung hat gesagt, daß das Gespräch in fünf Minuten durchkommt. Guten Abend, Signor Lucio. Na, worauf wartest du noch, lauf schnell zur Pension.«

»Hat sie wirklich mich verlangt?«

»Ja, ja, dich.«

Das Gittertor öffnete sich halb, Trude lief hinein und war bald verschwunden. Ihre Mutter kam heraus und trat auf mich zu: »Habt ihr einen schönen Spaziergang gehabt?«

»Ja, es war sehr schön.«

»Ich wette, ihr habt von Beate gesprochen.«

»Entschuldigen Sie, aber wie kommen Sie darauf?«

»Ein Zwilling zu sein ist eine ganz besondere Situation. Manchmal denken und fühlen sie das gleiche, manchmal nicht. Und wenn eine von beiden irgendeine Erfahrung macht, dann kann es vorkommen, daß auch die andere, wo sie sich auch immer in diesem Moment aufhält, das gleiche erlebt. Kurzum, Zwillingsschwestern sind bald Freundinnen, bald Feindinnen; bald Komplizen, bald Gegner.«

»Wie stehen nun Trude und Beate zueinander?«

»Was Sie alles wissen wollen! Man hatte mir gesagt, daß die Italiener unternehmungslustig seien, aber ich wußte nicht, daß sie auch noch ihre Nase überall hineinstecken. Auf Wiedersehen, gute Nacht.«

Nach dieser zweideutig scherzhaften Verabschiedung drehte sie sich um und verschwand hinter dem Gitter im Schatten der Allee.

IX

Aber warum hatte Kleist sich das Leben genommen? Diese Frage beschäftigte mich den ganzen folgenden Vormittag. Sie war übrigens weniger müßig, als sie auf den ersten Blick erscheinen mochte. Da Kleist nach den Worten ihrer Schwester das Vorbild Beates war, zog diese Frage unvermeidlich eine weitere nach sich: War Kleist aus ganz persönlichen Motiven aus dem Leben geschieden, Motiven, zu denen in einem bestimmten Augenblick die ebenfalls sicher individuellen Gründe Henriettes hinzugetreten waren, so daß am Ende ihr Doppelselbstmord in Wirklichkeit die Verbindung zweier ganz getrennt zu sehender Selbstmorde darstellte? Oder hatten sich die beiden Liebenden aus einem einzigen Motiv, das sie beide betraf, das Leben genommen?

Ich wiederhole: Diese Frage war nicht so müßig, wie es

den Anschein hatte. Im Grunde beschuldigte Trude ihre Schwester, sie suche einen Mann, um ihn in ein Schicksal zu verstricken, das sie selbst über sich verhängt hatte. Wenn ich also in den Plan des Selbstmords zu zweit eingewilligt hätte, wäre ich nicht infolge meiner eigenen Verzweiflung gestorben, sondern der Beates, was bedeuten würde, so unpassend dies auch klingen mag, ich wäre gestorben, um ihr einen Gefallen zu erweisen. Gegenprobe: Meine Verzweiflung führte nicht zum Selbstmord, sondern, dessen war ich nun sicher, zur Stabilisierung des Verzweifeltseins. Nur die Liebe zu Beate konnte mich darin umstimmen, oder besser gesagt, dazu bringen, meinen Lebensplan zugunsten der Auffassung der von mir geliebten Frau aufzugeben.

Auch dies war jedoch nicht sicher. Richtig, Beate und ich hatten eine verschiedene Auffassung über die Verzweiflung. Aber die Tatsache, daß ich Beate liebte und sie meine Liebe erwiderte, stellte ein Motiv dar, ohne irgendeinen innerlichen Vorbehalt gemeinsam aus dem Leben zu scheiden, falls der Wille Beates stärker wäre als der meine. Außerdem liebten Beate und ich einander nicht zuletzt deswegen, weil mit unserer Liebe die Idee des gemeinsamen Sterbens verbunden war – gleichgültig ob angenommen oder verweigert. Dieses Motiv war so stark, daß die Anziehung, die Trude auf mich durch ihre Ähnlichkeit mit der Schwester ausübte, ihre Grenzen in dem Gedanken fand, Trude könne zwar in allem ihre Schwester imitieren, nur zu einem gemeinsamen Tod mit mir sei sie nicht imstande.

Hier begannen meine Gedanken im Kreis zu gehen. Nach langem inneren Hin und Her kam ich wieder zu meinem Ausgangspunkt zurück: Eine Beziehung mit Trude gäbe mir ganz gewiß die Illusion, Beate zu lieben. Aber im Hintergrund dieser Illusion lauerte der Gedanke des Selbstmords zu zweit, der weder nachgeahmt noch simuliert werden konnte und daher am Ende die Illusion zerstören würde. Trotzdem war es wert, eine Beziehung mit Trude einzugehen, um zu erfahren, ob es mir möglich sei, Beate in Trude zu lieben, ohne die zwingende Konsequenz des Selbstmords zu zweit auf mich zu nehmen. Kleist war nicht mein Vorbild. Ich war kein Deutscher. Mir schien, ich müßte dem ungezügelten germanischen Romantizismus Widerstand leisten und mich an den vernünftigen, wenn auch etwas philiströsen mediterranen Stoizismus halten.

Meine Überlegungen trugen eher den Charakter von Hypothesen und Eventualitäten als von wirklichen Plänen. Ich kam zu dem Schluß, daß ich Beate treu bleiben mußte, aus dem ganz einfachen Grund, weil ich sie und nicht Trude liebte. Außerdem: Hätte ich sie mit ihrer Schwester betrogen – wenn auch nur, um die Illusion zu haben, mit ihr selbst zu schlafen –, wie hätte ich ihr dann in Deutschland gegenübertreten können? Wenn ich vor der leibhaftigen Beate stünde, würden sich alle Sophismen über Ähnlichkeit und Illusion als das erweisen, was sie in Wahrheit darstellten: entschuldigende Vorwände für eine leichte Eroberung.

Ich verbrachte den Tag mit den üblichen Beschäftigungen eines Badeurlaubs. Die zwei Frauen waren am Morgen zur Blauen Grotte gefahren. Ich fühlte mich eine Spur beklommen bei dem Gedanken, daß ich Trude einen ganzen Tag lang nicht sehen konnte und mir daher die Illusion fehlen würde, in ihr Beate zu lieben. Aber ich wies mich selbst zurecht und sagte mir, es handle sich ja nur um einen einzigen Tag. Mutter und Tochter würden ganz bestimmt noch am gleichen Abend im Speisesaal erscheinen.

Aber es kam anders. Ihr Platz blieb leer. Der Tisch mit seinen zusammengerollten Servietten auf dem leeren Tischtuch und den nur mehr halbvollen Wein- und Mineralwasserflaschen bot den in Pensionen üblichen tristen Anblick. Beim Essen starrte ich unverwandt auf den Stuhl, auf dem jede der beiden Schwestern im Abstand von wenigen Tagen gesessen war. Jetzt, da beide fort waren, vermischten sich ihre Bilder und gingen ineinander über. Wen von den beiden sah ich nun auf jenem leeren Stuhl sitzen und mich anstarren, unsichtbar für alle anderen und für mich doch so real? Beate oder Trude? Zeitweise glaubte ich, traurige, unglückliche Augen sähen mich an, dann wieder meinte ich, sie funkelten vor animalischer Lebensfreude. Bald rührte die Gestalt meiner Einbildung das Essen nicht an, bald schlang sie es gesenkten Kopfs gierig hinunter. Beate schüttelte den Kopf, um mir zu bedeuten, zwischen uns könne es keine Liebe ohne Tod geben. Trude führte sich den Finger in den Mund, so wie der Penis in das weibliche Geschlecht eindringt, um mir zu verstehen zu geben, ich könne sie haben, wann immer ich wolle.

Nach dem Essen machte ich den üblichen Abendspaziergang. In zunehmendem Maße wurde mir dabei bewußt, daß ich die Einsamkeit nur sehr schwer ertrug. Von neuem überkam mich das brennende Verlangen, Trude zu sehen, um in ihr Beate wiederzufinden. Wieder fühlte ich deutlich, daß Beate die einzige Frau war, die ich je geliebt hatte, und daß sie als einzige mein Gefühl erwiderte. Aber ich konnte nicht weiter die Zeit damit vertändeln, mir einzubilden, Beate in Trude lieben zu können. Ich mußte mir Beates Adresse geben lassen und so rasch wie möglich nach Deutschland fahren.

Am nächsten Tag ging ich morgens zur Piccola Marina hinunter. Weil es noch sehr früh war, zog ich mir noch nicht die Badehose an, sondern legte mich völlig angekleidet auf einen Liegestuhl auf der Terrasse der Badeanstalt. Ich hatte die Ausgabe der Kleistbriefe mitgenommen und begann darin zu lesen. Plötzlich wurden mir von hinten die Augen zugehalten. Trudes Stimme sagte in freudigem Ton:

»Rat mal, wer ich bin!«

Ich antwortete: »Trude.«

»Falsch. Ich heiße nicht Trude. Ich bin eine gewisse Beate.«

So dauert das Spiel mit der die Illusion hervorrufenden Ähnlichkeit an, schoß es mir durch den Sinn. In einem Ausbruch von Ungeduld faßte ich die Hände, die mir die Augen zuhielten, zog sie fort und zwang Trude, um den Liegestuhl herumzugehen. »Jetzt ist es genug mit diesen Scherzen«, fuhr ich sie an. »Gib mir Beates Adresse in Deutschland.«

»Und was willst du damit?«

»Ich will hinfahren und sie besuchen. So bald wie möglich reise ich ab, vielleicht morgen schon. Also, wie lautet ihre Adresse?«

Ihre Augen hatten einen merkwürdig nachdenklichen Ausdruck angenommen, als beobachte sie meine Reaktion, schließlich sagte sie: »Die Adresse bekommst du von mir nicht.«

»Und warum willst du sie mir nicht geben?«

Sie antwortete schlicht: »Weil ich nicht will, daß du abreist.«

»Aber ich möchte Beate wiedersehen!«

Fast beschwörend sagte sie: »Bleib hier und gib dich mit mir zufrieden, ich sehe ihr ja so ähnlich. Wenn wir dann abreisen, fährst du mit uns, und wir besuchen Beate in Deutschland gemeinsam.«

Das war ein vernünftiger und annehmbarer Vorschlag; mich wunderte es jedoch, daß ich dabei nicht die Ungeduld eines Mannes verspürte, der die Frau, die er liebt, um jeden Preis wiedersehen will. Oder besser gesagt, ich verspürte sie, aber nur einen kurzen Augenblick: Trudes seltsame Worte, ich müsse mich mit ihr zufriedengeben, bis ich Beate wiedersehen könne, riefen mit der Ungeduld Ungläubigkeit und eine lockende Neugier hervor. »Wie weit würdest du denn gehen, um mich zufriedenzustellen?« frage ich.

»So weit wie du willst.«

»In jeder Hinsicht?«

»Ja.«

Was bedeutete das? Um mit mir zu schlafen, würde sie sogar bereit sein, die Vortäuschung bis zum Selbstmord gehen zu lassen? Seltsam, während ich in ihre wunderschönen grünen Augen blickte, die denen Beates so glichen, fühlte ich, daß ich im Grunde gar nicht genau wissen wollte, wie dieses doppeldeutige »Zufriedenstellen« gemeint war. Ich bediente mich ebenfalls der Doppeldeutigkeit und sagte: »Wenn du willst, daß ich bleibe, mußt du mir zuallererst die Adresse geben, dann werden wir weitersehen.«

»Was werden wir weitersehen?«

»Ich will nicht zu Beate hereinplatzen, ohne ihr vorher mein Kommen angekündigt zu haben. Wenn du mir ihre Adresse gibst, möchte ich ihr vorher schreiben und ihr meinen Plan darlegen.«

»Was für einen Plan?«

Mit beinahe grimmiger Entschlossenheit erwiderte ich: »Ich will ihr vorschlagen, mit mir hier in Italien zu leben, weit weg von Kleists Heimat.«

»Aha, so ist das! Und glaubst du, sie wird damit einverstanden sein?«

»Ich weiß es nicht. Was glaubst denn du?«

»Sie wird nicht einwilligen. Sie ist viel zu sehr an ihren Mann gebunden, und auch an Kleist.«

»Wir werden sehen. Gib mir nur ihre Adresse!«

Schweigend blickte sie mich einen Augenblick an, dann sagte sie: »Ich gebe dir die Adresse, wenn du mir versprichst, hierzubleiben und zusammen mit uns nach Deutschland zu fahren.«

»Wie lange wollt Ihr noch dableiben?«

»Eine Woche.«

Ich stellte eine rasche Überlegung an. Eine Woche geht schnell vorbei. Ich würde daraus profitieren, um aus Trude möglichst viel über Beate herauszubekommen. Außerdem durfte ich mir Trude nicht zur Feindin machen. Wenn ich Beate ohne Wissen ihres Mannes in Deutschland treffen wollte, war es nützlich, Trude zu meiner Komplizin zu machen. So erwiderte ich: »Gut, ich verspreche dir, eine Woche zu warten.«

Voller Freude patschte sie wie ein Kleinkind in die Hände, legte mir die Arme um den Hals und küßte mich auf beide Backen. Dann rief sie aus: »Bravo, jetzt schreibe ich dir sofort die Adresse in dein Buch«, zog gleich eine Feder aus der Handtasche, griff nach dem Buch mit den Kleistbriefen, das auf meinen Knien lag, und schlug es auf. »Aber das ist ja ein Buch, das ich selbst Beate geschenkt habe!« entfuhr es ihr überrascht. »Wieso hast du das jetzt?«

Ich antwortete ausweichend: »Wundert es dich, daß ich es jetzt habe?«

»In gewissem Sinn schon.«

»Warum denn?«

»Weil dieses Buch ein Geheimnis von uns beiden war, eine Sache, zu der kein Außenstehender Zutritt hatte.«

»Sieh nur, weshalb sie es mir gegeben hat, sieh dir diese unterstrichenen Zeilen an.« Ich wies auf den Brief, in dem Henriette Vogel ihren Tod und den Kleists ankündigt. Trude las den Brief aufmerksam durch, schüttelte dann den Kopf und tippte sich mit dem Finger auf die Schläfe zum Zeichen, daß sie das für verrückt hielt: »Kleist, immer wieder Kleist! Aber was hat dieser schon mehr als hundert Jahre tote Dichter mit einer unverbesserlichen Dilettantin und schlechten Komödiantin wie meine Schwester zu tun? Warte, ich schreibe dir ihre Adresse auf.« Sie beugte ihren roten Wuschelkopf über die Seite, malte Buchstabe für Buchstabe und gab mir das Buch wieder zurück. »Ich wollte es ihr zurückschicken«, sagte ich, »aber jetzt kann ich es ihr in einer Woche persönlich in Deutschland übergeben.«

Sie erwiderte in leicht verachtungsvollem Ton: »Jetzt lohnt es sich nicht mehr, du kannst es ruhig behalten. Sie hat ein anderes Exemplar.«

Dann stand sie auf. »Aber genug jetzt mit Beate! Was meinst du, fahren wir ein wenig Boot? Wir könnten in irgendeiner Grotte ein bißchen schwimmen und dann zur Badeanstalt zurückkehren und hier essen. Das ist ein so schöner Platz!«

Das war ein gut ausgedachtes Programm, das sie mir da mit vor fröhlicher Ungeduld funkelnden Augen vorschlug. Ich zwang mich ebenfalls zu unbeschwerter Fröhlichkeit: »Das ist wirklich eine großartige Idee.«

»Also gehen wir. Wo ist deine Kabine?«

»Habt ihr keine, ist deine Mutter nicht da?«

»Sie ist in der Pension geblieben, oder besser gesagt, ich habe ihr zugeredet, dort zu bleiben. Sie wollte auch mitkommen, aber ich sagte ihr, daß ich mit dir allein sein möchte. Los, gehen wir in deine Kabine und ziehen wir uns um.«

Ich stand auf und ging vor ihr her zum Steg, an dem die Kabinen lagen. Zu dieser frühen Stunde war dort noch kein Mensch zu sehen. Ich ging zu meiner Kabine, sperrte die Tür auf und sagte: »Geh du zuerst hinein, ich warte inzwischen draußen.« Sie sah mich an, sie sah die offene Tür an, und unvermittelt trat ein maliziös-kokettes Funkeln in ihre Augen. »Ich habe eine Idee. Es ist ohnehin weit und breit niemand da, und außerdem würde man denken, wir seien Mann und Frau. Komm auch mit hinein, ziehen wir uns zusammen um.«

Ich dachte, das Programm des Tages nimmt einen wirklich konsequenten Verlauf; mich überkam plötzlich eine Art Mißtrauen, und ich entgegnete: »Aber wir sind eben nicht Mann und Frau! Und außerdem, wenn das deine Mutter erfährt?«

»Sicher wird es meine Mutter erfahren, ich werde es ihr selbst erzählen.«

»Aber für zwei ist die Kabine zu eng.«

»Unsinn! Oder genierst du dich vor mir?«

»Nein, aber...«

Sie stand auf der Türschwelle. Unvermittelt machte sie einen Schritt in die Kabine hinein und zwinkerte mir dabei keck zu. Ohne etwas zu sagen, trat ich nun ebenfalls hinein und schloß die Tür hinter uns ab.

Jetzt standen wir also in dem engen Raum, in dem es gut nach sonnenwarmem Holz und Salzwasser roch. Aber ich fühlte mich eher verwirrt als durch Trudes Nähe erregt. Ich fragte mich, warum Trude unbedingt mit mir zusammen in die Kabine gehen wollte. Irgendwie spürte ich, daß noch ein anderes Motiv als bloße frivole Koketterie dahintersteckte. Aber welches? Ich konnte mir nicht klar darüber werden. Während dieser Gedankengänge zog ich mir das Hemd über den Kopf. Als ich mit nacktem Oberkörper wieder daraus hervortauchte, sah ich, daß Trude, noch ganz angezogen, mich von ihrer Ecke aus betrachtete. Ich sagte: »Übrigens, wer zieht sich jetzt zuerst aus? Es ist nur ein Handtuch da, um es sich vorzuhalten. Wer bekommt es als erster?«

Sofort antwortete sie: »Zieh du dich zuerst aus.«

Nach einem Augenblick des Zögerns fuhr sie in ganz natürlichem Ton fort, in dem weder Koketterie noch Verwirrung mitschwang: »Wenn du willst, kannst du auf das Handtuch verzichten. Du bist nicht der erste Mann, den ich nackt sehe. Wir Deutschen sehen in der Nacktheit nichts Verbotenes, so wie ihr Italiener. Außerdem war ich voriges Jahr in einem Nudistencamp an der Nordsee.«

Ihre gleichgültige Sachlichkeit klang überzeugend. Trotzdem spürte ich, daß ihre Erklärung nur ein Vorwand war; dahinter mußte noch etwas anderes stecken. Maliziös sagte ich: »In diesem Fall schlage ich vor, daß wir uns beide zu gleicher Zeit ausziehen. Kein Handtuch. Im Grunde sind wir beide in die gleiche Kabine gegangen, um uns gegenseitig zu betrachten. Schließlich, was ist denn da dabei? Ich schaue dir beim Ausziehen zu und du mir. Gut so?«

Sie protestierte sofort und wurde dabei sogar beleidigend. »Wärest du ein Deutscher, würde ich ›ja‹ sagen, aber ich kenne euch Italiener. Nein nein, ich will nicht, daß du mir beim Ausziehen zusiehst! Nur, wenn wir ein Liebespaar wären, würde ich es tun. Aber das sind wir eben nicht, und du bist ein Italiener.«

»Aber dürfte ich vielleicht erfahren, weshalb du mit mir zusammen in die Kabine gehen wolltest?« fragte ich verärgert.

Sie zuckte die Achseln: »Nur so, damit es schneller geht.«

Mit unvermitteltem Trotz sagte ich: »Und ich bin gerade der Typ von Italiener, dem es Spaß macht, Frauen anzusehen. Ich bin mit der Idee in die Kabine gegangen, mich zu überzeugen, ob du dich von Beate unterscheidest. Nicht im Gesicht, das sehe ich, es ist vollkommen identisch, sondern was den Körper betrifft.«

Zu meiner Überraschung zeigte sich Trude weder schokkiert noch beleidigt. Sie fragte nur neugierig: »Aber wie kannst du beurteilen, ob mein Körper sich von dem Beates unterscheidet? Du hast sie doch nie ganz nackt gesehen.«

»Aber sicher habe ich das. Ihr Mann ist auf ihre Schönheit so stolz, daß er sie einmal auf einem leeren Strand gezwungen hat, sich ganz nackt von mir photographieren zu lassen.«

»Wirklich? Und was hast du da gedacht?«

»Ich dachte, Beate ist sehr schön. Und ihr Mann ist sehr verliebt in sie.«

»Das ist wahr. Er ist ganz verrückt nach ihr.« Sie schwieg einen Augenblick, dann sagte sie sachlich und resignierend: »Na gut, wenn dir wirklich so viel daran liegt, werde ich mich vor dir ausziehen. Ich werde so tun, als wärest du ein Deutscher, der mich nur deshalb betrachten will, um zu sehen, ob ich Beate wirklich so ähnlich bin. Aber du mußt dich gleichzeitig mit mir ausziehen.«

So ging sie erneut zum Angriff vor: Sie wollte mich unbedingt nackt sehen, auch wenn sie sich dafür vor mir splitternackt zeigen mußte. Wieder schien mir, daß hinter ihrer Hartnäckigkeit noch etwas anderes steckte. Mit Entschiedenheit erklärte ich daher: »Nein, wir machen nichts dergleichen. Ich wollte dich nur auf die Probe stellen. Du hast sie glänzend bestanden. Gut, jetzt gehe ich aus der Kabine raus, du ziehst dir den Badeanzug an, und wenn du fertig bist, gehe ich rein.«

»Du bist der erste Mann, der mir in meinem ganzen Leben untergekommen ist, der sich nicht nackt sehen lassen will.«

»Na und? Vielleicht sind die Italiener Voyeurs, aber Exhibitionisten sind unter ihnen sehr selten!«

Sonderbarerweise vibrierte meine Stimme vor verletztem Patriotismus, obwohl ich mir durchaus bewußt war, daß mein Ärger eine andere Ursache hatte. Auch Trude ließ ihrer Verärgerung freien Lauf, doch das Motiv ihres Zorns wirkte ebenfalls untergeschoben: »Du genierst dich deshalb, dich nackt sehen zu lassen, weil du ein verklemmter Italiener bist. Für uns Deutsche hat die Nacktheit etwas Reines, Gesundes, Ungeschminkt-Echtes. Aber ich habe nicht diese Angst wie du, mich nackt zu zeigen. Schau mich nur an und prüfe, ob ich Beate ähnlich bin.«

Mit diesen Worten schlüpfte sie mit beinahe wütender Entschlossenheit aus dem Kleid. Es überraschte mich nicht, daß sie überhaupt nichts darunter anhatte, wahrscheinlich fand sie es so bequemer, um sich schnell zum Schwimmen umziehen zu können. Ohne sich weiter um mich zu kümmern, als wäre ich gar nicht vorhanden gewesen, bückte sie sich ganz splitternackt, nahm ihren Badeanzug aus der Tasche, stieg hinein und begann ihn hochzuziehen. Alles ohne je innezuhalten und sich betrachten zu lassen, ganz so, wie man es macht, wenn man allein ist. Schließlich richtete sie sich auf und schob die Träger zurecht. Mit spöttischer Ironie fragte sie: »Also, wie bin ich? Röter als Beate? Stärker oder schwächer gelockt?« Ich zuckte die Achseln und trat aus der Kabine.

Sie ließ mich nicht lange warten. Sie kam ruhig und gelassen heraus und sagte: »Ich bin fertig, zieh dich auch um, und gehen wir dann.« Ohne ein Wort zu erwidern, ging ich in die Kabine und zog hastig meine Badehose an. Zehn Minuten später hatte unser Boot den Anlegeplatz der Sirenen hinter sich gelassen und befand sich im offenen Meer.

Der Wellengang war höher, als es mir vom Strandbad aus vorgekommen war. Trude, die mit gekreuzten Beinen im Bug kauerte und sich am Bootsrand festhielt, schaukelte vor dem Hintergrund des roten Felsmassivs von Capri im Rhythmus der Wellen auf und ab. Obwohl das Rudern meine ganze Kraft und Aufmerksamkeit erforderte, könnte ich es mir doch nicht versagen, auf ihre mageren, weißen, hie und da geröteten Schenkel zu blicken, die sich unter ihrem flachen Bauch wie zwei hölzerne Stäbe kreuzten. Genauso hatte ich Beate im Bug des Bootes, das ihr Mann ruderte, sitzen sehen, und nicht anders mußte sie ihrem verliebten Gatten erschienen sein. Wie um dieses Bild, das mich mit Müller auf eine Stufe stellte, aus meinen Gedanken zu verdrängen, fragte ich sie unvermittelt: »Macht es dir was aus, wenn ich dir einige Fragen über Beate stelle?«

»Warum sollte mir das was ausmachen? Du kannst ruhig fragen, was du willst.«

»Also, ich möchte genau wissen, was sie dir über mich in Neapel bei eurem Treffen erzählt hat.«

Sie blickte mich unschuldig-verschmitzt an, während der Felsen von Capri hinter ihr im Spiel der Wellen auf- und abschaukelte. »Das weißt du doch schon. Sie sagte, sie fürchte, in dich verliebt zu sein.«

»Warum fürchtete sie das?«

Ihre Blicke hefteten sich aufmerksam auf mich, als wollte sie sich meine Züge genau einprägen. »Sie hatte Angst, weil sie nicht wollte, daß sich mit dir dasselbe wiederholt wie mit dem Pianisten, der vor ihrer Ehe ihr Geliebter war.«

»Was hat dieser Pianist mit uns zu tun?«

»Er war Jude.«

»Na und?«

Sie schwieg einen Augenblick, dann entschloß sie sich freiheraus zu sprechen.

»Beate will nichts mehr mit Juden zu tun haben. Das bringt zu viel Schwierigkeiten mit sich. Bevor sie sich auf etwas einläßt, will sie sicher sein, daß der Mann Arier ist.«

Voll ungläubigem Staunen und Empörung wie gegenüber einer ungerechtfertigten, vollkommen sinnlosen Anschuldigung rief ich aus: »Es erscheint mir ganz unmöglich, daß Beate derartige Vorsichtsmaßnahmen trifft. Das hast du ihr eingeredet.«

»Nein, sie hat selbst diesen Gedanken gehabt und mit mir darüber gesprochen. Um die Wahrheit zu sagen, als ich dich gestern abend zum ersten Mal erblickte, dachte auch ich, du könntest Jude sein.«

»Was bringt dich denn auf diese Idee?«

»Erstens bist du ein Intellektueller, und fast alle Intellektuellen, jedenfalls in Deutschland, sind Juden; und außerdem, weil du so aussiehst.«

»Wieso?«

»Du bist brünett, nicht sehr groß, hast schwarze Augen, gelockte Haare...«

»Aber die meisten Italiener sehen so aus!«

»Und außerdem handelt es sich hier nicht ums Aussehen, sondern um eine Sache, über die man sich schon Gewißheit verschaffen muß!«

»Gewißheit worüber?«

»Daß man einem Menschen vollständig vertrauen kann.«

Sie schwieg einen Augenblick und fuhr dann fort: »Versteht sich, daß es für Beate nicht so wichtig ist wie etwa für mich, ob du nun Jude bist oder nicht. Sie ist nicht in der Partei.«

»Nehmen wir einmal an,« sagte ich schroff, »ich wäre Jude.

Was würdest du dann tun?«

»Ich würde dich bitten, mich zum Strandbad zurückzurudern.«

Ich musterte sie eindringlich, um zu sehen, ob sie das ernst meinte. Ja, es war ihr voller Ernst. Ihr kindliches Gesicht hatte einen harten Zug bekommen. »Beate würde nie so handeln«, sagte ich.

»Beate und ich sind verschiedene Charaktere, das habe ich dir schon gesagt.«

Kühl erwiderte ich: »Gut, kehren wir zur Badeanstalt zurück« und begann das Boot zu wenden und zurückzurudern.

»Aber bist du nun Jude oder nicht?« rief sie sichtlich alarmiert aus.

»Ich war kürzlich in Deutschland und kenne diese Dinge«, erwiderte ich ruhig. »Wenn mir jemand eine derartige Frage stellt, sage ich zwar die Wahrheit, daß ich kein Jude bin, aber dann ziehe ich es vor, nichts mehr mit ihm zu tun zu haben.«

Nach einem kurzen Augenblick setzte ich noch hinzu: »Morgen werde ich nach Deutschland fahren und Beate aufsuchen. Sie wird mir keine derartigen Fragen stellen.«

Unentschlossen und verblüfft starrte sie mich an. Dann sagte sie: »Ich will nicht, daß du abreist! Du hattest mir doch versprochen, erst in einer Woche zusammen mit uns abzufahren. Wenn du kein Jude bist, was macht es dir dann aus, das offen zu demonstrieren? Du behauptest, Deutschland zu kennen. Also weißt du wohl, daß der Führer uns verbietet, mit Juden zu verkehren. Ich möchte mit dir zusammensein. Ich bitte dich um nichts Außergewöhnliches, ich will mich nur vergewissern. Was stört dich daran?«

Ich hörte auf zu rudern und fragte: »Also, was willst du eigentlich von mir?«

»Daß du mir den Beweis lieferst, kein Jude zu sein.«

»Was für einen Beweis?«

Trotzig und naiv-aufrichtig schrie sie: »Ich habe schon auf alle mögliche Weise versucht, diesen Beweis zu bekommen, aber du hast alles darangesetzt, das zu verhindern.«

»Aber wann und wo denn?« fragte ich ganz erstaunt.

»In der Kabine. Ich habe dir vorgeschlagen, daß wir uns gemeinsam ausziehen, weil ich sehen wollte, ob du beschnitten bist. Aber du hast dich mir ja nicht zeigen wollen.«

Ich war so verblüfft, daß mir zuerst die Worte fehlten. So war dieser seltsame, verwirrende Vorschlag zu gegenseitiger Zurschaustellung der eigenen Nacktheit nichts anderes gewesen als eine gleichsam bürokratische Aufforderung, meinen Ariernachweis zur Überprüfung vorzulegen. Schließlich rief ich aus: »Aha, so ist das also! Jetzt begreife ich, warum du mich nackt sehen wolltest. Das möchtest du also, daß ich dir mein Glied zeige?«

Ernst und höflich, ganz wie ein Arzt, den ein Patient fragt, ob er sich freimachen müsse, erwiderte sie: »Ja, bitte, sei so gut.«

Ich stellte eine blitzschnelle Überlegung an: Wenn ich meiner Versuchung, diese Probe abzulehnen, nachgäbe und Trude zum Strand zurückbrächte, müßte ich in Zukunft jeden Kontakt mit ihr abbrechen. Das würde aber auch bedeuten, Beate nicht wiedersehen zu können. Beide Schwestern waren nicht vollkommen voneinander zu trennen. So war es besser, gute Miene zum bösen Spiel zu machen und Trude meinen Ariernachweis zu zeigen, wie man an der Grenze seinen Paß vorweist. Aber mir war noch ein Rest an

Neugier geblieben, oder besser gesagt, eine Art Interesse, wie jemand, der am Rande eines Abgrundes steht und dessen Tiefe mit den Augen abzuschätzen versucht: Wie konnte man an jemanden ein solches Ansinnen stellen, wie Trude es tat? Wie war es nur möglich, so weit zu kommen? In dem melancholischen Tonfall eines freundlichen Untersuchungsrichters fragte ich: »Aber bist du ganz sicher, daß du eine derartige Probe wirklich willst?«

Eine hohe Welle erfaßte den Bug des Bootes, es tanzte heftig auf und ab, es sah aus, als würde Trude hoch hinauf in den Himmel gehoben. Als das Boot wieder zur Ruhe kam, sagte sie: »Natürlich bin ich sicher, mein Vaterland zu lieben. Weil aber mein Vaterland diesen Beweis verlangt, bitte ich dich darum. Das ist alles.«

»Muß man das Vaterland immer und unter allen Umständen lieben?« insistierte ich.

»Ich meine schon.«

Schweigend ruderte ich weiter. Dann fuhr ich fort: »Aber ich bin kein Deutscher, mein Land verlangt derartige Dinge nicht, jedenfalls im Moment nicht.«

»Ja, ich weiß, daß du kein Deutscher bist.«

»Warum sollte ich diesen Beweis dann erbringen?«

»Das habe ich dir schon gesagt: zu meiner Beruhigung.«

»Aber wofür denn? Ich liebe Beate, nicht dich! Und Beate verlangt keinerlei Probe von mir. Zwischen uns beiden ist nichts und kann nichts sein: Warum also diese Probe?«

Beim Sprechen sah ich sie nicht an, sondern blickte starr zu Boden. Nach kurzem Schweigen hörte ich sie sagen: »Du hast recht, kehren wir zum Strand zurück«, ihre Stimme klang fast demütig-bittend. Als ich die Augen wieder hob, war ich über die Veränderung ihres Ausdrucks beinahe betroffen. Sie kauerte wie vorher auf dem Bugsitz und blickte mich mit Augen an, die vor kummervoller Beklommenheit plötzlich wie erloschen wirkten. Es war ein verzweifelter und ohnmächtiger Kummer, wie ich ihn so viele Tage lang jeden Abend bei Tisch in Beates Augen gelesen hatte. Jetzt war es nicht mehr Trude, es war sie, wirklich sie selbst, Beate, trotz dieses absurden Ansinnens, das Beate nie an mich gestellt hätte und das mich gerade deswegen so verwirrte wie eine unerwartete Liebeserklärung. Jedenfalls, sagte ich mir, war es Trude, die von mir verlangte, ihr mein Glied zu zeigen; aber es war Beate, die es sehen würde. Diese Unterscheidung könnte zu spitzfindig erscheinen, aber offensichtlich war sie das für meine stets auf der Lauer liegende Begierde nicht. Ganz leise fragte ich: »Also willst du es wirklich?«

Sie nickte: Es war noch immer Beate, nicht Trude, die diese zustimmende Geste machte. Und wirklich, jetzt empfand ich ihr Verlangen nicht mehr als eine absurde, bürokratische Zumutung, sondern als für mich schmeichelhafte, geheimnisvolle, erotische Neugier. Ich griff mit beiden Händen in die Badehose, weitete den Gummibund und schob den Slip langsam herunter. Ich blickte auf meinen Unterleib und sagte leise: »Da hast du den Nachweis, den du wolltest. Wie du siehst, sind meine Papiere in Ordnung. Aber du hättest mir diese Probe ersparen sollen.« Ich schickte mich an, wieder alles in die Hose hineinzustecken, aber Trude bat: »Nein, bitte, bleib noch einen Augenblick so!«

»Aber warum?«

»Es ist so schön, das Meer, der Wind, die Sonne, die Klippen und du inmitten von allem, der mich begehrt.«

»Ich begehre nicht dich, sondern Beate.«

»Ja, ich weiß, aber es ist trotzdem schön.«

Plötzlich stieg Zorn in mir auf, und ich sagte: »Es ist nicht schön, es ist erniedrigend.«

»Wieso denn?«

Ich überlegte einen Augenblick und sagte dann etwas ruhiger: »Es ist erniedrigend, sich selbst zu belügen, um einem anderen einen Gefallen zu tun.« Ich wollte, einmal, hinzufügen: »Beate hätte mich das nie tun lassen«, aber ich biß mir auf die Lippen: Als Beate mich mit Blicken aufgefordert hatte, Müllers Faschistengruß zu erwidern, hatte sie mich in Wirklichkeit in eine ähnliche, wenn nicht sogar schlimmere Erniedrigung gestürzt. Wir schwiegen beide einen Augenblick. Ich blickte auf meinen Leib hinunter und sah sie nicht an. Dann hörte ich wieder ihre Stimme: »Wenn es so ist, stelle dir vor, ich sei Beate und hätte dich um diese Probe gebeten, weil ich Lust hätte, mit dir zu schlafen.«

»Beate will nicht mit mir schlafen.«

»Wer weiß? Wollen wir es versuchen?«

Wie sanft klang nun ihre Stimme! Es war die schmeichelnde, sanfte Bereitwilligkeit eines Verlangens, das sich am Verlangen des anderen entzündet. Unvermittelt wurde ich auf mich selbst wütend, oder besser gesagt, auf den Teil meines Körpers, der sich in Gegensatz zu meiner wahren Liebe stellte und, ohne einen Unterschied zu machen, in Erregung geriet. »Du bist nicht Beate«, schrie ich, »du kannst nicht verstehen, was Beate für mich bedeutet, du warst nie verzweifelt, du hast dir nie den Tod gewünscht, du hast nie Schauder oder Abscheu vor dem Leben empfunden! Du bist nichts anderes als ein x-beliebiges Mädchen aus dem Norden, das sich in Capri in irgendein banales Urlaubsabenteuer stürzen will.«

Ohne sich auch nur im mindesten gekränkt zu zeigen, begann sie zu lachen und wies auf mein noch immer erregtes Glied. »Der da denkt aber anders darüber als du.« Als sie sah, daß ich meine Badehose wieder hinaufziehen wollte, rief sie: »Nein, versteck ihn nicht wieder, ich sehe ihn so gern an. Hör zu, ich schlage dir was vor. Du liebst Beate, gut, ich möchte nicht, daß du sie betrügst. Aber ich habe große Lust bekommen, mit dir zu schlafen, vielleicht sind die Sonne und das Meer daran schuld. Also machen wir es so: Du läßt ihn draußen und streckst deinen Fuß vor. Du brauchst gar nichts zu machen, bloß deinen Fuß auszustrekken, weiter nichts.«

»Was willst du denn tun?«

»Das wirst du gleich sehen.«

Sie sah mich ernst und gebieterisch an, als handelte es sich um ein durchaus berechtigtes, vernünftiges Verlangen. Automatisch hob ich das rechte Bein und streckte ihr den Fuß hin. Trude nahm ihn in beide Hände, hielt ihn am

Knöchel und bei den Zehen und fuhr langsam mit ihm zwischen ihren Beinen auf und ab. Ich fühlte, daß sich das fransige Gekräusel ihres weichen und gleichzeitig elastischfesten Geschlechts unter dem Druck meiner Fußsohle teilte und hin und herbewegte, wie die weichen, zuckenden Tentakel einer Qualle in der Strömung hin- und herwogen, die sie zwar nicht von der Klippe losreißt, aber unablässig sanft an ihr zerrt. Ich hob die Augen und sah Trude an. Ihr Kopf war auf die Seite gesunken, sie hatte die Augen halb geschlossen. Ihre rosa Zungenspitze fuhr von Zeit zu Zeit blitzschnell hervor, als gehorchte sie einem geheimnisvollen und irgendwie spöttischen Mechanismus. Lange rieb sie mit meinem Fuß so auf ihrem Geschlecht auf und ab. Dann seufzte sie tief, bäumte sich auf und rutschte vom Sitz auf den Boden des Bootes hinunter. Meinen Fuß hielt sie jedoch weiterhin fest und preßte ihn nun wie einen Schatz an ihre Brust. Plötzlich wurde ich mir der Stille um uns herum bewußt, die nur das Aufklatschen der Widersee an den Klippen unterbrach: Während wir uns liebten, wenn ich das so nennen kann, war das Boot abgetrieben und befand sich jetzt ganz nahe vor einer Klippe. Ich griff schnell nach den Riemen und brachte das Boot mit einigen Ruderschlägen aus der Gefahrenzone, dabei ließ ich meinen Fuß in Trudes Händen. Dann zog ich die Ruder wieder ein und blickte sie an. Als unsere Augen sich trafen, sagte sie: »Noch!«

Sie rutschte auf den Sitz und nahm meinen Fuß wieder auf den Schoß, wie beim ersten Mal. Alles wiederholte sich: die geschlossenen Augen, die vorwitzige Zungenspitze, der Seufzer, ihr Hinuntergleiten auf den Boden des Bootes. Sie blieb einige Augenblicke reglos, als wollte sie die Lust in Gedanken noch einmal genießen, dann erhob sie sich und setzte sich wieder in den Bug des Bootes. Ich zog mir die Badehose herauf und legte die Ruder wieder aus. Voll Befriedigung fragte sie mich scherzend: »Also, wer war ich für dich, während du mich gestreichelt hast, Trude oder Beate?«

»Beate wollte nicht von mir gestreichelt werden.«

»Bist du da ganz sicher? Schöne Seelen wie Beate können

ganz erstaunliche Gelüste entwickeln!«

Sie nahm ihre weiße Badekappe aus der Tasche, setzte sie sich auf und schob einzelne widerspenstige Locken darunter; dann sagte sie: »Ich schwimme jetzt ein bißchen«, stieg schnell auf den Bootsrand und sprang ins Wasser.

Ich blieb im Boot sitzen, die Hände auf den Rudern und sah ihr zu. Die ziemlich hohen und bewegten Wellen schienen sie kaum zu berühren, so sicher und geschickt bewegten sich ihre Arme, während sie wie ein langer, glänzendschwarzer Fisch mit weißem Kopf zwischen den Wogen dahinglitt. Sie schwamm um das Boot herum, zog sich mit den Armen bis zur Brusthöhe an der Bordkante empor, stieß sich ab und sprang herein. Da saß sie also wieder an ihrem alten Platz im Bug. Ihr vor Nässe glänzender Badeanzug klebte an ihrem Körper. Sie streifte sich die Badekappe ab und schüttelte heftig den Kopf, um das Wasser aus ihren Ohren zu beuteln. »Gehen wir jetzt essen«, schlug sie dann vor. »Ich komme um vor Hunger. Ich möchte essen, nichts als essen! Alle die guten Sachen der italienischen Küche! Ich habe keine Lust, weiter über Beate und ihre Kompliziertheit zu sprechen, bis ich mich nicht so richtig vollgegessen habe.«

X

Trudes Äußerung, sie sterbe vor Hunger, erwies sich als durchaus nicht übertrieben. Kaum saßen wir an einem Tisch auf der Terrasse des Strandbadrestaurants, bewies sie, daß ihr gesunder Appetit nicht nur eine Art Angeberei war, um sich vorteilhaft von ihrer Schwester abzuheben, die geradezu an Appetitlosigkeit zu leiden schien. Sie aß viel und nahm, was mich am stärksten beeindruckte, jeden Gang zweimal, so wie sie im Boot zweimal Befriedigung gesucht hatte. So mußte ich zusehen, wie sie zweimal nacheinander den ersten Gang verschlang (eine Muschelsuppe und Spaghetti alle vongole); zweimal den zweiten Gang (Languste und Seebarben) und zwei Beilagen (grüner Salat und Pommes frites); und schließlich zwei Desserts (ein Eis und ein Stück Torte).

Aber sie aß nicht nur diese Riesenmengen, sie trank auch sehr viel: Ich mußte ihr ständig einschenken, so daß ich aus ihren übertriebenen Gesten und Worten bald erkannte, daß sie betrunken war.

Ich befand mich meinerseits in einem für mich nicht neuen, verwirrenden Zustand: Ich verzweifelte, weil ich nicht verzweifelt war. Mit anderen Worten: Die Verzweiflung lauerte wie immer in meinem tiefsten Inneren; aber das hinderte mich nicht, den schönen Tag, die herrliche Landschaft, das gute Essen und natürlich Trudes herbe und zweideutige Schönheit zu genießen. Ob das die sogenannte Stabilisierung war, die ich seit langem zu verwirklichen trachtete? Eine beständige und normale Verzweiflung, die es gestattet, das Leben zu genießen, noch mehr, den Genuß auszukosten, da man zur Erkenntnis gelangt ist, daß es keine Hoffnung mehr gibt? Ob mich all das, anstatt zur Stabilisierung, nicht in eine Art Heuchelei zu führen drohte? In einem Zustand vermeintlicher Verzweiflung, bei dem ich genüßlich speiste, ohne Bedenken meiner Sexualität nachgab und in lyrisches Entzücken über die Schönheit der Natur geriet?

Vielleicht um diesen lästigen Gedanken zu vertreiben, richtete ich meinen Sinn wieder auf Beate: Ich sah sie noch einmal im Geist, wie sie in Deutschland von ihrem Wohnzimmer aus verträumt auf den Baum draußen im Garten blickte. »Sag mal, gibt es im Wohnzimmer von Beates Haus in Berlin ein großes Fenster, das auf den Garten geht, und steht draußen vielleicht ein riesiger Baum?« fragte ich Trude.

Sie brach in schallendes Gelächter aus. »Du kannst es wirklich nicht lange aushalten, ohne von ihr zu sprechen; gut, ich bin mit dem Essen fertig, reden wir ruhig von ihr. Das stimmt, im Wohnzimmer ist ein großes Fenster, durch das man in den Garten sieht, und dort steht tatsächlich eine kalifornische Zeder. Aber woher weißt du das?«

»Viele moderne deutsche Häuser sind mit solchen Terrassenfenstern versehen, die auf Gärten gehen. Ist das Haus von Beate groß?«

»Ja, ziemlich, eine zweistöckige Villa.«

»Wo befindet sich Beates Zimmer? Ich meine, wo schläft sie?«

»Sie schläft mit Alois in einem Zimmer im zweiten Stock.«

»Alois?«

»Ich glaubte, du kennst seinen Vornamen, ich meine Müller, ihren Mann.«

»Sie schlafen zusammen, ich wollte sagen, im gleichen Bett?«

»Natürlich.«

»Aber in den wenigen Worten, die wir miteinander wechselten, gab mir Beate zu verstehen, daß es ihr vor ihrem Mann graut.«

»Das stimmt, sie läßt sich von ihm nicht berühren.«

»In einem Bett ist es schwierig, wenn nicht unmöglich, zusammen zu schlafen und sich nicht zu berühren.«

Sie schaute mich mit maliziös funkelnden Augen an und sagte: »Sprechen wir ruhig weiter von Beate. Aber ich möchte zuerst wissen, was du in Wirklichkeit über sie erfahren willst. Was geht es dich schließlich an, ob die Hand von Alois zwischen Beates Beine gleitet, wenn sie schläft? So was ist doch unwichtig, oder?«

Verärgert unterbrach ich sie: „Also, ich will wissen, warum Beate eigentlich in die Heirat mit Alois eingewilligt hat.«

Sie blieb einen Augenblick still, als dächte sie über meine Worte nach, dann fragte sie: »Soll ich dir zuerst von mir oder zuerst von Beate erzählen?«

»Was ist dir lieber?«

»Antworte mir. Soll ich zuerst von mir oder von ihr erzählen?«

»Zuerst von Beate.«

Sie schwieg einen Moment und fuhr schließlich fort:

»Alles hängt mit dem zusammen, was ich Beates theatralische Ader nenne. Sie besitzt einen unwiderstehlichen Trieb, sich selbst zu beobachten und sich wie eine Romanheldin oder Theaterfigur zu verhalten. Schon mit fünfzehn Jahren spielte Beate mit dem Gedanken des Doppelselbstmords à la Kleist, zusammen mit einem ihrer Schulkameraden; er hieß Rudolph. Zuletzt kamen beide zu dem Entschluß, sie würden miteinander schlafen, dann die Fenster schließen und den Gashahn aufdrehen. Sie wollten, daß man sie nackt und eng umschlungen im Bett auffinden sollte; überall im Zimmer sollten Blumen verstreut sein und gut sichtbar auf dem Tisch ein Brief an Rudolphs Mutter liegen, der die genaue Kopie von Henriette Vogels letztem Brief vor ihrem Selbstmord an Kleist war. Aber Rudolphs Mutter kam früher als erwartet vom Land zurück. Sie fand zwar beide nackt im Bett vor und sah die Blumen überall im Zimmer, aber sie entdeckte weder den Brief noch merkte sie den Gasgeruch, weil noch kaum was ausgeströmt war. Sie machte ihnen eine Szene und rief, es sei eine Schande, daß ein Junge und ein Mädchen in ihrem Alter schon miteinander ins Bett gingen, ihr Sohn solle lieber ans Lernen denken und so weiter und so weiter. Während die Frau weiterschimpfte, packte Beate heimlich den Brief, klemmte sich ihre Sachen unter den Arm, rannte aus dem Zimmer und drehte in der Küche das Gas ab. Dann zog sie sich im Vorzimmer schnell an und machte, daß sie weiterkam.

Trotz dieses Mißerfolgs dachte Beate weiterhin an Kleist und an dessen Doppelselbstmord. Für sie stellte ihr gescheiterter Versuch nur eine Art Vertrautwerden mit dem Gedanken des gemeinsamen Sterbens dar. Zwei Jahre später – sie war nun siebzehn – glaubte sie den dafür geeigneten Partner in einem jungen Bühnenautor namens Sebastian gefunden zu haben, der jedoch anscheinend nicht Kleist zum Vorbild hatte, sondern Dostojewskij, oder besser gesagt, eine Figur aus Dostojewskijs »Dämonen«, die sich aus philosophischen Gründen umbringt. Beate kam schnell mit Sebastian zu einem Einverständnis; es ging ihr nicht darum, daß das

Vorbild unbedingt Kleist sein sollte, wichtig war für sie, daß das Ganze in einer literarischen Atmosphäre stattfand. Was konnte literarischer sein als die Verbindung von zwei Dichtern wie Kleist und Dostojewskij? So entschlossen sie sich, gemeinsam Selbstmord zu begehen, aber jeder würde dabei das eigene Vorbild vor Augen haben. Diesmal entschied sich Beate für die Pistole, so wie Kleist und die Romanfigur Dostojewskijs. Aber einige Tage vor dem für den Selbstmord festgelegten Termin vertraute Sebastian einem Freund, einem gewissen Gottfried, seinen Entschluß an; als das Paar gerade nicht da war, schwindelte sich Gottfried unter einem Vorwand in Sebastians Zimmer in einer Pension, fand nach einigem Suchen die Pistole, leerte das Magazin, steckte die Patronen ein und ging fort. Du kannst dir vorstellen, was zwei Tage danach geschah, als Sebastian und Beate sich umbringen wollten! Sie liegen im Bett, zuerst haben sie miteinander geschlafen und eine Menge schlechten deutschen Kognak getrunken; Sebastian nimmt die Pistole aus der Nachttischlade; der letzte Kuß; er richtet die Waffe gegen Beates Schläfe, denn es war abgemacht, daß sie als erste sterben sollte; Sebastian drückt ab... aber es knackt nur, und kein Schuß löst sich. Natürlich versuchte er es noch einmal, aber mit dem gleichen Ergebnis. Dann untersuchte er die Pistole, merkte, daß sie nicht geladen war und rief aus: ›Das muß Gottfried gewesen sein!‹ Aber Beate, die wegen dieses zweiten Mißlingens ihres Selbstmordplans die Nerven verloren hatte, schrie ihn an und beschuldigte ihn, daß er es absichtlich getan habe, er hätte sich vor dem Tod gefürchtet und deswegen das Magazin vorher geleert. Sebastian protestierte, Beate überhäufte ihn mit Vorwürfen, bis der Selbstmord à la Kleist am Ende in einen ganz vulgären Streit ausartete. Beate zog sich voller Hast wieder an und verließ die Pension; sie wollte nichts mehr von Sebastian wissen.«

Ich warf ein: »Du sagst immer wieder, Beate sei eine Schmierenkomödiantin. Aber wo ist hier die Theaterspielerei? Es scheint mir, daß es ihr mit beiden Selbstmordversuchen durchaus ernst war. Sie wollte wirklich sterben, und nur der Zufall verhinderte es. Leute, die immer Komödie spielen, meinen es dagegen nicht ernst; sie haben immer irgendeine Ausflucht parat.«

»Da irrst du dich«, erwiderte sie heftig, »der Mensch, der im Leben stets Theater spielt, ist so sehr in seine jeweilige Rolle vernarrt, daß er zu allem fähig ist. Er ist Komödiant durch und durch. Obwohl es ihm ernst ist, spielt er dabei doch wieder nur Theater.«

Nach kurzem Schweigen fuhr sie fort: »Und nun zum dritten Selbstmordversuch. Diesmal fiel ihre Wahl auf einen jüdischen Pianisten, einen noch größeren Versager als sie, wenn es so etwas überhaupt geben kann. Versager als Pianist, weil er mittelmäßig war; Versager als Ehemann, weil er von seiner Frau geschieden war. Mit einem Wort, der ideale Typ, um mit ihm einen Selbstmord à la Kleist zu probieren.«

»Kleist war sicher kein Versager«, protestierte ich, »er war ein großer Dichter!«

Lächelnd antwortete sie: »Beate Müller sein, aber sich für Heinrich von Kleist halten, das zeigt ja gerade, daß sie eine notorische Komödiantin ist.«

»Was ist denn zwischen dem jüdischen Pianisten und ihr geschehen?« fragte ich.

»Also, Beate war entschlossen, wenn auch aus lauter Theatralik, sich im Ernst zu töten, aber der Pianist machte Ausflüchte.«

»Warum?«

»Er hatte Angst, das heißt, er war weniger theatralisch als Beate und deswegen weniger mutig. In Wirklichkeit war er nicht aus literarischen Gründen verzweifelt, wie Beate, sondern weil er ein deutscher Jude war. Das ist zwar ein triftiger Grund, sich umzubringen. wenn man heute in Deutschland lebt, aber doch kein so starkes Motiv wie der Wahn, dem Beispiel Kleists folgen zu müssen. Kurzum, obwohl er Jude war, blieb ihm eine dünne Hoffnung, während Beate keine hatte oder wenigstens überzeugt war, keine zu haben. Die beiden zogen die Verwirklichung ihres Selbstmordplans einige Monate hin. Schließlich erfuhr Emil – so hieß nämlich der Pianist –, daß einer seiner Verträge aus rassistischen Motiven aufgelöst worden war; deshalb entschlossen sie sich, ihr Vorhaben in die Tat umzusetzen.«

»Auf welche Weise?«

»Auf die denkbar schlechteste: Sie wollten sich mit der Vorhangschnur in ihrem Untermietzimmer erhängen. Beate sollte Emil helfen, sich die Schnur um den Hals zu legen, auf einen Stuhl zu steigen und ihn dann wegzustoßen. Dann würde sie die gleiche Prozedur an sich selbst vornehmen. Ihr Untermietzimmer befand sich jedoch in einer alten Wohnung aus der wilhelminischen Zeit: Die Vorhangstange war morsch; Emil war ein korpulenter Mann; die Stange hielt sein Gewicht nicht aus, und er stürzte so unglücklich auf den Boden, daß er sich einen Arm brach.«

»Dieser Selbstmordversuch entbehrt nicht einer gewissen Tragikomik!«

»Nicht wahr?! Wie übrigens alles, was Beate passiert. Also, Beate mußte in diesem Fall vorläufig auf den Freitod verzichten. Sie half Emil die Treppe hinunter und brachte ihn mit ihrem Auto in eine Privatklinik, wo sein Arm eingegipst wurde. Dann verließ sie die Klinik und fuhr geradewegs zu dem Mann, mit dem sie heute verheiratet ist, Alois Müller. Nun, Alois hatte eine wichtige Stellung in der Partei, und Beate wußte, daß er wahnsinnig in sie verliebt war. Sie machte ihm den Vorschlag: ›Ich habe erfahren, daß die Polizei Emil verhaften will. Du läßt ihn ins Ausland fliehen, und ich gebe dir mein Ehrenwort, daß ich dich an dem Tag, an dem er die Grenze passiert hat, heirate.‹«

»Entschuldige«, rief ich aus, »aber da Alois, wie du sagst, wahnsinnig in sie verliebt war, hätte es da nicht gereicht, daß ihm Beate versprach, mit ihm einmal ins Bett zu gehen, ohne ihn gleich zu heiraten?«

»Aber nein! Gerade das wollte Beate nicht, mit Alois ins Bett gehen. Ihn heiraten, ja; aber mit ihm schlafen, das auf keinen Fall. Und sie sagte ihm das auch: ›Ich heirate dich, aber du wirst mich nicht einmal mit deinen Fingerspitzen berühren!‹«

»Wie reagierte er darauf?«

»Er willigte natürlich mit Freude ein.«

»Alles in allem«, bemerkte ich, »kommt Beate bei dieser Geschichte doch sehr gut weg. Sie versuchte, sich im Ernst umzubringen, und heiratete einen Mann, den sie nicht liebte, um einen anderen zu retten, den sie liebte.«

»Das ist der springende Punkt: Beate liebte Emil nicht. Stell dir vor, als die Vorhangstange brach und er in aller seiner Leibesfülle auf den Boden plumpste und ganz verdattert dreinblickte, da mußte sie einfach schallend lachen. In diesem Augenblick sah sie Emil in seiner ganzen Mittelmäßigkeit.

Sie wollte wie üblich nur die Heldin spielen. Kurzum, wieder einmal hatte sie sich von ihrer Theatralik leiten lassen.«

»Was sie auch immer tun mag, für dich ist und bleibt Beate eine Schmierenkomödiantin.«

»Nur wenn man durch und durch ein Komödiant ist, kann man ernsthaft Selbstmordgedanken hegen.«

»Also deiner Meinung nach sind alle Selbstmörder Komödianten?«

»Ja, gewiß.«

»Kleist auch?«

»Wahrscheinlich schon. Als Dichter nicht; aber als er sich tötete, schon.«

Jetzt wurde ich wütend: »Auf jeden Fall, rede bitte nicht so abfällig von Beate. Das kann ich einfach nicht ertragen!«

Sie brach in Lachen aus. »Aber es sind Tatsachen, die sie in schlechtem Licht erscheinen lassen! Jedenfalls, um auf Emils Geschichte zurückzukommen; er erhielt seinen Paß und fuhr nach Paris; Alois und Beate heirateten am nächsten Tag. In der gleichen Nacht klopft es um zwei Uhr so heftig an meine Tür, daß ich fürchtete, man wolle sie einschlagen. Ich gehe öffnen: Es ist Alois. Versetze dich in meine Situation: Er war mein Schwager, Beate seine Frau, und ich wußte nichts von ihrer Abmachung! Auf alles wäre ich gefaßt gewesen, außer darauf, daß er in der Hochzeitsnacht bei mir hereinplatzt. Ohne ein Wort zu sagen packt er mich bei den Haaren, schleppt mich mit furchtbarer Gewalt durch die Wohnung, stößt mich gegen eine Wand und befiehlt mir, das Nachthemd hochzuziehen; ich solle dabei still bleiben und ihm nur das Schamhaar zeigen, das genauso rot wie das Beates ist. Erschreckt über seine Heftigkeit, gehorche ich ihm. Er setzte sich rittlings auf einen Stuhl, stützt die Arme auf die Lehne und starrt auf das Dreieck aus roten Haaren, das für ihn offensichtlich das Symbol für alles ist, das er liebt und das ihm von Beate verweigert wird. Die Art, wie er mich da anglotzt, reizt mich zum Lachen. In einem Anfall von blindem Zorn stürzt er sich auf mich, gibt mir Ohrfeigen, stößt mich aufs Bett, wirft sich auf mich und versucht, seine Begierde, die Beate nicht befriedigen wollte, an meinem Körper auszulassen. Aber ich wehre mich heftig, nur nach langem Kampf gelingt es ihm, meinen Widerstand zu brechen. Mein Verhalten kam ihm sehr gelegen, wie ich später erkannte. Mein verbissenes Widerstreben machte meine körperliche und psychologische Ähnlichkeit mit Beate vollkommen. Ich gab ihm damit die Illusion, er befände sich nicht mir, sondern Beate gegenüber, der...«

»... der es vor ihm graute, weil an seinen Händen Blut klebte«, beendete ich leise ihren Satz.

Ohne meine Unterbrechung zu beachten, fuhr sie fort: »... der sehr daran lag, nicht von ihm berührt zu werden, wie sie es mit ihm abgemacht hatte. Und wirklich, in dem Augenblick, als er meinen Widerstand bricht, keucht er ›Beate‹. Es ist mir klar, daß es von nun an zwischen uns immer so sein wird, wenn ich mir wünsche, daß unser seltsames Verhältnis fortbestehen soll: Mißhandlung, Kämpfe, Vergewaltigung und der Name ›Beate‹, den er in den Zuckungen des Orgasmus hervorschluchzt, während er mich küßt.«

»Wenn du dir wünschst, daß das Verhältnis fortbestehen

soll?« unterbrach ich sie verblüfft, »was meinst du damit? was für ein Verhältnis?«

Sie starrte mich an. Man hätte glauben können, sie sei überrascht, daß ich über die Hintergründe ihrer Worte nicht im Bilde war, von denen sie mir jedoch tatsächlich nichts mitgeteilt hatte. Dann rief sie ganz naiv aus: »Ja richtig, ich hatte es dir nicht gesagt! Bevor Alois Beate kennenlernte, war er mein Geliebter. Als Beate sich von ihm heiraten ließ, hatte sie ihn mir weggenommen. Aber in jener Nacht nahm ich ihn ihr weg!«

Sie unterbrach sich und fuhr nach kurzem Schweigen ernst fort: »Es stimmt, daß er zu mir nur zurückgekommen ist, weil ich Beate so ähnlich sehe. Aber im Grunde genommen schläft er mit mir und nicht mit Beate.«

Sie streckte die Hand nach ihrem Glas aus. Ich ergriff ihr Handgelenk und hielt es fest. »Hör auf zu trinken! Bald wirst du ganz hinüber sein!«

»Au, du tust mir weh! Warum bist du so böse?«

»Ich bin nicht böse.«

»Ja, du bist böse; ich sage dir auch wieso: Es gefällt dir nicht, Alois ähnlich zu sein. Aber es ist so: Ihr versucht beide, euch selbst zu täuschen; ihr verkehrt mit mir, weil ihr mit Beate verkehren möchtet. Seltsam, nicht?«

Der Rausch ließ ihre Augen abwechselnd kokett, verträumt und ernst erscheinen. »Wie kommst du darauf«, fragte ich, »daß ich mich dir gegenüber wie Alois verhalte?«

Sie lachte wieder auf. »Das stört dich, nicht wahr, daß man dich mit einem anderen vergleicht! Und vor allem, wenn dieser ›andere‹ Alois ist! Aber ich bin ganz sicher, daß du einmal in den nächsten Tagen, falls wir uns weiter treffen, mit mir genau das gleiche machen wirst, wie er.«

»Und das wäre?«

»Du wirst dich auf mich stürzen, mich grün und blau schlagen, mich vergewaltigen und beim Höhepunkt wirst du mich ›Beate‹ nennen.«

»Und warum sollte ich all das tun?«

»Weil sich Beate dir, ebenso wie Alois, verweigert und

weil der Grund dieser Verweigerung geheimnisvoll, das heißt geistiger Natur ist. Nun, gerade die geistige Verweigerung seitens der Frau macht die Männer zu Sadisten.«

»Aber ich bin kein Sadist, keine Spur!«

»Du wirst es schon werden, du wirst es schon noch werden!« Sie streckte die Hand aus und strich mir über den Kopf, den ich ostentativ gesenkt hielt, weil ich sie nicht ansehen wollte. »Wenn du meinst«, sagte ich verärgert. »Aber kehren wir jetzt bitte zum Ausgangspunkt zurück: zu Alois. Wer ist Alois eigentlich?«

»Ein Parteifunktionär«, antwortete sie trocken.

»Und privat?«

»Er besitzt eine Zucht von Wolfshunden in der Nähe von Berlin.«

»Beschäftigt sich Alois sehr mit seiner Zucht?«

»Nein, er kommt nur ab und zu und sieht nach dem Rechten. Ich kümmere mich darum.«

»Er kommt ab und zu, und dann stürzt er sich auf dich und zwingt dich, die Rolle Beates zu spielen.«

»So ist es.«

Ich sagte plötzlich: »Beate hat mir sehr wenig von ihrem Mann erzählt. Aber das Wenige erregte in mir den Wunsch, mehr über ihn zu erfahren.«

»Was hat sie dir erzählt: Daß es ihr vor ihm graut, weil an seinen Händen Blut klebt?«

»Woher weißt du das?«

»Ich bin zwar betrunken, aber nicht taub. Du hast es vorhin selbst leise vor dich hin gesagt.«

»Also?«

»Das war ja nur Effekthascherei, um auf dich Eindruck zu machen. Sie wollte vielleicht damit ihren Ekel vor ihm rechtfertigen. Aber nichts daran ist wahr.«

»Und die Wahrheit wäre?«

»Das übliche: Beate ist und bleibt eine Schmierenkomödiantin. Jedenfalls ist es nicht schön von ihr, daß sie Alois in den Schmutz zieht. Sie ist nun einmal seine Frau, ob sie will oder nicht; und er betet sie geradezu an, man kann es gar nicht anders nennen. Wenn ihr derartig vor Alois graute, hätte sie ihn nicht heiraten dürfen und den Pianisten lieber seinem Schicksal überlassen sollen.«

»Sie ist keineswegs seine Frau, sondern seine Gefangene, das Opfer einer Erpressung!«

»Das würde sie die anderen gerne glauben machen. Aber die Dinge liegen weit komplizierter.«

»Wie denn?«

»Beate hatte immer von meinem Verhältnis mit Alois gewußt. In jener Nacht jedoch, ihrer Hochzeitsnacht, war es gerade sie, die Alois überredete, er solle zu mir kommen. ›Da du so scharf darauf bist‹, sagte sie zu ihm, ›geh zu Trude. Sie ist meine Zwillingsschwester, wir sind so ähnlich, sie wird sich bestimmt nicht verweigern.‹«

»Woher wußte sie, daß du dich ihm nicht verweigern würdest?«

»Sie wußte, daß ich nach wie vor in ihn verliebt war. Denke dir, sie fügte sogar hinzu: ›Nicht nur das, sie wird sogar so tun, als ob sie in jeder Hinsicht ich wäre.‹«

»Was meinte sie damit?«

»Sie wollte sagen, daß ich auch in dem Punkt, in dem wir beide ganz verschieden waren, so tun würde, als wäre ich sie: in den politischen Ansichten.«

»Es tut mir leid, aber da komme ich nicht mit.«

»Bei Alois sollte ich so tun, als ob es mir vor ihm graute, weil an seinen Händen, wie sie dir gesagt hat, Blut klebte.«

»Was bedeutete das? Daß du antinazistische Gefühle zeigen solltest?«

»Genau das. Damit ich in ihm die Illusion erwecken könnte, er schlafe mit Beate, sollte ich ihm nicht nur in physischer, sondern auch in politischer Hinsicht Widerstand leisten.«

»In politischer Hinsicht?«

»Ich sollte schlecht von der Partei und von Hitler sprechen, so wie er dachte, daß Beate sich äußern würde, wenn sie ehrlich wäre. Je schlechter ich von der Partei und dem Führer redete, desto höher stieg seine Erregung. Wenn er sich schließlich auf mich stürzte und mich ohrfeigte, war seine Heftigkeit irgendwie echt; er war wirklich verärgert und ganz außer sich. Dann, am Höhepunkt des Orgasmus, verlangte er von mir, ich solle ›Es lebe der Führer‹ schreien: Das sollte den Schrei der durch Schläge dazu gezwungenen Beate darstellen. Gleich danach mußte ich ihm jedoch schwören, vor jedermann über seine profanierenden Rituale Stillschweigen zu bewahren.«

»Kurz gesagt, du mußtest in allem die Rolle Beates spielen. Ist das noch immer so?«

»Sicher. In der Nacht in Neapel kam er im Hotel in mein Zimmer und wollte, daß wir miteinander schliefen und dabei Beates fixe Idee, den Selbstmord zu zweit à la Kleist, nachspielten.«

»Weiß Alois Bescheid, daß Beate sich Kleist zum Vorbild genommen hat?«

»Wie hätte er das denn nicht wissen sollen? Aber in dieser Nacht in Neapel erschien er mir noch verrückter als sonst. Er wollte, daß wir miteinander schliefen; gleich danach mußte ich auf Befehl stammeln: ›Töten wir uns, wie es Kleist und Henriette taten.‹ Kaum habe ich das herausgebracht, als er vom Bett springt, in einer Jackentasche herumsucht und eine kleine Silberdose herauszieht. Dann sagt er: ›Da drinnen sind Zyankalitabletten. Bist du bereit?‹ Ehrlich gesagt, er hat mir wirklich Angst eingejagt. Wir waren zwar noch bei dem Spiel, ich sei Beate und er schliefe mit ihr, aber das Zyankali war echt; falls wir unser Spiel fortgesetzt hätten, hätte man uns in einem Hotel in Neapel tot aufgefunden: ein schöner Skandal! Ich entgegnete ihm daher: ›Was glaubst du, wen du vor dir hast? Ich bin Trude, deine Schwägerin, und habe keine Todessehnsucht.‹ Da lacht er auf und sagt: ›Aber das ist auch kein Zyankali, das ist nur Saccharin, das ich in den Kaffee gebe; wie du weißt, bin ich Diabetiker.‹ Er sagte die Wahrheit, aber in einem Ton, der meine Angst wachsen ließ. Als er einen Moment nicht aufpaßte, steckte ich die Hand in seine Jackentasche und nahm heimlich die Dose mit dem Saccharin heraus. Ich habe sie in der Pension, ich möchte einen Fachmann fragen, ob sie wirklich Saccharin oder Zyankalitabletten enthält.«

»Du glaubtest also, Alois meinte es im Ernst?«

»Er meint es immer im Ernst. Gerade deswegen hatte ich Angst.«

»Aber was wißt ihr, Beate und du, eigentlich von Alois?«

»Wir wissen, daß er jeden Morgen ins Büro geht, zur Parteileitung, und jeden Abend heimkommt. Wir wissen, daß er ein Mensch ist, der sehr auf Ordnung hält, klassische Musik, vor allem Bach, liebt, sehr gerne Süßigkeiten nascht und ein begeisterter Hobby-Photograph ist.«

»Du weißt also im Grunde nichts von ihm, außer daß er ein Parteifunktionär ist«, nahm ich den Faden des Gesprächs wieder auf. »Aber die Worte Beates, die Tatsache, daß es ihr vor ihm graut, weil an seinen Händen Blut klebt, lassen vermuten, daß sie ihn etwas besser kennt.«

Sie schüttelte den Kopf: »Was sollte sie noch wissen? Falls es wahr ist, daß Alois ein Parteifunktionär ist, – und daran ist nicht zu rütteln –, kann sie gar nichts wissen!«

»Sag mal, in Italien hören wir jeden Tag von Gewalttaten in Deutschland. Weißt du etwas von Alois' politischem Aufgabenkreis? Könntest du ausschließen, daß er an Gewalttaten teilgenommen hat?«

»Ja. Es ist äußerst unwahrscheinlich, daß ein relativ wichtiger Funktionär wie Alois an solchen Gewalttaten direkt und persönlich teilnimmt.«

»Aber indirekt und mittelbar?«

»So gesehen, könnten wir Deutschen alle Hände, an denen Blut klebt, haben!«

»Jetzt verstehe ich, warum sich Beate umbringen möchte.«

Sie protestierte sofort: »Beate wollte sich schon lange, bevor sie Alois kennenlernte, umbringen. Außerdem weigerst du dich noch immer, etwas einzusehen.«

»Was?«

»Was ich dir schon die ganze Zeit klarmachen will, daß Beate eine Komödiantin ist.«

Ich antwortete wütend: »Die Wahrheit ist, daß Beate, wenn auch unbewußt, das Leid der ganzen Welt mitträgt. Jenes Leid, das du weder empfinden noch dir vorstellen kannst.«

Sie erwiderte nichts und sah mich nur mit seltsamer Gelassenheit an. Nach einem Augenblick fuhr ich fort: »Beate ist die einzige Frau, die ich lieben und mit der ich leben könnte. Ich werde nach Deutschland fahren und sie überreden, nach Italien zu kommen und mit mir zu leben.«

»Was willst du Beate vorschlagen?«

»Du meinst die materiellen Aspekte der Sache?«

»Richtig.«

»Ich bin ein Einzelkind«, begann ich pedantisch aufzuzählen. »Mein Vater hat nicht unbedeutenden Grundbesitz; er ist Arzt in einer kleinen Provinzstadt. Ich selbst lebe in Rom; mein Vater überweist mir monatlich eine gewisse Summe, die Beate und mir ein Auskommen ermöglichen würde. Außerdem verdiene ich etwas mit Übersetzungen, Artikeln und Buchbesprechungen hinzu. Das ist sicher kein Reichtum, aber ich würde dafür sorgen, daß es Beate an nichts fehlt.«

Sie blickte mich mit einem Lächeln an, in dem vielleicht nicht nur Spott mitschwang, denn sie sagte leise in sanftem Ton: »Kannst du nicht begreifen, daß Beate weder mit dir noch mit irgendeinem anderen leben will, sondern einfach den Wunsch hat, zu sterben?«

»Wenn es dir gelegen kommt, sagst du, sie sei eine Komödiantin; wenn nicht, behauptest du das Gegenteil.«

»Aber nein, ich sage immer das gleiche: Sie ist eine Komödiantin und daher will sie sterben.«

Ich blieb still: Hinter Trudes Feindseligkeit gegenüber ihrer Schwester verbarg sich etwas Unklares und Undurchschaubares, das ich nicht zu bestimmen vermochte. Da ich nichts erwiderte, fuhr sie fort: »Du nimmst Beate ernst, nicht? Dann sag mir gefälligst, was du von ihr erwartest, wenn du einmal in Deutschland bist. Was sie von dir will, das hat sie dir schon gesagt; wenn du sie ernst nimmst, müßtest du überzeugt sein, daß sie kein Jota von ihrem Vorhaben abgehen wird. Jedenfalls ist es klar, daß sie nicht deine Frau werden wird: Wenigstens darüber solltest du keine Zweifel haben. Warum willst du also nach Deutschland fahren? Um dort etwa den italienischen Intellektuellen zu spielen, den Sohn eines mittleren Grundbesitzers, der eine schöne Deutsche heiraten will?«

Ihr kühler Ton war so verächtlich und scharf, daß mir ein Schauder über den Rücken lief. »Es ist leicht für dich, über meinen Rettungsplan zu spotten«, antwortete ich verärgert, »weil du darin nur das siehst, was ich dich sehen lassen wollte: die kleine Dreizimmer-Küche-Wohnung, das Kleinauto, das kleinbürgerliche Ehepaar. Wenn ich das aufgedeckt habe, bedeutet es nicht, daß nicht noch etwas anderes dahinter verborgen wäre.«

Mit unbeweglicher Aufmerksamkeit blickte sie mich gespannt an.

»Etwas anderes? Was denn?«

»Wenn du mir versprichst, daß du mich nicht auf den Arm nimmst und von Beate nicht schlecht sprichst, werde ich versuchen, es dir zu erklären.«

Sie lachte auf. »Stört es dich so sehr, auf den Arm genommen zu werden? Gut, ich verspreche es dir.«

Ich schwieg einen Augenblick; dann schöpfte ich aus ihrem Versprechen Mut und sagte: „Was meinst du, aus welchem Grunde liebe ich Beate?«

»Ich weiß es nicht, woher soll ich das wissen?«

»Weil wir beide etwas gemeinsam haben«, erklärte ich feierlich.

»Und das wäre?«

»Wir sind beide verzweifelt.«

»Wer sagt dir denn, daß Beate es ist? Hat sie es dir vielleicht mitgeteilt?«

»Aber, du hast gerade gesagt, daß sie sterben will!«

»Ja, sie will sterben, aber aus ästhetischen Gründen, nicht aus Verzweiflung!«

»Aus ästhetischen Gründen?«

»Ich meine, aus Theatralik. Sie will eine gewisse Rolle bis zu Ende spielen.«

»Ich habe dich darum gebeten, nicht schlecht über Beate zu sprechen.«

»Ich habe wirklich nichts Schlechtes gesagt. Ich habe nicht behauptet, sie sei eine Komödiantin, sondern nur, daß sie eine gewisse Rolle spielen will. Also, ihr habt beide die Verzweiflung gemeinsam. Lassen wir die Beates beiseite. Aber wie ist deine? Bist du auch auf der Suche nach jemandem, der bereit wäre, mit dir zu sterben? Oder hast du die Absicht, dich allein umzubringen?«

»Siehst du, du kannst es nicht lassen, ironisch zu sein.«

»Verzeihung! Kümmere dich nicht darum, sprich weiter.«

Nach kurzer Überlegung fuhr ich seufzend fort: »Wir sind beide verzweifelt; aber unsere Verzweiflung ist verschieden. Beate möchte der Logik der Verzweiflung bis zu Ende folgen, das heißt bis zum Selbstmord. Ich lehne jedoch diese Logik ab.«

»Du möchtest dich nicht töten, nicht wahr?«

Meine Ehrlichkeit mußte irgendwie komisch wirken. »Wenn es möglich wäre, lieber nicht.«

Sie brach in Lachen aus und fuhr mir zärtlich über die Wange. »Du bist wenigstens ehrlich, es lebe die Ehrlichkeit!«

Seltsam, aber ich war über diese Ironie nicht beleidigt; wahrscheinlich weil sie wieder mit einer unerklärlichen Zärtlichkeit vermischt war. »Bitte laß dir von mir meine Theorie über die Verzweiflung schildern!« drängte ich.

»Ich höre.«

»Sie ist an sich nicht sehr kompliziert. Ich glaube, daß heißt, ich bin davon überzeugt und habe die absolute Gewißheit, daß die Verzweiflung der Normalzustand des Menschen sein sollte. Genauso natürlich wie die Luft, die wir atmen. Der einzige Unterschied besteht darin, daß wir unbewußt atmen, während es dagegen unmöglich ist, sich der Verzweiflung nicht bewußt zu sein. Nun, ich bin zu der Folgerung gelangt, daß wir einerseits die vielen Illusionen zurückweisen müßten, die uns die Natur bietet, andererseits jedoch die Verzweiflung stabilisieren sollten, das heißt ihre Normen akzeptieren, wie im sozialen Leben die Gesetze. Wir leben in einer verzweifelten Welt: Wir müssen uns daher ihren Gesetzen beugen.«

Sie hatte mir ganz aufmerksam zugehört; nun warf sie schnell ein: »Bist du denn so sicher, daß die Verzweiflung, falls wir auf den Tod verzichten, nicht erlahmt und zum bloßen Vorwand dient, das Leben besser zu genießen?«

»Nein, man ist ja nicht nur in bestimmten Momenten verzweifelt«, erwiderte ich mit Entschiedenheit, »sondern ständig, welchen Genuß uns das Leben auch immer bieten mag.«

Sie blieb eine Weile still und blickte zerstreut und nachdenklich vor sich hin. Dann sagte sie: »Und das wäre also deine Liebe für Beate? Eine Liebe, die aus kalkulierter Verzweiflung besteht, so wie man die Tragfähigkeit einer Brücke berechnet, über die der Autoverkehr geleitet werden soll? Aber du sprichst noch immer von der geistigen Seite der Liebe. Du hast mir noch nichts über die, sagen wir, physische Seite gesagt. Beate ist doch eine Frau aus Fleisch und Blut: Was empfindest du für diese Frau?«

»Ich fühle mich von ihr angezogen, das ist ja normal«, antwortete ich ein wenig verlegen.

Darauf platzte sie plötzlich wütend heraus: »Also, so wahr wir hier auf der Terrasse dieser Badeanstalt sitzen, du wirst von ihr nichts erreichen, nicht einmal, daß sie dich auf die Stirn küßt! Du kannst nach Deutschland fahren, dich ihr zu Füßen werfen, sie anflehen. Trotzdem wird sie dir nichts, wirklich nichts gewähren, nicht einmal soviel«, dabei schnippte sie mit dem Finger.

»Aber ich...«

»Und das deshalb, weil Beate frigid, völlig und hoffnungslos frigid ist. Du wußtest es wahrscheinlich nicht, na, jetzt weißt du es.«

»Es gibt keine wirklich frigiden Frauen«, wandte ich

unsicher ein, »nur Frauen, die frigid sind, weil sie nicht den richtigen Mann gefunden haben.«

»Ihr Italiener seid sehr selbstsicher, ihr glaubt, daß ihr zwischen den Beinen einen Zauberstab habt, der nach Lust und Laune Wunder wirkt. Aber es kann auch vorkommen, daß eine Frau gegen euren Zauber unempfänglich ist und nicht weiß, was sie mit eurem Zauberstab anfangen soll.«

»Was willst du damit sagen?«

»Du weißt nicht alles von Beate.«

»Ich weiß nur, daß ich nichts weiß.«

»Jetzt werde ich dir erklären, warum Beate frigid ist.«

»Gibt es einen bestimmten Grund dafür?«

»Einen ganz bestimmten. Paß auf, ich werde dir etwas erzählen, was ich von Beate selbst erfahren habe; du kannst dir dann einen Reim darauf machen. In einer Erzählung kommen außerdem gewisse wichtige Details besser und deutlicher heraus. Hör zu: Beate war damals neun Jahre alt. Sie wohnte mit ihrer Familie in einem Landhaus in der Nähe von München. Vor dem Haus liegt eine riesige, leicht abschüssige Wiese, die bis zu einem nahen Fluß reicht. Diesen kann man jedoch nicht sehen, weil davor eine Reihe Bäume stehen. An einem Junitag verläßt Beate das Haus. Es ist heiß, das hohe, dichte Gras reicht bis zu ihren Knien, während sie zum Fluß hinuntergeht, um zu baden. Beim Gehen reißt sie mechanisch einen Grashalm ab, sie will ihn in den Mund stecken und auf ihm herumkauen, weil sie den bitteren Geschmack des Grases gern hat. Aber sie zieht ungeschickt an dem Halm und schneidet sich so stark in den Finger, als hätte sie unvorsichtig eine Rasierklinge angefaßt. Beate sagte laut: ›Autsch! Blödes Gras!‹ und drückt die Wunde zusammen, aus der viel Blut herausquillt. Da hört sie eine Stimme: ›Gemein, dieses Gras, nicht? Zeig mal!‹ Beate blickt auf und sieht einen Mann um die Vierzig, mit braunem Haar und hellen Augen. Sein Gesicht ist sehr blaß, er trägt eine Lederhose und eine Joppe. Der Mann lächelt sie an und sagt mit freundlichem Drängen: ›Laß mich mal sehen, ob du dir sehr wehgetan hast.‹ Das Kind streckt ihm die Hand hin. Er schaut den Finger aufmerksam an und sagt: ›Es ist nicht schlimm. Jetzt geben wir dem Fingerchen einen Kuß, und dann wird es dir nicht mehr weh tun.‹ Der Mann führt Beates Hand zu seinem Mund und saugt einen Augenblick lang das Blut fort, dann sagt er: ›So, ist schon wieder gut. Aber wohin wolltest du denn jetzt gehen, zum Fluß? Komm, gib mir die Hand, gehen wir zusammen hin.‹ Er nimmt sie bei der Hand; Beate hat nicht den Mut, sie wegzuziehen. Aber kaum sind sie einige Schritte im hohen, dichten Gras in Richtung Fluß gegangen, spürt sie, daß die Hand des Mannes kalt und schweißnaß ist; da macht sie ihrem Gefühl Luft und schreit laut: ›Ich habe Angst, ich habe Angst!‹ Der Mann redet vorwurfsvoll begütigend auf sie ein: ›Wovor hast du denn Angst, du Dummerchen? Jetzt gehen wir zum Fluß und baden. Du wirst sehen, wie schön das ist.‹ Und während sie immer wieder ›Ich habe Angst‹ sagt und er sie zu beruhigen versucht und sie an der Hand zieht, verschwinden beide hinter den Bäumen.

Eine halbe Stunde später taucht Beate wieder auf und rennt über die Wiese zum Haus hinauf. Der Mann mit den Lederhosen ist nicht bei ihr, er ist am Flußufer geblieben. Das Kind rennt und rennt. Ihr kommt vor, als ob der Schmerz, den sie gerade empfunden hat, sehr ähnlich dem Schmerz sei, den ihr der Schnitt des Grashalmes zugefügt hat, ein schneidender Schmerz, wie von einer scharfen Rasierklinge. Während sie weiterläuft und von diesem Schmerz noch ganz erfüllt ist, sieht sie auf ihre Beine hinunter und bemerkt, daß Blut an der Innenseite ihrer Oberschenkel heruntergeronnen ist; so entschließt sie sich, durch eine kleine Hintertür ins Haus zu schlüpfen und die Lieferantentreppe zu benutzen, von wo sie unbemerkt in ihr Zimmer im zweiten Stock gelangen kann.«

Trude verstummte und musterte mich fragend, als ob sie sagen wollte: »Na, was meinst du nun dazu?«

»Ist das der Grund, warum Beate frigid sein soll?«

»Ja, das ist wenigstens der Grund, den sie dafür angibt.«

Die Geschichte der Vergewaltigung Beates hatte in mir ein

fast ungläubiges Unbehagen aufsteigen lassen, so wie man es empfindet, wenn man die schändliche Ursache des anormalen Verhaltens eines geliebten Menschen entdeckt. Aber dieses Unbehagen wurde sofort von Trudes fast unhörbarem »wenigstens« vertrieben.

»Was heißt ›wenigstens‹?« wollte ich wissen. »Könnte es vielleicht auch nicht wahr sein?«

Sie antwortete in sachlichem Ton, aber ohne sich klar auszudrücken: »Bei Beate ist alles möglich. Du wirst einwenden, daß sie den Vergleich zwischen dem Schmerz durch den Schnitt des Grashalms und dem der Vergewaltigung unmöglich hätte erfinden können; da bin ich aber anderer Meinung; gerade die am wahrscheinlichsten klingenden Details sind bei Erzählungen von Mythomanen wie Beate häufig reine Erfindung.«

»Aber du«, fragte ich neugierig, »was meinst du, ist das alles eine Erfindung oder nicht?«

Sie verstummte einen Augenblick, dann fuhr sie fort: »Alles in allem glaube ich, daß sie sich diese Geschichte ausgedacht hat. Weißt du, woraus ich das schließe?«

»Woraus denn?«

»Aus ihrer Beschreibung des Mannes, der sie vergewaltigt haben soll. Denk mal nach: braune Haare, bleich, mit hellen Augen, auf bayerisch-tiroler Art angezogen...«

»Und?«

»Es fehlt nur eine in die Stirn fallende Haarsträhne und dann haben wir... Hitler.«

Sie lächelte nun maliziös. Ich war erstaunt: »Hitler? Aber wieso Hitler?«

»Weil Beate von besessenem Haß gegen den Führer erfüllt ist. Das ist der Grund. Übrigens, die Vergewaltigung könnte auch wahr sein. Nur die Beschreibung des Mannes stimmt nicht. Beate verspürte das Bedürfnis, ihm bei ihrer Beschreibung die Züge des Führers zu geben. Es ist bei ihr wie eine Obsession, sie kann nicht anders.«

Sie schwieg eine Weile, dann sagte sie: »Auf jeden Fall ist

das alles doch unwichtig! Was dich jedoch unbedingt interessieren sollte, ist was anderes.«

»Was?«

»Ob nicht etwa ich frigid bin.«

Jetzt war ich wirklich überrascht: »Aber was sagst du da?«

»Du hast schon richtig gehört. Du willst dir das nicht eingestehen, aber du kannst es trotzdem nicht ignorieren. Als du mich heute im Boot gestreichelt hast, hattest du da nicht das Gefühl, Beate zu streicheln? Sag nicht nein, ich las es in deinen Augen, du blicktest mich an, aber in Wirklichkeit hast du nur an Beate gedacht!«

»Also?«

»Also, ich kann dir versichern, daß mich kein Mann vergewaltigt hat, weder als ich neun war, noch später, und folglich bin ich keineswegs frigid. Mit anderen Worten: Bei mir hast du grünes Licht und freie Fahrt.«

Erstaunt und sogar ein wenig schockiert über die Direktheit ihres Angebotes, wußte ich nicht, was ich erwidern sollte. Nach einem Augenblick fuhr sie fort: »Hör mal gut zu. Du befindest dich in einem Dilemma: Einerseits weißt du, daß sich Beate von dir nur unter der Bedingung berühren lassen wird, daß ihr euch gleich danach tötet; andererseits möchtest du mit ihr schlafen und bildest dir ein, daß sie nach der Liebe auf ihren Selbstmordplan verzichten wird. Habe ich recht?«

»Ja«, mußte ich zugeben.

»Also ich schlage dir was vor, es ist die einfachste Möglichkeit, dieses Dilemma zu lösen: ein Rollenspiel.«

»Was für ein Rollenspiel?«

»Ich werde so tun, als ob ich Beate wäre, eine Beate, die dich nicht zurückweist, nicht frigid ist und bereit, mit dir zu schlafen. Und noch dazu eine Beate, die die ernste Absicht hat, mit dir zu sterben. Du hast dir schon mehrmals eingebildet, ich sei Beate, heute im Boot, gestern bei unserem Spaziergang; ich werde es so anstellen, daß deine Illusion noch vollkommener wird, bis wir die Schwelle, die von der Liebe zum Tode führt, fast überschreiten. Falls ich jedoch bei dir diese Illusion nicht erwecken sollte, dann kannst du ruhig mit dem Spiel aufhören, genau so wie die Probe für ein Theaterstück abgebrochen wird, wenn die Schauspieler ihre Rolle nicht können.«

»Was meinst du mit ›... bis wir die Schwelle, die von der Liebe zum Tod führt, fast überschreiten‹?«

»Hab Vertrauen zu mir! Wir werden bis zur Schwelle gelangen; es hängt nur von dir ab, daß das Spiel nur ein Spiel bleibt.«

Da mußte ich unbedingt etwas einwenden: »Entschuldige, aber warum würdest du das alles tun? Nur um mir zu zeigen, daß du das vollkommene Ebenbild Beates bist?«

»Was für eine Frage! Du gefällst mir eben, und damit ich dir auch gefallen kann, muß ich anscheinend so tun, als ob ich meine Schwester wäre.«

»Aber es wird dir nie völlig gelingen, mich zu überzeugen, daß du Beate bist.«

Mit einer Selbstsicherheit, die mich verwirrte, begann sie zu lachen. »Soll ich einen Augenblick Beate spielen? Paß auf!«

Sie stützte den Kopf auf die verschränkten Hände und blickte mich aufmerksam an; dieser düstere, unglückliche, willensstarke Blick, der unverwechselbar war und den ich so gut kannte, verwandelte sie plötzlich in Beate. Meine Überraschung entlockte mir einen Ausruf. Ohne zu lachen, fuhr Trude fort: »Und nun, das ist Trude!« Der verzweifelte Blick verschwand und auf ihrem Gesicht erschien eine kätzchenhafte, verführerische Miene. Gleichzeitig rutschte Trude auf ihrem Stuhl ein wenig nach vorne; ich spürte, wie sich ihr nackter Fuß unter dem Tisch zwischen meine Beine schob und bis zu meinem Unterleib hinauffuhr. Ihre Stimme wurde kindlich-naiv: »Sieh, jetzt revanchiert sich Trude für deine Liebkosungen heute im Boot. Gefällt es dir? Aber ich weiß, du möchtest, daß dieser Fuß der traurigen, verzweifelten Beate gehört. Da! Bist du nun zufrieden? Jetzt blickt dich Beate an, mit der größten Verzweiflung, die sie ausdrücken kann, und gleichzeitig masturbiert sie dich.«

Und dabei klappte sie einmal ihre Augen energisch zu, so wie man auf ein Kaleidoskop klopft, um die farbigen Glassplitter in eine andere Stellung zu bringen: Wieder zeigte sie mir die düstere, unglückliche Miene Beates und erreichte im gleichen Augenblick mit ihrem Fuß, mit dem sie zwischen meinen Beinen auf- und abrieb, ihre Absicht: Durch den Druck, das Reiben und das Kitzeln ihrer Zehen fühlte ich die Wärme und das Kribbeln einer Erektion.

»Na, was sagst du?« setzte mir Trude zu, »du mußt zugeben, daß sich dein Traum jetzt verwirklicht: Beate und Trude sind zu einer einzigen Person verschmolzen.«

Ihr Fuß drückte mit heftiger Liebkosung noch stärker, die in mir eine zärtliche, leidenschaftliche Lust aufsteigen ließ. Ich schob meinen Stuhl zurück und fragte: »Wann findet das Rollenspiel statt?«

»Heute nacht. Ich komme zu dir. Irgendwann nach Mitternacht. Und nun, tschüß, ich bin müde und beschwipst. Ich will allein sein.«

Sie erhob sich hastig und wandte sich zum Ausgang des Strandbadrestaurants. Ich blieb sitzen, rief den Kellner und zahlte.

XI

Später ging ich wieder nach Anacapri hinauf. In der Pension angelangt, wandte ich mich in der Halle sogleich zur Rezeption. Signor Galamini las die Zeitung. Ohne Umschweife eröffnete ich ihm: »Ich möchte Ihnen mitteilen, daß ich mit dem Neun-Uhr-Schiff abfahre.«

»Morgen?«

»Nein, heute abend.«

»In diesem Fall müßten Sie auch für die folgende Nacht bezahlen. Ich mache Ihnen den halben Preis.«

»Danke.«

»Nehmen Sie den Autobus oder die Pferdedroschke?«
»Die Droschke. Könnten Sie mir sagen, ob ich von Neapel aus einen direkten Anschlußzug nach Deutschland habe?«
»Ja, ich sehe gleich nach.«
Dieser Dialog, der einem Schnell-Sprachkurs für Touristen entnommen zu sein schien, schloß mit einem Satz, der ebenfalls nach Lehrbuch klang: »Es ist ein Brief für Sie da.«
Ein Brief? Ich war ganz verwundert. Wer schrieb mir denn nach Anacapri? Vielleicht meine Mutter? Oder jemand anderer? Ich nahm das Kuvert, trat ein paar Schritte beiseite, riß es auf und las: »Mein Liebster, du einzige Liebe meines Lebens. Ich werde heute nacht zu dir in dein Zimmer kommen. Warte auf mich nach Mitternacht. Deine Beate, die mit dir leben und sterben möchte.«
Als ich das gelesen hatte, gab es in meinem Inneren einen Ruck, wie wenn man an der Schnur eines Hampelmanns zieht; ich drehte mich um und sagte zu Signor Galamini: »Moment, ich habe es mir anders überlegt, ich reise heute nicht ab. Ich fahre erst, ich fahre ... an einem anderen Tag.«
»Sehr gut. Aber in Ihrem eigenen Interesse möchte ich Sie bitten, mir das dann rechtzeitig bekanntzugeben. Sonst wäre ich gezwungen, den vollen Zimmerpreis von Ihnen zu verlangen.«
»Ich blickte Signor Galamini so zerstreut an, daß er sich bemüßigt fühlte, hinzuzusetzen: »Es ist Hochsaison, und es besteht große Nachfrage nach Hotelzimmern.«
Mir rutschte die Frage heraus, die ich bis jetzt nicht hatte anbringen können: »Verzeihen Sie, aber wann ist dieser Brief abgegeben worden? Ich frage nämlich deswegen, weil ich eben erst die Person gesehen habe, die ihn geschrieben hat, und es kommt mir seltsam vor, daß sie mir nichts davon gesagt hat.«
Signor Galamini ging auf diesen Ansatz zu einer ausführlicheren Unterhaltung, den ich ihm sozusagen anbot, nicht ein und erklärte nur kurz: »Die Dame hat diesen Brief heute früh dagelassen, bevor sie an den Strand ging.«

Schnell stellte ich in Gedanken eine kurze Rechnung an: Trude war nach mir zum Meer hinuntergekommen. Also wurde der Brief nach meinem Weggehen in der Rezeption abgegeben, aber bevor sie die Pension verließ. Also hatte Trude – und das war der springende Punkt – bereits am Morgen, noch bevor sie mich gesehen hatte, beschlossen, bei mir die Rolle Beates zu spielen. Offenbar war sie ganz sicher, daß ich auf ihr Spiel eingehen würde! Und das hatte ich auch getan, dachte ich, während ich mit dem Brief in der Hand die Treppe hinaufstieg. Ich war sofort bereit gewesen, das Rollenspiel mitzumachen, wie mein Verhalten zeigte: Kaum hatte ich den Brief gelesen, teilte ich, eine Minute nach der großartigen Ankündigung meiner Deutschlandreise, Signor Galamini mit, meine Pläne hätten sich geändert.

Als ich in meinem Zimmer war, überdachte ich diese neue Situation. Offenbar hatte mich Trudes Brief, der mit ›Beate‹ unterschrieben war, sogleich zum Aufschub meiner Abreise bewogen, weil er mit einem Schlag die Atmosphäre des Spiels geschaffen hatte, so wie der Gong, der im Theater die Fortsetzung der Aufführung nach einer, wie man sagt, aus technischen Gründen erfolgten Unterbrechung ankündigt. Warum blieben die Zuschauer in diesen Fällen gewöhnlich auf ihren Plätzen? Warum gehen sie nach kurzer Wartezeit nicht fort? Dafür gibt es drei Gründe: Erstens, weil sie neugierig sind, wie das Stück endet, zweitens, weil sie schließlich ihr gutes Geld für die Karte ausgegeben haben und drittens – wenn sie weder geizig noch neugierig sind –, weil sie sich für die literarischen Qualitäten, kurzgesagt, die Kunst des Autors interessieren. Von diesen drei Motiven schienen mir die ersten beiden nicht auf mich anwendbar zu sein. Ich war nicht neugierig, wie das Stück ausging: Zwischen Trude und mir herrschte nun die stillschweigende Übereinkunft, daß unser Rollenspiel in die körperliche Beziehung einmünden sollte, die Beate von Anfang an als völlig ausgeschlossen erklärt hatte. Der zweite Grund traf noch weniger zu: Wenn ich auf die Reise nach Deutschland verzichtete, lehnte ich es auch ab, den Preis für die Karte zu zahlen, das heißt, wenn ich auf Trudes Spiel einging, lehnte ich den Vorschlag des Selbstmords zu zweit ab, mit anderen Worten, ich wohnte der Theateraufführung gratis bei. Einzig und allein der dritte Grund schien mir zuzutreffen: Wenn ich auf die Reise nach Deutschland verzichtete und das Rollenspiel akzeptierte, demonstrierte ich mein Interesse für die Kunst des Autors, das heißt, ich zeigte mich weder in Trude noch in Beate verliebt, sondern in die Phantasiegestalt, die im Spiel zwischen mich und die Zwillinge treten würde. Dieses Phantasiewesen war weder Trude noch Beate, sondern eine dritte Frau, die ein wenig von beiden besaß: In ihrer Bereitschaft, die körperliche Liebe zu vollziehen, glich sie Trude und bewahrte zu gleicher Zeit die Verzweiflung und Spiritualität Beates. Und all dies, ohne von mir zu verlangen, die Verzweiflung in den Selbstmord münden, noch die körperliche Liebe in der Banalität eines gewöhnlichen Urlaubsflirts enden zu lassen. Aber wer hatte dieses janusgesichtige Wesen erfunden? Auf den ersten Blick Trude; von ihr stammte ja die Idee des Rollenspiels. Aber als ich das noch einmal überdachte, wurde mir klar, daß ich ebensogut mich selbst als Urheber betrachten konnte. Diese imaginäre Frau, die halb Beates und halb Trudes Züge trug, mit der ich schlafen und deren Verzweiflung ich teilen konnte, ohne bis zum Selbstmord zu gelangen, war diese Frau nicht vielleicht die von mir erträumte Gefährtin bei einem Leben in »stabilisierter« Verzweiflung? Andererseits hing es nur von mir ab, ob dieses Rollenspiel stattfinden konnte, das heißt, ob dieses Wunschbild aus Trude und Beate zum Leben erwachte, die einzige Frau, die ich in Wahrheit liebte. Denn durch dieses Rollenspiel würde ich etwas erhalten, das weder Trude noch Beate mir geben konnten.

Und dieses »etwas« sagte ich mir immer wieder (die Wiederholung war in diesem Fall unumgänglich, da ich mir dadurch vor Augen führte, daß ich die Lösung für mein Problem gefunden hatte), dieses »etwas« war die Verzweiflung, die nicht den Tod mit sich brachte, das heißt, die Antwort auf meine Frage, die ich bei meiner Ankunft auf Capri in einer Assoziation mit dem Dürer-Stich auf einem Schriftband zu lesen meinte, das eine riesige Fledermaus über der Insel ausspannte: »Kann man in Verzweiflung leben, ohne sich den Tod zu wünschen?« Weil die, wie ich voraussah, positive Antwort auf die Frage für mein Leben große Bedeutung haben würde, tröstete ich mich über den privaten und eigennützigen Charakter dieses Rollenspiels hinweg und sagte mir, daß darin auch eine unpersönliche und ganz uneigennützige Komponente verborgen lag. Ja, durch dieses »Spiel« würde es mir nicht nur möglich sein, mit Beate zu schlafen, sondern auch die universale Gültigkeit einer Wahrheit zu bestätigen, die nicht nur für sie und für mich, sondern auch für alle Menschen wichtig war.

Unter diesen Gedanken schlief ich auf dem Bett liegend ein, so wie ich war, in meinen Kleidern. Ich hatte einen Traum: Ich sitze neben einem Fenster, das auf eine Terrasse oder einen Balkon geht. Es ist geschlossen. Hinter den Scheiben erscheint plötzlich Trude und spricht zu mir. Ich höre nicht, was sie sagt, und zeige ihr mit Gesten, daß ich sie nicht verstehe. Also nimmt sie ihre Zuflucht zu beredter Mimik: Sie tupft sich mit dem Zeigefinger auf die Brust, dann tut sie so, als würde sie über den Balkon zu meiner Zimmertür kommen, die ich abgeschlossen hatte. Natürlich schüttle ich ablehnend den Kopf. Ich will nicht, daß Trude in mein Zimmer hineinplatzt, denn ich erwarte jemanden, genauer gesagt, die imaginäre Frau, die Trude und Beate zugleich ist. Trude gibt nicht nach: Hinter der Fensterscheibe produziert sie sich in aufreizender Manier: Sie zwinkert mir zu, streckt die Zunge heraus, leckt sich über die Lippen, erweitert mit den Händen den Ausschnitt ihres Kleides und zeigt mir ihre Brüste. Aber ich sage nein, immer wieder nein. Da erscheint an Trudes Stelle Beate hinter dem Fenster. Wie immer ist ihre Miene düster und unglücklich und in ihren Augen steht ein Drängen. Zum Unterschied von Trude macht sie mir keine Zeichen, sie steht regungslos da und wartet. Worauf? Offensichtlich wartet sie auf meine Einladung, durch die Tür hinter mir in mein Zimmer zu kommen. Aber wieder schüttle ich verneinend den Kopf, mit einem gewissen Bedauern allerdings, das muß ich zugeben, denn Beate ist schließlich die Frau, die ich bis jetzt geliebt habe. Ich deute also ein Nein an, und auch Beate verschwindet wieder, wie kurz zuvor Trude. Plötzlich klopft es an der Tür. Ich bin sicher, daß es diesmal weder Beate noch Trude ist, sondern die dritte Frau, die ich schon lange erwartet habe. So rufe ich »Herein«. Offenbar war meine Stimme aber zu schwach gewesen, denn seltsamerweise hört das drängende und zugleich vorsichtige Klopfen nicht auf. Als wollte ich sehen, was da in Wirklichkeit vor sich geht, erwache ich.

Jemand klopfte wirklich an meine Tür, drängend, aber auch taktvoll und beinahe schüchtern, wie in meinem Traum. Aber jetzt träume ich nicht mehr. So kam ich zu dem logischen Schluß, es müßte Trude sein, die aus irgendeinem Grund nicht in der Nacht, wie sie es angekündigt hatte, sondern schon früher zu mir kam. Sonderbar, diese Annahme stimmte mich eher mißmutig, ich war in diesem Augenblick noch nicht bereit für das Rollenspiel. Dennoch stand ich auf und öffnete die Tür. Zu meinem Erstaunen stand nicht Trude vor mir, sondern ihre Mutter.

Paula trug einen schwarzen, chinesischen Seidenpyjama, auf dessen Oberteil ein bunter Drache gestickt war. Ihre mageren, mit braunen Sommersprossen übersäten Arme wirkten im Kontrast zu den weiten glockigen Ärmeln noch dünner. Wieder fiel mir auf, daß ihr Kopf irgendwie maskulin wirkte: glänzend schwarze Haare in Bubikopfschnitt, große knorpelige Ohren, eine Cäsarennase, ein ernster, sinnlicher, verachtungsvoller Mund. Mich überraschte auch der Unterschied zwischen der oberen und unteren Hälfte ihres Körpers, als hätte ich ihn erst jetzt bemerkt: Der Pyjama bauschte sich leer über ihrem flachen, mageren Oberkörper, ihre Hüften waren jedoch breit und muskulös, ihre kräftigen Oberschenkel schienen bei jeder Bewegung den straff gespannten Stoff der Hosen zerreißen zu wollen. Sicher hatte das Reiten, der Lieblingssport Paulas, wie ich wußte, diese Muskeln so entwickelt. Aber in jenem Augenblick schien es mir, daß diese starken Beine, die es gewohnt waren, das Pferd mit kräftigem Schenkeldruck zu lenken, einen Hinweis auf den wahren Charakter von Paula gaben, die zwar anscheinend liebevoll-mütterlich mit Trude umging, in Wirklichkeit aber autoritär, anspruchsvoll und besitzergreifend war.

Auf deutsch sagte sie ganz unverblümt zu mir: »Sie haben sicher geglaubt, es sei Trude, obwohl euer Rendezvous eigentlich erst auf heute nacht angesetzt war. Aber da Trude mir erzählt hat, Sie wollten mit uns nach Deutschland fahren, bin ich gekommen, um mit Ihnen zu reden. Um Ihnen wenigstens eine vergebliche Reise zu ersparen.«

Mir kam der Gedanke, daß Trude aus Eifersucht auf ihre Schwester ihre Mutter gebeten hatte, mich von der Reise abzubringen. Das war eine ganz logische Vermutung, die sich auf Paulas Worte »um Ihnen wenigstens eine vergebliche Reise zu ersparen« stützte. Ich sagte mir sofort, ich müßte hart bleiben und dürfte mich weder von Schmeicheleien noch von Drohungen beeinflussen lassen. Außerdem, was konnte mir Beates Mutter schon sagen? Daß ihre Tochter ihren Mann liebte und nichts von mir wissen wollte? Daß alles nur ein Urlaubsflirt gewesen war, den ich nicht ernst nehmen durfte? Daß Beates Mann dank seiner einflußreichen Position mich aus Deutschland ausweisen lassen konnte? Daß ich mich bei der Suche nach Beate der Gefahr einer demütigenden Abfuhr aussetzte? Während mir diese Gedanken durch den Kopf schossen, deutete ich eine Verbeugung an und bat die Frau herein. Sie trat ein, wandte sich zu dem Lehnstuhl am Fußende des Bettes, ließ sich darauf nieder und schlug die Beine mit mondäner Ungezwungenheit übereinander. Ich bemerkte, daß sie um ihren rechten Knöchel ein Goldkettchen trug. Mir fiel ein, daß auch Beate ein solches Kettchen hatte, vielleicht war das kein Zufall. Paula begann mit steifer Höflichkeit: »Sie müssen entschuldigen, daß ich so ganz unangemeldet zu Ihnen komme. Eine Frau betritt das Zimmer eines Mannes nur aus triftigen Gründen gefühlsmäßiger Natur. Aber ich bin keine Durchschnittsfrau. Und außerdem, wie Sie wohl schon geahnt haben, komme ich nicht meinetwegen, sondern wegen meiner teuren Trude.«

Keine Durchschnittsfrau! Meine teure Trude! Das klang nicht wie die Worte einer Mutter. Als Paula weitersprach, wuchs mein Unbehagen. »Jedenfalls müssen Sie mir glauben, daß ich nicht gekommen wäre, wenn ich nicht außer an Trude auch an Sie gedacht hätte. Es ist vor allem Ihretwegen, daß ich hier bin.«

Dieser angebliche Altruismus verärgerte mich so wie die Entdeckung einer plumpen Heuchelei. Ich sprang von der Bettkante, wo ich saß, auf. »Das verbitte ich mir! Was habe ich damit zu tun und was Trude? Sie sind wegen Beate da, das dürfen Sie nicht leugnen. Aber ich möchte von vornherein klarstellen, daß nichts und niemand mich hindern wird, nach Deutschland zu fahren und Beate aufzusuchen!«

Seltsamerweise blieb sie von meiner Aufregung ganz ungerührt. Sie blickte mich nur neugierig an. Dann sagte sie gutmütig: »Beruhigen Sie sich doch, setzen Sie sich und hören Sie mir zu.«

»Ich bin ganz ruhig und teile Ihnen in aller Ruhe mit, daß ich die Absicht habe, schon morgen nach Deutschland zu fahren.«

»Na, na, na«, machte sie begütigend.

Ich setzte mich wieder aufs Bett und versuchte, meiner Stimme einen normalen Klang zu geben. »Entschuldigen Sie, aber es fällt mir schwer, die Ruhe zu bewahren, wenn man mit mir über Beate spricht.«

»Aber ich bin nicht hergekommen, um mit Ihnen über Beate zu sprechen, sondern über Trude, nur über Trude.«

Ich war irgendwie erleichtert, mußte mir aber eingestehen, daß ich nichts begriff: Paula wollte mir eine vergebliche Reise ersparen und versicherte mir im gleichen Atemzug, daß sie nicht hier war, um mit mir über Beate zu sprechen.

Ich wollte die Reise aber nur wegen Beate machen. Was wollte also Paula von mir? Dieser Widerspruch veranlaßte mich zu einer verbindlichen Haltung, zu der ich mich geradezu zwingen mußte. »Natürlich, Sie sind ja auch Trudes Mutter. Aber während Sie mir, was Beate betrifft, keinen Vorwurf machen können, nehme ich an, daß Sie vieles an meiner Beziehung zu Trude auszusetzen haben. Gut, ich bin bereit, Ihnen alle Erklärungen zu liefern, die Sie nur wollen. Auch deshalb, weil ich gern als Gegenleistung von Ihnen einige Erklärungen erhalten möchte.«

Sie zog eine lange Zigarettenspitze aus Schildpatt aus der Tasche und erwiderte mit kühler Höflichkeit: »Seien Sie unbesorgt, Sie werden für alles eine Erklärung erhalten. Hätten Sie bitte eine Zigarette für mich?«

Ich reichte ihr schnell die Packung hin. Sie zündete sich eine Zigarette an, machte einen Zug und sagte dann: »Übrigens, ich bin nicht Trudes Mutter.«

»Sie sind nicht Trudes Mutter?« stammelte ich. »Was soll das heißen? Sie haben sich mir doch selbst als die Mutter von Trude und Beate vorgestellt!«

»Ich sage Ihnen noch einmal«, gab sie ruhig zurück, »ich bin nicht Trudes Mutter. Ich bin nur eine Freundin. Auch ich bin Schauspielerin und arbeite im gleichen Ensemble wie Trude.«

»Ich verstehe noch immer nicht. Ich dachte immer, Beate sei Schauspielerin, und Trude kümmere sich um die Hundezucht Müllers. Was soll das alles bedeuten?«

»Es ist Zeit, daß Sie es erfahren«, sagte sie kopfschüttelnd. »Beate gibt es nicht und hat es nie gegeben. Trude hat Ihnen vorgespielt, sie sei Beate.«

Ich war wie betäubt; dennoch arbeitete mein Gehirn weiter, so wie man bei einem Sturz, der kein Ende zu nehmen scheint, noch einige klare Gedanken fassen kann. Ich dachte, daß ich ihr Glauben schenken könnte. Dennoch spürte ich, wie sich in meine Verwunderung auch ein gewisses Mißtrauen mischte. Mir war nämlich plötzlich der Gedanke gekommen, daß die Behauptung, es gäbe keine

Mutter Paula und keine Zwillingsschwester Beate vielleicht nur ein plumper Trick sei, um mich loszuwerden. Sicher, diese Vermutung war noch unglaubhafter als die Lüge, die sie aufdecken wollte, wie sie behauptete. Aber das war schließlich gleich. In meiner Verblüffung fand ich keine bessere Erwiderung als: »Aber ich habe doch tagelang Beate beim Essen am Nebentisch sitzen sehen! Ich habe doch sogar mit ihr gesprochen!«

Fast hätte ich hinzugefügt: »Sie hat mir doch gesagt, daß sie mich liebt! Und mir vorgeschlagen, wie Kleist und Henriette Vogel gemeinsam in den Tod zu gehen!« Die Scham hielt mich jedoch davor zurück. In sarkastischem Tonfall sagte ich statt dessen: »Ihre Enthüllungen überzeugen mich nicht. Könnte ich vielleicht erfahren, was hinter all dem steckt?!«

Paula sah mich aufmerksam an, als sähe sie mich zum ersten Mal. »Sie glauben mir nicht, wie ich sehe! Wenn Sie wollen, lasse ich Ihnen alles von Trude bestätigen.«

»Wer sagt mir denn, daß Trude nicht mit Ihnen gemeinsame Sache macht?« fuhr ich sie wütend an. »Ich frage Sie noch einmal, was steckt hier dahinter?«

»Nichts anderes als der Wunsch, einen Scherz, der schon zu weit gegangen ist, zu beenden.«

»Was für einen Scherz?« gab ich empört zurück. Mir war plötzlich aufgegangen, daß Paula meine geheimnisvolle, so faszinierende Beziehung mit Beate einen »Scherz« nannte.

Sie sah mich mitleidig an. Offensichtlich war ihr klar geworden, daß ich sie noch immer nicht verstanden hatte. Sie spuckte einen Tabakkrümel aus, der an ihrer Lippe haften geblieben war, und sagte: »Wir beide, Trude und ich, sind sehr eng befreundet, und alle beide sind wir beim Theater. Vielleicht bringt das unser Beruf mit sich, aber es macht uns Spaß, hin und wieder so zu tun, als seien wir andere Personen, und die Leute damit zum Narren zu halten, aber ganz harmlos und ohne böse Absicht, nur um uns zu amüsieren und einen Scherz zu machen. Als wir uns nun entschlossen hatten, den Urlaub in Italien zu verbringen und nach Capri zu gehen, das seinen Ruf zum Teil auch den vielen jungen Italienern verdankt, die extra dorthin fahren, um die leichtgläubigen und naiven deutschen Mädchen zu verführen, da haben Trude und ich den Plan ausgeheckt, irgendeinem italienischen Don Juan einen Streich zu spielen. Trude sollte mit ihrem Mann vorausfahren und sich den erstbesten jungen Italiener angeln, der ihr dafür geeignet schien. Dann sollte ich nach einigen Tagen nachkommen, die Rolle von Trudes Mutter spielen und sozusagen ihren Gatten vertreten. Der Scherz sollte hauptsächlich in der Erfindung einer Zwillingsschwester Beate bestehen, die zwar physisch identisch, aber in charakterlicher Hinsicht das genaue Gegenteil von Trude darstellte. Während Trude das Leben liebt und nie davon geträumt hat, sich umzubringen, haben wir also eine Beate erfunden, die sehr romantisch eingestellt ist, Kleist schrecklich bewundert und seit langer Zeit auf der Suche nach einem Mann ist, der sich gemeinsam mit ihr den Tod gibt, so wie Kleist und Henriette Vogel. Sobald Trude sicher wäre, daß Sie tüchtig in sie verschossen sind, sollte sie Ihnen nach unserem Plan vorschlagen, gemeinsam mit ihr zu sterben. Sobald die Sache so weit gediehen war, würde Beate verschwinden, da Trude die Abreise von Capri vortäuschen und dann mit mir zurückkehren sollte, wobei ich die Mutter der Zwillingsschwestern zu spielen hätte. Trude sollte Sie so weit bringen, mit ihr die ferne Beate zu betrügen. Im schönsten Moment sollte sie Ihnen dann sagen, daß alles nur Scherz war, und Sie beschämen und Ihnen zeigen, daß Ihre große Liebe zu Beate in Wirklichkeit gar nicht existieren konnte. Der Scherz ging solange sehr gut«, schloß Paula nach kurzem Schweigen, »als Trude vortäuschte, Beate zu sein. Aber dann ist was geschehen, das wir nicht vorausgesehen hatten, und da habe ich mich entschlossen, zu Ihnen auf Ihr Zimmer zu kommen.«

»Was war nicht vorgesehen?« fragte ich.

Trocken und mit fast hochmütiger Ehrlichkeit antwortete sie: »Daß Sie nicht der übliche italienische Casanova sind.

Und daß Sie sich wirklich so sehr in die imaginäre Beate
verliebt haben, daß Sie ihr sogar nach Deutschland nachrei-
sen wollen, um sie zu bitten, Ihre Frau zu werden.«
 Diesmal war ich ganz fest von Paulas Ehrlichkeit überzeugt. Zwei Dinge hatten mir klar zu erkennen gegeben, daß
sie die Wahrheit sagte: Die Stupidität und Vulgarität dieses
»Scherzes«: Zwei deutsche Schmierenschauspielerinnen, die
sich im Urlaub auf Capri auf Kosten der italienischen Männer amüsieren wollen, weil sie den Gemeinplatz für wahr
halten, alle Männer in Italien seien Casanovas. Und der
andere, diesmal literarische Gemeinplatz, der Doppelselbstmord à la Kleist. Wie sollte ich in den Elementen dieses
sogenannten Scherzes nicht das unverwechselbare Zeichen
der Unkultur erkennen, die in das deutsche Bürgertum
eindrang?
 Es gab jedoch noch einen anderen Grund, der mich
annehmen ließ, daß Paula die Wahrheit sprach: Trude hatte
kein »anderes Ich« erfunden, sondern, so wie Paula sagte,
sich mit der Unterstützung ihrer Freundin darauf
beschränkt, ein Geschöpf zu erfinden, das in allem das
genaue Gegenteil von ihr selbst darstellte. Sie war, oder
besser, sie glaubte, fröhlich, lebensbejahrend, sinnlich, reich
an gesundem Menschenverstand und gut eingegliedert in die
Gesellschaft ihres Landes zu sein; Beate war dagegen logischerweise als nach höheren Werten strebend, frigid, melancholisch und als Außenseitertyp angelegt worden. Schließlich war Trude nazistisch, antisemitisch und antiintellektu-
ell; Beate mußte folglich antinazistisch, intellektuell und
philosemitisch sein, und so weiter und so fort. Diese sym-
metrischen Gegensätze hatten mich am Anfang fasziniert;
jetzt wunderte ich mich jedoch, daß ich ihre auf der Hand
liegende Banalität nicht schon früher bemerkt hatte.
 Diese Überlegungen, wie alle, die in dramatischen Situationen angestellt werden, dauerten nicht länger als einen
Atemzug. Dann blickte ich wieder auf Paula und mir wurde
bewußt – wahrscheinlich durch die Gegenwart der Freundin
Trudes beeinflußt –, daß ich mir das Ganze noch nicht

zusammenreimen konnte. In Wirklichkeit war aus der Enthüllung des ›Scherzes‹ eine neue, aber genauso rätselhafte und absolut nicht komische Situation entstanden. Die wahre, tiefere Bedeutung dieses ›Scherzes‹ entging mir nämlich noch völlig, obwohl ich spürte, daß etwas Wichtiges dahintersteckte. Paula und Trude hatten nur einen Scherz machen wollen, aber warum gerade einen solchen? Seltsam, wenn man bedenkt, daß sie sich nur über einen italienischen Casanova lustig machen wollten. Warum hatten sie Beates Gestalt erfunden? So verinnerlicht und voll Todessehnsucht, mit der fixen Idee des Doppelselbstmords à la Kleist?

Ich wollte Zeit gewinnen und sagte drängend: »Alles schön und gut. Trude ist Schauspielerin, Sie sind Schauspielerin; ihr wolltet euch nur über mich lustig machen. Aber Herr Müller ist kein Schauspieler, er ist ein Ehemann und noch dazu ein sehr eifersüchtiger. Wie erklären Sie Müllers Komplizenschaft bei eurem sogenannten Scherz?«

»Wir lieben alle unsere teure Trude«, antwortete sie, ohne zu zögern, »vielleicht zu sehr. Alois hat sich so wie ich aus Liebe für diesen Scherz hergegeben. Offensichtlich hat er dabei eine sehr schlechte Rolle gespielt, nicht wahr? Das war unvermeidlich, er ist nämlich furchtbar eifersüchtig.«

Sie blieb einen Augenblick still, dann fuhr sie mit angriffslustiger Offenheit fort: »An sich wollte er diesen Part nicht übernehmen, die Rolle eines Ehemannes, der seiner Frau gestattet, ihrem Tischnachbarn lockende Blicke zuzuwerfen. Wir haben ihn überredet, Trude und ich, indem wir ihm sagten, daß sich alle Italiener für unwiderstehlich halten und daß es an der Zeit sei, ihnen eine saftige Lektion zu erteilen.«

Da mußte ich an die vielen Lektionen denken, die mir Müller, bald aus Wut, bald im Einverständnis mit seiner Frau, erteilt hatte, und sagte: »Danke im Namen der Italiener!«

»Seien Sie nicht beleidigt. Wie ich Ihnen schon sagte, bin ich aus dem einfachen Grund hier, daß der Scherz nur bis zu einem gewissen Punkt wunschgemäß abgelaufen ist, denn Sie sind anders als Ihre Landsleute.«

Ich protestierte: »Ach was, ich soll anders als die anderen Italiener sein? Ich lege aber viel Wert darauf, ganz so wie meine Landsleute zu sein: ganz haargenau so wie sie, das können Sie mir glauben!«

Sie blickte mich jetzt beinahe mit Sympathie an, einer Sympathie, die zweifellos auf die Tatsache zurückzuführen war, daß ich, wie sie selbst und Müller, die ›teure‹ Trude offenbar liebte. Sie streckte die Hand nach meinem gesenkten Kopf aus und deutete fast eine Liebkosung an: »Na, na, jetzt müssen wir gute Freunde werden. Sie müssen irgendwann nach Deutschland kommen, aber nicht, um ein Gespenst zu besuchen, sondern die wirkliche Trude, und dann werden wir über diese ganze Geschichte zusammen lachen.«

Ich hörte ihr nicht zu, ich folgte nur meiner Gedankenkette. »Aber weiß Trude davon«, unterbrach ich sie brüsk, »daß Sie hergekommen sind, um mir die Wahrheit über ihre vermeintliche Zwillingsschwester zu enthüllen?«

»Sie weiß es noch nicht, ich habe ihr gesagt, daß ich in den Garten gehe, um frische Luft zu schöpfen. Ich beabsichtige es ihr jedoch so bald wie möglich zu sagen.«

»Nein, ich bitte Sie«, rief ich heftig aus, »sagen Sie ihr nichts! Ich möchte es selber tun.«

»Aber warum?«

Nach kurzer Überlegung entschloß ich mich, ihr die Wahrheit zu sagen: »Ich möchte mir klar darüber werden, was eigentlich wirklich geschehen ist. Die einzige Möglichkeit, es zu erfahren, ist, daß wir Trude nichts darüber erzählen und sie ihre Rolle weiterspielen lassen. Falls Sie ihr aber reinen Wein einschenken, werde ich nie erfahren, was hinter dem Scherz steckte.«

»Aber nichts, gar nichts weiter. Es war nur ein dummer Scherz. Das ist alles.«

»Um so besser, dann werde ich feststellen, daß es sich nur um einen dummen Scherz gehandelt hat.«

»Aber das haben wir doch bereits getan! Können Sie mir nicht vertrauen?«

»Ich vertraue nur mir selbst.«

Auf ihrem Gesicht malten sich Verblüffung und Verständnislosigkeit, aber keine Feindseligkeit. Schließlich brachte sie in zärtlichem, besorgtem Ton hervor: »Aber wie werden Sie es ihr sagen? Ihr Italiener könnt besonders in solchen Situationen so gewalttätig sein.«

»Haben Sie keine Angst, ich werde es ihr als – wenn auch italienischer – Intellektueller sagen. Intellektuelle sind nicht gewalttätig.«

»Sie möchten, daß Trude nichts erfährt und ihre Rolle als Beate weiterspielt, weil Sie sich rächen und sich Ihrerseits über sie lustig machen wollen, so wie die Katze mit der Maus spielt. Ich kann das nicht zulassen!«

Ich weiß nicht wieso, aber plötzlich empfand ich für Paula die gleiche Sympathie, die sie offenbar eben für mich empfunden hatte: Im Grunde bewies sie mit ihrer Besorgnis, daß sie die von mir geliebte Frau sehr gern hatte. Ich stand vom Bett auf, setzte mich auf die Armlehne ihres Sessels, nahm ihre braune, dünne Hand und sagte: »Und Sie, ausgerechnet Sie, die behauptet, Trude so gern zu haben, können nicht begreifen, daß ich mir nur wünsche, die Frau besser kennenzulernen, in die ich verliebt bin.«

Mit einer hastigen Bewegung rückte sie von mir ab und schaute fast erschrocken zu mir auf. »Sie sind nicht in Trude verliebt«, erwiderte sie, »sondern in Beate, das heißt in eine Person, die nicht existiert.«

»Ja, das stimmt, aber es ist ebenfalls richtig, daß Trude Beate verkörpert hat, und ich möchte wissen, warum sie diese Gestalt erfunden hat. Und außerdem, warum gerade Beate und nicht irgendeine andere Gestalt?«

Sie saß immer noch mit zurückgebeugtem Kopf da; durch die gespannten Muskeln ihres Halses hob sich ihre Brust; ihre Jacke hatte sich geöffnet und ließ ihren flachen, fast nicht vorhandenen Busen sehen, der nur durch zwei fast unsichtbare, kreisförmige Falten angedeutet war. Beim Anblick dieser beinahe männlichen Brust stellte ich unwillkürlich eine Verbindung zwischen dem Fußkettchen, dem ungewöhnlich kurzen Haarschnitt und der Art und Weise her, wie Paula die Zigarette in einen Mundwinkel klemmte und den Rauch nicht ausblies, sondern bis zu ihren zusammengekniffenen Augen emporsteigen ließ, genau wie es manche Männer tun, die sich ein forsches Aussehen geben wollen. Ich sagte mir, daß alle diese Eigenheiten wohl auf einen nicht ganz unbewußten Wunsch zurückzuführen waren, bei den Leuten einen bestimmten Eindruck von sich selbst entstehen zu lassen: einen Eindruck von Männlichkeit. Ganz plötzlich war ich überzeugt davon, daß zwischen ihr und Trude eine lesbische Beziehung bestand. Auch der ängstlich-zärtliche Tonfall, in dem sie von ihrer Freundin sprach, konnte darauf hinweisen. Paula schien meine Gedanken zu erraten und sagte schroff: »Bitte, setzen Sie sich wieder aufs Bett, ich mag die Art nicht, wie Sie meine Brüste anstarren!«

So übertrug sie das erotische Interesse, das ich an Trude hatte, auf sich selbst, und machte mir daraus einen Vorwurf. Wenn es stimmte, dachte ich – und ich war dessen nun ganz sicher –, daß beide Frauen ineinander verliebt waren, konnte ich nur von Paula die ganze Wahrheit über Trude erfahren. Das zwischen Trude und mir vereinbarte Rollenspiel konnte übrigens ohne weiteres stattfinden, ob sie nun von der Enthüllung des Scherzes erführe oder nicht: Zwischen uns bestand nunmehr eine Beziehung, die jener Scherz gar nicht ins Wanken bringen konnte, der Scherz selber tat überhaupt nichts zur Sache. Ich kam Paulas Aufforderung nicht nach, sondern erwiderte gelassen: »Gut, ich werde nicht mit Trude Katz und Maus spielen. Sagen Sie ihr ruhig, daß ich über das Ganze im Bilde bin. Aber ich bitte Sie, mich wenigstens davon zu überzeugen, daß es wirklich nur ein Scherz war und weiter nichts.«

»Ich versuche das doch schon die ganze Zeit, aber Sie wollen unbedingt wer weiß was für geheimnisvolle Hintergründe darin sehen, aber da gibt es nichts, überhaupt nichts!«

»Ich möchte nur, daß Sie mir einige Fragen beantworten.«

»Was für Fragen?«

»Nichts Intimes und Indiskretes. Fragen, auf die Sie ohne Bedenken eingehen können.«

Ihre Augen zeigten mir, daß sie nichts dagegen hatte, über Trude zu sprechen.

»Aber ich behalte mir vor«, erwiderte sie zögernd, »nur jene Fragen zu beantworten, die mir als zulässig erscheinen.«

»Selbstverständlich.«

Ich rutschte von der Armlehne herunter und setzte mich wieder aufs Bett. »Ich verstehe«, fügte sie hinzu, »daß Sie mehr über Trude wissen wollen. Das ist am Anfang jeder Liebe so. Später verzichtet man darauf, alles über den geliebten Partner wissen zu wollen, und liebt ihn, so wie er ist.«

Sie schien jetzt gerührt zu sein. »Ich werde Ihre Fragen nur deshalb beantworten – das möchte ich vorausschicken –, weil ich spüre, daß Sie unsere Trude wirklich sehr lieb haben.«

Ich zündete mir eine Zigarette an, vielleicht weil mir diese Geste half, besser in die Rolle eines Untersuchungsrichters schlüpfen zu können. »Also«, begann ich dann, »zuerst einmal möchte ich wissen, seit wann Trude in der Partei ist.«

Sie wurde ernst, verlor aber dabei ihre Ruhe nicht; meine Frage war zwar unvorhergesehen, aber nicht außergewöhnlich. »Moment! Ja, Trude ist der Partei genau vor eineinhalb Jahren beigetreten.«

»Also bevor Hitler an die Macht kam.«

»Gewiß; schon vorher.«

»Aber bevor Trude Parteimitglied wurde, beschäftigte sie sich da schon mit Politik?«

»Nein, nicht daß ich wüßte. Sie war lediglich Schauspielerin.«

»Gut, sie beschäftigte sich also nicht direkt mit Politik. Aber sie verkehrte mit Leuten, die sich damit befaßten und die dem Nationalsozialismus nicht gerade positiv gegenüberstanden.«

»Das wäre mir neu. Trude verkehrte vor allem mit Theaterleuten.«

»Wenn wir von Beate redeten, sagte Trude, diese sei ständig gescheitert: als Tänzerin, als Dichterin und als Malerin. Sprach sie dabei von sich selbst?«

»Alles erfunden! Trude war weder Tänzerin noch Dichterin, noch Malerin. Sie war und ist nur Schauspielerin.«

»Trude schrieb ihrer erfundenen Zwillingsschwester sogar drei gescheiterte Versuche zu, mit einem Partner gemeinsam Selbstmord zu begehen. Haben Ihrer Meinung nach diese drei Geschichten irgend etwas mit Trudes Leben zu tun?«

»Nein, gar nichts. Die drei Selbstmordversuche haben wir beide, Trude und ich, uns ausgedacht und dabei Kleists Freitod zum Vorbild genommen. Das war eine der lustigsten Phasen unseres Scherzes. Wir konnten nicht aufhören, uns immer was Neues auszudenken, um die Gestalt ›Beate‹ zu vervollkommnen, ich erfand ein Detail und Trude ein anderes. Wir lachten die ganze Zeit wie verrückt. Als die Gestalt unserer Vorstellung entsprach, probten wir wie im Theater. Ich tat dabei so, als ob ich ein italienischer ›Casanova‹ wäre, Trude spielte Beate: unglücklich, melancholisch, geheimnisvoll, genau wie bei ihrer ersten Begegnung mit Ihnen auf dem Schiff. Es hat uns wirklich Spaß gemacht. Aber wenn ich auch an Bord gewesen wäre, hätte ich wahrscheinlich Trude davon abgeraten, ausgerechnet Sie zu wählen.«

»Warum?«

»Für unseren Zweck wäre ein gewöhnlicher Italiener geeignet gewesen. Bei Ihnen merkt man sofort, daß Sie kein Durchschnittstyp sind.«

»Aber ein Durchschnittstyp hätte in den Selbstmordplan nicht eingewilligt. Merkwürdig ist jedoch, daß ihr, um euch auf Kosten der gewöhnlichen oder ungewöhnlichen italienischen Casanovas zu amüsieren, sogar Kleist bemüht habt. Das wäre nicht nötig gewesen. Und warum gerade Kleist?«

»Er ist einer der Lieblingsdichter von Trude und mir; außerdem mußte ›Beate‹ romantisch sein. Wer wäre denn romantischer als Kleist?«

»Na gut; aber beantworten Sie mir nun ehrlich diese

Frage: Hat es Ihrer Meinung nach in Trudes Leben je selbstmörderische Tendenzen gegeben?«

»In dem Sinn, daß Trude versucht hätte, sich zusammen mit einem anderen das Leben zu nehmen, nie.«

»Und allein?«

Sie blickte unentschlossen vor sich hin, dann gab sie zu: »Vor ungefähr zwei Jahren ist etwas geschehen, das mich an einen Selbstmordversuch denken ließ.«

»Was passierte damals?«

»Hören Sie zu: Trude und ich lebten in dieser Zeit zusammen. Eines Tages komme ich heim und merke sofort einen starken Gasgeruch. Ich gehe zum Badezimmer, aber die Tür ist von innen abgesperrt. Zum Glück ist es eine Glastür, ich schlage die Scheibe ein, stecke die Hand durch das Loch, drehe den Schlüssel um und öffne die Tür. Trude lag auf dem Boden; sie war ganz nackt und so steif, daß ich sie an den Haaren packen mußte, um sie irgendwie herauszuziehen. Ich schleppte sie bis zum Bett, legte sie drauf und rief einen Arzt an. Später sagte sie mir, es sei eine Verkettung unglücklicher Umstände gewesen. Sie sei im Badezimmer eingeschlafen, die Flamme im Boiler sei ausgelöscht und das Gas weiter ausgeströmt. Aber ich konnte mich gut erinnern, daß sie die Augen aufmachte, als ich den Arzt anrief, mich mit dem Hörer in der Hand neben dem Bett stehen sah und ›Ich will sterben‹ stammelte, ›laß mich sterben!‹ Zugegeben, es waren Worte, die man in gewissen Augenblicken so sagt. Aber vielleicht waren es nicht nur bloße Worte, vielleicht steckte mehr dahinter.«

»Was meinen Sie damit?«

Sie warf mir einen mißtrauischen Blick zu. »Sie können gewisse Dinge nicht begreifen. Ein Ausländer kann nicht verstehen, was sich in Deutschland nach dem Krieg ereignet hat. Geben Sie sich trotzdem Mühe, mir zu folgen. Erstens: Trude befindet sich in einer schweren Krise, deutlicher ausgedrückt, sie glaubt an nichts mehr, pfeift auf alle Ideale und lebt ein dekandentes Leben.«

Plötzlich hatte ich den Eindruck, als ob ich doppelt sähe.

Trudes lesbische Geliebte hatte sich in eine Frau aus der Bourgeoisie verwandelt, die mit den Parolen der nationalsozialistischen Propaganda vollgestopft war. »Entschuldigen Sie«, frage ich, »aber was heißt ›dekadentes Leben‹?«

Sie zuckte mit den Schultern: »Ach, was! Sie wissen sehr gut, was ›dekadentes Leben‹ heißt.«

»Sie haben eben erst gesagt, daß ein Ausländer bestimmte Dinge, die in Deutschland vorkommen, nicht verstehen kann.«

»Bitte, unterbrechen Sie mich nicht. Ich komme zu Punkt zwei: Das dekadente Leben führt Trude logischerweise zur Selbstzerstörung; sie versucht nämlich, sich umzubringen. Drittens: Sie entdeckt, daß es Ideale gibt; man braucht sich nur umzuschauen, um sie zu finden; so wird ihr klar, daß man nicht für sich selbst in einem sterilen Individualismus leben darf, sondern für die anderen leben muß, und Leben-für-die-anderen heißt in diesem historischen Augenblick, zur Wiedergeburt Deutschlands beizutragen.«

Meine Verblüffung wuchs: Wie konnte Paula ihren patriotischen Eifer mit der Homosexualität vereinbaren, die dem öffentlichen Leben so fremd und fern steht, wo man doch nur heterosexuelle Beziehungen eingehen darf? Sonderbar, ihr politischer Fanatismus machte die ›private‹ Leidenschaft, die sie verzehrte, für mich noch augenfälliger. Ich hörte ihr zu, aber gleichzeitig stellte ich mir vor, wie Trude nackt vor ihr lag und sie ihr hartes, mageres und gieriges Gesicht dem flammenden Schamhaar ihrer Freundin näherte.

»Kurz und gut«, sagte ich schließlich, »das Ergebnis von all dem war, daß Trude der Partei beigetreten ist; eine richtige Bekehrung! Es muß so was Ähnliches gewesen sein, wie das Damaskus-Erlebnis für den heiligen Paulus.«

Sie war irgendwie unschlüssig; dann gab sie halblaut zu: »Genau, eine Bekehrung.« Nach kurzem Schweigen fügte sie hinzu: »Sie dürfen keine Witze über die Bekehrung Trudes machen. Ich war selbst dabei und muß Ihnen gestehen, daß ich von der Spontaneität ihres Gefühls beeindruckt war.«

»Wieso, hat sich Trude etwa auf eine andere Weise zum Nationalsozialismus bekehrt als Sie?«

»Ich habe mich nicht bekehrt«, antwortete sie mit einem gewissen Stolz, »ich meine, ich bin nicht Parteimitglied geworden, um irgendeine private moralische Krise zu lösen. Ich stamme aus einer alten Offiziersfamilie; bei uns zu Hause war der Patriotismus Tradition; von Anfang an habe ich begriffen, daß – zumindest im Moment – Hitler das Beste für Deutschland ist. Übrigens, der Ort, wo sich Trude bekehrt hat, ist bezeichnend. Wissen Sie, wo? Während einer Versammlung im Freien.«

Ich fuhr innerlich zusammen; jetzt wußte ich die Erklärung für das Geheimnis der doppelten Persönlichkeit Paulas als Lesbierin und Patriotin. Der Nationalsozialismus bedeutete ihrer Meinung nach nicht für sie selbst eine Lebensnotwendigkeit – sie war ja in einer Offiziersfamilie geboren –, sondern für Deutschland, das heißt, für alle diejenigen, die wie Trude nicht aus einem traditionsreichen Stand stammten und daher unter einer moralischen Krise litten. Das war, wie ich wußte, der Gesichtspunkt der konservativsten Kreise in Deutschland. Paula war Aristokratin; der kleinbürgerliche Moralismus war ihr fremd; so konnte sie also ihre ›anormale‹ Sexualität mit der ›normalen‹ Politik vereinbaren.

»Sie befanden sich aber auch auf jenem Platz«, warf ich ein, »wenn Sie bei der sogenannten Bekehrung dabei waren.«

»Ich hatte Trude dorthin begleitet.«

Ich blieb einen Augenblick still, dann fragte ich: »Woher stammt Ihre Familie?«

»Aus Pommern.«

»Ist Ihr Vater ein hoher Offizier?«

»Er war General; er ist vor einigen Jahren gestorben.«

»Sind sie verheiratet?«

»Das ist ja ein richtiges Verhör, oder? Na, ich bin geschieden, mein Mann war auch Offizier, ich habe keine Kinder.

Zufrieden, oder möchten Sie noch was anderes wissen?«

»Entschuldigen Sie, aber ich habe Ihnen bereits gesagt, daß ich alles über Trude wissen möchte. Nun, Sie sind im Leben Trudes so wichtig, daß ich logischerweise auch über Sie alles erfahren möchte.«

»Warum glauben Sie, daß ich im Leben von Trude wichtig bin?«

»Haben Sie mir vor kurzem nicht selbst gesagt, daß ihr beide zusammengelebt habt? So was ist doch wichtig, oder? A propos, wie kam es denn dazu, daß ihr euch zusammengetan habt?«

»Wir waren im gleichen Ensemble. Trude wollte nicht mehr bei ihrer Familie leben. So bot ich ihr an, zu mir zu ziehen; ich hatte eine große Wohnung; Trude nahm an.«

»Zog Trude vor oder nach Ihrer Scheidung zu Ihnen?«

»Vorher.«

»War Ihr Mann einverstanden, daß Trude bei Ihnen wohnen sollte?«

Mir kam vor, daß ihr braunes, hartes Gesicht aus Scham oder Ärger leicht errötete. Trotzdem antwortete sie mit zorniger Entschiedenheit: »Sie möchten wissen, ob mein Mann meine Freundschaft mit Trude billigte? Bitte sehr: Auch das werde ich Ihnen beantworten. Mein Mann empfand keine Sympathie für Trude, und das ist einer der Gründe, warum wir uns scheiden ließen.«

»Wahrscheinlich hat Ihr Mann die Bekehrung Trudes nicht gern gesehen.«

»Mein ehemaliger Mann hat sehr starre, traditionelle Ansichten. Er ist Soldat, kein Politiker.«

»A propos: Sie haben auf die Bekehrung Trudes wie auf etwas ganz Besonderes angespielt. Sie waren ja dabei. Können Sie mir sagen, wie es geschah?«

Sie schien nachzudenken, dann sagte sie: »Trude hatte vorher einen Traum, der ihren seelischen Zustand am Vorabend dessen, was Sie Bekehrung nennen, beleuchtet. Trude und ich, wir schliefen in einem Zimmer...«

Ich unterbrach sie: »Ihr schlieft im gleichen Zimmer?«

»Natürlich.«

»Im gleichen Bett?«

»Ja, in einem Doppelbett. Wieso?«

»Nichts, sprechen Sie weiter.«

»In der Nacht, bevor die Versammlung stattfand, bei der sich die Bekehrung ereignete, stieß Trude plötzlich einen Schrei aus, setzte sich im Bett auf, knipste das Licht an und begann, den Daumen ihrer rechten Hand aufmerksam zu untersuchen. Ich war inzwischen auch aufgewacht und fragte überrascht, was los sei und warum sie ihren Finger so ansähe. Sie antwortete, sie hätte folgendes geträumt: Sie glaubt in einer Kirche zu sein; sie trägt ein Brautkleid und schreitet langsam am Arm des Führers durch das Kirchenschiff, der seinerseits auf bayerische Art gekleidet ist: weiße Stutzen, Lederhose und grüne Joppe. Der Führer und Trude schreiten langsam auf den Altar zu, der mit Blumen geschmückt ist, aber anstatt des Kruzifixes liegt ein Tuch mit dem Hakenkreuz darauf. Es ist Trude klar, daß das eine Hochzeitsfeier ist, aber in einem heidnischen Ritus, den sie nicht kennt. Während die Orgel mit einem Hochzeitsmarsch einsetzt, reicht ein SS-Mann dem Führer auf einem Tablett eine Nadel hin. Er nimmt sie, und fast sofort spürt Trude einen Nadelstich an ihrem Finger. Dann führt der Führer ihn an seinen Mund und saugt das hervorquellende Blut fort. In diesem Moment ist Trude aufgewacht.«

»Wie verhielten Sie sich in dieser Situation?«

»Ich versuchte, sie zu beruhigen und zu trösten; sie jammerte und hörte nicht auf, ihren Finger anzustarren. Schließlich drückte ich einen Kuß auf ihre Fingerspitze, und sie schmiegte sich an mich und schlief wieder ein.«

Wir schwiegen beide einen Augenblick. Hitler mit der Lederhose und die Wunde am Finger, aus der er das Blut saugt, waren zwei Details, die seltsamerweise und vielleicht absichtlich mit Einzelheiten aus der Erzählung von der Vergewaltigung übereinstimmten, die Trude von der imaginären Beate gehört haben wollte.

Schließlich brachte ich mühsam hervor: »Also, wie war

die Bekehrung?«

»Ich komme gleich darauf. Als wir den Versammlungsplatz erreichten, blickte ich auf die Tribüne, wo die hohen Persönlichkeiten saßen und bemerkte eine merkwürdige Übereinstimmung mit Trudes Erzählung: Der Führer war in bayerischer Tracht erschienen, wie in ihrem Traum. Natürlich, es handelte sich damals um eine Versammlung von bayerischen SA-Leuten. Auf jeden Fall machte ich Trude darauf aufmerksam: ›Sieh, der Führer ist so angezogen wie in deinem Traum.‹«

»Wie reagierte sie darauf?«

»Sie drückte so stark meinen Arm, daß sie mir weh tat, aber erwiderte nichts. Sie war nun von Hitler fasziniert und hatte nur mehr Augen und Ohren für ihn. So sagte ich nichts mehr, ich beobachtete nur, was für eine Wirkung die Rede des Führers auf sie hatte. Wie immer bei den Reden Hitlers, unterbrach die Menge ihn oft mit einem Beifallssturm; aber Trude applaudierte nicht, sie bewegte nicht einmal den Kopf. Regungslos und still stand sie da, ihr ganzer Körper verriet gespannte Aufmerksamkeit; sie blickte unverwandt auf die Tribüne, vielleicht hörte sie nicht einmal zu und beschränkte sich darauf, alles mit den Augen in sich aufzunehmen. Als die Rede zu Ende war, geschah das, was Sie Bekehrung nennen können: Während die Menge auf dem Platz in starken und langanhaltenden Beifall ausbrach, stieß Trude einen lauten Schrei aus, warf die Arme in die Höhe und fing an, begeistert zu klatschen.«

»Was geschah dann?«

»Sie stellte sich auf die Zehenspitzen und schien so begierig, den Führer besser zu sehen, daß sich ein großer stattlicher Mann neben ihr anbot, sie hochzuheben. Trude nahm dankend an, und bald schwebte sie in den Armen jenes Mannes über den Köpfen der Menge und konnte den Führer nach Herzenslust bewundern.«

»Wirklich eine Bekehrung!« bemerkte ich.

»Ja, offensichtlich war in ihrem Inneren irgend etwas geschehen; aber das Wort ›Bekehrung‹ gefällt mir nicht.«

»Wie würden Sie es nennen?«

»Ich glaube, daß man, um einer Partei beizutreten, nur eine einfache Überlegung anstellen muß. Schließlich ist es eine politische Frage. Aber Trude hatte diese moralische Krise durchgemacht, von der ich Ihnen vorhin erzählte.«

»Also lief Trude sofort nach jener Versammlung zum Parteibüro, um ihren Beitritt registrieren zu lassen?«

»Keineswegs. Sie lebte mehr oder weniger so wie früher dahin; dann passierte jene Geschichte im Badezimmer, das war so was Ähnliches wie die letzten Zuckungen der Agonie der ›alten‹ Trude. Mit dem Beitritt zu der Partei wurde die neue Trude geboren.«

»Sind Sie dessen wirklich sicher?«

»Sicher ist gar nichts; aber es ist Tatsache, daß Trude vorher das Leben haßte; danach aber liebte sie es!«

»Was für ein Leben denn? Das Leben im allgemeinen oder das Leben zusammen mit Ihnen?«

Ich stieß diese Worte fast gegen meinen Willen hervor. Sie wurden mir in Wahrheit von einer plötzlichen, unvorhergesehenen Eifersucht eingegeben; wie in einer Vision sah ich Trude vor Paula knien und ihr Gesicht zwischen ihre muskulösen Beine pressen. Ich malte mir aus, wie Paula ihre krampfhaft zusammengeballte Hand fordernd auf Trudes hellen, schmächtigen Nacken drückte, um ihren Kopf länger in diese Stellung zu zwingen.

Diesmal tat Paula nicht so, als ob sie mich nicht verstünde, sondern reckte sich hoch auf und fragte: »Was wollen Sie damit sagen?«

»Ich meine: Trude und Sie, seit wann liebt ihr beiden einander?«

Während ich sprach, hatte ich seltsamerweise die Illusion, die vielen Barrieren überwinden zu können, die mich von ihr trennten. »Verstehen Sie mich nicht falsch«, setzte ich schnell hinzu. »Ich liebe Trude und so habe ich alle gern, die sie lieben. Mit meiner Frage wollte ich nur ausdrücken, daß wir beide den gleichen Menschen lieben. Das ist alles.«

Aber ich begriff sofort, daß sie meine Erklärung nicht

akzeptierte. Sie hatte ein anderes Bild von meinen Absichten, das vielleicht zu dieser Art Beziehung zwischen ihr und Trude besser paßte, aber völlig irreal war. Sie erhob sich und sagte empört: »Ich verstehe, Sie möchten Liebe zu dritt: die zwei naiven Deutschen und der feine Italiener, der auf der Suche nach Perversitäten ist. Nein, mein Herr, mein sauberer Herr Italiener! Paula und Trude haben eine andere Auffassung von der Liebe.«

Sie ging zur Tür, machte sie auf, blieb einen Augenblick auf der Schwelle stehen und schleuderte ihre letzte Invektive: »Ihr Intellektuellen müßt immer alles in den Schmutz ziehen!«

Dann fiel die Tür hinter ihr ins Schloß.

XII

Wieder einmal lag ich angezogen auf dem Bett, in der Stellung, die ich am liebsten einnahm, wenn ich meinen Phantastereien nachhing. Natürlich hätte ich lieber vernünftig über meine Beziehung zu Trude nachgedacht und, wie man so sagt, die Summe daraus gezogen, aber der sogenannte Scherz war eher dazu angetan, die Phantasie als die Ratio zu beschäftigen. Als ich so auf dem Bett lag, um über alles nachzudenken, fühlte ich dunkel, daß hier keine Summe zu ziehen war, da meine eigentliche und echte Beziehung zu Trude erst jetzt begann, und daß ich daher eher über das, was in Zukunft geschehen mochte, phantasieren als für das Vergangene rationale Erklärungen suchen sollte.

Als ich wieder an den Scherz dachte, fiel mir als erstes auf, daß ich nicht diese frustrierte Verägerung spürte, die man als Opfer eines dummen Witzes meistens empfindet. Ich dachte, daß jeder andere an meiner Stelle wütend geworden wäre und dann den Vorfall schließlich mit einem Achselzukken und einem »Geschieht dir recht« abgetan hätte. Dagegen wurde mir klar, daß ich überhaupt kein Ressentiment gegen Trude hegte und daher in logischer Konsequenz den Vorfall nicht einfach so abtun konnte. Zu meiner Verwunderung wurde mir dunkel bewußt, daß ich – unverändert und sogar in gewisser Weise noch vertieft – die gleiche starke Liebe für sie empfand, die es ihr leichtgemacht hatte, mich zu täuschen. Dieses Gefühl verwandelte sich nun in eine Art brennende Neugier, noch mehr zu erfahren; und das bedeutete, daß ich handeln und meinen Willen einsetzen mußte, um in meinem sonderbaren Abenteuer vorwärtszukommen, ohne vor unvorhergesehenen Folgen zurückzuschrecken.

Wenn ich nämlich den Scherz nicht als einen törichten Witz auffassen wollte, den sich zwei Schmierenschauspielerinnen im Urlaub geleistet hatten, sondern in ihm eine geheime Bedeutung vermutete, die Trude allein betraf, dann kam ich zu der Erkenntnis – und das sagte ich bereits –, daß die Sache nicht zu Ende war; im Gegenteil, sie fing erst an. Und sie fing mit der Frage an, die ich mir während des Gesprächs mit Paula schon gestellt hatte: »Warum hat Trude sich gerade einen solchen Scherz ausgedacht? Angenommen, sie wollte sich über die Italiener, die sich als Don Juan aufspielen, lustig machen, hätte es nicht gereicht, eine große Liebe vorzutäuschen, die womöglich mit einer Prise Ehebruch gewürzt war, statt die Verzweiflung, Kleist und den Doppelselbstmord ins Spiel zu bringen?

Zugegeben, man konnte sich all das mit dem schon von Berufs wegen bei Trude ausgeprägten Komödiantentum erklären. Aber warum hatte sich dieses Komödiantentum gerade in dieser Täuschung und nicht in einer anderen ausgedrückt?

An diesem Punkt meiner Überlegungen gewann jedoch wieder meine Liebe die Oberhand: Trude war kein Rätsel, das man mittels des Verstandes zu lösen vermochte; sie war ein menschliches Wesen, das ich nach den Enthüllungen Paulas offenbar noch stärker liebte, gerade weil der »Scherz« mit seinen dunklen Verflechtungen ihrem Charakter in meinen Augen neue Facetten und größere Innerlichkeit verliehen hatte. Die Verführung, die früher von der erfundenen Gestalt Beates ausging, wirkte jetzt stärker, weil Trude und Beate die gleiche Person waren, die sich so geschickt gespalten und zwei verschiedene ja, geradezu gegensätzliche Personen aus sich selbst geschaffen hatte. Obwohl diese Handlung zum Teil unbewußt geschehen war – oder vielleicht vielmehr gerade wegen ihrer Unbewußtheit –, schien sie mir eine Art Beweis dafür zu sein, daß Trude mich liebte. Trude hatte doch, wenn man es genauer überdachte, ›Beate‹ meinetwegen geschaffen; das heißt, sie war über sich selbst hinausgewachsen, um mich zu lieben und sich von mir lieben zu lassen. So verwandelte die Erfindung der ›Beate‹ Trude also gerade in dem Augenblick, als es ihr gelang, sie zu verwirklichen. Ich fühlte, daß ich nicht die erfundene Beate oder die sie erschaffende Trude liebte, sondern eine Frau, die gleichzeitig Beate und Trude, das heißt, die Geschaffene und die Erschaffende war.

Diese Frau besaß alles, was ich mir nur wünschen und was ich bis jetzt nicht erhalten konnte, weil sich Beate und Trude gegenseitig ausschlossen. Sie war verzweifelt wie Beate, aber bereit zur körperlichen Liebe wie Trude; sie war von Spiritualität erfüllt wie Beate, aber auch von animalischen Instinkten wie Trude; sie befand sich an der Schwelle des Selbstmords wie Beate, aber sie wollte ebenso wie Trude nicht sterben. So schloß sich der Kreis zu meinem Vorteil; Trude und Beate, zu einer Person verschmolzen, würden mir dazu verhelfen, die geplante Stabilisierung meiner Verzweiflung als den Normalzustand der menschlichen Existenz zu verwirklichen. Jenen Plan, den ich ohne die Gegenwart und die Hilfe einer Frau, die ich liebte, nie in die Tat umsetzen würde, weil mich die Einsamkeit auf die Dauer entweder dazu verführen würde, Ohnmacht zu heucheln, oder eben doch Selbstmord zu begehen, jenen Selbstmord, den die Falle des Scherzes als Köder enthielt.

Aber konkret gesehen, was konnte ich da tun? Ganz einfach – beendete ich meine Überlegung – Trude bitten, ihren Mann zu verlassen, sie von Deutschland nach Italien bringen und hier mit ihr leben. In einer herrlichen und etwas unrealistischen Zukunftsvision malte ich mir aus, wie wir, Trude und ich, als erstes Paar ohne trügerische Hoffnungen in dem kalten und klaren Licht einer völligen und endgültigen Verzweiflung leben würden.

Der Gedanke, daß Trude in der Nacht zu mir in mein Zimmer kommen und wie abgemacht das letzte Mal die Rolle Beates spielen würde, erregte mich sehr. Ich sah sie im Geiste schon hereinkommen, ganz von ihrer Rolle erfüllt, wie ein Schlafwandler von seinem Traum. Und dabei mußte ich mir wiederum eingestehen, daß ich sie liebte und aus Liebe alles tun würde: ihr den Besuch Paulas verschweigen oder sogar bis zur Schwelle des Selbstmords zu gehen.

Es war natürlich möglich, daß Paula ihr bereits von ihrem Besuch bei mir erzählt hatte. Aber ich war überzeugt, daß Trude, mochte Paula nun gesprochen haben oder nicht, ihr Rollenspiel weiterführen würde. Auch für sie fing wahrscheinlich die echte, eigentliche Beziehung mit mir erst an.

Als ich mit meinen Gedanken so weit gekommen war, hörte ich die gewohnten Gongschläge, die das Abendessen ankündigten und in allen Korridoren der drei Stockwerke der Pension hallten; ich verließ eilig mein Zimmer, um bereits am Tisch zu sitzen, wenn Paula und Trude in den Speisesaal kämen. Aus ihrer Miene, die ich schon von der Ferne beobachten konnte, würde ich erkennen, ob Paula Trude von ihrem Besuch bei mir erzählt hatte.

Aber die beiden Freundinnen waren mir zuvorgekommen. Sie saßen schon in ihrer Ecke da, jede hatte ihren Stuhl an eine Wand gerückt und lehnte sich an; sie wirkten wie zwei Schauspielerinnen, bei deren Anblick man sich an die Rollen erinnert, welche sie vor kurzem in einem Stück gespielt haben. Obwohl ich nun ganz genau wußte, daß Paula nicht die Mutter und Trude nicht Beate war, mußte ich, als ich sie sah, an ihre Rollen in dem sogenannten Scherz denken, den sie sich auf meine Kosten ausgedacht hatten. Andererseits merkte ich, als ich am Tisch saß, voll Erstaunen, daß der Scherz weiterging. Paula behielt die würdige und nachsichtige Attitüde einer Mutter bei, und Trude tat nicht nur so, als ob sie ihre Tochter wäre, sondern sie verhielt sich mit bewußter Täuschung wie die erfundene Beate. Sie blieb ihrer Rolle treu, ob sie nun von Paulas eigenmächtigem Vorgehen wußte oder nicht: Mit düsterem und unglücklichem Blick starrte sie mich an, aß gar nichts und stützte das Kinn auf die verschränkten Hände. Da kam mir der Gedanke: »In Wirklichkeit handelt es sich bei Trude nicht um ein Rollenspiel, sie hat nie so getan, als sei sie Beate. Beate ist der Name, den sie der geistigen Seite ihres Selbst gibt.«

Der Scherz entwickelte sich also weiter: Ich erkannte dies auch an der unvorhergesehenen Herzlichkeit, mit der Paula, von der ich angenommen hatte, sie würde mir jetzt mit Feindseligkeit gegenübertreten, meinen Gruß erwiderte. Dann beugte sich Trude zu ihrer Freundin und flüsterte ihr etwas zu; außer der Gewißheit, daß sie lesbisch waren, hatte ich nun auch die Überzeugung, daß sie gegen mich noch immer gemeinsame Sache machten. Ja, der Scherz würde auch in Zukunft nicht zu Ende sein; er würde zweifellos in der nächsten Nacht weitergehen, wenn sich Trude mir ohne die Gegenleistung des Selbstmords hingeben würde, nur weil es das zwischen uns vereinbarte Rollenspiel so vorsah.

Meine Vermutung, der Scherz gehe weiter, wurde noch einmal bestätigt, als ich nach dem Abendessen den Speisesaal verließ. Die beiden Freundinnen standen in der Halle und paßten mich ab, indem sie sich zum Schein Auskünfte bei Signor Galamini holten. Kaum war ich in die Halle getreten, entfernte sich Paula von Trude, kam auf mich zu und sagte: »Guten Abend. Kommen Sie mit uns in den Salon, einen Kaffee trinken?«

Einen Atemzug lang blickten wir uns in die Augen; mir lag die Frage »Haben Sie Trude von unserem Gespräch erzählt?« auf der Zunge. Paula mußte das geahnt haben, denn sie flüsterte schnell: »Passen Sie auf, Trude weiß nicht, daß wir miteinander gesprochen haben.« Fast unhörbar erwiderte ich: »Danke.«

»Bedanken Sie sich nicht: Ich nehme an, daß sich Trude allein mit Ihnen aussprechen will.«

Trude wußte also nicht, daß ich im Bilde war. Oder, besser gesagt, dachte ich sofort, die beiden Frauen hatten sich geeinigt, mich glauben zu machen, daß Trude es nicht wußte; eine Annahme, die im übrigen durch die sonst unerklärliche Herzlichkeit Paulas gegen mich bestätigt wurde. Aber warum hatten sie das getan? Es war klar, die beiden Frauen hatten höchstwahrscheinlich so wie ich beschlossen, daß unsere eigentliche und wahre Beziehung erst jetzt beginnen sollte.

Ich versuchte, mir nichts von diesen Gedanken anmerken zu lassen und antwortete lächelnd: »Gerne, aber unter der Bedingung, daß wir statt in diesem alten und staubigen Salon den Kaffee in der Bar im Dorf nehmen. Es ist Vollmond, wir könnten einen Spaziergang bis zum Aussichtspunkt Cesare Augusto machen und von dort aus den Mond über dem Meer bewundern, einverstanden?«

Inzwischen hatte sich Trude zu uns gesellt: Ihr dreieckiges Gesicht unter dem roten, widerspenstigen Haar sah katzenartiger aus denn je; ihre mageren Schultern, die mich an ganz junge Mädchen erinnerten, waren entblößt; sie trug ein grünes, ganz zerknittertes Atlaskleid; in ihrer sommersprossigen und knochigen Hand hielt sie ein mit Perlen besetztes Abendtäschchen. Sie schaute mich mit müden und unglücklichen Augen an und sah wieder wie die imaginäre Beate aus, eine Bestätigung, daß der Scherz nach einer kurzen Pause weiter seinen verwirrenden und dunklen Weg nahm.

»Ja, gehen wir zum Café«, sagte sie schnell. »Machen wir einen Spaziergang bei Mondschein. Mama, sag bitte nicht nein, ich mag diesen Salon auch nicht, es riecht so muffig dort.«

Aber Paula mußte ihre Rolle als strenge und, warum nicht? patriotische Mutter weiterspielen. »Trude, du weißt sehr gut«, erwiderte sie in hartem Ton, »daß keine Rede davon sein kann, einen Mondscheinspaziergang zu machen!

Was würden außerdem all die Deutschen hier in der Pension dazu sagen?«

»Was sie sagen würden?« warf ich scherzend ein, »daß wir den Mond des Jahres 1934 einem Salon des Jahres 1880 vorziehen.«

Paula blickte mich einen Augenblick lang ernst an, dann sagte sie schroff: »Darum geht es nicht. Man hat für heute abend um 11.30 eine außerplanmäßige Rede des Führers angekündigt, oder besser gesagt, eine Verlautbarung. Wir müssen unbedingt in der Pension bleiben, um ihn im Radio zu hören.« »Sehr schön«, rief ich aus, »gehen wir zum Café ins Dorf, dort ist auch ein Radio.«

»Nein, wir müssen ihn hier hören.«

Trude fragte in gleichgültigem Ton: »Die Deutschen in der Pension sollen nicht denken, daß wir ihn nicht hören wollten, nicht wahr?«

»Ja, genau«.

»Um 11.30?« drängte ich, »dann haben wir ja noch genug Zeit, um einen Spaziergang zu machen.«

»Nein, wir müssen hierbleiben. Auch ein Spaziergang könnte unliebsame Gerüchte aufkommen lassen.«

Paula trat in den Garten hinaus, Trude und ich folgten ihr. Einige Korbstühle standen neben der Hauswand der Pension. Paula setzte sich und sagte leise und vorsichtig: »Bleiben wir eine Weile hier und gehen dann in den Salon.«

Wir setzten uns ebenfalls. »Herr Lucio, Sie dürfen nicht denken, daß ich eine zu strenge Mutter bin«, wandte sich Paula an mich, »die Wahrheit ist, daß ich meine teure Trude zu sehr liebe«, bei diesen Worten streckte sie den Arm zu Trude aus und nahm ihre Hand. »Deswegen befinde ich mich ständig in Sorge, was übrigens in diesen Zeiten nie völlig unbegründet ist.«

Es trat eine Gesprächspause ein. Trude starrte ostentativ vor sich hin; Paula führte plötzlich Trudes Hand an ihre Brust, wo das Herz lag, und rief pathetisch aus: »Trude, spürst du dieses Herz? Es schlägt ausschließlich für dich. Wenn du glücklich bist, schlägt es ruhig, wenn du unglücklich bist, klopft es schneller und ängstlicher; wenn du leidest, fühlt es sich bedrückt, bist du fröhlich, ist es erleichtert. Aber ich habe Angst, ich habe ständige Angst um dich! Ich weiß nicht warum, vielleicht weil die Zeiten hart und die Leute so gemein sind. Wenn ich dir also sage, wir müssen heute abend in der Pension bleiben, darfst du nicht denken, daß ich es aus patriotischem Eifer, Disziplin oder Pflichtbewußtsein tue.

Ich tue es einzig und allein, weil ich dich liebe und Angst um dich habe; falls dir etwas zustoßen sollte, würde ich das nicht überleben.«

Sie drückte Trudes Hand an ihre Brust; ihre Augen, die normalerweise starr und weitgeöffnet blickten, füllten sich mit Tränen und erschienen weicher und sanfter. Trude ließ sie gewähren, dann zog sie langsam ihre Hand zurück und bemerkte mit klangloser Stimme: »Ja, schon gut, aber es ist nicht nötig, all das vor Herrn Lucio zu sagen. Einverstanden, wir bleiben in der Pension.«

Paula griff schnell wieder nach Trudes Hand, führte sie zu ihrem Mund und küßte sie inbrünstig. Dann wandte sie sich zu mir: »Sie werden sich sicher über meine Besorgtheit wundern. Aber Sie können nicht wissen, was mir meine Tochter bedeutet.«

Darauf erwiderte ich nichts. Einerseits fühlte ich mich durch diese ungezwungene Umwandlung der lesbischen Liebe in den Ausdruck mütterlicher Zuneigung bewußt irregeführt und getäuscht, andererseits wurde ich wider Willen von der Stärke und Echtheit von Paulas Gefühl gerührt. Sie drückte noch einen Kuß auf Trudes Hand; dann erhob sie sich brüsk und sagte: »Jetzt können wir einen Kaffee trinken gehen.«

So traten wir wieder in die Pension hinein und gingen auf die Tür des Salons zu. Damit man meinen Widerwillen, den Abend im Salon zu verbringen, besser versteht, muß ich hinzufügen, daß er nicht so sehr aus dem Wunsch herrührte, das Meer vom Belvedere Cesare Augusto aus im Mondlicht zu betrachten, sondern aus meiner Abneigung gegen den

Salon selbst. Kurz gesagt, in den Salon zu gehen, bedeutete für mich, einen Mann des zwanzigsten Jahrhunderts, der voller Unsicherheit und Zweifel steckte, in eine Art Tempel einzutreten, in dem man die anderswo erstorbenen sicheren Werte des neunzehnten Jahrhunderts bewahrte. Während ich den beiden Frauen folgte, betrachtete ich beklommen den so frostig wirkenden Raum, den man vor rund fünfzig Jahren für die Abendunterhaltungen der Großbürger aus dem Norden eingerichtet hatte: Mein Blick wanderte von den vier Fenstern mit ihren schweren dunklen Damastvorhängen und den symmetrisch in jeder Ecke des Raumes angeordneten schweren Polstersesseln zu dem runden Tisch in der Mitte, dessen dunkel gemusterte Decke in steifen Falten herabhing, darauf lagen deutsche, englische, skandinavische und Schweizer Zeitschriften und Zeitungen in ordentlichen Stapeln rund um eine dekorative Bronzevase aufgehäuft. An den Fensterwänden hingen große Daguerrotypien bärtiger Persönlichkeiten aus dem neunzehnten Jahrhundert: Ibsen, Victor Hugo, Tolstoi, Darwin, sowie einige mir unbekannte deutsche Monarchen in Uniformen. Ich brauche nicht weiter forzufahren. Weshalb Signor Galamini, der letzte Nachfahre der ersten Besitzer der Pension, dieses Art Museum von Berühmtheiten des vorigen Jahrhunderts nicht angetastet hatte, dieser Konservativismus konnte nur in der im allgemeinen trägen und verschlafenen Atmosphäre einer alten Sommerfrische, die in Anacapri herrschte, seine Erklärung finden.

Zu meiner Enttäuschung steuerten Paula und Trude auf eine Ecke zu, in der um das Radio schon mindestens fünfzehn Personen versammelt waren, praktisch alle deutschen Pensionsgäste. Ich wurde nach Gebühr mit allen bekannt gemacht (»Herr Lucio übersetzt aus dem Deutschen, er spricht unsere Sprache ganz ausgezeichnet«), dann ließ ich mich in einen Sessel neben Trude fallen.

Schon seit einiger Zeit wußte ich, daß diese Deutschen, auf deren Meinung Paula soviel hielt, größtenteils Gymnasial- oder Universitätsprofessoren und deren Frauen waren.

Nur einer von ihnen war nicht verheiratet. Es war ein Mann, den ich aufgrund seines stattlichen Aussehens schon bemerkt hatte. Als einsamer Gast hatte ich die Gewohnheit, den Personen, die ich nicht kannte, in Gedanken Spitznamen zu geben; so hatte ich diesen Mann »Landsknecht« genannt. Er ähnelte einer Gestalt aus einer Dürer-Zeichnung, ›Porträt eines jungen Mannes‹. Dieser Porträtkopf läßt den Einfluß der italienischen Renaissance auf den deutschen Maler erkennen: eine breite und hohe Stirn, braune Lockenhaare, große dunkle Augen, die unbeweglich und träumerisch vor sich hinblicken, eine dünne, gerade, spitze Nase mit geschwungenen sensiblen Nasenflügeln, schließlich ein gleichzeitig verachtungsvoller und sinnlicher Mund. Der »Landsknecht« der Pension ähnelte Dürers Gestalt so, wie manche Toskaner heute den Gestalten auf unseren Renaissance-Gemälden ähneln: auf eine anachronistische und unbewußte Weise, wie der letzte Reflex einer vergangenen Kulturepoche. Den Spitznamen »Landsknecht« hatte ich ihm gegeben, weil es nicht schwierig gewesen wäre, sich ihn mit dem Federbarett und Brustharnisch der damaligen Söldner vorzustellen. Aber weiter ging die Ähnlichkeit nicht; mein »Landsknecht« war nämlich Geschichtsprofessor an irgendeiner Universität in einer Provinzstadt.

In diesem Augenblick war der »Landsknecht« in eine angeregte Diskussion verwickelt, so daß er meinen Gruß nur flüchtig mit einem Kopfnicken erwiderte. Sein Diskussionspartner war ebenfalls ein Professor, den ich mit dem Spitznamen »Winterapfel« getauft hatte, einer Art rote Äpfel, die mit der Zeit zwar verschrumpelt werden, aber ihre lebhafte Farbe nicht einbüßen. Der Professor, den ich mit diesem Spitznamen bezeichnete, ähnelte nämlich einem alten Apfel, den man den ganzen Winter auf einer Konsole aufbewahrt hat. Er war groß und mager, hatte einen kleinen, rundlichen Bauch und grau-blonde, borstige Haare wie ein Reisigbesen; in seinem welken und scharlachroten Gesicht blinzelten zwei wäßrig-blaue Augen. Das Gesicht des »Winterapfels« war nicht nur welk, sondern auch durch eine vernarbte

Wunde verunstaltet, so wie manche Äpfel, die vom Baum auf einen spitzen Stein fallen, eine Narbe tragen: Ein Schmiß, den man ihm bei der Mensur, dem traditionellen studentischen Zweikampf, beigebracht hatte, lief über seine ganze Wange bis zum Kinn. Auch der »Landsknecht« trug ein sichtbares Zeichen militärischer Tapferkeit, aber von einer völlig anderen Art: Sein linker Jackenärmel baumelte leer herab.

Das Thema der Diskussion war die Mensur: Ich begriff schnell, daß der »Landsknecht« dagegen, der »Winterapfel« dafür war. Ein mit Schildpatt umrandetes Monokel vor ein Auge geklemmt, lobte letzterer begeistert die Mensur als Zeichen von Mut und Ritterlichkeit; der »Landsknecht«, dessen dunkle Augen sich hinter einer sehr professoralen Brille verbargen, beschränkte sich nur darauf, mit hartnäckiger Mißbilligung den Kopf zu schütteln. Als der »Winterapfel« mit seinem Preislied der Mensur zu Ende war, antwortete der »Landsknecht« kurz, die Argumente des Diskussionspartners könnten zwar als Erklärungen gelten, aber noch lange nicht als Rechtfertigungen, es handle sich um eine anachronistische Sitte, die man abschaffen sollte. Der »Winterapfel«, der nichts mehr zu erwidern wußte, rief plötzlich aus: »Aber Sie waren doch Soldat, Sie haben gekämpft, Sie haben sogar einen Arm im Krieg verloren! Solche Dinge müßten Sie besser begreifen als die meisten anderen Leute!«

Darauf der »Landsknecht«, unerschütterlich: »Gerade weil ich Soldat war, möchte ich, daß die Mensur abgeschafft wird.«

»Sie leugnen also die Werte, für die Sie gekämpft haben.«

»Ich leugne sie nicht. Ich habe für mein Land gekämpft; zu den Werten meines Landes rechne ich die Mensur nicht.«

»Aber unser Land besteht auch aus Dingen, die es von den anderen unterscheiden. Zum Beispiel, das eingeprägte Ehrgefühl, für das die Mensur charakteristisch ist.«

»Ich bin da aber anderer Meinung.«

»Sie wollen damit sagen, daß sich unser Land nicht durch

ein ausgeprägtes Ehrgefühl von den anderen unterscheidet?«

»Das nicht, aber ich glaube nicht, daß die Mensur unerläßlich für das deutsche Ehrgefühl ist.«

»Sagen Sie mir also, was unerläßlich für das deutsche Ehrgefühl ist!«

»Sie wissen das besser als ich; ich möchte Sie nicht mit der Vermutung beleidigen, daß Sie es nicht wissen.«

Der »Winterapfel« war nun ganz außer sich und wandte sich zu mir: »Sie sind ein Ausländer, aber Sie kennen anscheinend unser Land sehr gut; Sie wissen sicher, was ich damit meine, wenn ich sage, daß sich das deutsche Volk durch ein besonderes Ehrgefühl von den anderen Nationen unterscheidet. Man kann diese Dinge nicht mit Worten erklären, man muß sie persönlich erleben. Auf jeden Fall, im Zweikampf stehen sich die Gegner gegenüber, so...«; hier erhob er sich von seinem Sessel und nahm die Stellung eines Kämpfers ein, mit ausgestrecktem Arm, als ob er einen imaginären Säbel in der Hand hielte, »... beide wissen, daß es nicht darum geht, als Sieger oder als Besiegter aus dem Kampf hervorzugehen, sondern nur darum, in Ehren, das heißt mutig und ritterlich die Herausforderung des Gegners anzunehmen. Es ist eher eine Frage der inneren Überzeugung als der Geschicklichkeit. Der Student und sein Säbel sollen sozusagen eins werden, mühelos, selbstsicher und mit äußerster Ruhe und Präzision.« Dabei markierte der »Winterapfel« einen so starken Säbelhieb, daß ihm das Monokel herunterfiel. Dann setzte er sich wieder und sagte aufgeregt: »Aber ich weiß nicht, ob ein Ausländer diese so ausschließlich deutschen Dinge begreifen kann.«

Ich versicherte ihm, daß ich etwas davon verstand; ich hatte schließlich an der Universität München promoviert. Der »Winterapfel« nickte leicht mit dem Kopf, dann putzte er sein Monokel mit einem Taschentuch. Alle schauten jetzt auf den »Landsknecht«, um zu sehen, was er darauf erwidern würde. Aber er sagte nur: »Entschuldigen Sie mich bitte«, erhob sich, verbeugte sich in die Runde und verließ den Raum.

Ich war nun sicher, daß die Professoren und ihre Frauen die Gelegenheit nicht versäumen würden, das Verhalten des Gegners der Mensur zu kommentieren, und fragte mich, was Trude sagen würde. Würde sie ihre Rolle weiterspielen, also so tun, als sei sie Beate, wie vor kurzem beim Abendessen? Oder würde sie sie selbst sein, das heißt, die Trude, die sich nach ihrem gescheiterten Selbstmordversuch zum Führerkult bekehrt hatte? Ich muß sagen, daß ich wirklich gespannt auf ihre Äußerung war; es handelte sich hier nicht nur um den Scherz, sondern auch um etwas äußerst Wichtiges, worüber es, wie mir schien – hier sei mir das Wortspiel gestattet –, wirklich nichts zu scherzen gab.

Einige Augenblicke lang geschah nichts. Die Professoren und ihre Frauen diskutierten über das Verhalten des »Landsknechts«, während Trude ganz still und unbeweglich dasaß. Was sagten die Professoren und ihre Frauen? Es war zwar vorauszusehen, aber trotzdem betrüblich, daß eine Diskussion über Meinungsverschiedenheiten sofort ins Politische überschwenkte: Alle fragten sich nun, wer der ›Landsknecht‹ in Wirklichkeit sei. Zuerst einmal, woher hatte er seine dunklen Augen und seine braunen Haare? Floß in seinen Adern nicht etwa slawisches oder romanisches oder gar irgendein anderes Blut? Nachdem sie das Thema Blut ausgewälzt hatten, sah es so aus, als hätten sie die Sackgasse bemerkt, in der sie sich befanden, weil es außer Frage stand, daß der »Landsknecht« Arier war, sonst hätte er seine Professur ja nicht mehr ausüben dürfen. Die Gesprächspartner waren damit wieder am Ausgangspunkt der Diskussion angelangt und befaßten sich nun ohne rassistische Implikationen mit den persönlichen Eigenheiten jenes Menschen. Warum mißbilligte der Geschichtsprofessor die Mensur? Was verbarg sich hinter seiner Ablehnung? Irgendeine nicht hundertprozentig orthodoxe politische Meinung? Oder sogar eine ehemalige Mitgliedschaft bei einer linken Partei? War es nicht irgendwie merkwürdig, daß er seinen Urlaub ganz allein auf Capri verbrachte, obwohl er verheiratet war und vier Kinder hatte, während es sich andere Väter und

Ehemänner zur Pflicht machten, bei ihren Familien zu bleiben? Warum hatte er außerdem den Salon und damit auch seinen Platz am Radio verlassen? Ausgerechnet an einem Abend, an dem außer Programm eine wichtige Mitteilung des Führers angekündigt war? Wo würde er an diesem Abend radiohören? Interessierte er sich überhaupt für die Rundfunkrede?

Während alle also über den »Landsknecht« diskutierten und sich darin einig waren, sein Verhalten zu mißbilligen, aber sich nicht über die Gründe klar wurden, weswegen er sich so benommen hatte, wandte sich der »Winterapfel« plötzlich an Trude, die still und ruhig dasaß, und fragte sie mit säuerlicher Höflichkeit, warum sie schweige, ob sie nicht bestätigen wolle, daß der »Landsknecht« im Unrecht sei und jedenfalls in seinem Verhalten etwas Merkwürdiges liege.

Alle drehten ihre Köpfe nun zu Trude hin; ich selbst sah sie gespannt an: In jenem Augenblick wünschte ich mir inbrünstig, daß sie weiterhin die Rolle Beates spielen und eine Antwort geben würde, die mit dem Charakter ihrer imaginären Zwillingsschwester übereinstimmte. Aber es geschah etwas Seltsames, das meine Erwartungen enttäuschte. Ohne den verzweifelten Ausdruck, der Beate eigen war, zu ändern, sagte Trude mit betonter Langsamkeit: »Warum wundern Sie sich eigentlich? Sehen Sie denn nicht, daß er ein Intellektueller ist?«

In meiner ersten Reaktion überkam mich ein Gefühl, als sei etwas Heiliges geschändet worden. Beate, die auf geistige Werte gerichtete, intellektuelle imaginäre Beate, konnte und durfte nicht auf diese Weise sprechen. Es war so, als ob ein Priester plötzlich zu fluchen anfinge. Dann kam mir jedoch ein erschütternder Gedanke. Zwar bedeutete es eine Profamierung, daß Beate so sprach, aber die Schuld lag einzig und allein beim nationalsozialistischen Totalitarismus, der durch seinen Terror die Bürger zwang, das Gegenteil von dem zu sagen, das sie dachten. Trudes Ausspruch widersprach also im Grunde Beates Charakter keineswegs, sondern bekräftigte vielmehr dessen Authentizität. Schließlich war Beate ja eine Deutsche wie alle anderen, die, um in einem von einer Schreckensherrschaft regierten Land zu überleben, nicht zögerte, sich selbst und den anderen etwas vorzulügen.

Aber gleich darauf kam ich auf eine andere, genauso erschütternde Vermutung, die eine logische Folge der ersten war: Konnte die Frau, die gerade als fanatische Nationalsozialistin gesprochen hatte, statt Trude, die die Rolle Beates spielte, nicht vielleicht Beate sein, die die Rolle Trudes spielte? War es nicht möglich, daß Beate Trude erfunden hatte, um gegen den totalitären Terror besser gewappnet zu sein und sich dagegen verteidigen zu können?

Warum hatte ich an eine solche Möglichkeit nicht schon früher gedacht? Zweifellos wirkte die Verzweiflung Beates ganz echt, während der Charakter Trudes in seiner Sinnlichkeit, Gefräßigkeit und Vulgarität etwas Übertriebenes und Karikiertes aufwies. Welches Gefühl konnte andererseits in Zeiten einer Schreckensherrschaft echter als die Verzweiflung sein und was weniger zu ihnen passen als strotzende Lebensfreude? Vor allem gab mir die Mäßigung, die Beate auszeichnete, und die Übertriebenheit, die in allem lag, was Trude tat, zu denken. Ist nicht die Übertreibung, die Übersteigerung der Realität ein typischer Wesenszug alles Erfundenen, während sich die Wirklichkeit im Vergleich zur Erfindung stets als maßvoller erweist?

Waren die beiden Stützen des Hitler-Regimes nicht auf der einen Seite der Glaube und auf der anderen die Furcht? Und äußerte sich der Glaube nicht in Verhaltensweisen, die durch ihre extreme Simplizität den Äußerungen der Furcht sehr ähnlich waren und daher von dieser leicht nachgeahmt werden konnten? So erklärte sich die fast karikaturhafte Übertreibung des politisch-engagierten Charakters Trudes, die unbedingt meinen Penis prüfen wollte, um zu sehen, ob ich beschnitten wäre. Und auf diese Weise konnte man sich ihre Vulgarität, Hemmungslosigkeit, Gefräßigkeit und Brutalität erklären, alles Dinge, die so übertrieben realistisch wirkten, daß sie nur vorgetäuscht sein konnten. Es blieb nun die Frage der Komplizenschaft Müllers und Paulas bei dem »Scherz«. Nach kurzer Überlegung kam ich zu der Einsicht, daß Beates Mann und ihre Freundin sehr wohl wußten, das Trude eine Erfindung war, die ihre Entstehung der politischen Schreckensherrschaft verdankte; beide spielten das Spiel jedoch mit, weil sie Beate sehr liebten. Warum Trude in dem Augenblick erschienen war, als Paula den Platz Müllers eingenommen hatte, lag in den Regeln des ›Scherzes‹ begründet, die vorschrieben, daß Beate sie selbst sein mußte, wenn sie mich in sich verliebt machen und meine Liebe erwidern wollte; dagegen mußte sie als Trude erscheinen, um mich zu enttäuschen und abzuweisen.

Die Bestätigung meiner Überlegungen kam unerwartet von den Professoren und ihren Frauen. Die Antwort Beates auf das ungewöhnliche Verhalten des »Landsknechts«, eine Antwort, die mit dem Charakter der imaginären Trude völlig übereinstimmte, hatte eine neue Diskussion entfacht, nicht mehr über den »Landsknecht«, sondern darüber, was man unter »Intellektueller« zu verstehen habe. Ich mußte dabei denken, daß auch diese Professoren, wie Beate, in ständiger Furcht vor dem Regime lebten und daher Gefühle vortäuschten und Meinungen äußerten, die sie nicht im entferntesten empfanden oder hatten. Sie waren selbstverständlich ebenfalls Intellektuelle, schon von Berufs wegen, aber nach den Worten Trudes schienen sie jetzt darin zu wetteifern, von sich selbst eine solche diffamierende Anschuldigung abzuwehren. Wären meine eigenen Probleme nicht gewesen, hätte ich mir ein sarkastisches Vergnügen daraus machen können, jene Männer zu beobachten, die ihr ganzes Leben hinter Büchern verbracht hatten und jetzt versuchten, dies mit der Behauptung vergessen zu lassen, daß es zwei Kulturen gäbe: die eine »gesund« und »konstruktiv«, kurzum »deutsch«; die andere »dekadent«, »destruktiv«, mit einem Wort, »jüdisch«. Aber meine Gedanken waren woanders, nachdem sich Trude auf eine derart konformistische Weise gegen die Intellektuellen gewandt hatte. Ich dachte, daß es unter einem Terrorregime nicht nur unmöglich ist, Lüge und Wahrheit, sondern auch, wenn das Wortspiel erlaubt ist, die Wahrheit der Lüge von der Wahrheit der Wahrheit zu unterscheiden. Wie konnte man zum Beispiel völlig ausschließen, daß der »Landsknecht« nicht ein Agent provocateur war, vor dem man sich durch Vortäuschung des orthodoxesten Konformismus zu hüten hatte? Hier muß ich sagen, daß ich keineswegs sicher war, daß diese Vermutung zutraf; aber schon die Tatsache, daß ich einen solchen Gedanken hegte, schien mir symptomatisch für die zweideutige und schizoide Haltung zu sein, die eine auf der Furcht beruhende Gesellschaftsform kennzeichnet.

All das ging mir durch den Kopf, während ich die Professoren beobachtete, die gelehrt und scharfsinnig darüber diskutierten, wer wohl als Intellektueller im positiven und wer im negativen Sinne anzusehen sei; dann wandte ich mich von ihnen ab und richtete meinen Blick noch einmal auf die beiden Frauen. Sie unterhielten sich ununterbrochen, aber so leise, daß ich nichts verstehen konnte; Beate hatte ihren Mund ganz nah an dem großen nackten Ohr Paulas, und diese hörte mit gespannter, beinahe wollüstiger Aufmerksamkeit dem Geflüster ihrer Freundin zu. Als ich sah, wie sich Beates Lippen fast im Inneren von Paulas Ohr bewegten, stieg in mir eine absurde Eifersucht auf, weil ich vermutete, daß Beate, anstatt zu sprechen, jenes aufmerksame Ohr unbekümmert mit ihrer Zungenspitze immer tiefer und intensiver liebkoste. Ganz unvermittelt dachte ich, daß die Frage der doppelten Persönlichkeit Beates kaum von Belang war. Was mich nun am stärksten beschäftigte, war die Liebe zwischen beiden Freundinnen; eine Liebe, die von jeder aus vollem Herzen erwidert wurde; genau jene Liebe, die sich für mich und die Frau, die ich so beharrlich liebte, als unmöglich erwies.

Ich weiß nicht, was mit mir in diesem Augenblick geschah; plötzlich schaute ich ostentativ auf meine Armbanduhr, erhob mich und sagte sehr laut auf deutsch: »Es tut mir sehr leid, liebe Frau Müller, aber ich muß Sie jetzt entführen. Wir haben gerade noch Zeit für unseren Mondscheinspaziergang, bevor der Führer seine außerordentliche Mitteilung macht.«

Es war das einzige Argument, das ich in meiner erregten Unruhe finden konnte. Ich wünschte mir nichts anderes, als Beate so schnell wie möglich von ihrer Freundin fortzubringen.

In jenem Moment war eine Pause in der allgemeinen Unterhaltung eingetreten; zweifellos war sie rein zufällig, aber es schien mir in meiner Eifersucht, daß die Professoren und ihre Frauen die skandalöse Intimität zwischen den beiden Freundinnen bemerkt hatten; und es schien mir auch, daß ich mich nicht an Beate gewandt hatte, sondern an sie alle, als wollte ich an ihre Solidarität appellieren. In der Stille klang meine Stimme hart und schneidend; die Professoren blickten mich verwundert an; Beate rückte von Paula fort und sagte gelassen: »Es tut mir leid, aber es geht nicht; ich möchte kein Wort von der Rede des Führers versäumen.«

Mit scharfer Stimme erwiderte ich: »Ich habe an diesen Fall schon gedacht. Wir können die Rede im Radio des Cafés im Dorf hören.«

Beate betrachtete mich mit undefinierbarer Aufmerksamkeit, fast als würde sie die Vor- und Nachteile meines Vorschlags abwägen. »Sie sind Ausländer«, sagte sie dann leise und zurückhaltend, »das ist wahr, aber trotzdem sollten Sie einsehen, daß es unpassend ist, einen Mondscheinspaziergang zu machen, wenn uns der Führer gerade etwas mitzuteilen hat, das unser Leben und das der ganzen Menschheit ändern könnte.«

Gegen diese Antwort war im Grunde nichts einzuwenden, sie konnte ihr sowohl der Glaube als auch die Furcht eingegeben haben. Aber ich sah darin nur die starrköpfige Ablehnung, mich ins Freie zu begleiten, weit weg von Paula und den Professoren. Da riß irgend etwas in mir, wie ein Seil, das zu lange gespannt gewesen war; ich konnte diese Zweideutigkeit nicht mehr länger ertragen. »Schade«, sagte ich, »ich werde also den Spaziergang allein machen. Entschuldigen Sie mich.« Nach einer leichten Verbeugung durchquerte ich den Sesselkreis und ging zur Halle hinaus.

XIII

In der Halle angelangt, merkte ich, daß es mir nicht nach einem Spaziergang zumute war. Was mich überhaupt zum Spazierengehen bewogen hatte, war nicht der Mondschein gewesen, sondern der brennende Wunsch, Beate aus der Gesellschaft Paulas und der Deutschen wegzubringen, die um das Radio der Pension herum saßen und in jenem Augenblick für mich den Inbegriff des Nationalsozialismus darstellten. Wenn Beate mitgekommen wäre, hätte ich endlich ihre wahre Identität herausfinden können. Beate hätte wahrscheinlich Hitlers Rundfunkrede versäumen und statt dessen auf einer Bank sitzen und den Vollmond genießen können, falls sie sich von jener Furcht nicht beeinflussen ließ; Trude aber nicht. Welche von beiden hatte nun abgelehnt, mitzukommen? Die terrorisierte Beate, die so tat, als sei sie Trude, oder die fanatische Trude, die so tat, als sei sie Beate? Wie man sieht, befand ich mich wieder einmal in der größten Verwirrung über die Identität der Frau, die ich liebte.

Bestürzt, lustlos und entmutigt machte ich mechanisch kehrt und stieg, anstatt hinaus in den Garten zu gehen, langsam die Treppe hinauf. Ich wußte nicht, was ich tun sollte; ich wußte nur, daß ich die Pension nicht verlassen wollte.

Ich machte meine Zimmertür auf und zögerte dann: Sollte ich mich einsperren oder die Tür angelehnt lassen, für den nicht völlig ausgeschlossenen Fall, daß Beate (oder Trude) zu mir käme, wie sie es mir versprochen hatte? Es war für meinen unentschlossenen Gemütszustand bezeichnend, daß ich zuerst den Schlüssel umdrehte, es mir dann anders überlegte, wieder aufsperrte und die Tür angelehnt ließ. Ich setzte mich mit dem Rücken zur Tür an den Schreibtisch; vor mir lag ein Buch, das ich sofort als den Band der Kleistbriefe erkannte. Das Buch war aufgeschlagen, und ich las:

»Ja, die Welt ist eine wunderliche Einrichtung! – Es hat seine Richtigkeit, daß wir uns, Jettchen und ich, wir zwei trübsinnige, trübselige Menschen... von ganzem Herzen liebgewonnen haben, und der beste Beweis ist wohl, daß wir jetzt miteinander sterben.«

Gerade hatte ich diese Zeilen gelesen, als ich plötzlich spürte, daß die Tür hinter mir aufging. Die gleiche Hand, die die Tür geöffnet hatte, drückte sie hinter sich zu. Dann hörte ich das Geräusch des Schlüssels, der sich im Schloß drehte: Die hereingetretene Person wollte das Risiko nicht eingehen, in meinem Zimmer gefunden zu werden. Mein Herz schlug schneller; die Stille dauerte an; irgend jemand bewegte sich hinter mir, aber so langsam und vorsichtig, daß ich meinen Ohren fast nicht traute. Was wollte der geheimnisvolle Besucher? Ich hatte keine Zeit mehr, mir eine Antwort auf diese Frage zu überlegen, denn zwei Hände legten sich plötzlich auf meine Augen, und eine Stimme sagte leise und vertraulich, aber in ernstem Ton: »Nun rate mal, wer ich bin, Trude oder Beate?«

Also, dachte ich, nachdem sie mich so lange Zeit getäuscht und mit mir gespielt hatte, setzte Trude (oder Beate, ich wußte nicht mehr, wie ich sie nennen sollte) als sicher voraus, daß ich ihr verziehen hätte, und führte, als sei nichts geschehen, den »Scherz« fort. Die Versuchung, ihr meine Meinung ins Gesicht zu sagen und sie hinauszuwerfen, war stark. Aber statt dessen antwortete ich mit trauriger Ehrlichkeit: »Ich möchte, daß du Beate wärest. Aber ich fürchte, daß du Trude bist.«

»Warum fürchtest du, daß ich Trude bin?«

»Weil ich Beate liebe, nicht Trude.«

»Dann ist diese Furcht ein Lob für meine Schauspielkunst. Das bedeutet, daß ich wirklich tüchtig gewesen bin.«

»Was willst du damit sagen?«

»Ich meine, daß ich Trudes Rolle perfekt gespielt habe.«

Meine Überraschung war groß. Mit geheimnisvoller Intuition bestätigte sie jetzt meine Vermutung, daß Trude eine imaginäre Gestalt war. Die Übereinstimmung zwischen meinem Verdacht und ihrer Intuition war für mich wie ein Beweis dafür, daß wir einander liebten: Wir liebten uns, deswegen dachten wir jeder für sich das gleiche. Ich ergriff ihre Hände, zog sie von meinem Gesicht weg und zwang Beate, um den Schreibtisch herumzugehen und vor mich hinzutreten. Jetzt stand sie aufrecht vor mir und blickte mich unverwandt mit Beates Augen an. »Trudes Rolle?« sagte ich, »also bist du letzten Endes Beate! Existiert Beate also wirklich? Du wirst es mir nicht glauben, aber ich habe vor kurzem im Salon an diese Möglichkeit gedacht.«

»Wann war das?«

»Als du sagtest, der Geschichtsprofessor sei ein Intellektueller.«

»Wie konntest du daraufkommen?«

»Du kannst unmöglich eine Karikatur sein, das heißt eine Figur wie Trude; du bist ein realer Mensch, das heißt Beate.«

»In welchem Sinn ist Trude eine Karikatur?«

»Eine so strotzend-vitale, lebenslustige, dem Nationalsozialismus hörige Frau wie Trude kann nur eine imaginäre Gestalt sein. Beate dagegen ist real und authentisch.«

Sie starrte mich an, ohne etwas zu erwidern. »Jetzt sag mir bitte«, fuhr ich fort, »weißt du, daß Paula heute zu mir gekommen ist und mir eröffnet hat, daß unsere Beziehung bis jetzt nichts anderes als ein Scherz gewesen ist?«

»Sicher wußte ich das. Paula hat es mit meinem Einverständnis getan.«

»Mit deinem Einverständnis? Warum?«

»Ich wollte nicht, daß die Sache zwischen uns weitergeht. Ich wollte nicht, daß du nach Deutschland kommst.«

»Aber jetzt bist du anderer Meinung?«

»Ja.«

»Warum?«

»Du könntest es selber herausfinden. Jedenfalls, weil ich heute Nacht mit dir schlafen möchte.«

Ich preßte meine Hände an den Kopf wie einer, der fürchtet, den Verstand zu verlieren: »Einen Augenblick! Wir wollen das Geschehene noch einmal durchgehen! Ich treffe dich auf dem Schiff, du bist mit deinem Mann dort, du blickst mich auf eine sonderbare Weise an. Einige Tage lang tust du das immer wieder. Es stellt sich heraus, daß du Beate Müller heißt, mit mir schlafen und sofort danach sterben willst, da du dir Kleist und seine Freundin zum Vorbild genommen hast. Ganz unvermittelt fährst du jedoch weg. Du kehrst mit deinem Mann nach Deutschland zurück und kündigst mir an, daß deine Zwillingsschwester Trude deinen Platz hier einnehmen wird. Trude kommt mit einer Frau an, die sich als eure Mutter präsentiert; deine Schwester gibt mir ohne Umschweife zu verstehen, daß sie sich nichts anderes wünscht, als ganz unkompliziert mit mir zu schlafen, ohne Verzweiflung und ohne Selbstmord. Aber ich liebe Beate, Trude bedeutet mir nichts. Dann macht mir Trude einen merkwürdigen Vorschlag: Dank ihrer Ähnlichkeit mit Beate will sie so tun, als sei sie ihre Schwester; so würde ich die Illusion haben, mit Beate zu schlafen, ohne jedoch diese Liebe mit dem Preis meines Selbstmords bezahlen zu müssen. So liegen die Dinge, als Paula mich in meinem Zimmer besucht und mir enthüllt, daß das Ganze ein Scherz gewesen sei und Beate nie existiert habe. Ich habe mich noch nicht an diese Tatsache gewöhnt, als du ebenfalls zu mir kommst und mir sagst, daß Paula gelogen habe, daß Beate wirklich existiere und daß die imaginäre Gestalt Trude sei. Hat sich nicht alles so abgespielt?«

»Ja.«

»Jetzt sag mir, warum du die Gestalt ›Trude‹ erfunden haben willst!«

Sie zögerte: »Ich habe sie erfunden«, antwortete sie dann, »um dich nicht zu stark in das Ganze hineinzuziehen. Ich wollte, daß unsere Beziehung nur eine geheimnisvolle, folgenlose Urlaubsbekanntschaft bleibt.«

»Das ist dir fast gelungen. Aber wer sagt mir, daß du nicht auch jetzt lügst?«

Sie schüttelte den Kopf. »Wie kannst du denken, daß eine so vulgäre und grobe Frau wie Trude wirklich existieren könnte? Eine Frau, die dir während eines Kusses obszöne Grimassen schneidet, die dich zwingt, ihr dein Glied zu zeigen, um zu sehen, ob du beschnitten bist; die von jedem Gang zwei Gerichte ißt und die sich zweimal im Boot von deinem Fuß masturbieren läßt. Wie kannst du nur denken, daß eine derartig gefräßige, dumme Fanatikerin und Erotomanin wirklich existieren könnte?«

Ich preßte meine Hände an die Schläfen. »Aber vor wenigen Stunden blicktest du mich bei Tisch wie Beate an, lehntest das Essen ab, wie Beate, schienst so wie Beate verzweifelt zu sein, während ich nach dem Besuch Paulas annehmen mußte, daß du Trude seist, die Beates Rolle spielte.«

»Aber nein, ich war Beate! Und ich spielte keine Rolle, so wie ich keine gespielt habe, als wir uns auf dem Schiff trafen.«

»Was willst du jetzt von mir?«

Sie lachte freudlos auf, genau wie Beate: »Ich weiß, woran du denkst: An die Liebe. Du wärest kein Italiener, wenn du nicht daran denken würdest. Ich habe es dir bereits gesagt und bekräftige es dir nun: Wir werden in dieser Nacht miteinander schlafen, das verspreche ich dir. Ich werde zu dir kommen, wenn Paula schläft; sagen wir, um zwei.«

»Aber warum nicht jetzt, sofort?«

Hastig stand ich auf, streckte die Hände nach ihr aus und berührte ihr Gesicht mit meinen Fingerspitzen. Schnell trat sie zurück und sagte: »Jetzt nicht! Ich bin nur zu dir gekommen, um dir zu sagen, daß sich zwischen uns nichts geändert hat. Vor allem wollte ich, daß du, nach dem, was im Salon unten geschehen ist, nicht denkst, ich sei wirklich eine brutale, gefühllose Frau wie Trude. Jetzt muß ich aber gehen, Paula wartet auf mich, sie weiß, daß ich hier bei dir bin und ist imstande heraufzukommen, mich zu holen.«

»Sie ist eifersüchtig«, entgegnete ich wütend. »Ich glaube letzten Endes, daß sie der einzige Mensch ist, den du wirklich liebst, der einzige, mit dem du schläfst.«

Sie wich einer Antwort auf meine Behauptung, die in Wirklichkeit eine Frage war, aus.

»Es ist also wahr«, insistierte ich, »Paula ist der einzige Mensch, den du liebst.«

»Jedenfalls ist sie der einzige Mensch, von dem ich sicher bin, er würde mit mir zusammen sterben, wenn ich ihn darum bäte.«

»Ich bin bereit dazu!« rief ich aus. Es war mein voller Ernst.

»Wirklich?«

Sie blickte mich an. In ihren Augen lagen nun keine Trauer und Melancholie mehr, sondern ein Ausdruck, den ich noch nie an ihr gesehen hatte, ein bewußtes, forderndes Drängen. Ich zögerte: Dieser Blick bewies mir, daß es keinen Zweifel mehr geben konnte: Vor mir stand wirklich Beate, die mich zu ihrem Gefährten im Tode machen wollte. »Es ist wie in einem schlechten Roman«, dachte ich dann. »Und weil es so wie in einem schlechten Roman ist, kann ich, als der elende Schriftsteller, der ich bin, mich nicht aus der Sache zurückziehen. Also adieu mein Leben, adieu!«

Ich hob den Kopf und antwortete entschlossen: »Ja, ganz fest!«

Sie klappte ihre Handtasche auf, suchte darin und nahm etwas heraus. »Gut, diese Nacht werden wir uns lieben, dann werde ich in deinem Zimmer mit allem Schluß machen.«

Sie öffnete ihre zur Faust geballte Hand und hielt mir ein rundes Silberdöschen hin. »Das ist das Zyankali, das ich in Neapel Alois entwendet habe. Aber ich will dich zu nichts zwingen. Nach unserer Liebesumarmung wirst du die Wahl haben. Ich werde dich nicht beeinflussen, denn ich werde schon tot sein. Du kannst das gleiche tun wie ich oder den Schwanz zwischen die Beine klemmen und davonrennen und froh sein, daß du so leichten Kaufs davongekommen bist.«

»Aber Beate«, brach es aus mir heraus, »wie kannst du so zu mir sprechen! Ich liebe dich doch so sehr!«

»Wenn du mich wirklich liebtest, würdest du verstehen, daß ich nicht mit dir schlafen will, ich will sterben, nur sterben!«

Wie erstarrt von der kalten, vibrierenden Wut, die in ihrer Stimme mitschwang, blieb ich stumm. »Und jetzt muß ich wirklich fort«, schloß sie, »man erwartet mich unten im Salon.«

»Aber heute Nacht kommst du, wie du es mir versprochen hast?«

»Hast du Angst, daß ich es mir im letzten Moment noch anders überlege?« Sie lachte auf. »Aber natürlich werde ich kommen. Wie kannst du daran zweifeln?«

Nach kurzem Zögern fuhr sie fort: »Um wie eine Gestalt in einem Melodram zu sprechen: Ich habe eine wichtige Verabredung mit der Liebe und mit dem Tod. Wie kannst du glauben, daß ich zu diesem Rendezvous nicht kommen würde?«

Mir wurde bewußt, daß ich nichts mehr entgegnen oder tun konnte. Selbstironie und eine gewisse Selbstverachtung hinderten mich daran. Ich schob den Schreibtischstuhl zurück, stand auf und wandte mich zur Tür. Leichtfüßig und beinahe tänzelnd durchquerte sie in ihrem grünen Kleid, das bis zu ihren feingliedrigen, eleganten Knöcheln reichte, den Raum, warf mir von der Schwelle eine Kußhand zu und verschwand.

XIV

Was sollte ich jetzt tun? Ich rechnete damit, daß die für halb zwölf angekündigte Übertragung der Hitlerrede erst ziemlich spät zu Ende sein würde: Er war kein Redner, der sich kurz faßte. Seine sogenannte Verlautbarung konnte auch ein paar Stunden dauern. Nach der Rede würden die Deutschen in der Pension zweifellos ihre Kommentare dazu abgeben. Außerdem konnte man auch noch andere Verzögerungen nicht ausschließen, die sich aus der ungewöhnlichen Situation ergaben, in der wir, Beate und ich, uns befanden. Wie sollte ich also die drei oder vier Stunden bis zu Beates Kommen hinbringen?

Ich dachte daran, sie nicht allein zu verbringen. Manchmal kann einen das Zusammensein mit einem anderen Menschen am ehesten von beunruhigenden Gedanken ablenken. Aber wer wäre dafür geeignet? Plötzlich erinnerte ich mich, daß ich am Morgen Sonja auf der Piazza getroffen und von ihr erfahren hatte, Shapiro sei aus London angekommen. Warum ich ihn denn nicht aufsuche? Sie habe ihm von mir erzählt, und er sei sehr interessiert gewesen, mich kennenzulernen. Mein Entschluß war schnell gefaßt. Ich verließ das Zimmer, ging ins Erdgeschoß hinunter und wandte mich gleich zur Telefonkabine in der Ecke der Halle. Fast sofort hatte ich Sonja am Apparat, ihr russisch-capresischer Tonfall war unverkennbar.

»Hier ist Lucio«, sagte ich, »wenn du nichts dagegen hast, möchte ich gern deine Einladung von heute morgen annehmen.«

»Welche Einladung?«

»Shapiro zu besuchen.«

»Aber er ist schon zu Bett. Und ich lese ihm zum Einschlafen gerade einen Roman von Trollope vor. Kennst du Trollope? Das ist einer seiner Lieblingsautoren, vielleicht weil er so sterbenslangweilig ist.«

»Gut, also entschuldige, ich rufe dich morgen wieder an.«

Als ich »morgen« sagte, setzte ich in Gedanken hinzu: »Falls ich noch lebe« und meinte das durchaus nicht im Scherz.

»Warte«, sagte Sonja mit veränderter, ganz aufgeregt klingender Stimme, »ich gehe ihn fragen, ob er dich im Bett empfangen will. Manchmal tut er das. Ich bin gleich wieder da.«

Ich wartete, die Augen auf die geschlossene Tür des Salons gerichtet, hinter der die Professoren, Beate und Paula in einem Kreis um das Radio herumsaßen und auf die Übertragung der außerprogrammäßigen Hitlerrede warteten. Sonja war bald wieder zurück. »Er sagt, du sollst nur kommen. Seine Stimmung ist ganz ausgezeichnet. Er erwartet dich.«

So verließ ich die Pension und läutete kurz darauf am Gartentor von Shapiros Villa. Da war wieder das knarrende Geräusch der Türangeln, und schon stieg ich die steile Treppe zwischen den mit Ranken überwachsenen Mauern empor. Aus der offenen Tür des Museums am Ende der dunklen Terrasse fiel Licht; Sonjas Silhouette zeichnete sich im Türrahmen ab. Sofort rief sie mir zu: »Weißt du, daß du wirklich Glück hast? Hier pilgern ständig ganze Scharen von Engländern her, die ihn sehen möchten, aber in neun von zehn Fällen weigert er sich, sie zu empfangen. Aber bei dir ist das was anderes: Kaum hatte ich ihm gesagt, daß du ein italienischer Intellektueller bist, war er sofort bereit, dich mit gebührendem Respekt zu empfangen. Weißt du, was er gesagt hat? ›Ein italienischer Intellektueller? Ich dachte, diese Rasse sei schon ausgestorben. Schauen wir uns also dieses Fossil an‹.«

Während dieses Geplauders ging sie mir durch einen schmalen, mit Marmorplatten belegten Korridor voran. Wir kamen an einer Reihe von kleinen, mit massiver Rustikarahmung versehenen Pforten vorbei. Dann bogen wir um die Ecke. Sonja klopfte, horchte einen Augenblick auf eine Antwort und öffnete schließlich die Tür. Sie blieb auf der Schwelle stehen und kündigte meinen Besuch auf englisch an: »Shapiro, das ist der Herr Lucio, von dem ich Ihnen erzählt habe.« Eine schwache, stockende, aber klare Stimme lud mich ebenfalls auf englisch ein, hereinzukommen. Ich trat näher, Sonja zog sich sofort zurück und schloß die Tür hinter sich.

Sonja hatte mich ja bereits vorbereitet, daß ich Shapiro im Bett vorfinden würde. Im Rücken von einigen Kissen gestützt, saß er aufrecht da und blickte mir entgegen. Durch den gelben, seidenen Schirm der Nachttischlampe fiel ein sanftes Licht auf sein Gesicht, das eine von der Wirklichkeit losgelöste, beinahe religiöse Atmosphäre erzeugte, so daß ich bei seinem Anblick an die Heiligenstatuen aus farbigem Wachs denken mußte, die man in den Kirchen sieht. Jedes einzelne seiner weißen, sorgsam zurückgekämmten Haare glänzte silbern auf. Die leicht gewölbte Stirn, die eingefallenen Schläfen und hageren Wangen hatten die Farbe alten Elfenbeins. Seine kleinen, strahlend-blauen Augen wirkten wie kostbare Steine oder Email. Unter der faunischen Nase mit ihren ziemlich breiten Flügeln umgaben ein Schnurrbart und Kinnbart von ebenso blendendem Weiß wie die Haare die breiten, roten und sinnlichen Lippen, die ernst und nachdenklich zusammengepreßt waren.

Shapiro trug eine weiße Kasackbluse, die nach russischer Art schräg zugeknöpft war. Seine Arme lagen auf der Bettdecke. Mir fiel die durchsichtige Blässe seiner für einen Mann sehr kleinen Hände auf. Auf dem Bett sah ich eine Brille mit Goldrand.

Shapiro blickte mich aufmerksam an, dann wies er auf einen Sessel neben dem Bett und sagte in stark akzentgefärbtem Italienisch, an dessen Unvollkommenheit er in gewisser Weise auch noch seinen Spaß zu haben schien: »Sie sind der Herr Lucio? Machen Sie es sich bequem, oder besser gesagt, unbequem, denn der Sessel ist schon ziemlich aus den Fugen, wenigstens behauptet das Sonja, die jeden Abend fast darin versinkt, wenn sie mir irgendeinen hübschen viktorianischen Roman vorliest. Heute abend sind Sie an Trollopes Stelle getreten. Haben Sie je etwas von Trollope gelesen? Ich versichere Ihnen, es ist der Mühe wert. In der Tat habe ich lange gezögert, Sie zu empfangen, im Grunde hätte ich Trollope vorgezogen, aber Sonja hat mir geradezu Wunderdinge von Ihnen erzählt und so habe ich Trollope diesen Abend Ihnen geopfert. Hoffen wir, daß Sie sich dieses Opfers würdig erweisen, hi, hi, hi!« Wenn er ernst war, trug sein bärtiges, kostbares Elfenbein-Gesicht den Ausdruck ruhiger, gedankenvoller Weisheit. Als er jetzt lachte, verzerrte es sich plötzlich zu einem boshaft-sarkastischen Grinsen. Einem Grinsen, das, wie mir schien, gleich von Anfang an eine Art Gemeinsamkeit voller ironischer Anspielungen zwischen uns herstellen sollte. Ohne mir anmerken zu lassen, daß ich seine komplizenhafte Geste gesehen hatte, erwiderte ich: »Sonja sagte mir, daß Sie mich nur am Abend empfangen könnten, sonst...«

»Versteht sich, versteht sich: tagsüber arbeite ich; und wenn ich nicht arbeite, gehe ich spazieren.«

»Sie arbeiten im Museum?«

»Oh nein, das Museum ist jetzt eine abgeschlossene Sache. Für das Museum genügt Sonja. Nein, ich schreibe, oder besser gesagt, erfinde die Lügen, die man gewöhnlich als Autobiographie oder Memoiren bezeichnet.«

»Ah, Sie werden viel zu erzählen haben! Sie haben ja zwei Welten erlebt, die Jahrhundertwende, den Untergang einer Lebensform und den Aufbruch in eine neue Zeit.«

Ich gab diese Banalitäten von mir, um ihn zu veranlassen, von sich selbst zu sprechen. Wie ich mich erinnerte, hatte Sonja auf meine Frage »Wer ist Shapiro?« geantwortet: »Frag ihn doch selbst.« Aber Shapiro bemerkte nur: »Es gibt immer zwei Welten, eine sterbende und eine, die geboren wird. In Ihrem Alter hätte ich genau das gleiche gesagt, oder vielleicht, ich hätte es nicht gesagt, weil es mir allzusehr als Gemeinplatz erschienen wäre. Jedenfalls hat mir Sonja versichert, daß ich heute abend nichts versäumen würde: Sie seien interessanter als Trollope. Also, mein lieber Herr Lucio, was haben Sie für Neuigkeiten für mich?«

Ich kam mir vor, als würde ich sozusagen überfallen, merkte aber gleich, daß das nicht stimmte. Bevor ich noch überlegen konnte, ob es angebracht sei, so frei heraus zu reden, sprudelte ich schon unvorsichtig hervor: »Eher als Neuigkeiten habe ich ein Problem, das sehr schwer zu lösen ist. Wenn Sie es interessiert, kann ich es Ihnen vorlegen.«

»Sonderbar, ein Italiener mit einem anderen Problem als

der Frage des nackten Überlebens! Also gut, hören wir uns dieses Problem einmal an!«

»Es ist das Problem der Verzweiflung!« erklärte ich mit plötzlicher Bewegtheit, der ich nicht Herr werden konnte.

Shapiros Gesicht, auf dem noch ein sarkastischer, fast witziger Ausdruck lag, verdüsterte sich besorgt. Offensichtlich hatte er eine derartig persönliche Antwort und vor allem einen so bewegten Tonfall nicht erwartet. Nur um der Höflichkeit zu genügen, fragte er schließlich kühl und ohne großes Interesse: »Und worin besteht also dieses Problem der Verzweiflung?«

»Ob es möglich ist, in Verzweiflung zu leben, ohne sich den Tod zu wünschen.«

Wie jemand der eine lästige Frage mit einer espritvollen Bemerkung abtun will, um gleich darauf das Thema zu wechseln, antwortete er rasch: »Solange es Verzweiflung gibt, gibt es Leben, meinen Sie nicht? Die Schwierigkeiten beginnen erst mit der Hoffnung. Kennen Sie das in Ihrem Land verbreitete Sprichwort nicht: Wer in der Hoffnung lebt, stirbt in der Verzweiflung?«

»Ich habe mich vielleicht nicht klar genug ausgedrückt«, erwiderte ich, »ich habe folgendes Problem: Kann man die Verzweiflung gewissermaßen stabilisieren, das heißt, kann man in der Verzweiflung als dem Normalzustand des Menschen leben, ohne am Ende Selbstmord begehen zu müssen?«

Ich hatte den Eindruck, daß ich mich gegen diesen sardonischen alten Zyniker beinahe unverschämt naiv verhielt. Aber das war mir gar nicht so unlieb. Vielleicht weil ich dachte, das Problem der Verzweiflung sei nunmehr im Sinne Beates gelöst, spürte ich in jenem Augenblick ein unwiderstehliches Bedürfnis, davon zu sprechen. Und es war mir ziemlich gleichgültig, daß Shapiro die am wenigsten geeignete Person für derartige Vertraulichkeiten darstellte. In der Tat wurde seine Miene beim Zuhören immer finsterer und gelangweilter. Schließlich bemerkte er mit gekünstelter, öliger Teilnahme: »Mein armer Junge, mit zwanzig...«

»Bitte, ich bin siebenundzwanzig!«

»Also mit siebenundzwanzig kann man, meiner bescheidenen Meinung nach, gar nicht anders als verzweifelt sein.«

»Wieso?«

Er schwieg einen Moment. Plötzlich ernst geworden, fuhr er dann fort: »Weil die Jugend die Welt um sie herum nicht in ihrer unmittelbaren Gegenwart sieht, sondern statt dessen wissen möchte, was sie in ferner Zukunft erwartet. Aber in der Zukunft ist nichts, kann gar nichts sein, das einzige, was uns wirklich angeht, ist die Gegenwart. Mit den Jahren denkt man immer weniger an die Zukunft und immer stärker an die Gegenwart. Oder sogar an die Vergangenheit, wie ich. Ich gehöre wirklich einer Welt an, wie Sie richtig bemerkt haben, die dem Untergang geweiht ist. So ist es nicht verwunderlich, daß ich die Vergangenheit bei weitem irgendeiner Zukunft vorziehe, nicht wahr? Hi, hi, hi...«

»Und doch gibt es die Verzweiflung.«

»Sie existiert vor allem als literarisches Motiv. Sonja sagte mir, Sie seien Germanist. Also werden Sie vermutlich Goethes ›Werther‹ kennen.«

Mir schien klar, daß Shapiro, durch die Aussicht, eine Art Lebensbeichte von mir zu hören, erschreckt, dem ganzen eine scherzhafte Wendung geben wollte.

»Nein«, sagte ich mit brutaler Direktheit, »man muß wirklich kein Germanist sein, um den ›Werther‹ zu kennen! Jedenfalls ist Werthers Antwort, daß es nicht möglich ist, in Verzweiflung zu leben, ohne sich den Tod zu wünschen.«

Er musterte mich einen Augenblick mit seinen harten, schönen Augen, die mich an einen antiken orientalischen Türkis denken ließen. Dann verzog sich sein Gesicht zu dem Kichern, das ich nun an ihm schon kannte. »Ich bin kein Germanist! Ich bin, wie soll ich sagen, ein Vitalist, das heißt einer, der sich auf nichts anderes versteht als auf das Leben, und das auch nur in beschränktem Maß. Und ich glaube, daß die echte Verzweiflung nicht geschwätzig ist, sondern schweigsam. Wenn Sie wirklich verzweifelt wären, würden Sie mir das nicht sagen.«

Das war eine doppelsinnige Antwort, fast eine Aufforderung, das Gesprächsthema zu wechseln. Aber eine plötzliche Bewegung schnürte mir die Kehle zu. »Und doch bin ich es«, sagte ich leise.

Er warf mir einen durchbohrenden und zugleich alarmierten Blick zu. So wie man auf See jemanden ansieht, dem offensichtlich schlecht ist, weil man Angst hat, er könnte einen beim Erbrechen beschmutzen. Anscheinend um das Thema zu wechseln, sagte er dann: »Aber hätten Sie heute abend nicht die Rundfunkrede des Freundes Ihres Duce anhören müssen? Wie kommt es, daß Sie hierhergekommen sind, um auf das Geschwätz eines alten Sünders wie mich zu horchen, statt ehrfürchtig den Worten des großen Heiligen des neuen Deutschlands zu lauschen?«

»Seine Rede interessiert mich nicht«, entgegnete ich trocken.

»Sie interessiert die Rede des Vize-Odin nicht?«

»Ich bin lieber hier.«

»Sie sind also zum Unterschied zu den meisten Ihrer Landsleute kein Faschist?«

»Nein, ich bin kein Faschist.«

»Sind Sie vielleicht ein Antifaschist?«

Ich zögerte. »Wenn es stimmt, wie ich glaube«, erklärte ich dann, »daß der Faschismus ein Regime der Masse ist, dann bin ich ein Antifaschist.«

»Schau, schau, was werfen Sie den Massen denn vor?«

»Nichts, gar nichts. Die Schuld liegt allein bei mir: Die Masse ist die Normalität, ich bin unnormal. Ich bin so geschaffen, daß es mir schwerfällt, mit der Masse zusammenzuleben.«

Shapiro zeigte nun Interesse und schien erleichtert, daß ich vom allzu Persönlichen auf eine allgemeinere Frage übergegangen war. Nach einem Augenblick fügte ich hinzu: »Also, da ein Zusammenleben unmöglich ist, ist es besser, sich zu trennen.«

»Sehr gut, jetzt reden Sie vernünftig. Warum eine verzweifelte Entscheidung, wenn eine einfache Scheidung möglich ist?«

Ich hätte ihm am liebsten ins Gesicht geschrien, daß nicht die Masse schuld an meiner Verzweiflung sei; daß ich auf jeden Fall verzweifelt wäre, mit oder ohne Masse. Aber ich hielt mich zurück. Shapiro war zweifellos kein Mann, dem man bestimmte Dinge sagen konnte. Die allzu verräterische Bewegung, die noch meine Kehle zugeschnürt hatte, ergriff mich ein zweites Mal. »Scheidung«, entgegnete ich mit leiser, erstickter Stimme, »Scheidung bedeutet in meinem Fall Selbstmord.« Dabei füllten sich meine Augen mit Tränen. Als Shapiro das sah, reagierte er ganz erschreckt: »Aber, aber, Sie scheinen mir ein sehr sehr gefühlvoller junger Mann zu sein. Soll ich vielleicht Sonja rufen? Sie ist eine wahre Spezialistin darin, Trauernde zu trösten.«

»Sie müssen entschuldigen«, entgegnete ich fest, »aber ich bin wegen gewisser persönlicher Probleme mit den Nerven ganz fertig.«

»Gewiß entschuldige ich das«, erwiderte er in hartem Ton, »aber das ändert nichts daran, daß Leute wie Sie, die ihre Nerven nicht unter Kontrolle haben, die anderen unvermeidlich in eine peinliche Situation bringen.«

»Entschuldigen Sie, es wird nicht mehr vorkommen«, wiederholte ich etwas lauter.

Betroffen von meinem verärgerten Ton blickte er mich an und schien sich zu fragen, ob es nicht noch so weit käme, daß unser Gespräch in einer handgreiflichen Auseinandersetzung enden würde.

»Das möchte ich auch hoffen«, sagte er dann ernst, »jedenfalls haben Sie Ihre Absicht erreicht, sich von mir einen Rat geben zu lassen, wie man am besten mit der Masse zusammenleben, das heißt, um Ihre Worte zu gebrauchen, die Verzweiflung stabilisieren könne, statt sich aus dem Fenster zu stürzen, Gift zu schlucken, oder sich am erstbesten Baum aufzuhängen.«

Voller Spannung fragte ich, fast wie ein Kind, dem die Mutter eine schöne Geschichte verspricht: »Und was würden Sie mir da raten?«

Er gab vor zu überlegen und erwiderte dann trocken: »Werden Sie reich.«

Ich hatte eine Antwort wie »Weihen Sie Ihr Leben der Schönheit« erwartet. Was ich von Shapiro wußte – er sammelte Gemälde, hatte ein Museum geschaffen und war eine in der internationalen Kunstwelt sehr angesehene Persönlichkeit –, konnte meine Annahme rechtfertigen. So überraschte mich seine Ehrlichkeit, die, gerade, weil sie so mutig war, jeden Zynismus verloren hatte. Verwirrt wiederholte ich: »Reich?«

Shapiro nickte ernst und würdevoll: »Ja, reich. In meiner Jugend war ich bitterarm und hatte natürlich, wie alle, die arm sind, Ideale. Mein Ideal war die Schönheit. Aber ich war russischer Bürger, da ich in einem litauischen Dorf geboren bin. Und dort konnte man wirklich kaum von Schönheit sprechen. So bin ich mit achtzehn nach England gefahren, immer diese Idee der Schönheit im Kopf. In London kam ich bei einem Verwandten unter, der in einem Industrievorort nicht weit von einer großen Fabrik wohnte, man produzierte dort Textilien, glaube ich. Ich war nur wenig zu Hause. Wegen meines Ideals der Schönheit verbrachte ich meine ganze Zeit in den Museen. Aber bald erkannte ich, daß etwas in meinem Leben eines Liebhabers der Schönheit nicht stimmte. Und das war meine völlige Mittellosigkeit. Das heißt, der Mangel an der unerläßlichen Muße, um die Schönheit, deren Genuß ich mir zum Lebensziel gesetzt hatte, auszukosten. Eines Morgens wurde mir dies klar, als ich früher als gewöhnlich aufwachte und in der Ferne von überall im Nebel die Fabriksirenen heulen hörte. Eine begann, eine zweite fiel sofort ein, schließlich folgte noch eine dritte. Bei diesen beklemmenden und gleichzeitig auch irgendwie beruhigenden Tönen (denn alles in allem ist es besser zu arbeiten als stellenlos zu sein) glaubte ich vor meinem geistigen Auge die Arbeiter über die noch dunklen Vorstadtstraßen zur Fabrik hasten zu sehen: die Mützen tief in die Stirn gedrückt, schlechtrasierte Gesichter, Jacken und Hosen aus rauhem Drillichstoff, jeder mit dem Eßgeschirr

Werden Sie reich ...

... das ist Mr. Shapiros gutgemeinter Rat. Besser noch, er könnte verraten, wie man das macht ...

Pfandbrief und Kommunalobligation

Meistgekaufte deutsche Wertpapiere - hoher Zinsertrag - schon ab 100 DM bei allen Banken und Sparkassen

Verbriefte Sicherheit

oder einem Eßpaket in der Hand, das ihnen ihre Frauen mitgegeben hatten, mit fish and chips oder irgendeinem anderen für die einfachen Leute typischen Gericht. Mittels einer Ideenassoziation begriff ich plötzlich, daß auch ich eines Tages, wenn meine Lage so bliebe, wie sie jetzt war, jeden Morgen zur gleichen Stunde würde aufstehen müssen; wenn nicht beim Heulen der Fabriksirenen, so doch bei dem noch irritierenderen Rasseln des Weckers, welcher die Angestellten aus dem Schlaf schreckt. Ich war arm, und für die Armen ist die Schönheit verboten, schon allein deshalb, weil sie keine Zeit für sie haben. In jenem Augenblick kam so etwas Ähnliches wie eine Erleuchtung über mich, vergleichbar – ohne blasphemisch sein zu wollen – der Bekehrung des hl. Paulus auf dem Weg nach Damaskus. Bis jetzt hatte ich den Reichtum verachtet. Jetzt bekehrte ich mich jedoch zu der Idee, daß ich in erster Linie versuchen müßte, reich zu werden. Ohne Reichtum keine Schönheit. So schlug ich noch am gleichen Tag meinem Onkel, der als Pelzhändler tätig war, vor, mich bei sich arbeiten zu lassen. Ich möchte Sie nicht mit meiner Lebensgeschichte langweilen. Es soll genügen, daß ich nach fünfzehn Jahren reich war, sehr reich sogar. Auf diese Weise habe ich entdeckt – um wieder auf Ihr Problem zurückzukommen –, daß man sehr gut mit der Masse leben kann, ohne deshalb an Selbstmord zu denken.«

»Sie raten mir also, reich zu werden«, sagte ich, »anstatt mich zu töten?«

»Ja, so würde ich es ausdrücken.«

Ich weiß nicht warum, plötzlich entschloß ich mich, zu lügen. In angriffslustigem Ton sagte ich: »Das sagen Sie nur, weil Sie der Meinung sind, ich sei arm. Ich möchte Ihnen jedoch zur Kenntnis bringen, das dies keineswegs der Fall ist. Mein Vater ist ein ziemlich bekannter und gar nicht so kleiner Industrieller. Wir sind reich, um nicht zu sagen, sehr reich. So kann ich mir nicht zum Ziel setzen, reich zu werden, aus dem ganz einleuchtenden Grund, weil ich es bereits bin!«

Shapiro ließ sich nicht aus der Fassung bringen. Wie ein ausgezeichneter Tennisspieler warf er mir sofort den Ball zurück: »Also dann weiß ich nicht, welchen Rat ich Ihnen geben soll. Die Armen können die Reichen nicht verstehen. Ich bin im Grunde meines Herzens arm geblieben, da ich arm geboren wurde. So kann ich jemanden nicht verstehen, der, so wie Sie, als Reicher auf die Welt kam.«

Unvermittelt brach das Gespräch ab; in der entstandenen Stille tönte plötzlich durch das offene Fenster Beifallsklatschen zu uns herüber, es klang wie das Rauschen der vom Sturm gepeitschten Meereswogen. Es mußte sich um den Applaus handeln, der das Ende von Hitlers Rundfunkrede begleitete. Offenbar hatte sie jemand bis jetzt bei geschlossenen Fenstern im Nebenzimmer angehört, vielleicht Sonja, und dann die Rolljalousien geöffnet, um den Raum sozusagen von dem Nachhall dieser wahnwitzigen Rhetorik zu befreien und die reine Stille der weiten, dunklen Nacht hereinzulassen. Der Beifallslärm glich einer Sturzsee, die sich allmählich in einem weiten, geschlossenen Raum ausbreitete; kaum schien er abzuebben, schwoll er wieder an; von Zeit zu Zeit übertönte ein schriller, beinahe beschwörender Schrei das Klatschen der Menge. Dann wurde die Tür aufgerissen und Sonja kam herein. »Heh, Lucio«, rief sie keuchend, und ihr ironischer Capreser Tonfall stand im Gegensatz zu ihrer Aufregung, »in Deutschland muß der Teufel los sein! Nein, kein Krieg, irgendwas Internes, eine Verschwörung gegen den schwarzen Schnurrbart, die noch fünf vor zwölf aufgedeckt wurde. Ein Haufen Leute wurde erschossen.« Ich stand instinktiv auf und stammelte einige Entschuldigungsworte zu Shapiro. Sonja begleitete mich hinaus. Bald darauf war ich wieder in der Pension.

XV

Dieses letzte Kapitel meiner Erinnerungen an jene längst vergangene Zeit meines Lebens muß rückwärts geschrieben werden und mit dem beginnen, was ganz am Ende steht, das heißt, mit der Auffindung der Leichen Paulas und Beates an der Migliara. Ein Bauer hatte ihre Körper auf einer Bank, von der man auf das Meer blickte, entdeckt, in einer ganz natürlich wirkenden zärtlichen Haltung, in sitzender Stellung, eng umschlungen, Wange an Wange. Anscheinend hatten sie am Morgen nach der Hitlerrede nach Deutschland telefoniert und erfahren, daß in der »Nacht der langen Messer« auch Alois, Beates Mann, erschossen worden war. Sie hatten dann mit Eßkörben die Pension verlassen und jedem erzählt, sie wollten zum Strand gehen und dort ein Picknick machen. Statt dessen waren sie lange ziellos in der Umgebung von Anacapri umhergewandert, ohne auch nur einen Bissen zu essen (die Picknickkörbe waren vollkommen unberührt, als man sie neben ihnen auf der Bank fand), waren dann zu der Migliara gegangen und hatten dort, im Angesicht des leuchtendblauen Meeres, die todbringenden Tabletten geschluckt.

Vielleicht möchte jemand wissen, wie ich die Nacht nach meiner Rückkehr von Shapiro in die Pension verbrachte. Seltsamerweise klafft in meiner sonst so genauen Erinnerung an dieser Stelle eine Lücke, oder anders ausgedrückt, ich kann die Ereignisse jener Nacht nicht mehr mit Sicherheit rekonstruieren. Ich erinnere mich nur, daß ich sofort auf mein Zimmer ging, weil ich keine Lust hatte, anzuhören, was die Deutschen über Hitlers außerplanmäßige Rundfunkrede sagen würden. Wahrscheinlich las ich, rauchte und hing meinen Gedanken nach, während ich auf Beate wartete. Mit einem plötzlichen, mir selbst unbegreiflichen Entschluß knipste ich dann das Licht aus. Ich glaube, ich bin sofort danach eingeschlafen.

Wie lange ich schlief, weiß ich nicht mehr; ein oder zwei

Stunden vielleicht. Ruckartig wachte ich mit dem Gefühl auf, jemand gehe in meinem Zimmer hin und her. Mein erster Gedanke war natürlich, es sei Beate.

Merkwürdigerweise fühlte ich dabei nicht das Glücksgefühl, das die ersehnte Krönung eines Liebesabenteuers begleitet. Ich dachte nur, daß der Zweck ihres Besuches nun nicht mehr die Liebesumarmung sein konnte.

So setzte ich mich nur im Bett auf und versuchte, mit den Augen die dichte Dunkelheit zu durchdringen, in der ich die Gegenwart eines anderen Menschen spürte. Dann fühlte ich, wie eine Hand ganz leicht mein Gesicht berührte. Es war eine seltsame Liebkosung, so als wollte ein Blinder tastend die Züge meines Gesichts erkennen.

Ein warmer Atemhauch streifte meinen Mund, und ich hörte Beates Stimme leise und beinahe skandierend Wort für Wort Nietzsches Verse über die Lust, die Ewigkeit will, rezitieren. »Immer wieder die Literatur!« dachte ich resigniert, aber ohne jede Ironie, als würde ich eine Tatsache als gegeben hinnehmen, und streckte im Dunkeln meine Arme nach Beate aus, um sie an mich zu ziehen. Aber ich griff ins Leere. Voll bitterer Enttäuschung erwachte ich.

Alles war nur ein Traum gewesen. Wahrscheinlich waren um diese Zeit (es war drei Uhr morgens) Paula und Beate noch wach und sprachen in ihrem Zimmer über die Rede Hitlers.

Ich machte das Licht an und blickte mich im Zimmer um. Niemand war da. Um mich zu überzeugen, ging ich sogar zur Tür und stellte fest, daß sie noch immer angelehnt war. Ich ließ sie offen. Beate konnte ja noch kommen. Dann legte ich mich wieder hin. Irgendwann schlief ich ein und wachte erst auf, als es schon heller Tag war.

Ich muß noch hinzufügen, daß Beate Vorkehrungen getroffen hatte, mir ihren Tod anzukündigen, und daß nur der Zufall es verhindert hatte, daß ich ihre Botschaft rechtzeitig erhielt. Etwa einen Monat nach dem gemeinsamen Selbstmord Paulas und Beates blätterte ich im Haus meiner Eltern auf dem Land, wohin ich mich geflüchtet hatte, wieder in der Ausgabe der Kleistbriefe. Da machte ich eine erschütternde Entdeckung: Ich fand ein Blatt Papier in dem Buch, auf dem der berühmte Abschiedsbrief der Henriette Vogel mit folgenden Modifikationen wiedergegeben war:

»Mein sehr werter Lucio!

Deiner Freundschaft, die Du für mich bis dahin immer so treu bewiesen, ist es vorbehalten, eine wunderbare Probe zu bestehen, denn wir beide, Paula und ich, befinden uns hier an der Migliara in Anacapri, in einem sehr unbeholfenen Zustande, indem wir von Zyankali getötet daliegen, und nun der Güte eines wohlwollenden Freundes entgegensehen, um unsere gebrechliche Hülle der sicheren Burg dieser italienischen Erde zu übergeben...«

Ich kann nicht sagen, wann Beate in mein Zimmer kam und ihre Umwandlung des Briefs der Henriette Vogel in das Kleistbuch legte. Vielleicht noch in der Nacht, als ich schlief. Oder am Morgen, während ich im Speisesaal beim Frühstück saß.

Doppelgesichtig bis zum Schluß hatte sie ohne den Mann, vor dem ihr graute, weil an seinen Händen Blut klebte, nicht weiterleben wollen. Und Paula wollte nicht weiterleben ohne Beate.

Alberto Moravia

Desideria
Roman. Aus dem Italienischen von Antonio Avella und Gloria Widhalm. 400 Seiten. Leinen.

Die Gleichgültigen
Roman. Aus dem Italienischen von Dorothea Berensbach. 320 Seiten. Leinen.

Inzest
Roman. Aus dem Italienischen von Linda Winiewicz. 317 Seiten. Gebunden.

Judith in Madrid
Erzählungen. Aus dem Italienischen von Ursula Knöller-Seyffarth. 264 Seiten. Leinen.

Der Konformist
Roman. Aus dem Italienischen von Percy Eckstein und Wendla Lipsius. 383 Seiten. Leinen.

Die Römerin
Roman. Aus dem Italienischen von Dorothea Berensbach. 382 Seiten. Leinen.

Die Streifen des Zebras
Afrikanische Impressionen. Aus dem Italienischen von Ute Stempel. 280 Seiten. Leinen.

List Verlag